Nanospuren

Dirk Gerhardt

Nanospuren

Dirk Gerhardt

www.nanospuren.de

Fabuloso Verlag

Fabuloso Verlag
Fabrikstraße 20
37434 Bilshausen
Tel.: 05528 205853
Fax: 05528 205854
e-mail: *strueber@fabuloso.de*

www.fabuloso.de

ISBN: 978-3-935912-55-6

Cover: Dirk Gerhardt
Satz und Layout: mediaService, Siegen
Druck: digital print group GmbH Erlangen
Gesamtherstellung: Fabuloso Verlag, Bilshausen

2. Auflage. Printed in Germany September 2010

In Memoriam John O'Neill

Inhaltsverzeichnis

Einleitung

Alles hinterlässt *Spuren* ...

Egal, wie gut man sie zu verhindern sucht,

selbst wenn sie auch noch so klein sein mögen!

Lernen Sie Patrick O'Sullivan kennen, der nach 31 Jahren Terroristen-Jagd beim FBI seinen Job aus Frustration aufgibt und einen Neuanfang als Sicherheitschef vom World Trade Center wagt.

Unglücklicherweise drei Wochen vor dem 11.09.2001.

Schon nach wenigen Tagen bekommt er einen schrecklichen Verdacht.

Dann nimmt der Schicksalstag seinen Lauf.

Jahre danach fängt Professor John Miller an, im Staub des Ground Zero herumzuwühlen – und macht dabei merkwürdige Entdeckungen.

Beide Männer bringt das in große Schwierigkeiten,

Unglück und Tod lauern.

Doch einen Weg zurück gibt es für sie nicht.

Begeben wir uns auf die Suche nach diesen geheimnisvollen Nanospuren ...

Alle Personen und Handlungen in diesem Buch sind fiktiv.
Eventuelle Ähnlichkeiten mit realen Namen sind zufällig
und nicht beabsichtigt!

Erläuterungen

Wer ist …?

Patrick O'Sullivan – passionierter FBI-Agent, neuer Sicherheitschef im World Trade Center

Melanie Peters – seine Lebenspartnerin

Maria Marinello – Geliebte von Patrick O'Sullivan

Harald „Harry" Brunswick – Freund von O'Sullivan, ehemaliger Leiter des OEM

Rick Slater – Freund von Patrick O'Sullivan, arbeitet als Produzent bei CNBC

Raymond Powers – Bekannter O'Sullivans, ehemaliger „NYPD Chief of Operations"

George Donstett –Chef der Sicherheitsfirma „T&D Protection"

Don Mackey – Vorgesetzter O'Sullivans

Nancy Floyd – FBI-Agentin, ehemalige Betreuerin von Emad Hussein

Emad Hussein – FBI-Informant in der Terrorgruppe, die 1993 den Anschlag auf das WTC ausübte, nun im US-Zeugenschutzprogramm

Ramzi Yousef – verurteilter Attentäter von 1993

Sakher Taleb – Mitarbeiter von Magic Plumbing & Heating

Abdelmuhsen Taleb – Bruder von Sakher Taleb

Ahmed Naik – möglicher Hintermann zum Anschlag 1993 auf das WTC

Sergei Yordenko – Chef der Firma „Yordenko Industrial Ltd."

Domenik Suker – Chef der Umzugsfirma House Moving Operations

„James" – ehemaliger CIA Agent

John Tomcev – FBI-Kollege O'Sullivans auf Abwegen

Mike Tomcev – FBI-Kollege O'Sullivan, Bruder von John

Jack Soddy – FBI, I-49 „Osama" Squad

Dan Sloane – FBI, I-49 „Osama" Squad

Sven Olaf Jensen – Journalist in New York

Michael „Mike" Karloff – Chief Security Operations WTC, O'Sullivans Vorgänger

Gregory Anakis – rechte Hand von Mike Karloff

Malcom „Mal" Crockett – Leiter Betrieb WTC

Wilhemine Carter – Sicherheitsfachkraft im Nordturm WTC 1, SCC

Jack Moreno – Chief of Operations, Elevators, Südturm WTC 2

Nick Brewster – Chief of Operations, Elevators, Nordturm WTC 1

Chief Joseph Edwards – Feuerwehrchief, leitet die Operation im Nordturm WTC 1

Ronald „Ron" Booker – der fliegende New Yorker Feuerwehrmann mit Zugangsberechtigung für Top-Geheime Daten

John W. Miller – Physikprofessor an der Brigham Young Uni

Melinda Miller – seit 28 Jahren Ehefrau von John W. Miller

Richard „Dick" Burke – Student bei Prof. Miller

Daniel Young – Student bei Prof. Miller

Liam Roberts – Freund bei Prof. Miller, ein Ingenieur bei „Underwriter Laboratories"

Professor Jeffrey Kruger – Leiter Elektronenmikroskopie BYU

Professor Schneider – Professorenkollege von Dr. Miller

David Polter – Professor für Philosophie, Duluth, Minnesota

Julia Brown – Professorin für Maschinenbau, Clemson University, South Carolina

Nathan Zimmermann – Ingenieur und Webseitenbetreiber in Sachen 9/11

Jeanette MacLloyd – Spurenlieferantin

Organisationen

NIST = National Institute of Standards and Technologies – Wissenschaftsbehörde, die dem US-Transportministerium unterstellt ist.

MIT = Massachusetts Institute of Technology – Elite Technik-Uni in Boston

FEMA = Federal Emergency Management Agency – US Notfallbehörde

ASCE = American Society of Civil Engineers – Verband der Bauingenieure

NTSB = National Transportation Safety Board – Nationale Verkehrsunfall- untersuchungsbehörde, insbesondere zuständig bei Flugzeugunglücken

WTC 1 – Nordturm des WTC-Komplexes, der Zwillingsturm mit der Antenne

SCC = Security Command Center – nach 1993 im WTC 1 Nordturm installiertes zusätzliches Operationscenter für Notfälle

WTC 2 – Südturm des WTC-Komplexes, mit „Observation Lobby“ genannter Aussichtsplattform

OCC = Operation Command Center – Hauptkontrollcenter für Notfälle im Keller vom WTC 2 Südturm

WTC 7 = Salomon Brothers Building – 47 Stockwerke hohes Gebäude des WTC Komplexes

OEMEOC = Office of Emergengy Management Emergency Operations Center – im 23. Stock des WTC 7 untergebrachtes Notfallcenter unter Regie des New Yorker Bürgermeisters

PANJNY = Port Authority of New Jersey and New York – Hafenbehörde der US-Bundesstaaten New York und New Jersey, ehemals PONYA genannt, kurz auch PA

FDNY = Fire Department of New York – New Yorker Feuerwehr

NYPD = New York Police Department –New Yorker Polizei

I-49 – Spezialeinheit von FBI, CIA und US-Justiz zur Ermittlung gegen Terroristen

FBI = Federal Bureau of Investigation – Staatspolizei der USA

CIA = Central Intelligence Agency – Auslandsgeheimdienst der USA

CNN = Central News Network – Ted Turners Nachrichtenmagazin

MSNBC = Microsoft National Broadcasting Corporation – Konkurrenzsender

CBC – weiterer, kanadischer Fernseh-Sender

NYT = New York Times – bekannteste New Yorker Zeitung

BYU = Brigham Young University – Universität in Orem, Utah

EE = Electrical Engineering – Abteilung Elektrotechnik der Uni

LDS = Church of **L**atter **D**ay **S**aints – Mormomenkirche in den USA

UL = Underwriter Laboratories – Zertifizierungsorganisation der USA

LLNL = Lawrence Livermore National Laboratory – US-Forschungseinrichtung

Los Alamos – weitere, mit hochgeheimen Projekten betraute US-Forschungseinrichtung

Übersichtspläne

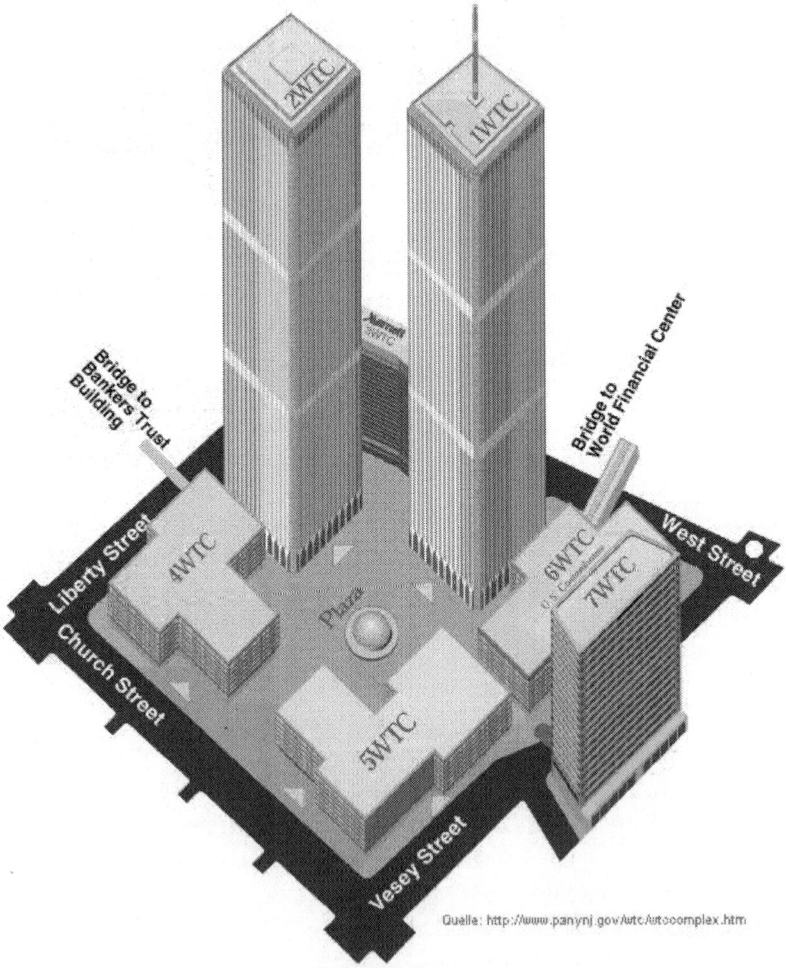

Gebäudelageplan World Trade Center

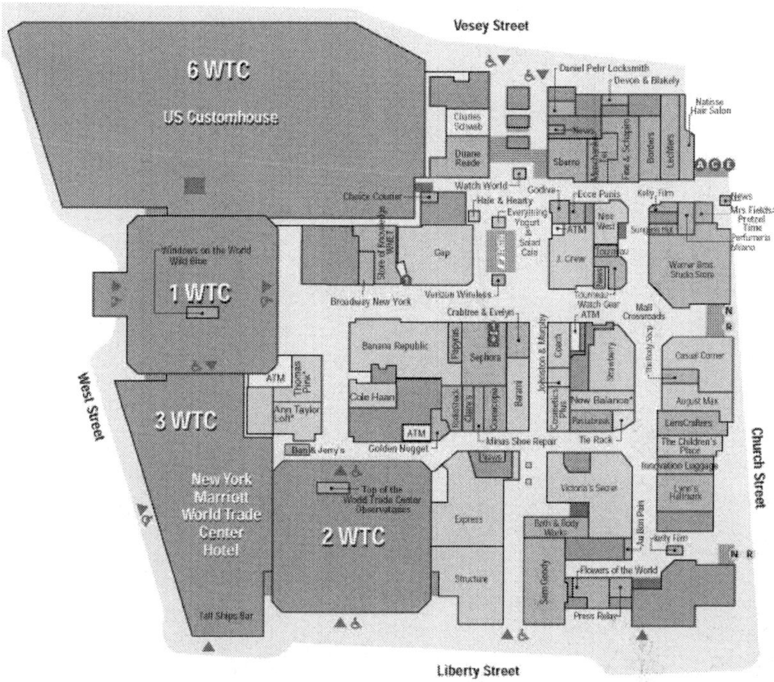

Shopping Mall Concourse-Ebene

Kapitel 1 Weichenstellungen

1.1 Das Todesurteil

Patrick O'Sullivan, passionierter FBI-Chef Agent der Antiterroreinheit New York, würde heute am 15.08.2001 sein Todesurteil unterschreiben. Was er natürlich nicht wusste.

»Patrick, das war das verdammt letzte Mal, dass ich deiner Frau irgendwelche Ausreden erzählt habe, um deine Affären zu decken.«

Mike Tomcev von der New Yorker FBI-Antiterroreinheit I-49 steckte sein Handy weg und schaute ihn grimmig an.

Patrick versuchte zu beschwichtigen und machte eine bettelnde Grimasse: »Mike, danke! Hey Mann, das war echt nett von dir – ich verspreche, es kommt nicht wieder vor, ja?«

Tomcev machte ein verächtliches Gesicht, drehte sich um und ließ ihn einfach auf dem Flur im 14. Stock der FBI-Zentrale, 16 Federal Plaza, New York, stehen.

Verdammt.

Irgendwie musste er aus der Sackgasse herauskommen, in die er sich durch seine Lügen gebracht hatte. Entweder Maria oder Melanie – eine Entscheidung musste her.

Sonst würde er beide verlieren, so wie es ihm mit Christine ergangen war, seiner ersten Frau, damals.

So viel war ihm klar.

Der Gedanke an seine erste Frau beunruhigte ihn. Er hatte Mel noch nicht einmal gesagt, dass er noch mit Christine verheiratet war, und das, obwohl er nun schon bald elf Jahre mit Mel zusammen war.

Diese Lügen würden ihn irgendwann noch umbringen. Irgendwann gäbe es kein Entkommen mehr.

Selbst für ihn nicht, den Anti-Terror-Agenten, der ständig mit Lügen und Coverstorys zu tun hatte. Mr. FBI. Deswegen wollte er schon heute reinen Tisch machen und Mel einen Heiratsantrag machen, ihr die Sache mit Christine gestehen und erklären, warum er sich bisher nicht hatte scheiden lassen. Und dann würde er Maria heimlich in den Wind schießen.

Das war der Plan, den er soeben beschlossen hatte.

Ein guter Plan. Ein dringend notwendiger Plan. Der umgesetzt werden musste.

Ansonsten würde ihn sein Privatleben, welches eh schon untrennbar mit seinem Berufsleben verflochten war, endgültig fertigmachen. Aber er brauchte Freiräume, um wieder klar denken zu können. Eine heile Familie, einen Rückzugsraum. Die Terroristen plagten sich auch nicht nur mit sich selbst herum, und er war der Boss der Antiterror-Einheit der mittlerweile wichtigsten FBI-Abteilung bundesweit, das brauchte einen klaren Kopf, um Schurken wie Osama bin Laden zur Strecke zu bringen. Jäh wurde er aus seinen Gedanken gerissen.

»Hey, Patrick, du sollst dich bei Don Mackey melden.«

Jack Soddy hatte ihm das über den Flur zugerufen. Beide gehörten zur I-49, der gemeinsamen Einheit von Staatsanwaltschaft des südlichen Distrikts New York, der CIA und des FBI. Ihre Zuständigkeit: Abwehr von Terrorismus, mit Schwerpunkt des islamischen von Osama bin Laden.

Patrick deutete mit der Hand die Frage an, ob Jack mehr Infos hätte, aber der machte nur ein verständnisloses Gesicht.

»Weswegen, hast du was gehört?«

Jack zuckte die Achseln.

»Nein, du sollst nur gleich rein.«

Also gut. Rein in die Höhle des Löwen.

Don Mackey war gerade erst im letzten Jahr Leiter des Büro New Yorks geworden. Das sollte eigentlich sein Job werden.

Beim Gedanken daran stieß es ihm wieder sauer auf.

Bloß jetzt nicht dran denken!

Er ging noch schnell auf die Toilette und erleichterte sich.

Als er dann vor dem Spiegel stand, sich wusch und mit nassen Händen die Haare zurechtlegte, um seine beginnenden Geheimratsecken zu verstecken, rief er sich im Spiegel laut und grinsend zu:

»Showtime, Baby!«

Sein Lieblingsspruch, seit er einmal „Running Man" mit Arnold Schwarzenegger und Jesse Ventura gesehen hatte.

Er klopfte. Nach einem kurzen »Ja« ging er zu Mr. Mackey ins Büro.

Dieser blickte auf.

»Hallo Patrick«, begann er freundlich.

Der ging sofort gedanklich in Deckung. Freundlichkeiten hatten bei Don nichts Gutes zu bedeuten, und ihm gegenüber schon gar nicht. Seit dem ersten Tag, an dem Don hier aufgeschlagen war, hatten sie sich immer wieder aneinander gerieben.

Vorbei waren die Tage seiner stillen Gönner bei den Superiors, den hohen Tieren. Seit Bush letzten Januar an die Regierung gekommen war, wurde einer nach dem anderen abgesägt und durch Bush-treue Republikaner ersetzt. Selbst Janet Reno und Richard Clarke hatten kaum noch Einfluss. Und Patrick wurde von irgendjemandem Übel mitgespielt.

»Guten Morgen, Mr. Mackey. Ich sollte mich melden?«

»Ja, das ist richtig. Alles klar bei Ihnen und ihrer Familie?«

Nun schreckte Patrick regelrecht zusammen. In seiner Laufbahn hatte es solche Gespräche noch nicht so oft gegeben, ihm war irgendwie sofort klar, auf was das hinauslaufen würde.

»Mr. Mackey ...«

Er machte eine kurze Pause.

»... bei mir ist alles in Ordnung.«

»Wirklich? Ich hörte da etwas von privaten Problemen mit Ihren Beziehungen und von Schulden.«

Verdammt, dachte Patrick, *was soll das?*

»Ich weiß nicht, Mr. Mackey, worauf Sie anspielen. Und wenn, dann können das nur Kleinigkeiten sein. Ich bekomme das geregelt.«

Don Mackey winkte ab.

»Darum geht es mir auch nicht. Heute nicht. Es ist viel schlimmer. Schon nächsten Sonntag wird es einen Artikel über Sie in der in der New York Times geben. Schlechte Presse. Ihr Aktentaschendesaster. Ein Vögelchen hat es mir geflüstert.«

Patrick war wie paralysiert.

»Was, zum Teufel ...«

Don Mackey ließ ihn nicht ausreden.

»Patrick, Sie verstehen doch, dass Sie unter diesen Umständen für unser Büro untragbar geworden sind, oder?«

Patrick wagte nicht zu antworten und verzog nur sein Gesicht.

»Die sind wie Arschkrampen, die Jungs von der Presse. Das passt einigen beim FBI überhaupt nicht, dass die hier so rumschnüffeln. Wir müssen Sie aus der Schusslinie bringen«, sagte Mackey, wobei er das Müssen stark betonte.

All sein Wirken, seine Lebensaufgabe! Seine gesamte Karriere, die schon 1973 als FBI-Fingerabdruck-Spezialist in der Zentrale in Washington begonnen hatte – in wenigen Sätzen dahin.

Er muss wohl ziemlich mitgenommen ausgesehen haben, denn Mackey sagte nun: »Hey, lassen Sie den Kopf nicht hängen. Man kümmert sich um Sie. Fragen Sie bitte Ihren Freund Harald Brunswick. Der hat ein Job für Sie – wahrscheinlich sogar einen besser bezahlten.«

Mackey lachte kurz auf, als ob er es für einen besonders gelungenen Scherz gehalten hätte.

In Patrick keimte Hoffnung auf. *Vielleicht doch kein Totalabsturz?*

»Was denn?«, fragte er leise.

»Als neuer Sicherheitschef des World Trade Centers. Wegen der Übernahme durch Silverstein Properties geht Mike Karloff in Rente.«

Als er das hörte, horchte er auf. Seine Gedanken überschlugen sich. So schlecht wäre das vielleicht gar nicht.

Aber es beruhigte Patrick letztlich nur wenig. Sein Leben war das FBI. Auch wenn die letzte Zeit schwierig gewesen war.

»Ich weiß nicht ...«

»Sie gehen jetzt raus und sagen, dass Sie vorhaben, sich vom FBI zurückzuziehen und dass Sie einen neuen Job im privaten Security-Management annehmen werden!«

Don Mackey legte ihm ein Stück Papier vor.

»Unterschreiben Sie bitte hier!«

Das war es. Patrick sah ihm tief in die Augen, fand aber keinerlei Anzeichen dafür, dass es sich noch lohnen würde, dagegen anzukämpfen. Er hatte sich innerlich eh schon damit abgefunden und wollte sogar schon selbst diesen Schritt tun. Es kam nun aber doch sehr plötzlich.

Zögernd fügte er sich, zog seinen teuren Kugelschreiber aus dem Jackett und wie in Trance unterschrieb er, ohne es groß zu lesen.

»Danke.«

Wortlos ging er zurück in sein Büro. Dort sank er in seinen Sessel, schloss die Augen und dachte nach.

Das war es also nun. Sein endgültiges Karriereende beim FBI.

Er nahm sein Telefon in die Hand und rief Rick Slater an, der bei CNBC arbeitete. Rick war hier in New York sein längster und vertrautester Freund, und es gab nichts, was er ihm nicht bedenkenlos mitteilen würde. Rick meldete sich, und weil er die Nummer erkannte, auch gleich persönlich.

»Hallo, Patrick, was geht?«

»Hi, Rick. Sitzt du gerade?«

»Ja? Was gibt es denn?«

»Ich wurde gerade mit einem goldenen Handschlag vom FBI verabschiedet.«

»Nein! Wirklich? Erzähl!«

So erzählte Patrick, wie es dazu gekommen war. Und dass er schon bald wahrscheinlich als Sicherheitschef im World Trade Center anfangen würde. Die Idee gefiel ihm immer besser.

»Das mit dem WTC, das wird für dich doch ein leichter Job. Sie werden die Türme nicht noch einmal angreifen«, vermutete Rick.

»Ich wäre mir da nicht so sicher, die haben ihren Plan, die Türme zu bombardieren, nie aufgegeben. Denk an Osama und seine Leute, du weißt es selbst am besten.«

Rick widersprach nicht. Er war in den letzten Jahren bei CBNC zum Terrorexperten aufgestiegen, zum einen war er maßgeblich am Zustandekommen des Sensations-Interviews beteiligt, welches sein Sender 1998 mit Osama bin Laden geführt hatte. Diese Ehre wurde nicht vielen zuteil, und nach ihrem keinem westlichen Sender mehr. Zum Anderen war er durch seine guten Kontakte zu Patrick auch immer bestens über die FBI-Antiterror-Arbeit informiert, es gab keine Grenzen zwischen privat und geschäftlich bei ihnen, sowohl Rick als auch Patrick profitierten von diesem gegenseitigen Verhältnis.

Einmal waren sie dadurch zu Unrecht in Verdacht geraten, das Erlaubte überschritten zu haben, 1999, als ein Terror-Überläufer mit dem Decknamen „Max“ der CNBC und dem FBI von einem bevorstehenden El-Kaida-Terrorplot erzählte, bei dem man ein Flugzeug mit einem US-Senator oder ähnlich wichtigen Person entführen wollte und damit den blinden Scheich, der für den Anschlag 1993 verurteilt worden war und in einem US-Supermax-Gefängnis saß, freipressen wollte.

Während des Berichtes dazu sagte der CNBC-Sprecher, das FBI habe einen verdeckten Ermittler in den Reihen El Kaidas. Es gab einen Aufruhr beim FBI wegen dieser Info, die potentiell jeden wirklichen verdeckten Ermittler gefährden würde, und man fragte sich, woher CNBC diese Info hatte. Patrick kam wegen seiner Verbindung zu Rick in Verdacht, aber nachdem der entsprechende Journalist, der das recherchiert hatte, aussagte, Patrick sei nicht die Quelle dafür gewesen und sogar einen Lügendetektortest machte, wurde der Verdacht wieder fallengelassen.

Natürlich wusste Rick aus diesen Gründen alles über Osama bin Laden und seine Leute, und auch, dass man in Washington gerne auf Durchzug stellte, wenn Patrick und andere auf die massive Gefahr hinwiesen, die von diesen Terroristen ausging.

»Gibt es aktuelle Informationen, die dir Sorgen machen?«

»Einen ganzen Haufen. Die Nachrichtenlage ist ähnlich wie 1999, kurz vorm Jahresende, als alle Kanäle wie wild Informationen vom bevorstehenden „Millennium-Plot“ funkten. Irgendetwas ist im Busch!«

Damals hatte Patrick einen weiteren seiner großen Erfolge gefeiert. Die Attentäter konnten noch an der kanadischen Grenze festgenommen werden, er verbrachte die Silvesternacht mit Argusaugen wachend am Times Square und zündete sich erst seine Zigarre an, als es schon 4.00 Uhr morgens war und er sicher war, dass nichts mehr passieren würde.

»Oh. Das hört sich gar nicht gut an. Was Konkretes?«

Patrick konnte und wollte am Telefon nicht mehr sagen.

»Nein. Weißt du, Rick, ich werde nun praktisch ausgeschlossen, Du weißt ja, ich musste auch die letzten Jahre immer darum kämpfen, Ermittlungen überhaupt einzuleiten und diese dann auch zu leiten. Aber das wird jetzt nicht mehr möglich sein. Mir werden die Hände gebunden sein, ich kann nichts mehr machen!«

»Verstehe.«

»Wir können uns die Woche ja noch mal treffen. Vielleicht im Elaine's?«

»Gerne. Ich schau mal in meinen Terminkalender.«

So verabredeten sie sich zu einem Treffen. Patrick hatte trotz des Rettungstuches, welches man für ihn aufgespannt hatte, das Bedürfnis, mit seinem alten Freund länger persönlich zu reden. Vielleicht würde ihm das helfen. Gute Kontakte sollte man gut pflegen.

1.2 CNN, 11.09.2001, 8.49:30 Uhr

Stimme unbekannter Regisseur:

»Das ist es!«

Antwort Moderatorin

»Ja.«

Einblendung: BREAKING NEWS.

»Das kam gerade rein. Sie sehen gerade offensichtlich sehr verstörende Live-Bilder.

Das ist das World Trade Center und wir haben unbestätigte Berichte heute Morgen, dass ein Flugzeug in einen der Türme der Gebäude gecrasht ist.

CNN beginnt gerade damit, an dieser Geschichte zu arbeiten, indem wir unsere Quellen bemühen und herauszufinden versuchen, was genau passiert ist.«

1.3 Es geht los!

New York, 11.09.2001 8.42 Uhr

Patrick O'Sullivan musste zum 34. Stock rauf, in sein Büro im Südturm. Er nahm dafür einen der lokalen Aufzüge. Außer dem Operator war niemand in der Kabine. Den Mann kannte er noch nicht, sodass er kurz: »Vierunddreißigste!« sagte.

Mit einem stummen Nicken setzte der Mann den Fahrstuhl in Bewegung.

Eben noch war Patrick bei Malcom Crockett oben im „Windows of the World“ genannten Restaurant gewesen, im anderen Turm, dem Nordturm, bei seinem neuen Chef.

Sie hatten zusammen mit Liz Thompson, der Direktorin des „Lower Manhattan Kulturrates“, gefrühstückt. Er hatte sich vorzeitig verabschiedet, weil um 9.00 Uhr schon das nächste Meeting auf seinem Terminplan stand.

Der Fahrstuhl ruckelte eine Zeit lang, hielt dann an und entließ ihn auf den 34. Stock des WTC 2, dem auch als Südturm der als World Trade Center Komplex bekannten Gebäude, jene alles überragenden New Yorker Zwillingstürme, wo seit drei Wochen sein neues Büro war.

Er dachte immer noch dran, was dieser Mike Karloff durch seine Offenheit möglicherweise alles verbockt hatte, während er durch die Tür in sein Büro ging und sich an seinen Schreibtisch setzte. Der Bildschirmschoner auf dem PC zeigte 8.46 Uhr an. Noch eine viertel Stunde, dann würden die beiden Vertreter von Rubenstein kommen und sie würden über die notwendige Terrorabwehr für die World Trade Center sprechen.

Er machte sich an seine Papiere und sortierte sie durch.

Auf einmal – eine Explosion – war ein lautes und tiefes Bumm zu hören. Das Gebäude erzitterte leicht. Das Licht flackerte. Instinktiv hielt er inne, horchte auf und fragte sich, was das wohl war.

Ein paar Sekunden später gab es einen noch lauteren Knall. All seine Sinne waren geschärft. Er ging zum Fenster, schaute nach rechts und links auf den kurzen Zipfel von Manhattan, konnte aber nichts sehen.

Ein Unfall?

Im nächsten Augenblick explodierte sein am Gürtel angehängtes Funkgerät förmlich. Aus dem allgemeinen aufgeregten Stimmengewirr konnte er eine Frauenstimme heraushören. Es war laut Identifikation jemand aus dem Security Command Center im 22. Stock des Nordturms, eine hysterische Frauenstimme, die er zu erkennen glaubte, der er aber spontan keinen Namen zuordnen konnte.

»... schwere Explosion hier, es fliegen Trümmer, Papier draußen an uns vorbei!«

Jetzt fiel ihm der Name der Frau auch wieder ein. Wilhelmine Carter hieß sie, war Operation Manager im Sicherheits-Kommando-Center drüben im 22. Stock.

Er hörte dem Funk angestrengt zu. Jemand anderes fragte, was passiert wäre.

Schluchzen. Dann wieder die Frauenstimme.

»Wir sind eingeschlossen. Die Tür geht nicht auf! Eine ... Explosion hat die Wand eingedrückt und den Türrahmen verbogen.«

Patrick wusste zwar nicht, was all das zu bedeuten hatte, war aber instinktiv sofort in höchster Alarmbereitschaft, sozusagen im FBI-Modus. Die vielen Jahre beim FBI in der Antiterroreinheit hatten ihn geschult, es half ihm jetzt, einen kühlen Kopf zu bewahren.

Was hatte das zu bedeuten? Eine Explosion?

Patrick wurde ganz schummrig. Hatte er nicht gestern noch gesagt, wir wären fällig?

Sogar mehrere Male – einmal vor einer Woche und gestern Abend beim Dinner im Elaine's auch noch seinen Freunden Raymond Powers und Harry Brunswick. Und nun wollte er sich um 9.00 Uhr auch noch mit den zwei Vertretern von Rubenstein treffen und die Terrorismusgefahr für die WTC besprechen? Und hatte er nicht für heute noch vor, John Patrick O'Sullivan, seinen Sohn, hier zu treffen, um ihm zu erzählen, was er herausgefunden hatte, um einen vertrauenswürdigen Mitwisser einzuweihen?

Zu spät!

Das war alles, was ihm in diesem Augenblick in den Sinn kam.

Er musste raus, runter, rausfinden, was los war. So hastete er los, rüber zum Büro von Mike Karloff nebenan und klopfte zweimal laut. Keine Reaktion. Er wusste aber, dass Mike da sein musste. Sie hatten gleich gemeinsam einen Termin.

Daher öffnete er die Tür und ging rein. Ohne zu zögern, fragte er drauflos: »Was war das eben? Haben Sie den Funkspruch auch gehört?«

Zu spät sah er, dass Michael telefonierte und eine abwehrende Handbewegung machte, eine Geste, die ihn bat, nicht zu reden.

Mike sagte noch: »Okay, wir kümmern uns drum.« Dann legte er auf.

»Patrick, wir haben den Ernstfall.«

Patrick wollte gerade antworten, als Mikes Telefon schon wieder klingelte.

»Einen Moment mal, bitte.«

Patrick hörte, wie Mike sich barsch meldete. »Karloff.«

Eine kurze Pause, dann weitere Satzfetzen, begleitet von einem geschockten und schneeweißen Gesichtsausdruck:

»Oh, mein Gott!«

»Ja.«

»Ich verstehe.«

»Wir schicken sofort unsere Leute dort hin.«

Mike wirkte extrem besorgt. Patrick hatte zwar noch seine normale Coolness, ihm schwante aber Böses. Vielleicht so etwas wie 1993. Ein Anschlag.

»Patrick, hören Sie. Es gab wohl eine Explosion im Nordturm, ziemlich weit oben. Wir gehen rüber in die Lobby des Nordturmes, zum Kommandoposten der Feuerwehr. Unterwegs sage ich alles, was ich weiß.«

Schon zog er sein Jackett über und sie machten sich zusammen auf den Weg.

»Versuchen Sie bitte noch, Greg zu erreichen!«

Michael Karloff war seit über zehn Jahren der Sicherheitschef vom World Trade Center und Gregory Anakis war dabei seine rechte Hand gewesen.

Deshalb zögerte Patrick nicht eine Sekunde lang und überhörte den Kommandoton, den Mike an den Tag legte. Zwar war er seit dem 01.09.2001 formal der neue Sicherheitschef, schließlich hatte die „Port Authority" die Gebäude vor neun Wochen an Larry Silverstein verpachtet und zog sich seitdem Zug um Zug zurück, aber es gab noch eine dreiwöchige Übergangszeit für ihn und nun dankte er Gott dafür, dass ihm trotz aller Differenzen, die sie hatten, Mikes und Gregs Erfahrung und Know-how noch zur Verfügung standen.

Gab es heute eben formal zwei Sicherheitschefs. Einen neuen mit FBI-Erfahrung und einen mit zehn Jahren World Trade Center-Praxis.

Sie eilten zum Fahrstuhl und er wählte gleichzeitig mit seinem Mobiltelefon die Nummer von Gregory Anakis, erreichte ihn aber nicht, es war besetzt. Mike drückte den Knopf, als vor ihm die Tür des Fahrstuhls aufging und Gregory Anakis mit einem Telefon am Ohr vor ihnen stand.

Was für ein Zufall!

Greg hatte schon irgendetwas mitbekommen, auch er sah besorgt aus. Mike schob ihn mehr oder weniger zurück in den Fahrstuhl.

»Greg, gut, dass wir dich treffen. Los, komm mit, zum Nordturm rüber.«

Patrick legte wie Greg auf und steckte das Telefon wieder zurück in seine Innentasche.

»Was ist los, ich habe eben einen Funkspruch gehört, irgendwas mit einer Explosion?«, fragte Greg sichtlich verstört.

»Ich sage euch beiden im Fahrstuhl, was ich bisher weiß.«

In der Kabine hatte Mike ihnen noch einmal das Wenige berichtet, was er bisher selbst gehört hatte. Er betonte, dass, auch wenn es ein Flugzeug gewesen sein sollte, es immer noch die Möglichkeit eines Unfalls gäbe.

Augenblicke später waren sie in der Lobby des Südturms. Aus der Ferne waren die ersten Sirenen zu hören. Der Platz vor dem WTC war so gut wie menschenleer, was Patrick etwas verwunderte. Dann sahen wie auch, warum – da draußen lagen überall Trümmer, Gebäudeverkleidung aus Aluminium, aber auch Papierfetzen und andere, nicht identifizierbare Trümmerstücke. Sie entschieden sich, in der Concourse genannten Shopping Mall zum Nordturm zu gehen, da diese überdacht war. Also noch ein Stockwerk mit der Rolltreppe runter.

Unten in der Concourse angekommen, vergrößerte sich sein Erstaunen noch. Normalerweise verkehrten hier immer hunderte Menschen, die aus allen Himmelsrichtungen zwischen den PATH-Zügen und den anderen New Yorker U-Bahnlinien hin- und herströmten und die Korridore und Läden bevölkerten. Obwohl das Explosionsgeräusch vielleicht gerade mal fünf Minuten her war, war alles so gut wie menschenleer. Ab dem Kaffee-Shop zog ein rauchiger, dunkler Qualm auf. Es roch nach Kerosin.

Als sie beim Laden von Thomas Pink vorbeikamen, der auf der Südostecke des Nordturms lag und gerade renoviert wurde und deshalb geschlossen war, sagte Greg spontan:

»Genau wie 1993.«

Schon hier konnten sie die Zerstörungen sehen. Die großen Wegweiser, die an der Decke hingen, waren teilweise herunterfallen. Ein Sprinkler lief, sodass sie dem Wasser ausweichen mussten. Überall war feiner Staub verteilt.

Patrick erfasste alles wie ein Adler und überlegte krampfhaft, was hier unten passiert sein könnte. Sie gingen nun durch den Eingang zum Nordturm durch, fuhren mit der Rolltreppe hoch und betraten die dortige Lobby.

Eine Explosion?

Eine Bombe, wie befürchtet?

Er würde schneller Gewissheit erlangen, als er sich das vorstellen konnte.

1.4 CNN, 11.09.2001, 8.54:20 Uhr

Anmoderation:

»Jetzt wollen wir zu unserem lokalen Sender WABC gehen, der live berichtet.«

Blende. Live in die Straßen New Yorks:

»Können Sie uns sagen, was Sie gesehen haben, Sir?«

Keine Reaktion. Befragter geht wortlos vorbei. Nächster Passant erscheint.

»Können Sie uns sagen, was Sie gesehen haben?«

Eindringlicher. Eine Frau hält an und antwortet:

»Ich war in der U-Bahn PATH, und es gab ein großes Explosionsgeräusch, alle liefen raus. Ein großes Stück des Gebäudes ist rausgeflogen, so um den 80. Stock.«

»Wurde es von irgendetwas getroffen oder ...

»Es kam von innen – weil alles rausflog, all die Fenster, das Papier ...«

»Was ist auf den Bürgersteigen?«
»Ich habe nichts gesehen.«
»Sind da Verletzte?«
»Ich habe nichts gesehen, bin nur weggerannt.«

1.5 Nahtod-Erfahrung

Heute war der Tag, der letztlich Professor John Millers ganzes Leben umkrempeln und ihm enorme Schwierigkeiten bereiten würde. Was er natürlich noch nicht wusste. Es war ein schöner Tag im Mai 2005. Die Sonne schien und erwärmte mit ihren Frühlingsstrahlen den hier in Provo fruchtbaren Boden Utahs.

Melinda hatte ihn dazu überredet, mit zu einem Vortrag von einer gewissen Jessica Jones zu gehen. Sie wollte in Orem im Staples Veranstaltungscenter über ihre Nah-Tod-Erfahrungen berichten. Das hörte sich interessant an, ein wenig interessierte ihn das auch, hauptsächlich ging er aber mit, um seiner Frau einen Gefallen zu tun. Sie waren jetzt seit 25 Jahren verheiratet und er versuchte ihre Interessen, wo es ging, zu unterstützen. Nun saßen sie in dem Saal und mit ihnen über 50 Menschen, vermutlich die meisten wie sie selbst Bürger des Mormonen-Staates Utah, die auch Interesse hatten an den Nahtodberichten von **der** Koryphäe schlechthin auf diesem Gebiet, wie ihm Melinda versicherte hatte.

Die Luft war stickig, aber alle lauschten gebannt den Worten der adretten und gut aussehenden Mit-Vierzigerin. John war zwischenzeitlich etwas abgedriftet, aber plötzlich erweckte Jessica wieder seine volle Aufmerksamkeit. Er wusste gar nicht mehr, wie es zu diesem Thema kam, aber auf einmal sagte sie:

»Wenn sie denken, dass die World Trade Center nur wegen Feuer und der Flugzeuge einstürzten, liegen noch eine Menge Überraschungen vor Ihnen.«

Die meisten Zuschauer klatschten lautstark. John war verwirrt. Worüber sprach sie?

Er tippte Melinda an die Schulter, und als sie sich zu ihm hin drehte, flüsterte er ihr zu:

»Weißt du, was das zu bedeuten hat?«

Aber Melinda zuckte nur mit den Schultern und flüsterte zurück: »Das weiß ich auch nicht.«

John war etwas beruhigt. War er nicht der einzige Ahnungslose.

Was für ein Blödsinn. Was sollen das für Überraschungen sein? Sie ist bestimmt irgendwelchen blöden Verschwörungstheorien aufgesessen.

Auf einmal war die Peters in seiner Achtung stark gesunken – und das betraf auch alle ihre Nahtoderfahrungen. Ihm war nur noch langweilig. Aber eines ließ ihn nicht los: wie die Menschen im Saal auf diese Äußerung reagiert hatten. Zustimmung, statt Ablehnung. Von der Mehrheit der Anwesenden. Im konservativen Utah. Er drängte den Gedanken daran letztlich zurück und dachte den Rest des Vortrages über die Gestaltung seines Redebeitrags am morgigen Tag in der Uni nach. Das Thema morgen war sein Lieblingsthema: Archäometrie. Wissenschaftliche Untersuchungen von archäologischen Funden. Zum Beispiel physikalische oder chemische Analysen. Und dann auf die Umstände der Artefakte-Entstehung zu schließen.

Er, John Miller, war eine Koryphäe auf diesem Gebiet – auch wenn er selbst sich so nicht bezeichnet hätte. Wenn er noch einmal seinen Doktor machen könnte, dann in diesem relativ neuen, spannenden Fachgebiet der fachübergreifenden Wissenschaften. Nicht nur in Physik. Und vielleicht wäre dann seine Karriere nicht in der doch beschränkten Forschungs-Physikprofessur geendet, wenn auch an einer angesehenen Uni, während er die meiste Zeit nur noch auf seine in fünf Jahren erfolgende Pensionierung warten würde. Immerhin konnte er jedes Jahr sehen, wie vielversprechende Studenten ihre Karrieren mit dem gleichen Optimismus und Enthusiasmus anfingen, wie einst er selbst, als er direkt nach der Uni in die Muon'sche Fusionsforschung einstieg, einem der spannendsten Fachgebiete der damaligen Wissenschaft. Er hatte seine Erfahrungen gemacht. Forschungen ohne Regierungsgelder waren unglaublich schwer umzusetzen. Und mit diesen Geldern war man strengen Auflagen in der Forschungsrichtung ausgesetzt, die oftmals eine wirklich wissenschaftliche, neutrale Betrachtung eines Themas behinderten und teilweise sogar zu fragwürdigen Forschungsergebnissen führten. Er seufzte. Diese Erfahrungen würden die meisten seiner Studenten auch noch machen, wenn sie mit staatlich sanktionierter Forschung konfrontiert werden würden, oder ansonsten unterbezahlte Forschung, schlechte Ausstattung und Arbeitslosigkeit drohten.

Kapitel 2 Angriffe

2.1 Abgesägt

Patrick kam am 15.08.2001, dem Tag, an dem er seine Kündigung unterschrieben hatte, von der Arbeit nach Hause und war total fertig. Nun musste er Mel die Neuigkeiten überbringen.

»Schatz, ich habe eine gute und eine schlechte Nachricht.«

»Meine Güte, du siehst ziemlich mitgenommen aus. Setzt dich erst einmal hin, ich bringe dir was zu trinken und einen kleinen Imbiss. Und dann erzählst du mir das, ja?«

Mel ging in die offene Küche, die mit einem Tresen vom Wohnbereich abgetrennt war - in ihrer kleinen aber feinen Wohnung hier in der Peter Cooper Village.

»Welche willst du zuerst hören?«

Mel rief über den Tresen rüber:

»Ich glaube, die Schlechte.«

Er setzte sich an den Esstisch.

»Mackey hat mich heute gefeuert.«

»Nein, das hat er nicht«, rief Mel laut aus.

»Doch, hat er. Das Aktentaschendesaster kommt in die Times, man will mich beim FBI nicht mehr. Na ja, du weißt ja, ich hatte schon selbst mit dem Gedanken gespielt, aufzuhören.«

»Ich verstehe nicht ...«

»Ich erzähle dir lieber gleich die Gute. Harry Brunswick hat mir einen neuen Job vermittelt. Ich weiß noch nicht, wie Mackey davon mitbekommen hat, aber Harry will mich als neuen Sicherheitschef für die World Trade Center.«

»Und das heißt?«

»Geregeltere Arbeitszeiten, mutmaßlich wesentlich mehr Gehalt als zuvor, und Objektschutz ist nicht mal annähernd so gefährlich wie mein Job beim FBI.«

In Mels Augen blitzte ein Lächeln auf.

»Vielleicht ist das gar nicht so schlecht. Auch für uns.«

»Du hast Recht. Das FBI ist zwar ein Teil meines Lebens. Vielleicht war es zuletzt ein zu großer Teil. Eine Chance, mein Leben ein wenig aufzuräumen.«

Er war aufgestanden, hatte sich in die Küche begeben und nahm Mel von hinten in den Arm. Sie schmiegte sich an ihn. Er wusste, dass sie ihn gerade erst ´99 eigentlich verlassen wollte.

»Vielleicht ist es wirklich so das Beste.«

»Jedenfalls rufe ich gleich Harry an und bedanke mich bei ihm. Er hat einfach immer gute Verbindungen.«

»Mach das. Harry ist wirklich ein Engel. Dir aus der Situation rauszuhelfen. Toll. Ruf ihn am besten gleich nach dem Essen an, ja?«

Er dankte Mel, die ihm mittlerweile ein Glas Selters und einen Hotdog fertiggemacht hatte, was er sich nun nahm und anfing zu essen.

Nach dem Essen nahm er das schnurlose Haustelefon in die Hand und wählte Harrys Nummer.

Dieser ging nach dem zweiten Klingeln ran und meldete sich mit seiner tiefen Stimme.

»Brunswick. Hallo?«

»Harry, ich bin es, Patrick. Hallo!«

»Ah, hallo Patrick, grüß dich. Ich nehme an, du hast es erfahren?«

»Ja, du weißt es schon? Mackey hat mich heute rausgeschmissen. Und mir von deinem Vorschlag erzählt. Danke, Mann.«

»Und, machst du es?«, fragte Harry neugierig.

»Bist du wahnsinnig? Natürlich! Gerne. Ist zwar nicht das Gleiche wie Chef-Terroristen-Jäger, aber da sehe ich mal drüber hinweg!«

»Fein, schön zu hören, freut mich, dass du nun Teil unserer großen Gemeinde von Ehemaligen wirst, die in die Privatwirtschaft wechseln. Ich habe das ja auch schon hinter mir, du weißt ja, nachdem ich letztes Jahr meinen Job beim OEM hingeschmissen habe, hatte ich schon die Top-Angebote von ENSIC und Kress in der Tasche.«

»Arbeitest du eigentlich immer noch für beide Firmen?«

»Ja, und warum sollte ich nicht? Ich mache nebenbei auch noch das Anti-Bio-Kampfstoffe-Programm für New York.«

»Wer wäre mein Arbeitgeber?«

»Du wirst direkt von Silverstein Properties angestellt. Silverstein möchte möglichst viele seiner wichtigsten Leute direkt an sein Unternehmen binden. Wegen der konkreten Vertragsbedingungen musst du dich mit einem seiner Vertreter treffen. Bereuen wirst du es sicher nicht. Du weißt ja, die Bezahlung ist immer besser als das, was du beim FBI verdienen kannst. Für deinen Job sicherlich über 300.000,- $ im Jahr.«

Patrick zog die Luft durch seine Lippen, sagte aber zuerst nichts. Dann: »Harry?«

»Ja?«

»Danke Mann! Du bist ein wahrer Freund.«

»Klar doch, habe ich gerne gemacht!«

»Hast du heute Abend noch Zeit? Ich gebe dir einen aus im China Club.«

»Klar, ich bin dabei, weißt du doch! Treffen wir uns um elf?«

»Gerne! Ich freue mich drauf! Bis dann.«

Eigentlich waren Patrick und Harry, seit er in New York war, also seit 1997, befreundet. Sie hatten sich in ihrem Job kennengelernt und gleich gut verstanden.

Patrick erinnerte sich an den 4. Juli 1998, den Unabhängigkeitstag. Das war ein Tag, der ihm in Verbindung mit Harry immer in Erinnerung bleiben würde.

Patrick war mit Boxershorts die First Avenue entlanggegangen, in der Nähe der 20. Straße, wo seine Wohnung war, als Harry neben ihm mit dem Auto auftauchte und Scherze über seine unbedeckten Knie machte. Selbst die Worte waren ihm im Kopf hängen geblieben.

»Wie läuft's?«, hatte Harry scherzend gefragt. Aber Patrick war nicht in der Stimmung. Er lehnte sich ans Auto und brummte:

»Unser Freund macht wieder Ärger.«

»Wer?«

»Osama bin Laden.«

Und einen Monat später gab es dann tatsächlich die Anschläge auf die US-Botschaften in Kenia und Tansania. Harry war damals beeindruckt von seinen Informationen und Schlüssen, und das war der Beginn ihrer wirklich tiefen Freundschaft. Oberflächliche Freunde, Bekannte und Informanten hatte Patrick ansonsten wie Sand am Meer.

Sie trafen sich am Abend im China Club. Der Laden war voll. Die Tanzfläche war gut besucht. Und der DJ hatte einen guten Tag.

Die Nacht war schließlich wie immer – nur dass Patrick die Rechnung übernahm.

Sein Vorhaben, Maria den Laufpass zu geben, hatte er gegen alle Vorsätze doch nicht verwirklicht. Er hatte zwar Maria angerufen und sich mit ihr verabredet. Doch statt mit ihr über eine Trennung zu sprechen, war er doch wieder in ihren Armen gelandet.

Er redete sich ein, dass er ihr das einfach nicht antun konnte. Und er Trost bei ihr fand und beim Sex mit ihr alles vergaß.

Er rollte sich aus dem Bett. Maria bewegte sich kurz, schlief dann aber weiter.

Es war bald drei Uhr morgens und er musste noch nach Hause, wenigstens ein paar Stunden schlafen. Er zog sich an, blickte noch einmal zurück. Sie lag unter der zerknitterten Decke, ihr süßer Hintern schaute darunter hervor und sie sah mit ihren dunklen Locken wie ein Engel aus. Er seufzte bei diesem Anblick aus tiefstem Herzen. Er könnte sie nicht verlassen! Doch jetzt musste er aber los. Wieder einmal würde er sich heimlich aus dem Staub machen.

Sie war es schon gewohnt, dass er bestimmte, wann und wie sie Zeit miteinander verbrachten. Ja, sicher passte ihr das nicht, aber sie liebte ihn. Machte alles mit. Und verzieh ihm beinahe alles.

Er war so weit. Ging noch einmal in das Bad und kämmte seine Haare. Auch wenn es nur darum ging, im nächtlichen New York die drei Meilen bis zu seinem Appartement in der First Avenue in seinem alten Buick LeSabre zurückzulegen. Man konnte nie wissen. Der richtige Style ist immer entscheidend.

»Showtime«, flüsterte er, um Maria nicht zu wecken. Wie immer sein Standardspruch. Welcher ihm Sicherheit gab. Andere hätten das für eine blöde Marotte gehalten, aber es war mehr als das. Es war sein Mantra.

Dann schlich er aus dem Hotelzimmer und zog leise die Tür hinter sich zu.

Er bewegte sich so leise, dass ihn der Nachtportier an der Rezeption nicht einmal bemerkte. Eine Art, die er sich als FBI-Mann und Chef der New Yorker Spionage-Abwehr bis auf das Blut angeeignet hatte und nicht ablegen konnte, selbst wenn er gewollt hätte. Er rekapitulierte noch mal die Ereignisse des Tages, um sich zu überlegen, ob das alles so richtig war. Gut, er war Mr. FBI, wenigstens von New York. Noch ein paar Tage wenigstens. Seine Zeit dort war abgelaufen. Das wusste er. Das Gespräch bei Mackey war eindeutig, aber schon vorher hatte es genug Signale dafür gegeben. Weswegen er es bereits akzeptiert hatte, ja sogar selbst schon überlegt hatte, aufzuhören. Er hasste das. Das FBI war sein Leben.

Mittlerweile war er im Parkhaus bei seinem blauen Buick LeSabre angekommen und schloss die Tür auf. Er hatte drei Chivas auf Eis getrunken, vor drei Stunden im China Club, doch darüber machte er sich keine Sorgen. Noch nicht. Falls er angehalten werden würde, gelänge es ihm schon, sich rauszuboxen. Noch war er jemand und seine Karriere würde es ohnehin nicht mehr belasten können. Das war schon längst und unwiderruflich geschehen.

Er fuhr auf der mitternächtlich ruhigen Fünften Avenue Richtung Norden, bis er in Höhe 59. Straße war, dort bog er nach links ab. Noch weniger als eine Meile, und er würde in seinem Appartement in der „Peter Cooper Village“ ankommen.

Nicht die beste Wohngegend in New York, aber auch nicht die schlechteste. Und die 1.400 Dollar Miete für seine Zweieinhalb-Zimmer Wohnung wären auch kein Problem mehr, bald, wenn er erst einmal diesen Job hatte. Er hatte beim FBI zwar nicht schlecht verdient, aber pflegte auch einen extravaganten Lebensstil. Allein seine allwöchentlichen Aufenthalte im Elaine’s, seinem Stammlokal, kosteten ihn ein Vermögen. Ebenso wie einige seiner Informationen, die er auf unkonventionelle Weise bekam. Auch wenn er verschiedene Förderer hatte, die ihm dann und wann Geld zusteckten, damit er Informanten bezahlen konnte, wo das FBI nicht seine Budgets opfern wollte oder konnte, hatte er bald 300.000 Dollar Schulden.

Doch mit dem neuen Job als Sicherheitschef im World Trade Center mit den vermuteten 300.000 Dollar im Jahr war das Ende seines Schuldenlebens absehbar. Er dankte Gott von ganzem Herzen für diese Fügung in seinem Leben. Und Harald Brunswick für die Vermittlung. Harry hielt zu ihm. Ein echter Freund. Als es um den neuen

Sicherheitschef für das WTC ging, hatte Harry Patricks Namen eingeworfen. Im Grunde hatte er nur Glück gehabt, dass die „PANYNJ“ die WTC nicht mehr länger selbst betreiben wollte und gerade erst einen Deal mit Larry Silverstein abgeschlossen hatte. Vielleicht war es auch Fügung.

Nun war er bei dem Block angekommen, in dem sein Appartement lag. Es lag im dritten Stock. Er steuerte das Parkhaus an und stellte sein Auto ab. Nach der kurzen Fahrt im Fahrstuhl war er schließlich in seinem Appartement angekommen. Leise schloss er die Tür auf. Und horchte, hörte aber nichts. Er schlich sich zum Schlafzimmer und machte die Tür vorsichtig auf. Wegen Melanie.

Doch Melanie schlief. Gut. Musste er ihr jetzt nicht vorlügen, wo er gewesen war.

Dass er spät nachts nach Hause kam, war nicht unüblich. Trotzdem. Sein Herz war zerrissen. Seine Liebe galt beiden Frauen, aufrichtig. Und doch. Irgendwann würde er die Wahrheit sagen müssen. Vor diesem Tag ängstigte er sich. Schließlich hatte er Mel erst vor einem halben Jahr ein sündhaft teures Kollier geschenkt und dabei gesagt, es wäre doch das, was sie bestimmt wolle, und sie sagte, er wüsste ja wohl, was sie wolle. Damit hatte sie ganz klar auf eine Hochzeit angespielt. Doch er wollte sie nicht wirklich heiraten. Das war ihm irgendwann heute Abend klar geworden. Und er schaffte es nicht, ihr endlich von seinem größten Geheimnis zu erzählen, von dem weder Mel noch Maria wussten. Um heiraten zu können, hätte er sich zunächst von seiner ersten Frau scheiden lassen müssen. Es fehlte ihm am Mumm, das zu machen. Er hatte sie damals für den Job alleingelassen, sie, und seinen Sohn John Patrick jr. Oder kurz J.P.

Ihm war er etwas schuldig, schließlich war er schon sehr lange Zeit nicht mehr als Vater aufgetreten und brachte es auch deshalb nicht übers Herz, die Scheidung einzureichen. So kalt war er nicht.

Und Melanies mittlerweile erwachsende Kinder Jay und Stacey sahen in ihm auch eine Art Vaterersatz. Auch sie wollte er nicht enttäuschen. Maria war von allen die schlechteste Alternative. Allerdings die sexuell überzeugendste und verlockendste Variante.

Er zog sich sein Jackett aus, löste den Schlips, knöpfte sein Hemd auf, und ging zu Bett.

Anschließend lag er noch eine ganze Weile wach und starrte an die Decke seines Appartements.

Seine Gedanken kreisten um diese verzwickte Situation.

Sofern Mel von Maria erfahren würde, wäre es vermutlich das Aus. Falls es dumm lief, vielleicht sogar mit beiden. Und Maria würde er auch nicht ewig hinhalten können. Das wollte er eigentlich auch gar nicht. Am liebsten hätte er sie freigegeben, damit sie sich einen anständigen jungen Mann suchen konnte.

Patrick versuchte, sich zusammenzureißen und zwang sich, diese Grübeleien abzustreifen und endlich zu schlafen. In weniger als vier Stunden würde er schon wieder aufstehen und sich auf den Weg in das FBI-Hauptquartier machen. Mehr Schlaf brauchte er nie. Alles Teil seines Lebens, dessen Ziel es war, niemals zu ruhen, um die bösen Terroristen zu jagen. Wenigstens ein paar Tage noch. Einen großen Wurf würde er sich für seinen letzten Tag aufbewahren. Er hatte schon alles geplant. Mit diesen Gedanken schlief er endlich ein.

Drei Tage später, am Sonntag, war es so weit. Er knallte Mel die Zeitung auf den Tisch.

»Lies mal! Seite drei.«

»Was steht da drin?«, fragte Melanie mit behutsamer Stimme. Sie hatte seine gereizte Stimmung schon bemerkt.

»Heute ist der Artikel erschienen, wie von Mackey angekündigt. Über mich. Hatte ich dir erzählt.«

Patrick war schon stinksauer, als er den Titel des Artikels las:

Das FBI ermittelt gegen einen hochrangigen Antiterror-Agenten
Von David Johnston und Nicholas Risen

Er hatte sich extra bequemt, die New York Times unten an der Ecke zu kaufen. Die las er nur unregelmäßig, verließ sich lieber auf seriöse, direkte Quellen als auf Journalismus aus zweiter Hand. Wann war das letzte Mal eine echt sensationelle Enthüllung in der Times publiziert worden? Seit den Pentagon Papers von Daniel Ellsberg war man doch jeder Story aus dem Weg gegangen. Auch die Infos zur Iran-Contra-Affäre, welche hauptsächlich von Robert Parry recherchiert waren, gingen ihren Weg an die Öffentlichkeit nicht über die NYT.

Melanie nahm die Zeitung in die Hand und las. Er sah ihr dabei zu und setzte sich erst einmal.

Mel war immer noch genauso schön wie damals, 1990, als sie sich kennengelernt hatten. Ihre langen blonden Haare hatte sie zu einem Pferdeschwanz gebunden, ihr Gesicht hatte zwar ein paar Falten mehr um die Augen, sie war jetzt 45, was sie aber noch ausdrucksstärker machten. Sie war damals in einer Bar einfach auf ihn zugegangen und hatte gesagt, wie schön seine Augen doch seien. Er hatte gelacht und sie zu einem Drink eingeladen. Später waren sie im Bett gelandet.

Mel hatte mittlerweile zu Ende gelesen. Sie legte die Zeitung zur Seite, stand auf und stellte sich hinter ihn und fing an, seinen Nacken zu massieren.

»Baby, du hast doch gewusst, dass so etwas kommt!«

Patrick genoss diese Massage.

»Du hast recht.«

Er entspannte sich etwas.

Schon kurz nach dem Ereignis im letzten Jahr war ihm eine dunkle Ahnung gekommen, dass es doch eine Karriere-Falle war, in die er getappt war. Sein kurzzeitiger Verlust des Geheimberichts aller Agenten von New York, auch der verdeckten Ermittler.

Er hatte Mel davon erzählt, wenigstens in diesem Punkt hatte er sie nie belogen. Vermutlich hätte er auch das nicht erzählen dürfen. *Verdammte Geheimniskrämerei.*

Er erinnerte sich zurück an den Tag.

Es war sein eigener Boss gewesen, eben jener Don Mackey, der ihn auf ein FBI-Treffen nach Tampa, Florida ins Peabody Hotel, letztes Jahr im Juli 2000, geschickt hatte. Ein Meeting mit 30 anderen FBI-Agenten zum Thema Vorruhestand. Es war stinklangweilig, er hatte sich mit Händen und Füßen gegen diesen doch sehr deutlichen Wink mit dem Zaunpfahl gewehrt – allein es half ihm nichts. Er musste dorthin.

Mel massierte ihn weiter, ohne ein Wort zu sagen.

Sein Handy meldete sich während der Konferenz kurz vor Mittag mit einem lautlosen Brummen. Eine weitere seiner Marotten, auch bei den wichtigsten Konferenzen und Besprechungen ständig erreichbar zu sein und niemals das Telefon ganz auszuschalten. Er sah auf die Nummer, es war kein Name im Display, dennoch kam ihm die Nummer bekannt vor. Er dachte sich, es könnte etwas Wichtiges sein und zumindest war es ein guter Grund, diesen stinklangweiligen Vortrag kurz zu verlassen. Um nicht zu stören, verließ er den Raum. Da passierte es. Er wollte wählen, aber es war keine Nummer in der Anruferliste gespeichert. Wie merkwürdig das war, wurde ihm erst später klar. Als er zurückgehen wollte, kamen ihm seine Kollegen entgegen, der Seminarleiter hatte alle zur Pause entlassen. Diese hungrige Meute ließ ihm keine Chance, in den Raum hineinzukommen, bevor nicht der größte Mob durch die Tür draußen war. Endlich kam er in den Saal, ging zu seinem Stuhl – und, zu seinem Schreck – seine Aktentasche war weg. Wer würde es für möglich halten, bei einem Treffen von 30 FBI-Agenten beklaut zu werden? Eigentlich undenkbar. Und doch – dort, vor seinem Stuhl hatte, noch als er den Raum verließ, seine Aktentasche gestanden. Nun war diese Stelle leer. Blanker, roter Teppich. Zuerst hatte er sich der Hoffnung hingegeben, ein Kollege hätte diese aus Versehen an sich genommen und es würde sich rasch als Irrtum aufklären. Doch das war nicht der Fall. Auch die Mithilfe des Seminarleiters nach Ende der Pause brachte keine Aufklärung. Es gab ein Problem mit dieser Tasche, wie sich später herausstellte. Es war sein Chef Don Mackey gewesen, der ihm eine Akte im letzten Augenblick vor seiner Abreise in die Hand gedrückt hatte, damit er diese unterwegs durcharbeitete. Er hatte es noch nicht geschafft, da reinzuschauen, das wollte er abends im Hotel machen. Also hatte er sie in seiner Tasche gelassen. Er meldete den Verlust sofort und Mackey fragte nach, ob er den Annual Field Report, den er mitgegeben hatte, etwa in der Tasche gehabt hätte. Erst dann wurde Patrick wirklich bewusst, welchen Bockmist er gebaut hatte und wie ernst die Sache war.

Es war der jährliche Report aller Undercover-Ermittlungen des FBI von New York, den er verloren hatte. Hochgeheime Informationen über alle Informanten, über alle FBI-Agenten. Darunter alle Informationen in Sachen islamistische Bedrohung – das FBI hatte seit 1990 die Terrorzelle in der Moschee in Brooklyn systematisch unterwandert. Diesen Report hätte er gar nicht bei sich haben dürfen.

Woher hätte er wissen sollen, was er da in der Tasche hatte? Don Mackey hätte es ihm ja auch sagen können, was er ihm da in die Hand drückte. Andererseits hätte er auch genauso gut schauen können, um welche Akte es sich handelte und welche Sicherheitseinstufung diese hatte. Er fühlte sich von Mackey aufs Kreuz gelegt. Aber was nützte ihm das? Mackey hatte ihn schon immer auf der Abschussliste gehabt. Er war stinksauer gewesen und hatte

Don zur Rede gestellt. Der hatte ihn schon auflaufen lassen, seinen eigenen Rücken abgesichert und schon gemeldet, dass Patrick diese Akte mitgenommen und ohne Aufsicht liegengelassen hatte. Vermutlich, weil er selbst seinen Job gefährdet sah. Überhaupt hätte Patrick diese Stelle kriegen sollen, schon lange bevor Don Mackey überhaupt im Gespräch war.

Mel hatte mittlerweile ihre Hand unter sein Hemd geschoben und es langsam aufgeknöpft.

Er hasste es, wenn seine Karriere nicht so lief, wie er es geplant hatte, und besonders dann, wenn ihm solche Missgeschicke passierten und er sich wie ein Anfänger reinlegen ließ.

So etwas durfte einfach nicht geschehen. Das passierte vielleicht einem Provinzler, aber nicht ihm!

Nun war es halt passiert. Und ließ sich auch nicht rückgängig machen. Er selbst hoffte darauf, dass es sich als normaler Hoteldiebstahl entpuppte. Die Tasche tauchte später tatsächlich wieder auf. Mit den Akten. Nur seine Zigarrenzange fehlte, ebenso sein silbernes Feuerzeug. Als ob es sich um einen normalen Hoteldiebstahl gehandelt hätte. Das FBI nahm Proben von der Mappe mit den geheimen Unterlagen, angeblich waren da keine anderen Fingerspuren drauf, aber wenn das Profis in der Hand gehabt hatten, wäre es ihnen ein Leichtes gewesen, jegliche Spuren zu vermeiden. Patrick dachte darüber nach, was das Verschwinden seiner Tasche bedeuten könnte. Theoretisch waren alle ihre Undercover-Quellen gefährdet, entweder aufgedeckt, erneut umgedreht oder gar umgebracht zu werden. Je nachdem, wer diese Daten in die Finger bekommen hatte. Wenn es jemand in die Finger bekommen hatte. Als man dann damals tatsächlich einen Tatverdächtigen präsentierte, war er ein wenig beruhigt, wenngleich immer etwas Misstrauen blieb. Nun hatte sich also herausgestellt, wie berechtigt dies war.

Er schaute aus seinem Fenster auf das regenverhangene New York. Aus dem Westfenster ihres Appartements konnten sie den Central Park sehen, der bei diesem Wetter ziemlich trostlos und verlassen aussah.

»Baby, es macht doch keinen Sinn, so viel zu grübeln. Dein neuer Job hört sich doch klasse an. Du bekommst mehr Geld, hast einen verantwortungsvollen, aber nicht mehr so gefährlichen Job. Und mehr Zeit für uns! Was willst du mehr?«

Sie hatte recht – einzig und allein sein Wechsel zur WTC-Security brachte ihn wieder runter. Und Mel. Die sich mittlerweile ausgezogen hatte und auf ihm saß und seine Sorgen wegküsste.

Sie gab sich ganz hin. Wie schon hunderte Mal zuvor. Der Sex war tröstlich. Er war eben doch noch nicht das ganz alte Eisen. Er war immer noch am Leben und im Geschäft. Und vielleicht war es wirklich ungefährlicher, im WTC-Sicherheitschef zu sein, als FBI-Agent auf der Jagd nach Terroristen.

2.2 CNN, 11.09.2001, 8:55 Uhr

»Am Telefon ist nun Jeanne Yurman.«

»Jeanne, können Sie uns sagen, was Sie gesehen haben?«

»Ich kann Ihnen sagen, dass ich gerade Fernsehen sah, als es einen lauten Knall gab und das Fernsehbild kurz ausging. Ich ging zu meinem Fenster, ich lebe im Battery Park, gleich neben den Twin Towers, und die Seite des World Trade Centers explodierte gerade, als ich hochsah. Dann fielen Trümmer herunter, ich konnte nicht glauben, was ich mit angesehen habe.«

2.3 Tod in der Lobby

Patrick betrat mit den beiden anderen Männern die Lobby des Nordturms, es war drei vor neun. Ein benzinartiger Geruch hing in der Luft. Rauch zog sich durch die Lobby. Auf den Fliesen lagen Trümmerteile, ein größeres Stück hatte das Dach des Plaza-Ausganges durchschlagen. Mike lief vorneweg, einmal um den Aufzugsbereich herum in die Nordwest-Ecke, gleich neben dem Haupteingang, wo der Feuerwehr-Kommandoposten war. Es sah schrecklich aus. Eindrücke und Gerüche brannten sich in sein Hirn. Ein Gewusel von Stimmen und Funksprüchen schlug ihnen entgegen.

»Eingeschlossene Menschen oberhalb von Stockwerk 95.«

»Ja, ein Flugzeug!«

Dazu immer mehr Sirenen. Feuerwehrleute versammelten sich in der Lobby, ein Feuerwehrchief, laut Namensschild Batterie-Chief Edwards, bezog anscheinend gerade Stellung am Kommandoposten.

Es waren bereits die ersten Feuerwehreinheiten von Leiter Sieben und Neun vor Ort, die sich dort sammelten und besprachen, was zu tun sei.

Mike eilte dorthin und sprach kurz mit ihnen. Diese wussten aber ebenfalls nicht, was genau passiert war und versuchten ebenso wie sie selbst, sich erst einmal einen Überblick über die Lage zu verschaffen, bevor sie mit koordinierten Rettungsmaßnahmen anfangen konnten.

Patrick hatte sein Telefon am Ohr und schaute zwischen zwei Kübeln mit Bäumen nach draußen in Richtung Plaza, wo sonst der Springbrunnen mit der goldenen Weltkugel zum Verweilen einlud. Er versuchte vergeblich, jemanden von der Port Authority zu erreichen.

Überall lagen Trümmer herum. Sämtliche Scheiben waren zerborsten. Nach außen!

Er blickte nach links. Das Erste, was zu sehen war, waren zwei Menschen vor den Aufzügen 36 und 37 in Aufzugsbereich C, direkt im Eingangsbereich des Nordturms zur Straßenseite. Dort lag ein Mann an die Wand geschleudert, offensichtlich tot, völlig verbrannt, sein Gesicht schwarz, seine Kleidung weggebrannt, seine Zunge lag neben ihm. Wenn man es nicht an den Konturen hätte erkennen können, hätte man es auch für schwarze, verkohlte Trümmerteile halten können. Daneben hockte eine Frau, ebenfalls mit schweren Verbrennungen. Sie lebte noch, ein Feuerwehrmann kümmerte sich um sie und hielt ihre Hand. Sie hatte keine Haare mehr, die Augen waren verschlossen, die Kleidung bis auf die Haut komplett verbrannt, man hätte noch nicht einmal mehr sagen können, welcher Hautfarbe oder welchen Alters sie war. Patrick wusste sofort, dass diese Frau keine Überlebenschance mehr hatte und nur noch wenige Minuten haben würde – mehr als 80 % ihrer Haut waren verbrannt. Dieser Anblick war unerträglich, so wandte er sich ab und legte die Hand vor die Augen. Nach ein paar Sekunden durchschnaufen sah er sich weiter um und sein Blick wanderte zur Vorderseite der Fahrstuhlbank. Es sah so aus, als ob bei den meisten Fahrstühlen die Türen aus den Angeln gerissen waren. In zwei Fahrstuhlschächten war nur der schwarze Schacht zu sehen. Überall fehlten die Marmorpaneele an der Wand.

Er sah ein Gesicht, das er kannte. Im Kommandoposten. Es war der Fahrstuhl-Maintenance Supervisor des Nordturms, Nick Brewster.

Der lief auf ihn zu und sah sehr verstört aus.

»Nick, was zum Teufel ist hier passiert?«

Nick nahm ihn wahr, nickte ihm kurz zu und stammelte dann los. »Ich habe gerade mit der Feuerwehr gesprochen. So wie es aussieht, ist ein Flugzeug eingeschlagen, oberhalb des 78sten.«

»Was für ein Flugzeug? Eine Cessna?«

»Eher was Großes, ein Verkehrsflugzeug.«

Zum ersten Mal erfasste Patrick die volle Tragweite des Geschehenen.

»Oh, mein Gott. Das bedeutet sicher Dutzende, wenn nicht Hunderte Verletzte und Tote.«

Nick blieb stumm.

»Was ist mit den Feuermeldern? Ist zu erkennen, wie viele Stockwerke betroffen sind?«

Nick schaute kurz zu einer Kontrolltafel. »Nein, da oben sind alle Anzeigen ausgefallen.«

»Und wie kam es zu den Schäden und Toten hier unten?«

Nun kratzte er sich am Kopf.

»Es gab eine gewaltige Explosion. Ich war an der Tür zum Marriot, als es passierte. Eine dumpfe Explosion, Glaskronleuchter klirrten, dann noch eine Explosion, ein paar Sekunden später klirrte und erzitterte es erneut. Und im nächsten Augenblick erreicht mich diese Wolke aus Feuer, die wie ein heißer Wind über uns hereinbrach. Ich brachte mich gerade noch hinter der Tür in Deckung. Die Menschen in der Lobby vor den Aufzügen hatten keine Chance.«

Er fing an zu schluchzen.

»Mein Gott, Patrick, haben Sie die verbrannten Menschen gesehen? Es ist so furchtbar!«

Nick verstummte dann in weiterem Schluchzen und Patrick klopfte ihm kurz auf die Schulter. Von ihm würde er nicht viel mehr erfahren können, deswegen war er schon wieder dabei, sich weiter umzusehen und zu telefonieren. Es musste doch mehr zu erfahren sein. Er rief Rick Slater, seinen Freund bei der CNBC an. Besetzt. *Verdammt.*

Er dachte nach. Es handelte sich ganz sicher um einen Terroranschlag. Gerade, wenn ein Flugzeug darin verwickelt war. Einen Unfall schloss er kategorisch aus.

Wie haben wir es nur zulassen können, dass es so weit kam?

Die Lobby füllte sich weiter mit Feuerwehrleuten von allen möglichen New Yorker Wachen, es war Großalarm ausgelöst worden. Sie kamen herein, sammelten sich am Kommandoposten, dort bekamen sie Weisungen der Chefs und dann stürmten sie ins Treppenhaus, hinauf ins Ungewisse, mit unsicheren und ängstlichen Blicken, aber trotzdem entschlossen, Menschen zu retten und das Feuer zu löschen.

Mit ihrer schweren Ausrüstung war es bestimmt nicht leicht, die Stockwerke bis nach oben zu laufen.

Anscheinend waren sie dazu übergegangen, die Ausrüstung zu reduzieren oder zu zweit zu tragen, um schneller nach oben zu gelangen. Mittlerweile war auch Mike Scott eingetroffen, der Manager für die Feuer-Sicherheit der WTC, ein langjähriger PA-Angestellter.

»Hey, Mike, weißt du schon mehr?«

Mike sah genauso geschockt aus wie alle hier und zögerte eine Sekunde, bevor er ausstieß: »Es soll ein Flugzeug gewesen sein, über dem 95sten. Selbst wenn die Sprinkler nicht zerstört worden sind, die Feuer sind bestimmt zu groß, als dass sie gelöscht werden könnten. Da oben gibt es zwar mit Löschwasser gefüllte Sprinklertanks, aber die bekommen keinen Nachschub. Jedenfalls nicht ohne manuelle Arbeit. Die Standpumpen müssen mechanisch aktiviert werden und die Zuleitungen zu den Wassertanks sind vielleicht zerstört.«

Keine wirklich guten Nachrichten. Chief Edwards schien das gehört zu haben, er sah zu ihnen und kam auf sie zu.

»Wir machen hier hauptsächlich eine Rettungsaktion, keine Löschaktion. Oberste Priorität ist die sichere Evakuierung des Gebäudes. Klar? Dann sehen wir weiter!«

Mike entgegnete: »Wir sollten alle WTC-Gebäude evakuieren – auch den Südturm. Eben kam über Funk eine Warnung vor einem zweiten Flugzeug, welches auf dem Weg nach New York ist.«

»Ein zweites Flugzeug?«, fragte Chief Edwards ungläubig, »kann das jemand bestätigen?«

Aber die um sie herumstehenden Feuerwehrleute und Polizisten, die ihre Unterhaltung gehört hatten, zuckten nur mit den Achseln oder schwiegen.

Chief Edwards entschied dennoch:

»Okay, wir evakuieren den gesamten Komplex. Je mehr Leute wir hier schnell raushaben, desto besser!«

Sofort wurde seine Entscheidung durch eine Befehlskette weitergegeben.

Patricks Kopf schien vor all den Informationen förmlich zu platzen. Auch wenn er geschult war und eigentlich seinen Kopf für klare, strukturierte Gedankengänge gebrauchen konnte, diese Situation war doch etwas zu viel – auch für ihn.

Er eilte zu seinem Kollegen von der PA, der sich wieder gefangen hatte und jetzt äußerst beschäftigt aussah.

»Hi, Nick. Wie sieht es aus?«

»Ich bin dabei, die Fahrstühle der Reihe nach anzurufen. Insgesamt sind es 99 Fahrstühle. Ich bin jetzt bei 35. Einige haben nicht geantwortet.«

Sein Blick ließ keinen Zweifel, dass dies nur eines bedeuten konnte. Diese waren entweder leer – oder abgestürzt und die Insassen tot. Und leer – dafür standen die Chancen an einem Werktag kurz vor neun Uhr nicht wirklich gut.

»Viele stecken fest. In den meisten sind ein oder zwei Leute, in einem fünf. Die meisten sind sehr aufgeregt, schreien und weinen. Einige wenige sind auch ganz ruhig.«

»Was können wir machen? Wo sind die Jungs von ACE Elevator, die sind doch hier am Arbeiten?«

»Keine Ahnung. Ich habe schon versucht, den Vorarbeiter von ACE zu erreichen. Aber die Telefonnetze sind anscheinend überlastet, ich komme nicht durch.«

In dem Augenblick ging ein Fahrstuhl auf und ein paar Leute kamen heraus. Sie wirkten verstört, gingen aber trotzdem raschen Schrittes raus.

»Eigentlich sollen die Fahrstühle in einem Notfall auf das unterste Stockwerk fahren und dann automatisch die Tür öffnen, so wie dieser hier. Aber aus irgendeinem Grund stecken die meisten fest, obwohl sie Strom haben.«

Patrick runzelte wieder die Stirn. Das war jetzt einmal zu oft! Er ging gedanklich von Sabotage aus, ausgeführt, um die Rettungsarbeiten zu behindern. Wer auch immer dahintersteckte, hatte anscheinend wirklich gründliche Arbeit gemacht. Hatte einen Plan. Und das roch noch nach mehr! Jede einzelne Faser seines Körpers spannte sich.

2.4 Der Student

»Heureka, das ist es!«

»Was denn, Professor Miller?«, fragte sein Student, ein junger Kerl namens Daniel Young, neugierig. Sie standen in einem Labor des auf der Westseite der Brigham Young University, kurz BYU in Utah, gelegenen Traktes. Es war ein schöner Maitag im Jahr 2005.

»Schau dir mal diese TEM-Mikrofotografie an!«, sagte er und reichte es mit einem gutmütigen Lächeln rüber.

Das TEM war das Tunnel-Elektronenmikroskop, ein Gerät, worauf man an der BYU zu Recht stolz war. Bei der Mikrofotografie beschoss man Oberflächen von Proben mittels Elektronen und durch die unterschiedlichen Röntgenemissionen erhielt man beeindruckende Aufnahmen von maximal vergrößerten Oberflächenstrukturen. Man hatte gerade erst im letzten Jahr Dr. Jeffrey Kruger für das TEM verpflichten können. Einen der besten Mikro-Fotografierer des Landes.

Young nahm den Ausdruck in die Hand und studierte ihn ausführlich. Es dauerte nicht lange, bis er verstand, was den Professor so erfreut hatte.

»Da hat Dr. Kruger aber ganze Arbeit geleistet!«

Bei der Elektronentunnelmikrografie kam es wie in vielen anderen wissenschaftlichen Bereichen auf die penible Vorbereitung der zu untersuchenden Probe an. Schnitt man Oberflächen falsch an, oder wenn man auch nur Millimeter danebenlag, waren keine eindeutigen Ergebnisse zu sehen.

Hier war der Befund eindeutig.

Sie hatten ein Stück Metall untersucht, so wie es aussah Kupfer, da es mit einer dicken blaugrünen Patina überzogen war.

Mit dem Elektronenbeschuss konnten sie eindeutig feststellen, welche Elemente Spitzen oder sogenannte Peaks auslösten, also nachgewiesen werden konnten. Aber das eigentliche Ziel war es, die Oberfläche zu begutachten. Diese war sehr glatt und homogen, nachdem sie die Patina vorsichtig abgelöst hatten.

»Eindeutig Kupfer. Verhüttet. Sonst wäre es nicht so homogen. Kaum andere Einschlüsse zu sehen«, ergänzte Young.

Die Oberflächenstruktur war wirklich eindeutig. Metallische Elemente konnte man aufgrund ihrer Größe fast immer eindeutig zuordnen. Schwierig waren alle Stoffe, die schlicht zu klein, also unter 100 Nanometer groß waren, vor allem organische Stoffe.

Bei dem Stück Metall handelte es sich um ein Artefakt, welches ursprünglich aus Helgoland, einer kleinen Insel vor Deutschland, stammte. Es war bei einem Tauchgang von dem örtlichen Amtsleiter der Baubehörde, einen gewissen Hans Kremer, im Südhafen gefunden worden. Dort lagerten Platten, deren Fundumstände auf eine Verhüttung hinwiesen, weil sie so aussahen wie andere vorchristliche Fundstätten der Kupfer- oder Bronzezeit, in denen verhüttete Metalle einzeln von einer Feuerstelle abgezogen wurden, nachdem sie an der Oberfläche abgelöscht worden waren. Nur für Helgoland war keine Besiedlung für diese Zeit bekannt. Die Insel war erst seit dem siebten Jh. n. Chr. von Friesen besiedelt worden. Später sollen sich dort Piraten aufgrund der exponierten Lage der Insel versteckt gehalten haben.

»Diese Platte ist nicht zufällig entstanden. Homogene chemische Analyse. Also kein natürlich vorkommendes Kupfer. Und die Oberfläche ist wirklich abgezogen worden. Damit können wir als erwiesen ansehen, dass es in Helgoland Kupferverhüttung gab, mutmaßlich in der Bronzezeit. Denn später gab es keine Erwähnung solcher Methoden und man hätte dann auch mit Hochöfen gearbeitet anstatt mit dem Abziehen, dieser doch vorsintflutlichen, aber effektiven Methode«, resümierte Miller.

Daniel sagte geistesgegenwärtig: »Oder aber die Piraten haben selbst und geheim verhüttet, um ihre Waffen selbst zu schmieden. Sind nicht Kanonenrohre aus Bronze? Man hätte nur noch Zinn hinzufügen müssen.«

John lächelte. Er mochte es, dass seine Studenten zeigten, wenn sie ergebnisoffen dachten, mehrere Hypothesen entwickelten und so bestenfalls nicht zu vorschnellen Schlüssen kamen.

»Kanonenrohre aus Bronze wurden erst ab dem 13.oder 14. Jahrhundert gebaut. Es ist nirgendwo überliefert, dass es dort eine Bronze-Gießerei gab.«

»Vielleicht sind die Archive unvollständig. Die Piraten dort werden kaum alles akribisch aufgeschrieben haben, was sie machten.«

Professor Miller musste seinem aufgeweckten Studenten zustimmen. Aber es gab noch einen wichtigen Gesichtspunkt für die Analyse.

»Tatsächlich gibt es auf der Insel natürliche Kupfervorkommen. Aber, so weit bekannt, kein Zinn. Außerdem: Warum hätte man erst Kupfer in Reinform in Platten herstellen sollen und nicht gleich Bronze?«

Young zuckte mit den Schultern. Er hatte keine Antwort.

John Miller sprach noch weiter.

»Die Funde wurden unter Wasser gemacht, in ca. sechs Meter Wassertiefe. Man müsste herausfinden, ob es Berichte über untergegangene, versunkene Inselteile für den Bereich gibt, wo das hier gefunden wurde. Am besten wäre sowieso eine Umgebungsanalyse bestimmter Sedimentschichten, um das Alter der Funde aus Umgebungshinweisen zu bestimmen. Oder noch besser, Kohlenreste vom Feuer der Verhüttungsstelle, die es ja wohl geben muss. Mit den C-14 Kohlenstoffanalysen könnte man das Alter einer Probe sehr genau bestimmen. Derzeit können wir nicht mit Sicherheit sagen, wann das gemacht wurde. Aber, dass verhüttet wurde, schon. Wieder einmal reichen kleinste Spuren, um Hypothesen bestätigt zu finden.«

So oder so, die Verhüttung war bewiesen. Er war zufrieden, schrieb noch etwas in seinen Bericht und räumte dann das Labor auf. Ein erfolgreicher Tag. So ein Analyseergebnis würde man in Helgoland bestimmt gerne sehen. Einige der Exponate waren bereits auf Helgoland in einem Museum ausgestellt. Es wäre je nach tatsächlicher Entstehungszeit möglicherweise der nördlichste Fund für eine Abzieh-Kupfer-Verhüttungsmethode.

Nachdem er in der Uni fertig war, machte er sich auf den Heimweg. Im Auto schweiften seine Gedanken ab.

Die Sache mit dem Publikum, welches auf Jessica Jones merkwürdige Aussage zum World Trade Center so unverhohlen Zustimmung signalisierte, hatte ihn nicht losgelassen.

Er wusste allerdings noch nicht wirklich, was er damit anfangen sollte.

Man müsste sich mal selbst schlaumachen.

Aber wo? Arbeitete das NIST, das „National Institute for Standard and Technologies“, nicht an einem umfangreichen Report über die Einstürze der Twin Towers? Er war der Meinung, so etwas einmal in der „Deseret Morning News“, ihrer Tageszeitung in Utah, gelesen zu haben.

Er war schlicht ahnungslos.

»Hallo John. Wie war dein Tag?«, begrüßte ihn Melinda mit einem flüchtigen Kuss.

Gedankenabwesend erwiderter er ihre Begrüßung. Nach all den Jahren ihrer Ehe bedurfte es zwischen ihnen nicht mehr vieler Worte.

»Das Essen steht schon auf dem Tisch«, sagte sie.

Es gab Nudelauflauf. Sie aßen nur am Wochenende Fleisch.

Beim Essen kam ihm eine Idee.

Er hatte doch genügend jugendliche Studenten. Da war bestimmt einer dabei, der wusste, wie man das herausfinden könnte. Vielleicht Richard „Dick“ Burke, der war einer der intelligentesten Studenten, die er jemals hatte. Und vor allem offen für alles und ein wahrer Springinsfeld, der auf fast allen Gebieten mitreden konnte. Er beschloss, diesen Richard zu fragen.

Am Mittwoch machte er sich auf die Suche nach diesem Studenten, fand ihn aber nicht.

Am Donnerstag erblickte John ihn in seiner Physik-Vorlesung. Im Anschluss bat er ihn zu sich.

John legte sein gutmütiges, väterliches Lächeln auf und sagte:

»Dick, ich hätte da eine Frage. Lass uns mal etwas raus auf den Campus gehen.«

Richard runzelte die Stirn, sagte aber: »Gerne, Professor Miller.«

Sie gingen über den grünen Campus der Brigham Young Universität, benannt nach dem gleichnamigen Mormonen-Führer, der auch als „Moses der neuen Welt" bekannt war, weil er seine Schäfchen durch die Wüste führte, bis zum Staat Utah, in denen sich die Siedler Mitte des 19. Jahrhunderts niedergelassen haben.

»Dick, ich war am letzten Samstag bei einem Vortrag.«

»Etwa bei Jessica Jones?«

John räusperte sich. »Äh, ja, woher weißt du?«

Richard rollte nur mit den Augen.

»Also, darum geht es gar nicht. Frau Jones machte so eigenartige Bemerkungen, was die World Trade Center angeht. So in etwa, als ob die offizielle Version der Ereignisse nicht stimmen würde.«

Richards Blick wurde ernst.

John erzählte weiter.

»Was mich wirklich verwundert hat: Von den 50 Leuten dort haben die meisten an der Stelle geklatscht. Das geht mir einfach nicht mehr aus dem Kopf.«

John verstummte, aber auch Richard schwieg.

Richard war stehengeblieben. John ebenfalls. Richard drehte sich zu ihm und sah ihm direkt in die Augen.

»Professor, ich erzähle Ihnen gerne etwas darüber, aber bevor ich das tue, möchte ich Ihr Wort, dass es keine Auswirkungen auf meine Benotungen haben wird. Und dass, egal was Sie gleich von mir halten mögen, dies keine sonstigen Nachteile für mich haben wird.«

Nun war John irritiert. Was mochte es bedeuten, wenn ein Student sich bei ihm vergewisserte, dafür nicht abgestraft zu werden? Er überlegte kurz, entschied sich dann, dem zuzustimmen.

»Natürlich, sei versichert.«

Richard schwieg noch ein paar Sekunden, sah ihm wieder in die Augen und fing dann an:

»Wissen Sie, es ist gefährlich, darüber zu reden. Ja, sogar selbst, schon darüber nachzudenken. Wenn man damit anfängt, gibt es kein Zurück mehr. Nichts wird so sein, wie es bisher war.«

John war unsicher, aber seine Neugier behielt Oberhand, so nickte er ihm ermunternd zu, doch bitte fortzufahren.

»Sie können mich jetzt für einen Spinner halten. Aber der 11.9.2001 war nicht so, wie man ihn uns verkauft hat. Verkauft, das ist das richtige Wort dafür.«

Er lachte kurz spöttisch auf. John schwieg.

»Es gibt hunderte Ungereimtheiten in der offiziellen Geschichte. Aber wenn es konkret um die World Trade Center geht, drängt sich die Erkenntnis auf, dass die drei Gebäude gesprengt worden sind. Die Indizien sind einfach erschlagend.«

John lachte auf. »Was, gesprengt? Da sind Flugzeuge reingeflogen. Und wieso überhaupt drei Gebäude? Das waren doch nur zwei Türme!«

Jetzt lachte Richard. »Sehen Sie? Da merken Sie schnell, was die Medien uns verkaufen können. Am Nachmittag des 11.9.2001 stürzte das WTC 7 genannte Gebäude in wenigen Sekunden komplett in sich zusammen, 47 Stockwerke. In unter sieben Sekunden.«

John wurde wieder ernst. »Tut mir leid, dass sagen zu müssen. Aber das ist verrückt! Da war kein drittes Gebäude, welches dem Erdboden gleichgemacht wurde.«

Sein junger Student schien von seiner Reaktion wenig überrascht.

»Wie Sie meinen, Professor Miller. Falls Sie es sich doch noch mal anders überlegen, sollten Sie mal im Internet nach Nathan Zimmermann suchen, die Webseite heißt wtc7.net. Oder sich die Geschichte von Liam Roberts anschauen.«

Er schüttelte den Kopf.

»Ich glaube nicht, dass ich dafür Zeit habe. Aber vielen Dank für die Hinweise.«

Damit war für ihn die Unterhaltung beendet, denn Richard verabschiedete sich und ging Richtung Mensa. Nach ein paar Metern drehte er sich um, sah ihn nochmal an und rief noch: »Nicht vergessen, ja?«

John hielt kurz inne, ging dann aber ohne Reaktion weiter und dachte in diesem Augenblick an die Opfer der Anschläge und welcher Hohn es doch war, das Geschehen infrage zu stellen. Denn immerhin handelte es sich um Massenmord und islamistischen Terror.

Hatte sich nicht Osama bin Laden sogar dazu bekannt?

Er schüttelte den Kopf und widmete sich wieder seinem Tagesgeschäft.

Schon nach weniger als einem Monat siegte seine Neugier schließlich doch.

John wusste nicht, warum er das tat. In den Tiefen seines Verstandes verabscheute er sich selbst dafür. Er war im Internet und suchte tatsächlich nach der Webseite von Nathan Zimmermann, wie es Dick ihm vor ein paar Wochen empfohlen hatte.

Ziemlich schnell hatte er sie gefunden. *http://www.wtc7.net*

Am Anfang war er skeptisch, nein, eigentlich strikt der Meinung, was auch immer da stehen würde, es würde sich alles ziemlich schnell als Schwachsinn entlarven lassen. Deshalb suchte John, bevor er sich groß in die Seite und die Ideenwelt des Nathan Zimmermann einlas, erst einmal nach dessen Vita. Dank der übersichtlichen Seite hatte er sie ebenso schnell gefunden.

http://911research.wtc7.net/re911/Zimmermann.html

John las und war erstaunt. Zimmermann war Ingenieur und ein Wissenschaftler, der schon in diversen Fachmagazinen Arbeiten veröffentlicht hatte, so wie er selbst auch. Seine Themenschwerpunkte waren Software-Entwicklung und Computersimulationen. Kein Wunder, dass er seine Webseiten so übersichtlich gestalten konnte.

Zimmermann hat gleich mehrere Webseiten in Betrieb, u.a. wtc7.net, 911review.com und 911research.wtc7.net.

Seit 2003 hatte er seinen Erkenntnisweg über 9/11 dokumentiert und damit in nachvollziehbarer Art und Weise transparent gemacht.

Also ein Idiot ist das nicht.

Nun machte sich John an das Studium der Webseiten. Doch bevor er damit richtig anfing, fiel sein Blick auf ein Video, welches auf der Webseite zu finden war. Darunter stand mit fettem Titel: World Trade Center 7.

Die Sieben. So wie Dick gesagt hatte. Ihn überkam ein beklemmendes Gefühl. *Sollte er doch ...?*

Er drückte auf den Abspielbutton.

Was er sah, war kaum zu glauben. Ein Gebäude, welches die meisten anderen danebenstehenden überragte und mit seiner dunklen Fassade auch irgendwie bedrohlich aussah und welches sich einwandfrei in New York neben den rauchenden Trümmern der Twin Tower-Ruinen befand, brach wirklich in wenigen Sekunden komplett in sich zusammen. Er konnte es nicht glauben und spielte es sich immer wieder vor. Es sah haargenau so aus wie eine dieser kontrollierten Sprengungen, die man dann und wann bei Gebäudeabrissen zu sehen bekam.

Schließlich nahm er eine Stoppuhr in die Hand und prüfte es selbst: sieben Sekunden.

Was war dieses WTC 7, und wie war es zusammengefallen? Und wieso hatte er noch nie davon gehört?

Er war regelrecht geschockt. Wie konnte er so etwas nicht wissen? Gut, er hatte sich mit den Anschlägen in

New York und Washington, seitdem sie geschehen waren, nicht mehr wirklich beschäftigt, da war nur ein dunkler Schatten Erinnerung an diesen schrecklichen Tag. Was war er doch ignorant gewesen!

Allein schon aus der Tatsache, wie er Dick behandelt hatte, nachdem der vom WTC 7 erzählt hatte, machte ihm klar, dass eine Entschuldigung fällig war. Auch wenn das noch lange nicht bedeuten würde, dass es wirklich eine Option war, dass diese drei Gebäude wirklich gesprengt worden waren. Das glaubte er nicht. Dafür musste es eine andere, logische, wissenschaftliche Erklärung geben.

Als Erstes wollte er jetzt die offizielle Erklärung zu dem Einsturz von WTC 7 hören.

Auf Zimmermanns Seiten fand er dazu mehr.

Je mehr er las, desto unglaublicher wurde es. WTC 7 wurde nicht von einem Flugzeug getroffen und deshalb gab es auch kein brennendes Kerosin. Einige Trümmerteile des Nordturms hatten das Gebäude getroffen und beschädigt. Und es brannte an einigen Stockwerken. Aber nichts davon erklärte plausibel, wie das Gebäude so einstürzen konnte.

Er arbeitete sich weiter vor:

„Der Einsturz des WTC 7, obwohl in vielen Hauptstädten der Welt mit seinen 47 Stockwerken ein alles überragendes Gebäude, wird im sogenannten Commission Report mit keiner einzigen Silbe erwähnt."

Die FEMA, die „Federal Emergency Management Agency", hatte eine kurze Untersuchung der ASCE, der „American Society of Civil Engineering", mit einem Team beaufsichtigt. Zum WTC 7 stand dort:

„Als Arbeitshypothese sei möglich, dass die Feuer gespeist von Dieseltanks im Gebäude zu einem strukturellen Versagen führten. Diese Hypothese sei jedoch nur wenig wahrscheinlich, weitere Untersuchungen seien notwendig."

Jetzt, im Juni 2005, war der Endtermin des NIST-Reports, der nach der FEMA-Untersuchung auf Druck der Opferangehörigen von George Bush erst im Jahre 2003 beauftragt wurde, mit dem Ziel, die technischen Abläufe in New York zu untersuchen, für den Gesamtreport auf Oktober terminiert worden – aber der Report zu WTC 7 war davon schon abgekoppelt, weil noch nicht fertig, und sollte dann im Frühjahr 2006 erscheinen.

Sie scheinen Probleme zu haben, es zu erklären. Was konnte es schon anderes bedeuten, wenn sie es trotz ihres Budgets innerhalb von vier Jahren nicht schafften, eine offizielle Erklärung zum Einsturz zu veröffentlichen?

John verbrachte mehrere Stunden am Stück mit dem Lesen von Zimmermanns Seite. Bis ihm kurz vor Mitternacht die Augen beinahe zufielen und er schließlich den PC ausschaltete.

Er legte sich zu Melinda ins Bett, die schon schlief.

Aber er nicht. Lange Zeit wälzte er sich noch hin und her. Die Dinge, die er heute gelesen hatte, lasteten schwer auf seinem Verstand und in seinem Kopf schwirrten tausend Gedanken umher.

Konnte das wirklich sein?

Sein Weltbild war bis auf die Grundfeste erschüttert. Das WTC 7 hinterließ ein großes Fragezeichen in seinem Kopf. Er befand sich auf der Spur eines der größten Verbrechen der Neuzeit.

Kapitel 3 Umbrüche

3.1 Der letzte Tag

Es war so weit. Der 22.08.2001. Sein letzter Tag beim FBI.

Er wurde in den Gemeinschaftsraum gerufen.

Als er in den Raum ging, stimmte man „For he's a jolly good fellow“ an.

Patrick lächelte halb verlegen. Der Kollege Dan Sloane von der I-49-Einheit hatte eine kleine Party für ihn organisiert. Ein Sektumtrunk. Viele seiner Kollegen waren gekommen, sie standen in lockerer Runde zusammen.

»Hallo, Patrick.« Viele Kollegen schüttelten seine Hand. Er begrüßte alle der Reihe nach. Dann schlug jemand mit einem Messer an ein Glas, um Ruhe zu erbitten.

Sloane erhob seine Stimme: »Ein Hoch auf Patrick O'Sullivan, dem unermüdlichen Ermittler, der durch seine Art stets anderen auf die Füße trat.«

Er schmunzelte.

Patrick nicht, denn ihm erschien es wie bittere Wahrheit, was da im Scherz angesprochen wurde.

Sloane hielt sein Glas hoch. Nun war Patrick doch genötigt, etwas zu sagen.

»Chapeau. Vielen Dank, Dan. Für die liebreizende Party – für alles. Auf Euch, Kollegen!«

Sie stießen an und tranken einen Schluck.

»Du fängst jetzt im WTC an, habe ich gehört?«, fragte der Kollege Smith.

»Ja, und nicht neidisch sein, aber der Job ist wesentlich besser bezahlt als der hier.«

Allgemeines Gelächter. Wer hier in New York bei der Terrorismusabwehr arbeitete, tat das nicht des Geldes wegen – sondern aus Überzeugung. In der Privatwirtschaft könnte jeder einen höher dotierten Job finden.

»Im Ernst, Patrick. Warum verlässt du uns?«

Mehrere fragende Gesichter. Jeder wusste, wie sehr gerade er das FBI liebte.

»Dan hat – Recht. Ich will nicht hadern, aber hier beim FBI bekomme ich meine Füße nicht mehr auf den Boden.«

»Wieso?«

»Ich habe keine Chance auf eine Beförderung mehr, hat man mir offenbart.«

Jeder wusste es. Sein Ziel war es gewesen, entweder beim FBI in Washington Direktor der nationalen Sicherheit zu werden oder aber Direktor des FBI in New York. Es war nicht nur ein vages Ziel, eine Hoffnung, sondern eine gewisse Erwartungshaltung bei seiner Bilderbuchkarriere. Er war sogar schon von Janet Reno auf die Liste für den ersten Posten gesetzt worden. Kurz, er wollte der Chef sein. Und, verdammt noch mal, wer hätte es eher verdient als er, der sich jeden Tag bis in die Puppen den Hintern aufriss. Und dann das!

Diese durch interessierte Stellen ausgenutzten Missgeschicke. Für die er letztlich allein die Verantwortung trug.

Er wollte sich nicht wieder da hineinsteigern.

Um die Stimmung zu lockern, wandte Patrick einen seiner Tricks an.

»Prost, meine Freunde. Ich liebe euch alle! Brüder! Und Schwestern!«, grinste er und hob erneut sein Glas.

Allgemeine Heiterkeit war die Folge. Jeder kannte seine Sprüche, seine Gesten, wie er den Arm um einen legen und sagen konnte, »Mann, ich liebe dich, du bist mein Bruder.«

So machte er es auch jetzt mit Dan Sloane. Er legte seinen linken Arm auf seine Schulter und Jacqueline fotografierte sie. Kurzes Lächeln für die Kamera.

Im nächsten Augenblick wieder Small Talk.

Sein persönliches Lebensziel war kaputtgegangen. Wo genau, war schwer zu sagen. 1999 hatte er seinen alten

Mentor Bob Bryant überzeugt, ihn für diesen Job in Washington vorzuschlagen und sowohl der FBI-Direktor Greene als auch Janet Reno hatten ihre Zustimmung schon gegeben. Aber das Timing war eine Katastrophe. Gerade war es so weit, als er sich einen Fauxpas erlaubte, der ihm diese Chance nahm. Er wollte Mel nach New Jersey fahren, sie hatte dort einen dringenden Termin, und sein acht Jahre alter Buick war ganz in der Nähe des FBI-Hauptquartiers in der Lafayette Straße verreckt. Auch sein Blick unter die Motorhaube brachte nichts. Er hatte den Wagen abschleppen lassen und war mit Mel ins Hauptquartier gegangen. Nachdem sie geduscht hatte, brachte er sie mit seinem Dienstwagen zu ihrem dringenden Konventions-Termin, der einen großen Auftrag mit sich bringen konnte.

Kein großer Deal? Leider doch. Jemand hatte ihn angezeigt und die Innenrevision ermittelte. Schließlich wurde er für zwei Wochen suspendiert. Die Begründungen waren: missbräuchliche Benutzung des Dienstwagens und die Enttarnung von geheimen FBI-Standorten. Formal und rein rechtlich sogar richtig. Dennoch wurde er das Gefühl nicht los, dass nichts unversucht gelassen wurde, ihn in Verruf zu bringen. Dessen war er sich sicher. Denn diese Suspendierung war nur das erste von einigen Malen, an dem er sich dachte, irgendjemand hätte ihn auf der Abschussliste und wolle ihm schaden. Nur wer? Er wusste es nicht – und das wurmte ihn umso mehr.

Er war ein sehr guter Agent, der beste. Nicht nur er selber war dieser Ansicht. Doch es gab den Job als „Berater für die nationale Sicherheit“ in Washington nicht für ihn. Auch bei der Neubesetzung des New Yorker FBI-Chefs wurde er nicht berücksichtigt. Stattdessen sollte er FBI-Abteilungsleiter vom Regionalbüro in Newark werden. Mitten in der Provinz! Was für eine Schmach! Es war wie verhext. Er arbeitete mehr als alle anderen, schlief weniger als alle anderen, war kompetenter und kollegialer als alle anderen – vielleicht machte ihm das Feinde, gerade auch in höheren Etagen, selbst Louis Greene und Tom Wickert hatten vielleicht Angst, ihre Jobs an ihn zu verlieren.

Dann kam das Aktentaschendesaster.

Er hatte im Juni schon seine Absicht kundgetan, das FBI zu verlassen, nachdem Tom Wickert ihm offenbart hatte, dass es für ihn keine Chance auf eine Beförderung mehr gäbe. Und dann diese New-York-Times-Story in der letzten Woche. Das war definitiv sein Ende beim FBI. Dazu hatte einer der Autoren, den er deswegen erbost angerufen hatte, noch durchblicken lassen, man hätte noch anderes belastendes Material von einer geheimen Quelle und es seien weitere Storys geplant. Nun wusste er ganz genau, dass es mindestens eine Person gab, die der NYT Material zuspielte, um ihn zu zerstören. Mackey hatte Recht. Es war besser, aus der Schusslinie zu verschwinden. Zum Glück hatte er den neuen Job schon in der Tasche.

Er sprach Wickert an, weil er vermutete, dass der dahintersteckte. Aber der stritt alles ab und war erbost, so erbost, dass Patrick es ihm abnahm, nicht hinter dieser Kampagne zu stecken. Wer dann?

Es gab eine gewisse Kraft innerhalb der Organisation, die ihn behinderte. Das war nicht nur bei den Ermittlungen zu dem Anschlag auf die USS Cole so. Doch diese Kraft und alle Behinderungen seiner Ermittlung durch saudische und jemenitische Behörden waren letztlich der Auslöser dafür, dass er sich eigentlich schon im Juni entschieden hatte, auszusteigen und in der Privatwirtschaft weiterzumachen. Was ihn dabei mit überzeugte, war Mitte Juli in seinem Urlaub passiert.

Er rief sich den Tag wieder in Erinnerung. Es war ein heißer Tag in Andalusien, Mel und Jay hatte er erzählt, einen ihm in der Gegend bekannten Teppichhändler zu besuchen. Sein Aufenthalt in Spanien war zwar als Urlaub deklariert, und obwohl er zwei berufliche Auftritte hatte, bei denen er über die Sicherheit und Zusammenarbeit polizeilicher Behörden besonders im Fall der Terrorismusabwehr berichtete, war das nicht der einzige Zweck dieses Urlaubs. Da war dieses Treffen mit einem CIA-Agenten. Er wusste nicht mehr, als den Vornamen. James. Die Villa war Luxus pur, umgeben von zwei Meter hohen Zäunen. Ein persönlicher Bodyguard hatte ihn vor dem Anwesen abgeholt und dabei ständig im Blick behalten. Er traf James am Pool. Dort hatten sie sich unterhalten. Er mochte James nicht, der war hochnäsig, überhaupt nicht seine Wellenlänge. Ganz abgesehen davon, dass er von ihm erpresst wurde. Mit Maria. Und seinen Schulden. James legte ihm nahe, den Job beim FBI an den Nagel zu hängen und James lieferte ihm auch eine Begründung, warum. Die Interessen Saudi-Arabiens und der Ölkonzerne seien in Gefahr, wenn er seine Ermittlungen in Sachen USS Cole und den Attentätern nicht fallenlassen würde. Und er erinnerte sich noch daran, wie ein anderer arabisch aussehender Mann auf das Gelände kam, als er gerade ging. An den erinnerte er sich noch so gut, weil dieser Mann einen Gesichtsausdruck hatte, der einem das Blut in den Adern gefrieren ließ.

Auf das Wetter angesprochen kam er wieder gedanklich zur Feier zurück.

»Das Wetter soll nächste Woche wieder so gut werden. Ein schöner New Yorker August, oder?«

»Ja, schön für die, die gerade Urlaub haben.«

Letztlich war seine Verabschiedungsparty kurz und trocken, ganz anderes als sein sonstiges Leben, welches sich oft in Bars und Restaurants abspielte. Der restliche Abend würde sich wieder in seinen gewohnteren Bahnen bewegen. Um neun wollte er mit Melanie ins Elaine‘s gehen und dort den Tag ausklingen lassen.

Nun war er zum letzten Mal in seinem Büro und setzte sich an seinen Schreibtisch. Dieser war schon komplett abgeräumt. Er zog die Schublade auf – doch diese war schon leer.

»Hey, wo sind meine privaten Sachen?«, rief er erbost.

Kollege Anderson, dem die Situation sichtlich unangenehm war, hatte anscheinend die Aufgabe, ihm zu sagen, dass er alle seine privaten Dinge aus dem Depot abholen müsse, da diese vor Freigabe erst noch geprüft wurden.

Patrick war wütend. »Geprüft? Auf was denn?«

»Patrick, du weißt doch! Standardvorschriften.«

»Ja, bei entlassenen Häftlingen«, schnaubte er nur, ließ es dabei aber bewenden.

Auch wenn er erbost und wütend war, konnte er es doch verstehen, dass man beim FBI kein Risiko mehr einging, nach den vielen beiderseitigen kleinen vertrauenszerstörenden Ereignissen.

Auch wenn sein Schreibtisch geräumt war, sein PC war noch angeschaltet und seine Passwörter funktionierten auch noch.

Er schrieb seine letzte E-Mail im Amt an Lou Penn, Vater des US-Seemanns namens Cheron Louis Penn, der beim Anschlag auf das Kriegsschiff USS Cole gestorben war. Er versprach ihm, dass sein Kollege Ali Soufan nun die Hintermänner ausmachen und zur Strecke bringen würde.

Dann fuhr er seinen Rechner herunter, verabschiedete sich noch von seinen Kollegen und ging zur Tür hinaus.

Das war es also. Für immer.

Als letzte Amtshandlung hatte er vor wenigen Stunden dafür gesorgt, dass das FBI wieder zurück in den Jemen kam und endlich die Ermittlungen zum Anschlag auf die USS Cole wieder vor Ort führte. Jemen war die Schnittstelle. Zu Osama. Nach Somalia. Ägypten. Zu Ramzi Yousef. Es war nun eigentlich ganz einfach, er hatte die Verfügung als Amtsleiter der US-Terrorabwehr jederzeit unterzeichnen können. Aber erfolgversprechend war dies erst, nachdem Botschafterin Bodine aus dem Weg geräumt war. Und er selbst auch. Er hatte sich so sehr über Bodine geärgert, die ihm im Weg stand, wo es nur ging. Mehr als das. Sie hasste ihn persönlich. Er dachte daran, wie sie ihm als erstem FBI-Agenten überhaupt die erneute Einreise in ein Land verwehrte, weil er angeblich zu unflätig war und darauf bestand, dass sein Team von schwer bewaffneten Wachen beschützt wurde. Sie war so ignorant. Immerhin waren sie der islamistischen Terrorzelle von Osama bin Laden auf den Fersen, die nichts lieber täte, als alle FBI Agenten auszuschalten, die ihnen auf der Spur waren. Jetzt, wo die alte Schachtel im Ruhestand war, konnte er das FBI endlich wieder dort hinschicken. Auch wenn er nicht selbst die Ermittlungen fortführen würde, sein Kollege Ali Soufan würde das tun, ein kompetenter und ehrgeiziger Mann, den Patrick sehr schätzte. Er fand starke Ähnlichkeiten bei ihm, die ihn an sich selbst in jüngeren Jahren erinnerten. Den Willen zum Erfolg, das nicht Akzeptieren eines „Nein“ und den Sachen vor Ort mit den Menschen auf den Grund gehen. Ali Soufan war ein zäher Hund mit gutem Gespür. Wenn es eine Chance zur Aufklärung gab, dann würde Soufan diese nutzen. Trotz aller Behinderungen der Ermittlungen auch seitens der jemenitischen Behörden. Da war etwas Größeres dahinter, da war er sich sicher. Sie hatten schon herausgefunden, dass die vermeintlichen Attentäter beim Anschlag auf die USS Cole Geld an andere überwiesen hatten in den Wochen vor dem Anschlag, so etwas war immer ein sicheres Zeichen dafür, dass da noch mehr geplant war und die Cole vielleicht nur ein Ablenkungsmanöver war. Und dass sie längst noch nicht alle hinter Schloss und Riegel hatten. Die eine entscheidende Frage lautete seit ehedem: Woher wussten die Attentäter, wann die USS Cole im Jemen haltmachen würde? Die Routenpläne waren nicht öffentlich, und es dauerte seine Zeit, die Bombe auf dem Schiff zu bauen und dann in die Nähe der Cole zu bringen.

Draußen wartete Mel auf ihn. Sie war besorgt, das sah er ihr an. Und seinem irischen Temperament konnte man vermutlich noch ansehen, was ihn noch vor ein paar Minuten so aufgeregt hatte. Mel blickte nur fragend, da schoss er schon los:

»Kannst du dir das vorstellen, Mel? 31 Jahre beim FBI, und nun muss ich wie ein Entlassener aus dem Gefängnis meine geprüften Sachen aus dem Depot abholen. Wie konnte es bloß so weit kommen?«

Mel nickte nur stumm.

Er hatte plötzlich Angst vor dem FBI.

Angst davor, dass sie sich mehr für seine Schulden interessieren würden, für sein Privatleben, für seinen Lebensstil. Für seine Informanten. Für sein Wissen. Konnte er damit jemanden gefährlich werden? Als Aussteiger beim FBI würde er ständig höllisch aufpassen müssen. *Wusste er zu viel?* So grübelnd fuhr er zusammen mit Mel nach Haus.

3.2 CNN, 11.09.2001, 9:03 Uhr

CNN, Livebild von WABC. Hubschrauberaufnahme des WTC.

Eingeblendet: „Breaking News - Flugzeug crashte in das World Trade Center"

Anfliegendes Flugzeug ist zu sehen.

Stimmen:

»Hoo!«

»All die Leute flüchten! Bleib stehen!«

»Wir haben eine Explosion im Gebäude.«

»Das halbe Gebäude ist gerade explodiert.«

»Machen Sie eine kurze Pause.«

»Das könnte bestätigen, was Sie und Libby gesagt haben, dass ein Teil des Flugzeugrumpfs im Gebäude steckte.«

»Das muss es sein.«

»Jeder gerät hier in Panik.«

»Ein zweites Flugzeug ist involviert.«

Umschalten auf Fox 9 News.

Livebild, brennendes World Trade Center. Einblendung: Sprecher Patrick Gibson

»Wir sahen gerade das zweite Flugzeug live im Fernsehen. Wie es in den zweiten Turm flog. Nun, bei dem, was in dieser Welt so los ist, kommt nur ein Hauptverdächtiger ins Gedächtnis: Osama bin Laden. Wer weiß, wer weiß. Eric Shawn ist nun live geschaltet, ich weiß, Sie haben eine Menge Quellen, FBI und andere Dienste, was können Sie uns sagen?«

3.3 Ernstfall

Patrick grübelte. Irgendetwas war hier oberfaul. Nun war es 9.00 Uhr. Seit dem ersten Hinweis auf diese Katastrophe war gerade mal eine Viertelstunde vergangen. Wenn wirklich ein Flugzeug in das Gebäude gerast war, hoch oben über dem 80. Stock, was war dann für diese Zerstörungen hier unten verantwortlich? Er hörte, wie ein Mann im Anzug sagte, es wäre das Kerosin gewesen, welches die Fahrstuhlschächte heruntergerast und explodiert war. Aber das glaubte er nicht. Selbst, wenn da oben ein Verkehrsflugzeug hineingeflogen war. Sein Kopf brummte vor Gedanken. Kerosin war kein Stoff, der solche Schäden hinterließ – er verpuffte bei Entzündung nur, konnte aber keine Explosionsdrücke entwickeln. Solche Drücke musste es aber gegeben haben, so wie die Lobby aussah. Oder war es der enge Raum der Fahrstuhlschächte, der als Verstärker wirkte? Auf jeden Fall roch es noch jetzt nach Petroleum oder etwas Ähnlichem. Vielleicht wirklich Kerosin.

Irgendwie kam ihm ein Gedankenblitz. *Das war die Operation Bojinga, sie waren wirklich zurückgekommen, um ihr Werk zu vollenden. Die Zerstörung der Türme. Damals waren bis zu zehn Flugzeuge geplant.* Ihm fielen die Worte von Ramzi Yousef ein.

Ron hatte recht gehabt. All seine Warnungen, die ständig überhört wurden, waren berechtigt. Und die bisherigen Informationen ergaben plötzlich einen Sinn.

Er überlegte weiter. Er hatte zwei Explosionen gehört, ebenso wie Nick. Und George hatte gesagt: „wie 1993"! Damals war in B2, später im TriData/ENSIC-Abschlussbericht „Ground Zero" genannt, eine Bombe explodiert. Etwas Ähnliches schien auch dieses Mal wieder passiert zu sein. *Gleichzeitig oben und unten?*

Er ging wieder zu George, im nächsten Augenblick kam Mike wieder auf sie zu, unterrichte sie über die neuen Erkenntnisse und gab ihnen Instruktionen.

»Chef Edwards hat gesagt, das ist erst einmal eine reine Evakuierungs-Mission, sie schicken ihre Leute die Treppenhäuser hinauf, alle Fahrstühle sind ausgefallen.«

Patrick zog die Brauen hoch. »Wirklich alle? Auch die lokalen Aufzüge zur ersten Sky-Lobby?«

»Ja, es gibt hier keinen einzigen Fahrstuhl, der noch funktioniert.«

Sein Misstrauen wuchs. »Wie kann das möglich sein?«

Michael zuckte mit den Achseln. »Ich weiß es nicht. Direkte Verbindungen nach oben gibt es bei den lokalen Aufzügen nicht, oberhalb der 44. Etage ist erst der Aufzugmotor, darüber befinden sich eine Betonwand und Büros.«

Michael kannte das Gebäude besser als er, der sich nur kurz mit den Plänen beschäftigt hatte. Dennoch war es auch sein Eindruck. Das war schlechterdings unmöglich. Wenn der Chef die Konstruktion der Fahrstühle nicht kannte, mochte er das für möglich halten. Aber außer den Aufzügen Sechs, Sieben und Fünfzig gab es keine Schächte, die durch das gesamte Gebäude gingen und so dem Kerosin Möglichkeiten boten, sich auszubreiten.

An den meisten Fahrstühlen dieser Welt stand das Schild „Im Brandfalle nicht benutzen!“, was aber als Warnung für Zivilisten gemeint war. Die Gefahr bestand im Erstickungstod durch giftige Gase, welche sich in den Fahrstuhlschächten wie in einem Kaminschlot nach oben ausbreiten konnten; oder im Eingeschlossenwerden durch Stromausfall. Vor beiden hätten die mit Sauerstoffflaschen, Atemmasken und Beilen ausgerüsteten Feuerwehrleute keine Angst haben müssen. Außerdem war da noch das Überdrucksystem. Allerdings bestand die Möglichkeit, dass es durch den Crash zerstört wurde. Sie würden auf Berichte von Feuerwehrleuten oder Flüchtenden warten müssen, um zu wissen, was da oben los war, ob es eine schlimme Rauchentwicklung gab und wenn ja, wie sie das Feuer löschen könnten.

Mike Karloff sagte, George sollte hoch in das SCC im 22. Stock gehen. Dort wären einige ihrer Kollegen eingesperrt, die Tür sei blockiert. Er selbst würde in den Keller im Südturm gehen, in das OCC, den Ort, an dem er sich einfach aufzuhalten hatte. Von dort hatte er alles im Blick, sämtliche Kontrollen und alle Schaltstellen liefen dort zusammen.

Und Patrick sollte erst einmal hier am Kommandostand in der Lobby des Nordturmes bleiben und als Ansprechpartner der WTC-Security für die Feuerwehr dienen, solange der Kommandoposten in WTC 5 noch nicht besetzt war. Mike sah ihm ein paar Sekunden direkt in die Augen. In diesem Augenblick vermittelte ihr Blickkontakt tausend Informationen, die Patrick sofort wahrnahm, ohne diese genau beschreiben zu können. Ungewissheit, Sorge, aber auch Erleichterung. Und tiefer: *warum jetzt, kurz vor seiner Umstufung. Warum jetzt, drei Wochen, nachdem sein Nachfolger hier auftauchte. Gab es einen Zusammenhang. Es ist genau das, was er beim FBI auch gemacht hätte. Doch, er ist genau der richtige Mann für den Job –*

und an meiner Seite. So oder so ähnlich war sein Eindruck und er erwiderte den Blick fest. Dann lösten sich ihre Blicke. Trotz aller Differenzen und seiner offensichtlichen Fahrlässigkeit mochte er Mike. Er war kein gelernter Sicherheitsexperte und musste einen Job machen, der ihm aufgetragen worden war.

Die Beiden machten sich auf ihren Weg. Patrick sah ihm noch einen kurzen Augenblick nach, bevor er sich wieder in Richtung Kommandostand aufmachte und telefonierte. Sie würden sich nie wiedersehen.

Er nahm auch sein Telefon zur Hand und versuchte, Malcolm Crockett zu erreichen. Es tutete. Besetzt! Patrick sah wieder einmal auf die Uhr. Es war jetzt 9:03 Uhr. Er versuchte so viele Informationen wie möglich zu bekommen, wobei da draußen noch kaum jemand informiert war, jedenfalls Maria und Harry, die er bisher erreicht hatte, wussten noch weniger als er und machten erst einmal ihre Fernseher an.

Er stand immer noch in der Lobby des Nordturms, als er auf einmal ein lautes »Swooosh« vernahm, worauf ein Knall folgte und dann regnete es Trümmer und Glas herab. Alle duckten sich instinktiv.

Man konnte nur ahnen, was passiert war. Noch eine Bombe. Oder es war wirklich noch ein Flugzeug unterwegs gewesen und in das Gebäude geflogen, wie von Mike Scott vorhin vermutet. Bleich vor Schreck fing er an zu zittern. Ihm kam wieder in den Sinn, dass bei der Operation Bojinga zwischen fünf und zehn Flugzeugbomben geplant waren und fragte sich, ob das hier vielleicht die komplette Umsetzung der geplanten Anschläge war.

Und die Warnung vorhin! Kein Zweifel – ein koordinierter Terror-Angriff!

Er hatte Angst. Das erste Mal seit einer halben Ewigkeit, dass er ein beinahe panisches Gefühl bekam. Nichts war unter Kontrolle. Und nichts auf der Welt war schlimmer für Patrick, als dieses Gefühl, ohnmächtig zu sein. Besonders für ihn, der immer alles unter Kontrolle haben wollte.

Wer immer hier die Regie führte, erledigte seine Sache generalstabsmäßig.

Patrick versuchte, Ordnung in seine Gedanken zu bekommen, zählte bis zehn, versuchte sich selbst zu beruhigen, in dem allgemeinen Chaos und der Panik so viel Contenance wie möglich zu bewahren. Und er schaffte es mit einer seiner alten einstudierten Litanei: *„Bleib klar, tue etwas Sinnvolles!“*, sich ein wenig in den Griff zu bekommen.

Da er hier nicht helfen konnte und auch nichts herauszubekommen war, entschied er sich – entgegen der vorigen Anweisung von Mike – auf eigene Faust zu handeln und die Lage zu erkunden.

Als Erstes wollte er auf die Plaza gehen und sich die Türme von außen ansehen. Auf dem Weg nach draußen sah er die geschockten Gesichter der umstehenden Feuerwehrleute, und New Yorker Feuerwehrleuten sagte man nach, dass diese so schnell nichts aus der Fassung bringen konnte.

Der Trümmerregen hatte größtenteils aufgehört, es war schon wieder einige Minuten her, seit der zweite Anschlag erfolgt war, dennoch war es bestimmt nicht ungefährlich, sich nach draußen zu begeben.

Egal – er musste mehr in Erfahrung bringen.

Dann ging er auf die verlassene Plaza des WTC hinaus und bekam gleich den Schreck seines Lebens, als ein Mensch nicht weit von ihm auf dem Boden klatschte und förmlich zerplatzte. Patrick war vieles gewohnt, aber dieser Anblick war auch für ihn zu viel. Er drehte sich entsetzt weg und blickte hoch.

War dieser Mann abgestürzt oder gesprungen? Und wenn er gesprungen war, was zur Hölle war da oben los, wenn Menschen es vorzogen, in den Tod zu springen?

Er sah an den Türmen hoch.

Riesige Qualmwolken quollen nun von beiden Türmen in den Himmel – was bedeuten musste, dass nun auch der Südturm brannte. Von seinem Standpunkt aus konnte er aber weder im Nord- noch im Südturm ein Einschlagloch sehen. Er lief in geduckter Haltung und mit den Händen zum Schutz über den Kopf gehalten zur anderen Seite des Platzes, um die Nordseite des Turms in Augenschein zu nehmen. Tatsächlich war da ein Loch im obersten Teil, vielleicht so zehn Stockwerke unter dem „Windows of the World" genanntem Restaurant, in dem auch er gerne Essen gegangen war und auch heute Morgen gerade erst gewesen war. Anscheinend war das erste Flugzeug von Norden gekommen, während das zweite von Süden her gekommen war. Nachdem er noch weiter über den Platz gelaufen war, konnte er zwar nicht das Einschlagloch im Südturm sehen, aber Brände, die auf der Ostseite aus dem Turm schlugen. Wesentlich tiefer als beim anderen Turm, nur ein paar Stockwerke über der oberen Sky-Lobby, in denen das mechanische Equipment untergebracht war, welche man an den drei dunklen Stockwerken gut erkennen konnte. Was bedeuten könnte, dass alle Personen oberhalb eingeschlossen oder tot waren – also auch Crockett und alle anderen WTC-Führungskräfte, die im 84. und 85. Stock des Südturms ihre Büros hatten und wo er noch vor einer halben Stunde gewesen war. Und um 9.00 Uhr wieder hätte sein sollen. Er fragte sich gerade, ob die anderen Teilnehmer an der Besprechung schon dort oben waren, als es losging. So, wie es aussah, konnte sie dort oben kaum noch etwas retten. Er lief zurück in Richtung Lobby des Nordturms, um seinen Posten dort wieder zu besetzen und hielt dabei wieder seine Arme schützend über seinen Kopf, als ob ihm das etwas genützt hätte, wenn etwas von oben auf ihn heruntergeflogen wäre.

Er berichtete dem Chief kurz, was er draußen gesehen hatte. Mike Scott war nicht zu sehen, und er hatte seit ihrer Trennung weder etwas von Anakis noch von Karloff gehört.

Er versuchte, die beiden anzufunken. Karloff meldete sich nicht. Auf die zweite Anfrage an Greg Anakis meldete der sich aber.

»Hallo Patrick! Bin jetzt im 22sten vorm SCC. Sieht schlimm aus. Alles verwüstet. Es brennt auch. Haben hier keinen Strom, ein Feuerwehrmann hat eben die Tür aufgebrochen. Alle befreit und wohlauf. Kommen.«

»Was sind das für Schäden bei euch? Kommen!«

»Es sieht aus, als ob im Fahrstuhlschacht etwas explodiert wäre, man kann direkt durch die Wand nach unten schauen und ein paar Kabel baumeln lose im Schacht rum. Viel Wasser in den Treppenhäusern unten. Wasserleitungen geborsten oder Sprinkler ausgelöst. Kommen!«

Patrick runzelte die Stirn, antworte aber ohne zu zögern.

»Danke George. Hast du was von Mike K. gehört? Kommen!«

»Negativ. Wir kommen gleich runter. Ende.«

»OK, Ende und Aus.«

Er konnte unmöglich hier untätig in der Lobby verharren und einfach nur warten. Er wollte den Dingen auf die Spur gehen, wie es ihm im Blut lag. Also drehte er sich um, ging zu den Fahrstuhlbänken und dann sofort in Richtung des B-Treppenhauses, welches das gesamte Gebäude im Kern durchzog, nur unterbrochen durch die Skylobbies, mit denen es jeweils versetzt weiterging.

Doch statt den immer noch einströmenden Feuerwehrleuten nach oben zu folgen, wandte er sich nun nach unten.

Die Schäden in der Lobby wie '93, das Ausschalten sämtlicher Fahrstühle, zwei Explosionen, die Schäden am SCC, dazu ein Spektakel mit jeweils einer Boeing, die das

Gebäude oben traf – sein Instinkt sagte ihm, da wollte jemand von etwas anderem Ablenken.

Was vielleicht im Keller passierte.

Er fand seinen Verdacht schnell bestätigt. Ihm begegnete nur noch eine Gruppe von Menschen. Drei Personen waren es in den Anzügen des Hausmeister-Services, die eine offensichtlich schwerverletzte Frau nach oben transportierten, und zwar in Höhe von B1. Er fragte sie kurz, was sie erlebt hatten – so geistesgegenwärtig war er schon wieder. Die Frau berichtete von einer Explosion in B3. Er sagte ihnen, wo die Krankenwagen standen, nämlich an der Ecke West St.-Concourse und lief dann weiter hinunter. Der Zugang zur Parkgarage in B2, wo er noch vor wenigen Wochen mit Karloff und Anakis den Rundgang gemacht hatte, war komplett zerstört. Dort war kein Durchkommen mehr, eine 300 Pfund schwere Stahl-Brandschutztür war wie Aluminiumfolie zerrissen, hing schief im Rahmen und ließ sich nicht mehr bewegen. Auch die Wände waren beschädigt. Hier war definitiv irgendetwas explodiert. Etwas Großes. In B4 verließ er das Treppenhaus und suchte systematisch alle Räume ab. Zum Glück hatte er dank seines Jobs den Generalschlüssel. Alle Räume waren verlassen, natürlich! Was hatte er auch anderes erwartet? Dann sah er, dass eine Wand zerstört war und sich nach innen gebogen hatte. Wasser lief diese Wand herunter. Er versuchte, sich die Pläne in den Kopf zurückzuholen oder sich zu erinnern, weswegen ihm B4 bekannt vorkam – ihm war so, als ob hier in B4 nach 1993 die Notfallstromleitung sowie eine zweite Wasseranbindung an das öffentliche Wassernetz gelegt worden waren. Was auch immer – diese funktionierte jetzt augenscheinlich nicht mehr. Er versuchte, über den Schaden zu berichten, in dem er die „PANYNJ“ anfunkte, aber der Funk funktionierte bei ihm auch nicht mehr. Er überlegte. Dieser Schaden war offensichtlich auch ein Ergebnis der Explosion, die auch die Schäden in der Lobby verursacht hatte – oder einer anderen, weiteren. Auf jeden Fall konnte hier, fast 60 Meter von jedem Fahrstuhl entfernt, kein Kerosin für den Schaden verantwortlich sein. Es stank sprichwörtlich zum Himmel. Wer auch immer hinter all diesen Ereignissen steckte, schien genau zu wissen, was er machte. So, als ob man hier unten nicht zu viele Zeugen haben wollte– während oben das Spektakel mit den Flugzeugeinschlägen für Ablenkung sorgte. Er war sich mittlerweile sehr sicher, auf der richtigen Spur zu sein. Im gleichen Augenblick beschloss er, auch die Untergeschosse des Südturms zu untersuchen und dort im OCC Mike Karloff aufzusuchen und von seinem Verdacht zu berichten. Hier war noch etwas Anderes am Laufen.

3.4 Weltbild im Umbruch

Sein Student Dick hatte Recht gehabt. Seit jenem Tag vor ein paar Wochen, als John das erste Mal dieses Thema beschäftigt hatte, war nichts so wie vorher. Unabhängig davon, was er nun wirklich glauben sollte: Eines wusste er. Dass er nichts von diesem Gebäude WTC 7 gewusst hatte, war schon sehr merkwürdig. Und es lag nicht an ihm. Es schien so, als ob niemand etwas davon gewusst hatte. WTC 7 schien das erste Stahl-Hochhaus-Gebäude der Welt gewesen zu sein, das auf Grund eines Feuers eingestürzt sein sollte. Die Tragweite für sämtliche Ingenieurswissenschaft, sofern irgendein Kollaps-Mechanismus entdeckt werden würde, der vorher nicht bedacht wurde, wäre enorm. Und WTC 7 konnte unmöglich von den Terroristen zerbombt worden sein. Die Sicherheitsvorkehrungen mussten immens gewesen sein, was man wegen der besonderen Mieter dort vermuten konnte. Die Liste dieser Mieter las sich wie das „Wer ist Wer?" der US-Behörden. Die CIA hatte dort ein Büro, sogar das größte außerhalb

Langleys, der „Secret Service“, die Steuerbehörde „IRS“, und auch die Börsenaufsicht „SEC“ war mit ihrer Zentrale dort vertreten. Tausende Akten zu Betrugsfällen an der Wall-Street waren beim Einsturz unwiederbringlich zerstört worden. Zaghaft versuchte er, Melinda in seine Erkenntnisse einzuweihen. Aber von ihr kam nichts, außer dass sie alles abblockte, was sie an den 11.09.2001 erinnerte.

Sollte da wirklich etwas dran sein, dann ... tja, was wären die Konsequenzen?

Melinda versagte sich deshalb jeden Gedanken daran. Aber er nicht. Er wollte dem auf den Grund gehen. Könnten die Medien wirklich derart manipulieren? Oder gar so lügen? Wieso gab es keinen öffentlichen Aufschrei, kein Verlangen nach Korrektur der offensichtlich nur mangelhaften Aufklärungsarbeit der Kommission?

Schon immer war er fauler Wissenschaft skeptisch gegenüber eingestellt, aber war es wirklich möglich, dass all die beteiligten Wissenschaftler an der FEMA und NIST-Studie sich irren konnten? Er hielt das immer noch für absolut unmöglich. Immer öfter beschäftigte ihn die Frage, was die politischen Konsequenzen wären, falls es wirklich eine Verschwörung gegeben hatte und diese entlarvt werden würde?

Ein wahrer Rattenschwanz an Fragen stellte sich. Er versuchte, sich mit einem Kollegen auszutauschen, den er für besonders offen hielt.

Am nächsten Tag traf er ihn. Professor Schneider, der genau wie er selbst in der Physik-Fakultät lehrte.

Er ging lächelnd auf ihn zu und begrüßte ihn freundlich. Nach kurzem Small-Talk fragte er: »Professor Schneider, haben Sie jemals von WTC 7 gehört?«

»Nein, wieso?«

»Es war ein drittes Gebäude in New York, welches am 11.09.2001 völlig zerstört wurde.«

»Aha. Nein. Nicht davon gehört. Wieso?«

»Ich vermute, dass mehr dahintersteckt!«

»Keine Ahnung. Sie meinen die Verschwörungstheorien?«

»Vielleicht. Mich wundert, dass wir nichts davon erfahren haben.«

»Aber Verschwörungstheorien sind doch nur einfache Erklärungen für komplexe Ereignisse. Man müsste das mal wissenschaftlich untersuchen. Die meisten Dinge dürften doch rational erklärbar sein, oder was meinen Sie?«

»Da bin ich ganz Ihrer Meinung, Herr Kollege. Man sollte es rational beantworten können.«

Er verabschiedete sich für seine anstehende Vorlesung.

War das wirklich so? Vereinfachten Verschwörungstheorien komplexe Ereignisse? Irgendetwas kam ihm dabei grundfalsch vor. Wie ein faules Argument, als ob man die Motivation, Ereignisse zu hinterfragen, von vornherein infrage, nein, in Abrede stellen oder gar verteufeln würde. Und war es nicht in Wirklichkeit so, dass die offizielle Erklärung zu einfach war? Hier wir, die Guten, die unvorbereitet angegriffen worden waren, dort die Bösen, die Islamisten, Osama bin Laden. Es war fast so eindeutig geteilt wie bei alten Western. Bei John verwischte schon diese Linie, denn sofern etwas mit WTC 7 nicht so war, wie es hätte sein sollen, wären die Feinde vielleicht im eigenen Land zu suchen, was eine enorme Komplexität an Problemen mit sich bringen würde – insbesondere bei Patrioten wie den US-Amerikanern. Und John war nicht nur Patriot, er war überzeugter Mormone und sehr gläubig. Und er konnte es noch nicht einmal ertragen, dass es solche Verschwörungstheorien überhaupt gab. Die Wissenschaft sollte regieren! Nichts derart Schlimmes sollte unreflektiert im Raume stehen. Diese Sache begann, sich zu verselbstständigen.

Wieder waren ein paar Tage vergangen. Der Schock saß tief, aber immerhin hatte John sich in der Zwischenzeit wieder gefangen und die wissenschaftliche Neugier hatte letztlich gesiegt. WTC 7 war der Anlass. Er wollte wissen, wie dieses Gebäude so einfach hatte zusammenfallen können. Deshalb hatte er sich weiter auf die Spur begeben. Das Hauptaugenmerk seiner weiteren Recherche war, was die offiziellen Erklärungen der vielen Wissenschaftler, die daran arbeiteten, wirklich aussagten.

Doch vorher hatte er sich noch einmal nach diesem Roberts erkundigt. Zuerst fand er nichts, aber nach einer erneuten Suche mit anderen Stichwörtern fand er doch etwas.

Liam Roberts war Chemiker und Bauleiter bei EHL, der „Environmental Health Laboratories", einer Tochterfirma der „Underwriter Laboratories" im Bereich Wassertechnik, bevor er im November 2004 entlassen wurde. Grund war eine E-Mail an den Leiter der NIST-Untersuchung zu den WTC-Einstürzen, Dr. Frank Gayle.

Diese E-Mail findet man auch heute noch im Netz. John las sich diese gerade durch.

> *Wir wissen, dass die Stahlbauteile laut ASTM E 119 zertifiziert waren. Die Temperaturzeiten für diesen Standard verlangen, dass das Material mehrere Stunden Temperaturen von ca. 1.100°C standhalten muss. Wir stimmen alle überein, dass das Material diese Spezifikation gehabt hat. Außerdem stimmen wir überein, dass auch Stahl, der nicht brandgeschützt ist, nicht schmelzen wird, bevor er rotglühend ist und fast 1.600°C erreicht hat. Warum Dr. Brown unterstellt, dass 1.100°C den hochwertigen Stahl, der verwendet wurde, schmelzen würde, leuchtet einfach nicht ein. Diese Geschichte macht keinen Sinn. Wenn Stahl in diesen Gebäuden weich geworden oder geschmolzen ist, dann bin ich sicher, dass wir alle einig sind, dass die Ursache nicht brennendes Kerosin gewesen sein kann und auch nicht die kurz brennenden Feuer in den Türmen.*

Diese E-Mail datierte vom 11.11.2004. Einige Tage nachdem Roberts diesen Brief geschrieben hatte, wurde ihm gekündigt. Indem man für Präzedenzfälle dieser Art sorgte, indem man solcherart Exempel statuierte, konnte man gleichzeitig andere zum Schweigen bringen, und so könnte bestimmt jede wissenschaftliche Debatte abgewürgt werden. Er nahm sich vor, diesen mutigen Mann namens Liam Roberts anzuschreiben.

Durch Zufall entdeckte er noch einen Artikel vom 22.11.2004 aus der South Bend Tribune, dem Ort, wo Roberts lebte. In Indiana.

Ein Mann aus unserer Gegend hat eine Debatte über den WTC-Kollaps angezettelt.

South Bend Labordirektor gefeuert, nachdem er behördliche Ergebnisse in Frage stellte.

Von Patrick Dobberstein - South Bend Tribune Journalist

UL bestritt letzte Woche vehement, dass es überhaupt jemals die Materialien prüfte.

Die Firma erklärte der Tribune, dass »es keinen Beweis dafür gäbe«, dass irgendein Unternehmen die Materialien geprüft habe, die benutzt wurden, um die World Trade Center zu bauen.

Nachdem John sich etwas mehr eingelesen hatte, war das, was UL behauptete, sehr irreführend. Ja, UL zertifizierte nicht direkt Stahl, sondern Bauteilegruppen aus Stahl. Wie die Trassensysteme im WTC. Selbst im NIST-Report wurde mehrfach UL als Tester der Bauteilegruppen erwähnt. Warum log man dann so offensichtlich? Wer übte hier solchen Druck aus? Er mochte sich das gar nicht vorstellen. Allerdings sah er auch nicht ein, den Kopf wieder einzuziehen und diese Methoden damit letztlich gutzuheißen. Er recherchierte weiter und fand durch Zufall diverse Zeugenaussagen, die von Explosionen in den Türmen sprachen – und stellte erstaunt fest, dass die Aussagen der Feuerwehrleute gerade erst veröffentlicht worden waren, weil es Klagen zur Herausgabe gegeben hatte.

Er versuchte, Melinda beim Frühstück anzudeuten, mit was er sich beschäftigte.

John hatte gerade mit ihr gebetet und führte sich das erste Stück Brötchen zum Mund, als er sagte:

»Melinda, weißt du noch, neulich bei Jessica Jones?«

Melinda schaute ihn durch ihre Brille treuherzig an.

»Ja?«

»Da war doch diese Merkwürdigkeit, als sie von den Anschlägen in New York sprach. Dass man sich noch wundern würde.«

Melindas Gesicht verdüsterte sich.

»Zuerst habe ich das alles für Unsinn gehalten. Ich hab mich mit einem Studenten unterhalten, der davon Ahnung hat. Der sprach von einem dritten Gebäude, welches auch einstürzte. Und ich habe ihn für verrückt erklärt.«

Sie sagte nichts, sondern kaute stumm weiter.

»Aber dann habe ich mit eigenen Augen gesehen, dass er nicht verrückt ist. Es gab ein drittes Gebäude, welches am 11.9. in New York einstürzte.«

Melinda brach ihr Schweigen.

»Was sollte daran so ungewöhnlich sein?«

»Es fiel in sich zusammen, einfach so, ein stahlverstärktes Gebäude, WTC 7, welches im WTC-Komplex am weitesten von den Türmen entfernt stand. Das Merkwürdigste ist: Es wurde danach niemals mehr darüber berichtet.«

Melinda holte Luft und antwortete.

»An jenem Tag sind fast 3.000 Menschen gestorben. Terroristen haben Boeings in Gebäude fliegen lassen. Trümmer regneten herab. Die Türme kamen runter. Viele andere Gebäude wurden beschädigt und stürzten auch ein. Ich sehe nicht, weswegen du so ein Spektakel daraus machst.«

Melinda schien nicht zu begreifen oder nicht begreifen zu wollen. Vielleicht wäre es besser gewesen, ihr, anstatt davon nur zu erzählen, die Videos vom Einsturz zu zeigen.

Sie machte mit ihren Händen eine Geste, mit der sie deutlich machte, dass für sie das Thema erledigt war. Hier würde er nicht weiterkommen.

Kapitel 4 Erste Spuren

4.1 Der erste Tag im neuen Job

Ein wenig aufgeregt war Patrick schon, heute, an seinem ersten Tag zur Einarbeitung als Sicherheitschef im World Trade Center. Heute war der 23. August und es war kurz vor 9.00 Uhr morgens.

Wie beinahe immer war er nach dem Ausstand im Büro abends dann doch noch ins Elaine's gegangen, wieder mal zusammen mit Harry Brunswick, der ihm den neuen Job besorgt hatte, und der Abend endete wie fast immer erst um drei Uhr morgens im China Club. Doch auch diese Nacht sollte er seine vier Stunden Schlaf bekommen, denn das Treffen mit Michael Karloff, dem langjährigen Sicherheitschef des WTC, der für die „PANYNJ", die „Port Authority of New York and New Jersey", arbeitete, war zu seinem Glück erst auf 09.30 Uhr anberaumt.

Seinen Kater hatte er fast verdaut. Er hatte ohnehin darauf geachtet, nicht mehr als vier Chivas zu trinken, um nicht gleich am ersten Tag mit einem dicken Kopf bei der neuen Arbeit zu erscheinen. Er hatte seinen alten Buick LeSabre in einer Tiefgarage in der Church Street geparkt und ging nun über den Innenhof der World Trade Center.

Immer noch genoss er diesen gigantischen Anblick, den die beiden 110 Stockwerke hohen Türme aus der Bodenperspektive boten. Er schaute hoch und sah einen strahlend blauen Himmel, vor dem sich die Türme wie Kolosse aus Stahl und Aluminium abhoben. Nur ganz hohe und leichte Zirruswolken waren im Westen beim Blick durch die Türme zu erkennen. Er schlug den Weg zum Südturm ein, den man auch WTC 2 nannte, so war die Nummerierung der Türme. Er hatte sich in den letzten Tagen schon mit seinem zukünftigen Arbeitsbereich vertraut gemacht, über das Maß hinaus, was er und die meisten anderen New Yorker über die Gebäude wussten. Abgesehen davon, dass er kein geborener New Yorker war, sondern in dem angeblichen Spielerparadies Atlantic City geboren und in Chicago aufgewachsen war und erst seit 1995 in New York lebte.

Er hatte sich also umfassend informiert – so, wie er alles professionell anging.

Es waren insgesamt sieben Gebäude in dem Komplex, für deren Sicherheit er nun zuständig sein sollte – ein ganzer Block, den die damalige Port Authority bebauen durfte, nachdem sie als Gegenleistung für die Zustimmung New Jerseys die alte, bankrotte Bahnlinie der „Hudson und Manhattan Railroad" übernommen hatten mit der Auflage, die Station Hudson Terminal abzureißen und dort diese Gebäude zu bauen. Ein normaler Prozess der Stadtentwicklung. Er dachte kurz an die rasante Entwicklung, die Manhattan wohl die letzten hundert Jahre mitgemacht hatte. Für den WTC-Komplex musste das gesamte „Radio-Row" genannte Viertel abgerissen werden, das so hieß, weil dort extrem viele Elektronikgeschäfte vorhanden waren. Fast 170 drei bis fünf Stockwerke hohe Häuser, vor allem mit Ladengeschäften im Erdgeschoss. Ständig mussten Altbauten für diesen Prozess geopfert, deren Bewohner entschädigt und umgesiedelt werden und neue Bauten mit größerer Geschossfläche entstanden stattdessen.

Er kam zum Südturm, um die Türme herum gab es Betonringe mit kleinen, rund geschnittenen Bäumen in engen Abständen. Was hübsch aussah, aber natürlich als Auto-Anprallschutz diente. Seinem geschulten FBI-Auge entging kein einziges Detail, sofort machte er sich gedanklich an eine akribische Sicherheitsaufnahme aller relevanten Dinge und sollte es sich um ein noch so winziges Detail handeln. Er wollte seine Arbeit nicht nur gut machen, sondern perfekt. Er würde alles dafür tun, um zu verhindern, dass die Terroristen, die 1993 schon einmal einen Anschlag auf diese Gebäude verübt hatten, wiederkommen würden, um ihre Absicht zu vollenden.

Er ging durch die Eingangstür hinein. Dort gab es Schleusen, die nur einen halben Meter breit waren. Durch diese mit Detektoren ausgestattete Überwachungsmaßnahme mussten alle hindurch und ihre Ausweise von einem Scanner prüfen lassen. Nur, wer einen gültigen Ausweis hatte, dürfte diese Schranke passieren, eine Maßnahme, die man nach 1993 eingeführt hatte.

Schon mal nicht schlecht.

Da er noch keinen solchen Ausweis hatte, wandte er sich nach links und ging zur Rezeption in der Lobby.

Eine blondhaarige Frau, Anfang vierzig vielleicht, durchaus attraktiv in ihrer Uniform und mit einer zum Pony gestylter Frisur, lächelte ihn an.

»Guten Tag, mein Herr. Was kann ich für Sie tun?«

Er lächelte sie an und trug gleich dick auf.

»Ich bin Patrick O'Sullivan, der neue Sicherheitschef hier, und ich habe um 9.30 Uhr ein Treffen mit Michael Karloff im 34. Stock.«

Ihr Lächeln wurde noch eine Spur breiter.

»Okay, kann ich bitte Ihren Personalausweis sehen?«

Er nahm interessiert zur Kenntnis, dass selbst der zukünftige Sicherheitschef nach seinem Ausweis gefragt wurde und gab ihn ihr.

»Sie machen hier einen guten Job, Mrs. ...«, er schaute auf ihr Namensschild, »Mrs. O'Donnel. Oh. Auch irische Abstammung?«

Nun strahlte sie förmlich.

»Oh ja, mein Großvater kam aus Dublin. Vielen Dank, Mr. O'Sullivan, hier ist Ihr Tagesausweis, mit dem Sie in den 34. Stock kommen. In den nächsten Tagen bekommen Sie dann den Universalausweis, mit dem Sie in sämtliche Bereiche des gesamten Komplexes gelangen können.«

»Danke. Dann sehen wir uns ja wohl in Zukunft häufiger, wie?«

Er konnte es nicht lassen, noch ein wenig mit ihr zu flirten.

»Vielleicht? Ich arbeite schon seit sieben Jahren hier und habe nicht vor, den Job aufzugeben.«

Aufmerksam nahm er ihr süffisantes Lächeln zur Kenntnis und bedauerte, dass er nun schon losmusste, denn es war schon zwanzig nach neun, also verabschiedete er sich freundlich.

Dann ging er zur Schleuse, der Scanner fraß seinen Tagesausweis und ließ ihn anschließend passieren und dann war er erst in der Lobby des Gebäudes. Diese Lobby war beeindruckend. Die schwarzen Marmorpaneele, die auch in die Fahrstühle eingearbeitet waren, sahen sehr edel aus. Außerdem war viel Chrom oder Aluminium zu sehen. An den Außenwänden waren die stilisierten Träger zu sehen, die sich in Höhe des dritten Stocks wie ein Kandelaber aufgabelten und dann die WTC-typischen Muster annahmen.

Mit dem lokalen Fahrstuhl in der äußeren Fahrstuhlbank ging es bis zum 44. Stock, weswegen er diesen nehmen konnte, da er in den 34sten wollte. Ein wenig kannte er sich mit den Gebäuden schon aus, er war des Öfteren im „Windows Of The World", im 105. Stock des Nordturms, Essen gewesen. Und natürlich war er auch schon auf der „Observation Lobby" im Südturm gewesen, von der man so einen fantastischen Rundblick über New York hatte. Das Umsteigen zwischen den verschiedenen lokalen Aufzügen war etwas gewöhnungsbedürftig, brachte aber die große Platz- und Gewichtsersparnis, durch die eine wirtschaftliche Bauweise überhaupt erst möglich wurde.

Der Fahrstuhl öffnete sich. Nun war er im separaten Empfangsbereich des 34sten Stockwerkes. Im 34. und 35. Stock waren die meisten Angestellten der Port Authority und sämtlicher anderen Firmen untergebracht, die mit dem täglichen Geschäft in den Türmen zu tun hatten, Reinigungsfirmen, Hausmeister-Service, Fahrstuhlwartung und so weiter. Die Chefs der PA hatten ihre Büros oben im Nordturm, so weit er wusste. Er verließ den Fahrstuhl, schaute auf die Tafel, in welche Richtung er sich wenden musste, und ging zur Sekretärin, die hinter dem Empfangstisch saß. Hier war die Einrichtung schlichter. Grauer Teppich mit schwarzem Rauten-Muster und einfache weiße Wände. Er meldete sich an. Eine grauhaarige Frau Ende 50 begrüßte ihn.

»Sie werden schon erwartet, Mr. O'Sullivan. Gehen sie bitte gleich ins Zimmer 3424, Mr. Karloff und Mr. Anakis sind schon dort.«

Er ging zum Zimmer, welches die grauhaarige Frau am Empfang ihm gezeigt hatte, klopfte und trat nach einer auffordernden Antwort ein. In dem Raum, der als Besprechungszimmer eingerichtet war, warteten die beiden Männer, mit denen er sich treffen wollte. Michael Karloff und Gregory Anakis. Er ging auf sie zu. Der vordere der Männer sprach zuerst.

»Hallo, ich bin Michael Karloff.«

Ein hagerer Mann, ungefähr einen Kopf kleiner als er, mit schütterem schwarzem Haar, der seine Augen hinter einer dicken Brille versteckt hatte, streckte ihm die Hand entgegen.

»Angenehm, Mr. Karloff. Patrick O'Sullivan.«

Sie gaben sich die Hände.

»Nennen Sie mich ruhig Mike, wie alle hier«, sagte dieser lächelnd.

Die „PANYNJ“ hatte sich in all den Jahren, in der sie das WTC betreute, ein familiäres Klima bei der Arbeit erhalten, davon hatte Patrick schon gehört.

»Gerne, Mike. Patrick.«

Doch nun war die Zeit der „PANYNJ“ als Pächter abgelaufen, die Verhandlungen mit Silverstein Properties und Westfield Inc. waren abgeschlossen, und die letzten Übergaben waren am Laufen – sein neuer Job gehörte auch dazu. Er war gespannt darauf zu erfahren, wie Mike es hinnahm, dass nun ein anderer seinen Job als Sicherheitschef übernahm – und er, der gerade mal zwei Jahre älter war, als er selbst, nun „sein Baby“ an Patrick verlor.

Mike zeigte auf einen Mann, der bisher etwas hinter ihm stand.

»Das ist Gregory Anakis. Meine rechte Hand.«

Sie begrüßten sich ebenso.

»Hallo.«

George war größer als Mike, aber immer noch nicht so groß wie Patrick. Kein Wunder, mit seinen 1.97 m und den 120 kg überragte er so ziemlich jeden. Selbst in seinem ehemaligen Department war das so.

»Ich schlage vor, wir gehen durch die Gebäude und lernen so gleichzeitig nicht nur uns, sondern Sie auch Ihr neues Aufgabengebiet kennen.«

Gesagt, getan. Sie kamen gleich zur Sache. Wunderbar.

Die anschließende Tour dauerte fast zwei Stunden. Erst waren sie im 34. Stock unterwegs, man hatte ihm sein neues Büro gezeigt. Es lag an der Südostecke des Gebäudes, sodass er den restlichen Zipfel von Manhattan gerade noch erspähen konnte, wenn er direkt hinunterblickte. Da ansonsten nur noch wenige Häuser im Süden diese Höhe hatten, konnte er einen fast freien Blick auf den Hudson River genießen und in der Ferne sogar den Atlantik sehen. Sein Büro war wie eine typische Arbeitsstation eingerichtet. So wie er es gehört hatte, waren die meisten Büros offene Räume, die nur von dünnen Trennwänden abgeteilt waren. Er hatte Glück. Um sein Büro war ein Glaskäfig herum mit eigener Tür, sodass er einen wirklich abgetrennten und ruhigen Raum für sich hatte.

Während der Tour erklärten George und Mike ihm einiges über die Geschichte der Türme und die Sicherheitsmaßnahmen in den Gebäuden. Sie fuhren hinunter zur Lobby. Patrick warf einen verstohlenen Blick zur Anmeldung, doch die nette Blondine war nicht mehr zu sehen. Sie gingen zum Kommandostand der Feuerwehr in der Lobby.

»Dies ist der Kommandoposten der Feuerwehr. Dieser ist ständig besetzt, wir haben im WTC eine eigene Feuerwehrmannschaft mit zwanzig Mann. Mr. Karloff ging zu dem Mann und sie folgten ihm.

»Hallo, Mike. Irgendwelche besonderen Vorkommnisse?«

»Nein, Mr. Karloff, nichts Besonderes. Der letzte Alarm gestern hatte sich als ein Fehlalarm herausgestellt.«

Mike nickte. »Schön. Ich möchte Ihnen meinen Nachfolger vorstellen. Patrick O'Sullivan – Mike Scott.«

Und zu Patrick gewandt: »Mike Scott ist seit drei Jahren der Chef der hauseigenen Feuerwehr- und der Brandschutzgruppe. Ein verdammt verantwortungsvoller Job. Er wird wahrscheinlich von Silverstein übernommen.«

Scott nickte.

Sie gaben sich die Hände und Patrick fragte sich schon, wie viele Hände er wohl die nächsten Tage noch zu schütteln hätte, bei der stattlichen Anzahl von Sicherheitskräften, die ihm nun unterstellt waren. Insgesamt über 200.

Er versuchte, sich gleich die Namen und die dazugehörigen Aufgaben zu merken. Normalerweise gelang es ihm, aber heute merkte er sich dazu noch die Sicherheitsroutinen, sodass ihm vielleicht das eine oder andere durch die Lappen ging. Egal, er würde noch genug Zeit haben, alle genau kennenzulernen.

»Erklären Sie doch bitte mal kurz, was das hier ist«, bat Mike Mr. Scott und zeigte auf eine Tafel mit Lampen hinter der Kommandostation.

»Gerne. Wir haben hier die Instrumententafel, die mit Lampen jedes einzelne Stockwerk und die dazugehörigen Rauchmelder zeigt. Wenn irgendwo in diesem Gebäude ein Feuer ausbricht, wissen wir sofort, wo es genau ist. Innerhalb von weniger als zwei Minuten sind auf jeden Fall Feuerwehrmänner vor Ort. Gleichzeitig werden die Daten auch via Kabel und Satellit zu allen Feuerwehrwachen im Umkreis sowie zur Einsatzzentrale der Polizei im WTC 5 übertragen. Wir haben im Schnitt ein bis zwei Einsätze pro Woche, zum Glück im seltensten Fall wirkliche Brände.«

»Gab es schon mal ernste Brände?«, fragte Patrick, wohlwissend, dass es 1975 ein ernstes Feuer im Nordturm gegeben hatte, er war aber gespannt, was man ihm antworten würde.

Mike Karloff antwortete für Scott. »Ich mache den Job erst seit 1991, obwohl ich schon seit 30 Jahren bei der Port Authority bin. Aber ich weiß von dem großen Feuer 1975, weil ich mich natürlich eingehend damit beschäftigt habe. Am 13. Februar 1975 hat ein Verrückter im 11. Stock im Nordturm, also dem anderen Turm mit der Antenne oben drauf, kurz nach Mitternacht in einem Klo ein paar Telefone angezündet. Damals waren die Türme noch nicht so sicher wie heute. Das Feuer breitete sich, wie man später herausfand, über Elektroleitungen in Kabelschächten aus, die nicht brandgeschützt waren, letztlich über sechs Stockwerke, und brannte drei Stunden lang. Damals waren zum Glück nur ungefähr 50 Menschen im Gebäude, hauptsächlich unsere eigenen Serviceangestellten, gut ein Dutzend von ihnen mussten wegen Rauchvergiftungen behandelt werden.«

»Oha!«

Patrick fiel etwas ein.

»Ich habe gehört, die Gebäude seien nicht nach den New Yorker Brandschutzbestimmungen für Hochhäuser gebaut worden?«

Karloff schmunzelte. »Ich merke schon – Sie haben sich informiert – schon vorab, sehr gut! So jemanden braucht es auf diesem Posten!«

Er holte Luft und beantwortete dann die Frage. »Das ist so richtig und doch wieder nicht. Die Port Authority war schon damals eine Kooperation der Staaten New York und New Jersey, weswegen die lokalen Bestimmungen für das Areal des World Trade Centers nicht galten. Aber ich kann versichern, dass man die Gebäude natürlich nach den sonst allgemein gültigen Brandschutzbestimmungen gebaut hat, „Class A" genannt, das heißt, alle wichtigen Materialien mussten einem Feuer wie dem erwähnten vier Stunden standhalten, damit man in dieser Zeit die Gebäude komplett evakuieren konnte.«

»Sie sagten, die Türme waren damals nicht so sicher wie heute – hat man das zum Anlass genommen, um Verbesserungen durchzuführen?«, fragte Patrick neugierig.

»Ja, genau. Über 130 Feuerwehrleute hatten den Brand gelöscht. Das hat vielen Leuten die Augen geöffnet. Drei kritische Bereiche hat man ausgemacht und dann versucht, diese mit neuen Maßnahmen abzusichern.«

Mike fuhr fort.

»Diese Maßnahmen – da war ich gerade stehengeblieben. Mein damals noch PONYA genannter Arbeitgeber war sich der Gefahr bewusst – es ging ja nicht nur um behördliche Auflagen, sondern wir wollten Mieter bekommen. Zu diesem Zeitpunkt war noch nicht einmal die Hälfte des Büroraums vermietet. Und dann kam der Film „Inferno" heraus. Nichts, was einen wirklich überzeugen würde, in ein Hochhaus einzuziehen. Also hat man Millionen von Dollar investiert, um die Twins sicherer zu machen und dies auch der Öffentlichkeit zu präsentieren.«

»Was genau hatte man gemacht?«

»Das Wichtigste: Damals fehlten Sprinkler-Anlagen. Diese waren noch nicht zwingend vorgeschrieben für Hochhäuser. Also hat man Sprinkler nachträglich installiert. Technisch nicht einfach, das nachträglich zu machen, es hat fast zehn Jahre gedauert, bis die Arbeiten vollendet waren. Und 45 Millionen Dollar gekostet. Später hat man dann die Zeit, die die Materialien dem Feuer widerstehen müssen, auf zwei Stunden gesenkt, eben weil die Sprinkler installiert wurden und es dank dieser weiteren Brandschutzmaßnahme keine Notwendigkeit mehr für vier Stunden Brandschutz gab. Natürlich sind die meisten der Originalmaterialien deswegen nicht schon nach zwei Stunden ungeschützt.«

Das klang logisch, dachte Patrick und nickte wieder. Er wollte den Redefluss von Mike aber nicht unterbrechen und wartete einfach drauf, dass der weitererzählte.

»Das nächste Problemfeld waren die Elektrokabel. Diese brennenden Kabel, die ohne Brandschutz in den Kabelschächten die verschiedenen Etagen miteinander verbanden, waren der Hauptgrund dafür, dass sich ein Feuer überhaupt so weit ausbreiten konnte. Da hat man effektiv einen Riegel vorgeschoben. Mit zwei Maßnahmen. Erstens hat man alle Übergänge zwischen den Stockwerken mit Brandschutzklappen versehen, und zweitens hat man alle Kabel mit feuerhemmenden Materialien ummantelt.«

Nach einer kleinen Pause fuhr er fort.

»Das mit den Kabeln war besonders ärgerlich, weil bei der Konstruktion der Gebäude schon Wert darauf gelegt wurde, dass es nicht zu viele Verbindungen zwischen zwei Stockwerken gibt – das beste Beispiel ist unser Fahrstuhlsystem. Dazu komme ich aber erst später.«

Patrick blickte in die illustre Runde. Anakis und Scott hörten ebenso wie er aufmerksam zu, obwohl sie vermutlich alles schon längst auswendig kannten. Mike hatte schon wieder angefangen, weiterzusprechen. Er war ganz in seinem Element:

»Ein anderes Problem hat man erst nach '93 effektiv angegangen. Schon beim Brand 1975 verteilte sich der Qualm in dem Kern des Gebäudes und zog wie in einem Kamin nach oben. Gut, es waren nur wenige Menschen im Turm und es war nach Mitternacht. Was aber, wenn so etwas am hellichten Tag mit Tausenden von Menschen in den Türmen passiert wäre? Nicht auszudenken. Und 1993 wurde das dann grausame Gewissheit. Die über 1000 Verletzten hatten zum überwiegenden Teil Rauchvergiftungen, die Evakuierung dauerte insgesamt fast 15 Stunden. Auch, weil wir das OCC frühzeitig wegen der Rauchentwicklung evakuieren mussten!«

»Das OCC?«, fragte Patrick.

»Ja, so heißt die operative Hauptzentrale aller sicherheitsrelevanten Einrichtungen. Sozusagen die Nervenzentrale der Türme. Alle Überwachungsmonitore, sämtliche Meldungen der Mieter werden dort entgegengenommen. Egal, ob irgendwo eine Glühbirne ausgewechselt werden muss oder es echte Notfälle gibt. Alle Fahrstuhl-Notrufe laufen da auf. Und so weiter. Wir gehen da gleich einmal hin, sie liegt in B1 hier im Südturm. Leider nicht weit genug von den Parkdecks entfernt, weswegen 1993 auch der Qualm bis dahin kam. Wir haben auch dort einiges verbessert: neue Panzerglasscheiben, ein Rauchabzugssystem, und natürlich das SCC im Nordturm, das zweite, versteckte Sicherheitszentrum, ebenfalls mit allen Steuereinrichtungen versehen. «

Patrick erinnerte sich noch an die chaotischen Bilder von damals im Fernsehen.

Mike fuhr fort: »Schon 1975 dachte man über ein Überdrucksystem nach, das den Qualm aus dem Kern mit den Fahrstuhlschächten und den drei Treppenhäusern rausdrücken sollte, aber das war damals einfach technisch noch nicht möglich, außerdem gibt es in diesen Gebäuden viel zu viele Türen, die geöffnet hätten werden können und so den Überdruck wirkungslos hätten werden lassen. Aber wie gesagt, nach dem Anschlag 1993 hat man dann doch ein Überdruck-System eingerichtet, welches mit dem Belüftungs- und Heizsystem, das wir HVAC nennen, verbunden wurde.«

Patrick nickte anerkennend. Diese Gebäude wurden anscheinend beständig und gut in Schuss gehalten. Die Tour ging weiter – nun wollten sie in die Keller und die Parkdecks gehen.

»Warum wurden die Towers überhaupt verpachtet?«, ließ ihn seine Neugier fragen, als sie gerade die Treppe runtergingen.

»Also ...«, setzte Michael an, »seit George Pataki und Christine Todd-Whitman politisch etwas zu sagen haben, lautet die Devise, Privatisierung um jeden Preis! Staatlich betriebene Immobilien sind einfach nicht mehr zeitgemäß. Deswegen soll sich die Port Authority aus ihren Immobilien zurückziehen.«

Das klang einleuchtend.

Sie unterhielten sich noch kurz weiter, bevor sie sich von Pete verabschiedeten und mit ihrem Rundgang weitermachten.

Bald waren sie zum OCC gelangt, dem luftschutzsicheren Bunker unter dem Südturm, der sich in B1, also dem ersten Untergeschoss befand. Patrick lernte, dass hier sämtliche Notfallmaßnahmen im Krisenfall koordiniert werden konnten. Mike sah Patrick ernst an. »Im Notfall sollten Sie genau hier sein, von hier aus lässt sich alles koordinieren. Und es ist hier der mit Abstand sicherste Ort in den Türmen. Und hier würden sie mich in einer Notsituation auch finden.«

Der Raum war wirklich ein Bunker. Gepanzerte Türen, Spezialglas, dicke Betonwände, und innen drin ausgestattet mit Dutzenden Computern, Hightech und Monitoren, die sämtliche Signale über den Zustand des WTC anzeigten.

Die Mannschaft bestand im Normalfall aus zwei Personen, die ihm sogleich vorgestellt wurden und die er freundlich begrüßte. Patrick nahm sich vor, diese Anlage in den nächsten Tagen noch genauer anzusehen.

Anschließend machten sie eine kurze Zigarettenpause, Karloff führte nebenbei weiter aus: »Übrigens danke, Mr. O'Sullivan, dass Sie die Attentäter von damals dingfest gemacht haben.«

Patrick lächelte. »Hört, hört, da kann sich jemand an meine erste Glanztat als FBI-Agent der Antiterroreinheit NY erinnern.«

»Ja, natürlich. Wir hier, als damals direkt Betroffene, also ich jedenfalls, habe alles dazu verfolgt, was es an Nachrichten gab.«

Patrick mochte es, wenn man ihm schmeichelte. Trotzdem stellte er es klar.

»Das mit Ramzi Yousef war ein einziger Glücksfall. Es war Richard Clarke, der Anti-Terror-Zar, der schon seit zwei Generationen jeden US-Präsidenten berät, dem gemeldet wurde, dass sich ein mutmaßlicher Drahtzieher des Anschlags von '93 gerade in Pakistan aufhielt und dabei war, sich auf einen Umzug vorzubereiten. Und dann das Missgeschick von Yousef in Malaysia, als der seine Wohnung in die Luft sprengte. Sie müssen sich das Mal vorstellen. Ich bin damals am Sonntag vor meinen ersten Arbeitstag von Chicago nach Washington gefahren, um mich in meine Position einzuarbeiten, als er anrief und jemanden vom FBI sprechen wollte. Ich habe ihn erst gar nicht erkannt und angeraunzt, wer er denn sei. Daraufhin raunzte er mich an und fragte, wer ich denn sei.«

Patrick lachte.

»Und die nächsten drei Tage habe ich alle Hebel in Bewegung gesetzt, bis die pakistanische Polizei ihn schließlich verhaftet hat. Dafür waren so einige Telefonate und ein ganzer Karton Chivas fällig.«

Er lachte wieder kurz auf.

Mike und George nickten anerkennend.

»Ich glaube, mein Erfolg mit der Festnahme hat so einige selbst beim FBI überrascht. Aber danken Sie lieber Richard Clarke. Ohne ihn hätte es gar keine Festnahme gegeben.«

»Lassen Sie uns nun in den Nordturm gehen.«

Sie stiegen die Treppe hoch. Dies ist das B-Treppenhaus, welches vom untersten Kellergeschoss bis ganz nach oben führt. Die anderen beiden Treppenhäuser, A und C, fangen erst auf der Meazzine-Ebene an, das ist der Balustraden-Rundgang in den Gebäuden über dem Plaza-Level.

Patrick warf einen Blick nach oben, aber nach gut einem Dutzend Stockwerke konnte man kaum noch was sehen, dazu waren die Gebäude einfach zu hoch.

Sie gingen zurück zu den Fahrstühlen und fuhren in die Kellergeschosse mit den Parkdecks. In B2 stiegen sie wieder aus und gingen in das Parkdeck für die Autos.

Mike erklärter weiter: »Nach '93 habe ich hier sämtliche Verbesserungen der Sicherheitsmaßnahmen geleitet. Besonders stolz bin ich auf das hier.« Er zeigte auf ein paar geparkte Autos.

»Wie Sie sicher wissen, hat am 26. Februar 1993 hier der gelbe Ryder-Van gestanden, der die Bombe in das Gebäude gebracht hatte.«

Patrick nickte erneut. Obwohl er nicht mit den damaligen FBI-Ermittlungen betraut gewesen war, er war ja noch in Chicago, hatte er sich nach der Festnahme von Ramzi Yousef alle Unterlagen zu dem Anschlag auf das WTC kommen lassen und diese studiert.

»Danach haben wir das Parksystem hier komplett geändert. Heutzutage ist nur noch Parken für Dauerparker erlaubt. Die Autos und die Fahrer werden dabei elektronisch erfasst. Wenn Sie in das Gebäude fahren, müssen sie schon vor Beginn ihre Karte durch einen Automaten prüfen lassen.«

Er machte eine kurze Pause.

»Ihr Fahrzeug wird ständig durch Kontaktschleifen kontrolliert. Zusätzlich gibt es im Eingangsbereich und auf jedem Parkdeck Überwachungskameras, und jeder muss an einem bewaffneten Posten vorbei, der in einem gepanzerten Wachhäuschen sitzt, wo man erneut die Karte vorzeigen muss. Dieser betätigt die Schranke, zusätzlich gibt es Betonbarrieren, so dass niemand durchbrechen kann.«

Patrick nickte anerkennend. Die Zugangskontrollen hier waren auf der Höhe der Zeit.

Wenn das Fahrzeug dann auf dem Parkdeck ankommt, muss man ein drittes Mal die Karte in das Lesegerät schieben und wird nötigenfalls bei Überfüllung in andere Parkdecks umgeleitet. Aber der Clou ist: Wenn ein Auto nicht in der vorgeschriebenen Zeit auf seinen Parkplatz steht, wird automatisch Alarm ausgelöst, der über Satellit sowohl zur Kommandostation als auch zum OCC übertragen wird. So bald es irgendeine Unstimmigkeit gibt, kann das Fahrzeug außerdem weder raus noch rein.

Patrick war beeindruckt. So ein ausgeklügeltes System hatte er noch nicht gesehen. Eigentlich hatten die meisten Parkhäuser höchstens eine Videoüberwachung.

»Beeindruckend. Und sicher auch nicht ganz billig.«

Mike lachte auf. »Das stimmt. Allein die Investitionskosten hierfür haben über 50 Millionen Dollar betragen. Von den laufenden Unterhaltungskosten wollen wir lieber gar nicht reden.«

»Wie haben Sie es geschafft, das alles durchzusetzen?«

»Die „PANYNJ“ hatte keine andere Wahl. Wenn Sie ‘93 dabei gewesen wären, hätten sie es verstanden.«

»Erzählen Sie doch bitte mehr davon!«

»Gerne. Es war ein schrecklicher Tag. Die 500-Pfund-Bombe explodierte um 12.18 Uhr mittags und zerstörte den größten Teil dessen, was wir jetzt hier sehen können. Die Decke zu B1 war völlig hin, mehr als 200 Autos haben sofort gebrannt und der Rauch zog wie schon ‘75 das ganze Gebäude hoch. Das war das größte Problem. Der Rauch. Zusätzlich war der Strom ausgefallen. Was bedeutet, die Fahrstühle gingen nicht und die Menschen mussten sich stundenlang durch die dunklen Treppenhäuser nach unten tasten.

Viele waren in den Fahrstühlen eingeschlossen. Was die auszustehen hatten, dort eingeschlossen im Dunkeln, ohne zu wissen, was passiert war und ohne Möglichkeit, Hilfe zu holen, kann Ihnen keiner vermitteln. Einige hatten mit ihren Schlüsseln die Leichtbau-Gipswände ausgehöhlt, bis sie aus den Fahrstühlen rauskamen.«

»Wirklich? Man konnte die Wände so leicht durchbrechen?«

»Ja, wirklich! Es dauerte übrigens trotz aller Schäden nur drei Wochen, bis wir das WTC wieder komplett aufmachen konnten. Es waren hunderte Arbeiter in drei Schichten beschäftigt. Sensationell, was möglich ist, wenn man nur genug Geld ausgibt.«

»Aus Sicherheitsaspekten: Was für Lehren wurden aus dem Anschlag gezogen?«

»Gut, dass Sie fragen Patrick. Nach dem Anschlag haben wir sofort eine ganze Reihe Maßnahmen durchgeführt. Nicht nur das Parkdeck und die Zugangskontrollen in der Lobby. Es war gar nicht so einfach, alle unter einen Hut zu bringen. Ich kann mich noch an unsere erste Sitzung erinnern. War ein ziemliches Durcheinander. Aber wir haben es geschafft. Als Erstes haben wir zusätzliche Stromleitungen gelegt, unten in B4 gibt es jetzt eine vollkommen autarke Stromversorgung des Gebäudes, inklusive Leitungen zu dem neuen Sicherheitskontrollzentrum im 22. Stock des Nordturms, wo wir nachher noch mal vorbeischauen. Dann haben wir 1995 ein Belüftungssystem eingeführt, wie schon gesagt. Im Falle eines Feuers sorgt nun ein Überdruck im HVAC-System dafür, dass die Treppenhäuser rauchfrei bleiben. Dann haben wir die gesamten Treppenhäuser mit fluoreszierenden Fluchtsignalen ausgestattet. Selbst wenn der gesamte Strom ausfallen würde, könnte man in den Treppenhäusern immer noch genug sehen, so hell leuchten diese Signale. Dann haben wir versucht, sämtlichen aufgesprühten Brandschutz der Stahlträger, Boden-Verbindungen und Aufhängungen an den Perimeter-Wänden im Gebäude zu prüfen, und wo wir Stellen fanden, die nicht ausreichend geschützt waren, wurden diese ausgebessert. Die Sanierungsmaßnahmen laufen bis heute.«

»Erzählen Sie mehr! Wie sah das konkret aus? Kam man überhaupt überall hin?«

»Es gibt gut zugängliche Bereiche, zum Beispiel die mannsdicken Stahlträger im Kern. Schwierigkeiten machen eher die Perimeter-Aufhängungen und die Bodenverstrebungen, da diese einen Zugang zu den abgehängten Decken erforderten. Was also bedeutet, man musste die Mieter da raus haben, wenigstens vier Wochen pro Stockwerk. Wo es möglich war, haben wir das gemacht, teilweise dafür die Mieter kurzfristig in andere Büros untergebracht, aber sie können sich sicher denken, dass es eine logistisch schwierige Aufgabe bei mehr als 400 Mietern ist und wir leider noch nicht überall hingekommen sind.«

Das klang einleuchtend.

Sie hatten die Lobby des Nordturms erreicht.

»Wieso sind die Express-Fahrstühle außer Betrieb?«

Patrick zeigte auf die seitliche Fahrstuhlbank, dort, wo sich die beiden Express-Fahrstühle Sechs und Sieben befanden, die direkt nach ganz oben fuhren, waren Bretterverschläge mit Baustellenhinweisen, welche lokale Aufzüge stattdessen benutzt werden konnten.

»Oh, hier wird gerade oder besser gesagt schon seit einem halben Jahr, eine komplette Modernisierung der Fahrstühle von ACE Elevators vorgenommen. Die haben damals, nach 1993 den Auftrag für die Wartung bekommen. Gebaut wurden sie ursprünglich von OTIS.«

»Was machen die genau?«

»Alles Mögliche. Die Motoren im Keller werden ausgetauscht. Neue Lager, damit die Fahrten reibungsloser verlaufen. Neue Programmierungen für den Notfall und so weiter.«

»Wie funktioniert denn das im laufenden Betrieb?«

»Oh, das geht schon. Sie arbeiten immer abschnittsweise.«

Patrick nickte und nahm es sich vor, die sicherheitsrelevanten Routinen und Prozesse, die bei so einer Modernisierung beachtet werden müssten, in Kürze anzuschauen.

Sie waren dann noch im 22. Stock des Nordturms, dort war das SCC untergebracht, ein Backup-Kommando-Center. Oder das zweite Sicherheits-Kontroll-Center. Was beinahe genauso aussah wie das Operation-Command-Center oder OCC in B1 im Südturm, nur etwas kleiner.

Er wurde auch dort dem Team vorgestellt.

»Hallo, Wilhelmine Carter, das ist Patrick O'Sullivan, ihr neuer Chef.«

»Hallo Mike, Mr. O'Sullivan.«

»Mrs. Carter. Freut mich.«

»Mrs. Carter, erzählen Sie doch bitte etwas über das SCC.«

»Gerne. Hier im SCC haben wir alle Sicherheitssysteme als Back-Up-Systeme, das heißt, sollte einmal das OCC im anderen Turm ausfallen, wie 1993 geschehen, können wir von hier aus immer noch alles steuern. Brandmeldung, Belüftungssysteme, Türsteuerung, all das. Sehen Sie hier.«

Sie zeigte ihnen die Einrichtung.

Anschließend gingen sie zum Fenster und schauten raus. Sie sahen direkt auf eine Ecke des Südturms.

»Wunderbar, unsere Türme, nicht wahr? Selbst jetzt, fast 30 Jahre nach dem Bau, sieht die Aluminiumverkleidung aus wie neu, nicht wahr?«

Keiner sagte etwas, aber alle nickten zustimmend.

Patrick klopfte zweimal gegen die Scheibe.

»Sicherheitsglas?«

»Ja, wurde erst letztes Jahr nachgerüstet. Man weiß ja nie, die Funktionsfähigkeit der Kontrollräume soll ja in jedem denkbaren Fall gewährleistet bleiben.«

Dann waren sie für die erste Tour fertig. Es war eine überzeugende Demonstration, wie viele Gedanken man sich zur Sicherheit der Gebäude schon gemacht hatte. Auch hier hatten Profis gearbeitet. Das brachte Patrick auf einen Gedanken.

»Bei all den Sicherheitsmaßnahmen – wie groß, meinen Sie, ist das Risiko, dass hier ein erneuter Terroranschlag verübt werden könnte?«

Mike antwortete: »Wenn man das wirklich will, gibt es da immer Möglichkeiten, da sollten wir uns keine Illusionen machen. Wir können nur Verrückte abschrecken, hier einfach so hereinzuspazieren, um irgendetwas zu versuchen.«

Patrick kratzte sich an der Stirn. Vermutlich hatte Mike recht.

»Ich hab schon, seit ich Yousef verhaftet habe und ich mich mit dem Fall beschäftige, das Gefühl, dass sie wiederkommen und ihren Job zu Ende bringen wollen.«

Nun hatte er sein schlechtes Gefühl kundgetan.

»Es gibt so einige hier, die das Gleiche denken, es aber nicht aussprechen«, sagte Mike.

Patrick kramte weiter in seinen Erinnerungen.

»Ich kann mich noch an den Augenblick erinnern, wo wir Ramzi Yousef hierher nach New York brachten, nachdem wir ihn verhaftet hatten, und ihm die Augenbinde abnahmen. Die Twin Towers waren gerade zu sehen. Ein Kollege hatte ihm gesagt: »Siehst du, ihr habt versagt, die Gebäude stehen immer noch!« Und Yousef schüttelte nur den Kopf und sagte, »Hätten wir mehr Geld gehabt, wäre das nicht der Fall.«

Mike und George hatten davon noch nicht gehört, waren aber auch nicht wirklich erstaunt. »Zum Glück sitzt der Typ hinter Schloss und Riegel und kann keinen Schaden mehr anrichten.«

Patrick war sich da nicht so sicher, dafür hatte er in den letzten Jahren zu viel über die New Yorker Terrorzelle der El Kaida erfahren. »Yousef war nur einer der Attentäter. Andere sind immer noch da draußen. Und sie haben ihre Pläne bestimmt nicht aufgegeben. Die Frage ist also nicht, ob sie wiederkommen, sondern wann.«

Die anderen schwiegen stumm.

»Übrigens hätte ich gerne alle Akten, die es zum Thema Terrorismusgefahr für die Türme gibt.«

»Kein Problem, sollen Sie haben.«

4.2 CNN: 9:09:31 Uhr

Livebild: brennende Türme.

Einspielung Band „Anflug Flugzeug“

»Oh!«

»Da ist es! Da ist es! Das Flugzeug fliegt genau in den Turm rein!«

»Das ist grauenvoll mitanzusehen!«

»Das sind unglaubliche Bilder, die wir heute Morgen sehen, über unseren Partnersender WNYW in New York!«

»Sie sehen die Twin Towers der World Trade Center. Beschädigt durch die Einschläge von Flugzeugen. Wir sahen eines etwa neun Minuten vor neun. Gerade vor einigen Minuten, vielleicht 18 Minuten nach dem ersten Einschlag. Der zweite Turm wurde von etwas getroffen, was aussah wie ein weiteres Passagierflugzeug.«

»Haben wir es? Wir haben eine Wiederholung.«

»Hier ist das Band!«

»Das Flugzeug scheint von Osten aus zu kommen. Es fliegt in das Gebäude.

Flammen und Rauch kommen auf der anderen Seite des Towers raus.«

»Entschuldigen Sie, dass ich nicht genau sagen kann, ob es die Nord- oder die Südseite ist. Es sieht aus wie die Nordseite.«

»Unglaubliche Bilder, das war erst vor einigen Minuten!«

»Wir haben nun jemand am Telefon? Ira Furmann?«

»Am Telefon ist nun Ira Furmann, ehemaliger NTSB-Sprecher.

»Sie sehen die Bilder auch, nicht wahr?«

»Ja, ich bin mit euch auf CNN.«

»Was können Sie uns sagen, insbesondere mit der Wiederholung, die wir vor einigen Augenblicken erneut zeigten?«

»Es ist absolut unerklärlich, da sollten keine Flugzeuge in diesem Gebiet sein, und noch weniger eines, wie es aussah, absichtlich zielend auf die Twin Towers.«

»Glauben Sie, es könnte ein Unfall sein? Ein Navigationsfehler aufgrund falscher Daten oder ein falsches Signal oder etwas Ähnliches?«

»Nein, man hat dort eine unglaublich gute Sicht und kein Pilot würde sich allein auf seine Navigationsausrüstung verlassen, vor allem nicht unter den Umständen, wenn sein Kurs ihn zu einem Crash mit dem World Trade Center führen würde.«

»Wie weit müsste ein Flugzeug aus Richtung der Flughäfen Kennedy oder La Guardia vom Kurs abweichen, damit es das World Trade Center trifft?«

»Es gibt Flugbahnen, die entlang des Hudson River verlaufen, der westlich vom WTC liegt, und diese Flugzeuge landen normalerweise in La Guardia. Sie kommen vielleicht ein oder zwei Meilen in die Nähe der World Trade Center, aber es ist ein so weit sichtbares Objekt, wenn man New York anfliegt, das ist schlicht während des Tages unmöglich, einen Kurs zu nehmen, der einen direkt in die Gebäude führt. Und ein zweiter zufälliger Einschlag innerhalb weniger Minuten ist absolut undenkbar.«

»Und wie man sehen kann, gibt es definitiv keine Wetterprobleme. Schlechtes Wetter kann als Grund ausgeschlossen werden.«

»Ja. Der Kurs ist ein normaler Kurs für kommerzielle Piloten, New York anzufliegen. Es scheint auf dem Video, welches CNN zeigte, eindeutig, dass das zweite Flugzeug absichtlich in den Turm gesteuert wurde. Es sah nach einem kommerziellen Flugzeug aus!«

»Haben Sie eine Idee, welche Größe das Flugzeug hatte? Ich kann es schwer sagen, Sie sind Experte. Können Sie uns sagen, was für ein Flugzeugtyp es war?«

»Uhh, das ist schwer, man müsste es langsam abspielen und am besten mehrere Perspektiven geben, damit man sehen kann, wie viele Triebwerke es hat und wie die Form des Rumpfes aussieht.«

»Können wir das Band noch mal wiederholen? Wir spielen es in einer Sekunde noch mal. Haben Sie eine Idee, was für ein Flugzeug es war? Mit 100 oder 300 Sitzen? Es geht los.«

»Schwer, es genau zu sehen. Ich weiß nicht, wie weit entfernt wir sind. Das sieht aus ... Es könnte sein ... ein Passagierjet. 100 oder mehr Passagiere.«

4.3 Alle Fahrstühle defekt?

Der Südturm war de facto baugleich mit dem Nordturm, weswegen Patrick sich wie selbstverständlich in die gleiche Ecke des Gebäudes aufmachte, in dem der Kommandoposten der Feuerwehr war. Auch hier bot sich ein Bild der Zerstörung, die Szenen sahen so ähnlich aus wie im WTC 1. Als er beim letzten Mal auf die Uhr sah, war es Viertel nach neun gewesen.

Am Kommandoposten stellte er sich kurz vor und fragte nach deren Erkenntnissen.

Der Chief hier, laut Namensschild Chief Burns, meldete:

»Hier haben wir etwas mehr Glück als im Nordturm. Ein Fahrstuhl der lokalen Aufzüge funktioniert zumindest bis zum 41. Stock. Chief Orio Henderson und Ronald Booker sind schon rauf und kämpfen sich gerade zum Brandherd vor.«

Ron war auf dem Weg nach oben? Gut, sein Sachverstand und Wissen über die Gebäude wäre dort oben sicherlich von Nutzen.

Sein analytischer Verstand schaltete sofort, als er über die Merkwürdigkeit mit den Fahrstühlen nachdachte.

»Ein Fahrstuhl funktioniert nur? Was ist mit den anderen?«

»Sehen Sie doch selbst – die meisten Türen sind rausgerissen, einige Fahrstühle kommen gar nicht, weil sie oben irgendwo feststecken, andere sind abgestürzt.«

Das war eine Information, die ins Bild passte. Irgendjemand wollte nicht, dass die Feuerwehrleute zu den Feuern gelangten und von dort berichteten. *Sabotage.* Um es länger brennen zu lassen. Jedenfalls gingen ihm solche

Gedanken durch den Kopf. Und je mehr er drüber nachdachte, desto wahrscheinlicher erschien es ihm. Immer mehr Details fügten sich zu einem Puzzle zusammen.

Sein Instinkt hatte ihn nicht getäuscht. Er erinnerte sich an seinen Gedanken von vorhin. Hier war wirklich etwas oberfaul.

Da sah er Jack Moreno, der im Südturm den gleichen Job wie Nick Brewster im Nordturm machte. Fahrstuhl-Supervisor.

»Hallo. Mr. Moreno. Ich war gerade bei Nick, der alle Kabinen abfragt. Was ist hier mit den Fahrstühlen?«

Jack Moreno erkannte ihn, nickte ihm zu und stieß heraus:

»Nichts funktioniert. Ich versuche hier auch, Kontakt zu den Fahrstühlen herzustellen. Ich habe gerade Kontakt zu einem der Express-Fahrstühle gehabt. Da sind 19 Leute drin eingesperrt.«

»Wo sind die Fahrstuhlmechaniker? Ich sehe niemanden.«

»Vorhin hatten die sich hier in der Lobby versammelt, die sind aber alle geflüchtet, als unser Turm getroffen wurde. Da ist hier Panik ausgebrochen.«

»Was, das kann doch nicht wahr sein! Versuchen Sie bitte, die Mechaniker zurückzuordern! Verdammt! Wir brauchen sie dringend.«

»Ja, Sir. Ich versuche es. «

Auch hier waren fast alle Fahrstühle ausgefallen. Kaum Chancen für die Feuerwehr, zum Brandort zu gelangen. Obwohl gerade die lokalen Aufzüge bis zur ersten Skylobby hätten intakt sein müssen.

Verdammt, was war hier los?

1993 waren die Fahrstuhlmechaniker eine große Hilfe bei der Evakuierung gewesen, und nun war keiner von ihnen verfügbar?

Er musste unbedingt runter zu Mike Karloff ins OCC und mit ihm reden. So schnell wie möglich. Doch vorher wollte er sich noch bei Mel melden.

4.4 Beweismittelvernichtung

Am 25.06.2005 machte sich John wie immer gleich nach dem Frühstück auf. Er nahm seine Aktentasche zur Hand, verabschiedete sich mit einem flüchtigen Kuss und machte sich auf den Weg zur Uni. Er hatte zwei Artikel von Bill Manning ausgedruckt und eingepackt, die er heute in einer Pause lesen wollte. Bill Manning war Feuerwehrmann aus Leidenschaft, aber seit geraumer Zeit auch Herausgeber des anerkannten Fachmagazins: „Fire Engineering".

Außerdem hatte er aufgrund seiner Expertise auch schon bei den Ermittlungen zu dem Anschlag 1993 auf das World Trade Center an der anschließenden Studie mitgearbeitet. Ein Fachmann also, dessen Meinung zählte. John fand gleich mehrere äußerst kritische Artikel in dem Magazin, aus der Zeit zwischen November 2001 und Anfang 2002.

Später am Tag saß er bei einer Apfelschorle in seinem Büro und studierte die Artikel. Der Ton war äußerst kritisch.

> *„Haben sie die verschlossenen Türen vom Triangle-Shirtwaist-Feuer weggeschmissen? Haben sie die Gasflaschen weggeschmissen, die beim Happyland-Social-Club-Feuer Verwendung fanden? Haben sie die Druck-regulierenden Ventile vom Meridian-Plaza-Feuer achtlos entsorgt? Natürlich nicht!*
>
> *Aber im Wesentlichen ist es das, was man beim World Trade Center macht.*
>
> *Seit mehr als drei Monaten hat man den strukturellen Stahl des World Trade Centers abgeräumt und als Schrott verkauft, und man*

macht es weiter. Wichtige Beweismittel, welche viele Fragen über die Praxis des Designs von Stahlskelett-Hochhäusern unter Feuerbedingungen beantworten könnten, sind auf dem Weg nach China, und vielleicht nie wieder in den USA zu begutachten, außer wenn man nächstes Jahr ein neues Auto kauft."

John hielt kurz inne. Das war einfach unglaublich. Dann las er weiter.

„Solch Vernichtung von Beweismaterial zeigt eine erstaunliche Ignoranz der Regierungs-Offiziellen in Bezug auf den Wert einer ernsthaften, wissenschaftlichen Untersuchung des größten Feuer-induzierten Kollaps in der Weltgeschichte. Ich habe sämtliche Brandschutzrichtlinien unseres Landes durchgesucht, in der NFPA 921, aber nirgendwo gibt es eine Ausnahme, wo man die Vernichtung von Beweismitteln für Gebäude, die höher als zehn Stockwerke waren, erlaubt.

Deshalb hoffte ich, dass die Gebäude die einzigen Gebäude gewesen sind, die aus einem leichtgewichtigen Stahlskelett im Kern bestanden, aber ich hatte kein Glück. Ich machte weitere Anrufe, um herauszufinden, ob es die einzigen Gebäude mit leichtgewichtigem, aufgesprühtem Brandschutzmaterial waren. Wieder kein Glück. Es gibt Tausende von Gebäuden, die in diese Eigenschaften haben."

Zwei andere Stellen fand er noch in den Artikeln, die ihm noch mehr auf die Palme brachten. Die eine lautete:

„Abgesehen von dem marginalen Nutzen durch eine dreitägige Sichtung der Orte, an denen man die Beweise besichtigen konnte, durchgeführt von einigen ASCE-Untersuchungs-Ausschussmitgliedern, welche durch eine nahe Quelle als „Touristen-Ausflug" beschrieben wurde – scheint niemand die Beweislage zu prüfen."

Und die andere betraf die Folgen dieser unwiderruflichen Beweismittelvernichtung.

„So sieht es aus. Wenn es so weitergeht, wird die Ermittlung der Feuer und der Einstürze des World Trade Centers in nichts anderem als einer Papier- und Computer-generierten Theorie enden."

John war baff und legte die Artikel zur Seite. Das konnte doch nicht wahr sein! Die Ermittlung – wenn man sie denn so nennen mochte – war tatsächlich nichts weiter als eine halb gebackene Farce, so wie auch der Artikel von Manning lautete. Von Nathan Zimmermanns Seiten hatte er gelesen, dass es danach ja noch die NIST-Ermittlung gab. Diese wurde, genau wie die 9/11 Kommission, erst auf Druck der Angehörigen eingesetzt. Allerdings war der Ermittlungsfokus so ausgerichtet, dass bereits in der Aufgabenformulierung genau festgelegt war, was zu untersuchen war: die technischen Aspekte, die durch Einschläge der durch Islamisten entführten Flugzeuge dazu führten, dass WTC 1, 2 und 7 zusammenbrachen. Keine offene Untersuchung. Schon im Titel wurde außerdem so getan, als ob WTC 7 ebenfalls von einem Flugzeug getroffen wurde oder aufgrund eines Flugzeugeinschlags einstürzte.

In diesem Herbst sollten die Endberichte des NIST erscheinen. Gerade erst war die vorläufige Version des Abschlussberichts vom NIST erschienen. Er beschloss, sich das Ganze gründlich anzusehen. John war schon gespannt. Aber wie schon von Manning gesagt. Die Beweismittelvernichtung war so umfangreich, dass vielleicht niemals mehr eine umfassende Untersuchung möglich wäre. Und wie er aus Erfahrung wusste, konnte man am Computer oder auf Papier alles Mögliche nachweisen. Papier war geduldig. Physische Artefakte, die wiederholt beprobungsfähig wären, waren unvergleichlich viel aussagekräftiger. Das war schließlich sein Aufgabengebiet in der Archäometrie. Noch wusste John nicht, dass er aufgrund seiner Expertise genau das später selbst mit dem WTC-Stahl und -Staub machen würde.

Eine Sache beschäftigte ihn noch. Wenn selbst Manning von Touristen-Ausflügen sprach, was sagten dann die bei der Ermittlung Verantwortlichen? Die standen doch in der Pflicht!

Im Internet fand er nach längerer Suche tatsächlich eine Aussage von Gene Corley, der das Untersuchungsteam der FEMA leitete. Dieser hatte vor dem „Science Committee of the House of Representatives" davon gesprochen, dass sein Team unmittelbar nach dem Einsturz der Gebäude vollen Zugang zum Ort des Geschehens gehabt hätte.

Wie Zimmermann und Manning überzeugend darlegten, beschränkte sich der „volle Zugang" in der Realität auf einige Besichtigungs-Touren, welche im Zeitraum vom 7. bis 12. Oktober 2001 stattgefunden hatten – also fast einen Monat nach den Anschlägen. Corley log offensichtlich. Zu diesem „unmittelbaren" Zeitpunkt waren bereits über 100.000 Tonnen Trümmer beseitigt worden. Und der volle Zugang beschränkte sich nicht nur zeitlich, sondern auch, was die Menge der Trümmer anging, die begutachtet wurden.

Direkt von Ground Zero wurden nur sage und schreibe sieben Stahlteile für die weitere Untersuchung gesichert, aber nicht von dem zuständigen FEMA-Team, sondern von einer Gruppe Freiwilliger der „Structural Engineers Association of New York".

Die restlichen Stahlteile wurden auf den Schrotthalden gesichert, nachdem man diese in einer Mülldeponie, die man Fresh Kills nannte, schon nach bestimmten Prozessabläufen durchsortiert hatte. Zusammen mit denen vom Ground Zero insgesamt 156 Stück. Aber wenn dort inkriminierende Indizien beiseitegeschafft worden wären, wäre auch dieses nur Wenigen aufgefallen. Zimmermann hatte Bilder von Fresh Kills auf seiner Webseite, die keinen Zweifel ließen, dass dort niemand Fotos machen durfte und der Zugang unter Androhung von Gewalt streng limitiert war. Die Fragen blieben. Wer hatte die Vernichtung der Beweismittel, sprich den Verkauf der Stahltrümmer als Schrott nach Übersee angeordnet und wieso gab es keinen größeren Aufschrei ob dieser Angelegenheit und der Lügen der Offiziellen? John wusste es nicht. Aber er nahm sich vor, auf der Spur bleiben.

Wieder waren zwei Wochen vergangen. Nun waren sie mitten im Hochsommer. Mittlerweile war er mehr oder weniger davon überzeugt, dass wenigstens WTC 7 gesprengt worden war. Als Wissenschaftler und vor allem als Physiker fehlte ihm aber vor allem eines: ein hieb- und stichfester Beweis. Dumm, dass so viel Stahl vernichtet worden war. Dennoch, als Arbeitshypothese blieb die Sprengung auf dem Tisch. Die überzeugendsten Fakten waren nach seiner Sicht:

Die Tatsache, dass WTC 7 nicht von einem Flugzeug getroffen wurde, und in der offiziellen Version Trümmer und Feuer als Erklärung herhalten sollten, obwohl noch niemals in der Geschichte des Hochbaues jemals ein Gebäude in der Art wie WTC 7 zusammengefallen war, also so schnell, symmetrisch und komplett, in seinen eigenen Fußabdruck, wenn es nicht gesprengt worden war. Gerade die Geschwindigkeit war verräterisch. Es gab nicht den Hauch einer Verzögerung bei dem Fall. Das war schlicht unmöglich, Stahlgebäude fielen nicht einfach in sich zusammen, dazu in den Weg des größten Widerstands, es sei denn, alle unterstützenden Träger wurden, bevor Lasten von oben auftreffen konnten, aus dem Weg geräumt.

Er schaltete den PC aus und ging runter zu seiner Frau Melinda, die er in letzter Zeit arg vernachlässigt hatte. Auf dem Weg die Treppe runter ratterten seine Gedanken weiter.

Eines war klar. Alleine würde er wenig bewegen können. Deshalb müsste er nach weiteren Forschern suchen, die sich vielleicht schon länger mit dem Thema beschäftigten und versuchen, diese zu kontaktieren. Vielleicht würde es gelingen, gemeinsam wissenschaftliche Untersuchungen anzustellen.

John schrieb Nathan Zimmermann an. Aber es kam zunächst keine Antwort. Auch am nächsten Tag und am übernächsten keine. John fragte sich, warum. Vielleicht, weil John selbst noch nichts zum Thema geschrieben hatte. Deswegen war ihm bewusst geworden, dass er sich am besten selbst zu einer Arbeit wie von Nathan Zimmermann aufraffen musste – untermauert mit all seiner wissenschaftlichen Erfahrung. Er hatte sich bereits dazu entschlossen, sowohl einen Artikel auf der Webseite der Uni als auch eine Power-Point-Präsentation zu erstellen.

Melinda machte ihm eine Szene, sie hatte schon mit dem Essen angefangen.

»John, ich hatte dich vor über zehn Minuten gerufen. Wie lange soll das eigentlich noch so weitergehen?«

Er war verwirrt. Hatte sie ihn wirklich gerufen? Die Zeit, die er in den letzten Wochen am Computer verbrachte, war wirklich außergewöhnlich lang. Dennoch. Das Thema war so wichtig und fesselnd, er konnte sich dem nicht entziehen.

»Melinda-Schatz, du weißt doch, an was ich gerade arbeite. Sobald meine Präsentation fertig ist, habe ich auch wieder mehr Zeit für uns. Versprochen!«, versuchte er zu beschwichtigen.

»Mir gefällt das nicht, was du da machst! Du denkst zu wenig an uns, aber vor allem zu wenig an dich und deine Position.«

John runzelte die Stirn. Er hatte ihr natürlich zu erklären versucht, was er gerade machte. Melinda wollte von all dem immer noch nichts wissen. Sie reagierte wie immer ablehnend bis empört, wenn es um die Konsequenzen dieser Theorie ging.

»Ich kann nicht anders!«

»Was soll das denn überhaupt bringen?«

»Du weißt doch, selbst im Buch der Mormonen steht schon was von den geheimen Verbindungen, die der Welt schaden sollen.«

Er nahm das Buch der Mormonen in die Hand, suchte die Stelle und zitierte:

»Helaman Sechs, das war 12 Jahre vor Christus. Drittes Buch Nephi, 11: „Ja, es gibt Gadianton genannte Räuber draußen in der Wildnis, aber auch in der Regierung".«

Er machte eine bedeutungsschwangere Pause.

»Und denk an Ether.«

Melinda nickte.

»Wenn niemand sich darum kümmert, können sie machen, was sie wollen. Das ist das Ende für jede freie Gesellschaft. Damals wie heute. Helaman hatte den Mut, es anzugehen. Ich muss es auch!«

»Ich weiß, dass du fest im Glauben und ein aufrechter Mann bist. Genau darum gefällt es mir nicht, wenn du dich mit diesem Thema beschäftigst.«

John schluckte.

Das hieß ja, dass sie bereits erwogen hatte, dass es stimmen könnte und dies sogar für wahrscheinlicher hielt, denn ansonsten hätte sie diese Angst ja nicht haben müssen.

»Okay, ich werde uns nicht gefährden, ja?«

Das beruhigte Melinda. Vorerst. Sie gab ihm einen flüchtigen Kuss auf die Wange. Das Thema war damit erst einmal erledigt und sie widmeten sich dem Essen.

Am nächsten Tag suchte John wieder seinen Studenten Richard auf.

»Dick, ich muss mich bei dir entschuldigen. Ich habe mich genauer informiert und bin mittlerweile sicher, dass mit der offiziellen Version etwas nicht stimmt.«

Dick sah auf. »Tatsächlich?«

Er musterte John eindringlich und nickte dann. »Sehr erfreulich, dass Sie sich die Zeit genommen haben und jetzt anderer Meinung sind.«

»Es ist noch mehr. Ich bin dabei, eine wissenschaftliche Arbeit und eine Power Point Präsentation zu den Ereignissen in New York zu machen. Diese Einstürze ...«

Richard zog die Augenbrauen hoch.

»Professor, so sehr ich das begrüße, dass Sie an der Aufklärung mithelfen wollen. Ist das wirklich Ihre Absicht? Ich bin nur ein Student und schreibe im Internet unter einem anonymen Namen, aber Sie, wenn Sie in ihrer Stellung damit offiziell rauskommen – wissen Sie eigentlich, was das für Sie bedeuten wird?«

John war etwas erschrocken.

Er schüttelte mit dem Kopf.

»Vielleicht nicht ganz. Was meinst du denn?«

»Sie werden Ihren Job verlieren. Es wird eine Hexenjagd auf Sie geben. Man wird in Ihrer Vergangenheit nach Schmutz suchen, wie bei einem Politiker, der ein Präsidentschaftskandidat ist.«

»Ich denke nicht, dass mein Job gefährdet ist – immerhin sind wir an einer Uni in Utah, wo man sich freiheitlicher Forschung verschrieben hat. Schau doch das Motto unserer Uni.«

John dachte an die Worte, die über der Haupteingangstür standen, die Generationen von Studenten an der BYU geprägt hatten und die er selbst auch verinnerlicht hatte:

„Kommen Sie herein, um zu lernen. Machen Sie weiter und dienen Sie!“

»Vai Sikahema hat es doch gerade letztes Jahr noch mal deutlich gemacht. Und ich diene unserem Land, wenn ich helfe, die Anschläge aufzuklären!«

Richard sagte nichts.

John legte noch mal nach: »Weil das Evangelium alle Wahrheit und die vollständige Auswahl der menschlichen

Sichtweisen beinhaltet, ist der Bereich der Forschung für LDS-Gelehrte prinzipiell so umfassend wie die Wahrheit selbst.«

Dick kratzte sich am Kopf.

»Sie werden erleben, was das wirklich wert ist.«

»Und wegen einer Schmutzkampagne habe ich keine Angst. Ich bin sauber, fest im Glauben, seit 25 Jahren verheiratet und treu, und auch als Wissenschaftler habe ich einen einwandfreien Leumund.«

»Das glaube ich Ihnen, aber es wird nichts nützen. Wenn sie nichts finden, werden sie einfach was erfinden. Ihr altes Wissensgebiet, die „Kalte Fusion“, zum Beispiel. Das wird man so hindrehen, dass Sie einer dieser Forscher waren, die an so etwas Blödsinnigem geforscht und das übertrieben verfälscht dargestellt haben.«

»Die kalte Fusion oder besser die Muon'sche Fusion ist kein Blödsinn, sie funktioniert wirklich und wurde von anderen Wissenschaftlern in weiteren Experimenten bestätigt. Dass es energietechnisch unrentabel ist, ist doch was ganz Anderes. Und die Forscher, die es verfälschten, waren Pons und Fleischman.«

»Sehen Sie, Professor, darum geht es. Sie sind zu gutgläubig. Was auch immer wissenschaftlich richtig ist, glauben Sie bitte, das interessiert niemand da draußen, wenn man nur den verdrehten Schmutz zu lesen bekommt. Ich warte gespannt auf den ersten Artikel, der das alles zerreißt.«

»Warum sollten die Medien so etwas machen?«

»Weil die mit in dem Boot der offiziellen Version sitzen. Sie haben von Anfang an die offizielle Version nachgeplappert. Wieso sollten sie sich jetzt selbst als absolut unglaubwürdig entlarven?«

»Trotzdem. Selbst wenn die Medien so etwas machen sollten, es gibt noch ehrliche Wissenschaftler da draußen, die einem wissenschaftlichen Diskurs folgen können.«

»Viel Glück bei der Suche! Die meisten hängen an Staatsknete oder offiziellen Aufträgen. Sie werden sehen. 100-prozentig.«

Dieses Mal nickte John leicht. Er hatte selbst früher im Staatsauftrag geforscht und auch Gelder vom Pentagon bekommen.

»Und denken Sie bitte auch an die politischen Probleme, die dieses Thema beinhaltet.«

Von der sogenannten Bush-Wissenschaft hatte er schon gehört, es gab eine Petition von Wissenschaftlern, die sich gegen die Einflüsse der Politik verwahrten und immer schlechtere Forschungsbedingungen monierten, weil diese einer falschen politischen Zielrichtung folgte.

Er dachte an die Karikaturen, die er dazu Generationen von Studenten gezeigt hatte.

»Ich werde einfach andere Wissenschaftler suchen, die nicht so einem Diktat folgen, sondern aufrechte Wissenschaftler sind. Die sich der Idee verschreiben, die Sache aus wissenschaftlicher Sicht zu analysieren. Eine Gruppe bilden. Und ein Journal, ähnlich dem unsrigen hier an der Uni.«

Richard sagte zögerlich. »Warum nicht. Es könnte funktionieren. Aber passen Sie auf falsche Alliierte auf! Denen ist nichts heilig.«

»Was meinst du denn damit schon wieder?«

»Na ja, noch nie etwas von erfolgreicher Unterwanderung gehört? CoIntelPro?«

John schüttelte erneut den Kopf.

»Professor Miller, ich werde Ihnen mal einen Basiskurs US-Geschichte verpassen. Und auch ein wenig Informationen über die Medien. Damit sie nicht völlig blauäugig in Ihr Unglück laufen!«

»Vielen Dank. Das ist alles noch so neu für mich.«

»Kein Problem. Gefallen wird Ihnen nichts davon. Und ob Sie hinterher wirklich weitermachen wollen, sollten Sie sich echt noch ernsthaft überlegen.«

»Da gibt es nichts zu überlegen, meine ganze Existenz steht für ehrliche Wissenschaft.«

Sie verabschiedeten sich und John blieb, obwohl immer noch fest entschlossen, mit ersten Zweifeln am Campus zurück.

Kapitel 5 „Feuer gefangen!"

5.1 Sicherheitspanne

Heute, am Mittwoch, dem 29.08., sollte es zum Essen ins Brunos gehen.

Wie fast immer mit Harry Brunswick, nur dieses Mal mit einer seiner neuen Flammen und deswegen wollte Patrick auch Maria fragen. Er rief sie an.

»Hallo, Maria.«

»Hi, Patrick!« Sie klang merklich erfreut.

»Hast du Lust heute Abend auf das Brunos? Wir haben da ein festliches Dinner mit Harry und seiner Begleitung, und ich möchte gerne, dass du mich begleitest, Bella.«

Maria klang zögerlich. Er wusste, dass er sie mit dem Brunos nur aus einem Grund überzeugen konnte. Dort sang heute Abend wieder Danny Nye und er hatte sie schon oft genug angerufen, selbst mitten in der Nacht um zwei Uhr, wenn der dort ihr gemeinsames Lied sang, Andrea Bocellis „Con Te Partiro".

»Denk' dran, wer da heute Abend auftritt.«

Maria gab ihren Widerstand auf. »Na gut, ich komme mit.«

»Hey, wenn du wirklich mitkommen willst, musst du aber ein wenig mehr Begeisterung zeigen.«

Maria versuchte, fröhlicher zu klingen.

»Schön! Holst du mich ab?«

»Wunderbar! Ja, so gegen 20.00 Uhr bin ich bei dir.«

Endlich würde er Maria wiedersehen, das letzte Mal war schon zwei Wochen her.

Er hatte sie 1999 dazu ermuntert, nach New York zu ziehen. Das müsse so sein, damit sie die Dinge zum Laufen brachten. Sie kam aus der Provinz, mochte New York nicht und war gänzlich unbeeindruckt von dem, für was es stand, aber wegen ihm hatte sie es getan. Er hatte ihr eine kleine Wohnung auf der Hoboken besorgt, außerhalb, abgelegen, ruhig für New Yorker Verhältnisse, dennoch nicht so weit weg von der City und damit von ihm.

Sie mochte augenscheinlich auch nicht, was New York aus ihm gemacht hatte, und sie fand nicht gut, wie Geld und Ruhm ihn leicht beeinflussen konnten. Sie war nicht der Typ für so etwas. Das hatte sie ihm mehr als einmal deutlich gemacht. Dennoch hatten sie ihre Beziehung über all die Jahre fortgeführt. Patrick konnte oder wollte sie nicht beenden. Dazu war Maria ihm zu wichtig. Und es gab regelmäßig richtig guten Sex.

Er holte sie pünktlich ab und machte ihr als Erstes Komplimente für ihr Aussehen.

Sie redeten auf dem Weg zum Essen von den gemeinsamen Reisen.

»Weißt du noch, als wir das Wochenende bei Mom waren und sie uns in der Nacht ihre Spaghetti gekocht hat?«

Er lachte.

»Natürlich, Schatz. Damals bei deiner Mom in Maryland, wie könnte ich das vergessen!«

Sie hatten sich die ganze Nacht geliebt und Maria war ständig bemüht, nicht zu laut zu sein, damit ihre Mutter nichts mitbekommen würde. Patrick erinnerte sich noch, wie Maria sagte: »Weißt du, sie ist eine prüde italienische Mama. Die würde es nicht gut finden, wenn sie das wüsste.« Hatte sie ihm zugeflüstert und ihn gleichzeitig mit ihrer Hand weiter scharfgemacht.

Dem Sex tat es keinen Abbruch. Anscheinend erregte Maria die Vorstellung sogar, im elterlichen Haus Sex zu haben. Es war ihre beste Nacht jemals.

Dann waren sie im Brunos angekommen und verbrachten einen vergnügten und sättigenden Abend. Bis es spät wurde, Harry und seine Julia waren schon gegangen, und als sie alleine waren, sagte sie plötzlich.

»Patrick, es ist ein Uhr, ich möchte gerne los!«

»Los? Baby, es ist gerade mal ein Uhr!«

Patrick entging ihre Stimmung, sie wollte mit ihm zusammen sein, intim.

»Schatz, ich möchte gerne mit dir alleine sein.«

Endlich begriff er.

Sie fügte hinzu: »Wir können ja mal zu dir gehen!«

Patrick hasste diese Augenblicke.

»Schatz, ich habe es dir doch schon oft genug gesagt. Wir können nicht zu mir. Aus meiner Zeit beim FBI lagern noch viel zu viele geheime Dokumente bei mir, die keiner sehen darf.«

Ihr Gesicht sprach Bände. *Misstraute sie ihm?*

Mit ruhiger Stimme sagte er: »Ehrlich, das geht leider nicht.«

Sie seufzte, sagte aber nichts.

Er versuchte, die Situation zu entschärfen.

»Wollen wir ins Hotel, wie neulich?«, und streichelte ihr sanft über die Hand.

»Nein, ich möchte dann nach Hause. Ich will morgen früh aufstehen und mich um mein Tier-Charity-Projekt kümmern.«

Er verdrehte die Augen.

Gern wäre er noch in den China-Club gegangen, aber das war kein Laden für sie. Auch wenn dort prominente Italiener wie Danny DeVito oder Tommy Mottala verkehrten. Sie diskutierten bestimmt schon eine halbe Stunde. Es drehte sich am Ende immer um die Themen, um die sie sich stritten.

»Warum ist nichts gut genug für dich, warum kann ich dich nicht glücklich machen?« So sein Standpunkt.

»Warum? Langweile ich dich? Du machst mich glücklich, Patrick!« Wobei sie das Du besonders betonte.

»Aber dieser Zustand, das kann so nicht weitergehen.«

»Okay, ich sehe es ja ein.«

Patrick war einige Sekunden ruhig.

»Ich verrate dir ein Geheimnis: Ich möchte dich gern heiraten. Würdest du mich heiraten?«

Sie zeigte ihr strahlendes Lächeln.

»Oh, Patrick, natürlich will ich! Ich wünsche mir nichts sehnlicher als das!«

Sie war überglücklich. Patrick wusste eigentlich nicht, warum er das gesagt hatte. Die Nacht verbrachten sie dann doch noch in einem Hotel. In dieser heißen Liebesnacht gab sich Maria alle Mühe, ihn komplett zu überzeugen, dass eine Hochzeit mit ihr das Beste für ihn war.

Dass Sie das Beste für ihn war. Und wie überzeugend sie sein konnte!

Nun musste er mit Melanie tatsächlich Schluss machen. Es gab keine Wahl mehr. Er hatte sich für Maria entscheiden, und sich damit unter Druck gesetzt.

Melanie die Wahrheit sagen. Er musste es nur tun. In Wirklichkeit hatte er heute seine privaten Probleme potenziert, statt klare Verhältnisse zu schaffen.

Am nächsten Tag war Patrick schon früh in seinem Büro, um Mel aus dem Weg zu gehen. Seit seinem Jobantritt war nun genau eine Woche vergangen. Heute war Donnerstag, der 30.08.09, und es ging langsam aber sicher auf den Feierabend zu. Endlich hatte er die gewünschten Akten bekommen. Nun nahm er sich diese vor. Zur Terrorgefahr für die World-Trade-Center. Die Durchsicht bestätigte viele seiner Befürchtungen. Die WTC waren von etlichen Gutachtern als TERRORGEFÄHRDET eingestuft worden.

Klar, allein schon wegen ihres Symbolgehaltes.

Die älteste Akte war vom 17.01.1984 und trug den Titel: „Terrorismus-Bedrohungen und Targeting Assessment – World-Trade-Center". Den vierseitigen Report las er schnell durch. Darin wurde beschrieben, warum ausgerechnet das WTC als Terrorziel infrage kam. Dann wurde beschrieben, welches die größten Gefahren für die WTC waren. Die Außenwände wurden gleich genannt, klar, damals waren noch keine Sicherheitsmaßnahmen wie der Anprallschutz eingerichtet. Man hätte damals noch Autos mit Bomben im Inneren gegen die Türme fahren können. Als Zweites wurden die LKW-Verladebrücken genannt. Als Drittes alle Bereiche in den Keller-Etagen, vor allem auch dort die Gefahr einer Autobombe, welche mit einem LKW in die Parkebene gebracht werden könnte. Fast schon prophetisch. Denn genau das wurde später dann ja mit dem Anschlag von 1993 auch wahr. Unterzeichner war ein gewisser Peter Card, Kopf der Terrorismuseinheit der Port Authority, der vorher Dienst auf dem WTC-Kommandoposten getan hatte und daher einen exklusiven Einblick in alle sicherheitsrelevanten Bereiche hatte.

Der nächste Report war ein Bericht vom OSP, einem „Office for Special Planning", eingerichtet von der Hafenbehörde, wie aus dem Datum von 1985 ersichtlich, anscheinend eine Folge des Berichts von Peter Card, um eine zweite Meinung einzuholen.

Der Titel war „Antiterror-Perspektiven: die World-Trade-Center." Hauptautor ein Edward O'Hoogan. Dann gab es noch einen Bericht, von der ihm bekannten Firma ENSIC, einer privaten Sicherheitsfirma, um wiederum die Empfehlungen vom OSP zu prüfen.

Er wurde jäh durch ein kurzes Klopfen unterbrochen. Gregory Anakis steckte seinen Kopf durch die Tür.

»Patrick, da ist ein Typ von der Feuerwehr, der will hier den Sicherheitsverantwortlichen sprechen. Mike ist gerade nicht da, er hat einen Termin. Machen Sie das?«

Patrick runzelte die Stirn.

»Klar doch, lass' ihn doch bitte rein, George!«

Wenige Augenblicke später stand ein schlanker, durchtrainierter Mittvierziger in seinem Zimmer, mit Schnauzer und kantigem Gesicht. Er sah mürrisch aus.

Sieht aus wie ein Italiener dachte Patrick noch, als der Besuch sich schon vorstellte und ihm die Hand austreckte.

»Ronnie Booker ist mein Name. Feuerwehr-Marschall der FDNY.«

Nun war Patrick doch einigermaßen erstaunt. Ein Feuermarschall zu Besuch im WTC, der den Sicherheitsverantwortlichen sprechen wollte?

Er begrüßte Booker höflich, stellte sich vor und bat ihn, sich zu setzen.

»Also, was führt Sie her?«

»Sie sind neu hier, richtig?«

»Ja, meine erste Woche. Ich bin der Ersatz für Michael Karloff, wenn der Komplex zu Silverstein Properties übergeht.«

Booker musterte ihn, ohne eine Miene zu verziehen.

»Ich weiß natürlich, wer Sie sind. Ich habe jeden einzelnen Prozesstag gegen Ramzi Yousef verfolgt. Gute Leistung, damals.«

Nun nickte er doch anerkennend, nur um kurz danach wieder genauso steif und mürrisch dreinzublicken wie zuvor.

»Danke. Aber deswegen sind Sie nicht hier.«

Booker schüttelte den Kopf.

»Gibt es neue Zu- oder Ausgangsmöglichkeiten zu den unteren Geschossen?«

Patrick dachte eine kurze Zeit nach.

»Nicht, dass ich wüsste. Ich bin jetzt noch nicht lange hier, aber die Zugangsroutinen, die Mr. Karloff eingeführt hat, existieren so schon seit 1998.«

Anstatt auf diese Aussage zu antworten, schweifte der Blick von Booker in die Ferne.

Kurz darauf war er wieder anwesend und sagte: »Ich werde von ziemlich vielen Leuten nicht mehr ernst genommen. Man hält mich für einen Spinner.«

Patrick wurde hellhörig.

»Warum das denn?«

»Weil ich was herausgefunden habe, was offenbar niemand interessiert.«

Nach einer kurzen Pause kam anklagend hinterher.

»Einschließlich das FBI.«

Patrick merkte, hier müsste er erst einmal Seelsorger spielen. Er wollte die Geschichte von diesem verbitterten Feuer-Marschall hören.

»Ich weiß, wie frustrierend das sein kann. Ich bin deswegen auch gegangen,« sagte Patrick, was zur Hälfte ja auch stimmte und ihm vielleicht Zugang zu Mr. Booker verschaffen könnte.

Er versuchte es auf die alte Tour.

»Darf ich Ihnen einen Drink anbieten? Eine Zigarre?«

Er hielt ihm den Humidor mit seinen Havannas hin.

»Nein danke, Nichtraucher. Und noch aktiv im Dienst.«

Patrick klappte den Kasten wieder zu und nahm sich selbst aus Rücksicht auch keine.

»Also auch nichts zu trinken?«

»Wenn es etwas nicht Alkoholisches ist, schon okay.«

»Eine Cola vielleicht?«

Booker nickte.

Er ging kurz raus um die Ecke zur Küche für die Angestellten und holte zwei kalte Colas aus dem Automaten und holte zwei Gläser für sie.

Er schenkte ein, beide genehmigten sich einen großen Schluck von der erfrischenden Cola.

»Erzählen Sie mehr! Was haben Sie auf dem Herzen?«

Booker seufzte, hielt kurz inne, er überlegte anscheinend, wo er anfangen sollte, und erzählte dann seine Geschichte.

Booker war nicht nur ein intimer Kenner der New Yorker Feuerwehr, Mitglied der „Rescue One“ Staffel, der härtesten und angesehensten Rettungseinheit der New Yorker Feuerwehr, sondern auch ausgebildeter Fallschirmjäger der gefürchteten „101st Airborne“ mit Kampfeinsätzen in Vietnam und seit dem Ende seines aktiven Militärdienst immer in der Reserve geblieben.

1986 hatte er sich bei einem Löscheinsatz in Manhattan den Rücken schwer verletzt. Er wurde bei einer Explosion die Leiter heruntergeschleudert und fiel dabei fast vier Meter tief.

Nüchtern und sachlich, ohne zu prahlen, erzählte er, wie er nach 12 Monaten wieder fit war und sich einsatzbereit zurück in seiner Einheit meldete, anstatt sich in Frührente zu begeben, was ihm aufgrund der Schwere der Verletzung möglich gewesen wäre. Er wollte wieder raus, Feuer löschen und Leben retten, bei seinen Jungs sein. Man nannte ihn seitdem den „Flying Firefighter“. Beim Militär war er allerdings aufgrund der Verletzung in die Reserve-Militär-Geheimdienstabteilung gewechselt, in die Abteilung des Abwehr-Geheimdienst-Analyse-Centers der „Boling Air Force Basis“ in Washington. Eine von nur vier Einheiten dieser Art in den ganzen USA. Er hatte aufgrund dessen Top Secret-Zugangsberechtigung.

Patrick empfand tiefen Respekt für die Einstellung und den Willen, den Booker zeigte.

Und er empfand Zuneigung für diesen Mann, glaubte nicht, dass er ein Lügner oder Hochstapler war, sondern wie er selbst desillusioniert von der bürokratischen Krake, die ihre Gesellschaft in vielen Ebenen durchzog.

»1993, beim Anschlag auf das WTC. Waren Sie da schon beim FBI?«

Patrick nickte. »Aber in Chicago, nicht in New York bei der Antiterroreinheit.«

»Aha. Was wissen Sie alles?«

Patrick zuckte mit den Schultern.

»Was man halt so weiß. Dank den Prozessen gegen Ramzi Yousef und so. Aber lassen wir doch dieses Förmliche. Ich bin Patrick.«

Booker zögerte kurz, dann sagte er. »Klar. Ronnie. Man nennt mich aber Ron.«

Dann kam er direkt zur Sache.

»Wissen Sie ...«, Ron zögerte eine Sekunde.

»Was ich sagen will. Es gibt einen Grund, warum ich denen so hinterher bin.

1993 ist mein Freund Leutnant Liam Shea fast umgekommen, als er in das Loch fiel, welches die Bombe von diesen Verrückten in dem Keller zwischen WTC 1 und 3 gerissen hatte. Er hat Monate im Krankenhaus gelegen. Noch am Abend des 28. Februar habe ich ihm geschworen, die Täter zu finden. Und wissen Sie was?«

Patrick saß aufmerksam auf seinem Stuhl, leicht nach vorne gelehnt.

»Ja?«

»Ich hatte gedacht, man würde bei der Ermittlung das Feuerwehrdepartment einbinden. Aber abgesehen von zwei vom FBI ernannten Feuerexperten, nicht mal aus New York, wurden wir komplett aus der Ermittlung ausgeschlossen.«

Patrick nickte. »Ich verstehe, wie frustrierend das für Sie gewesen sein muss.«

Auf einmal wirkte Ron sehr gereizt, als wollte er schreien, *»Gar nichts verstehen Sie!«*, aber er beruhigte sich ebenso schnell wieder und redete dann in gefassten Worten weiter.

»Na jedenfalls, nicht lange nach dem Anschlag fand ich einen Beweis, der aussagte, dass sie wiederkommen wollten, dieses Mal, um den Twin Towers ganz den Garaus zu machen.«

Patrick zog die Augenbrauen hoch. Er wusste zwar, dass Ramzi Yousef das 1995 nach seiner Verhaftung bei der Ankunft in New York so etwas Ähnliches gesagt hatte, nämlich, hätten sie mehr Geld gehabt, würden die Towers nicht mehr stehen. Aber dass es Hinweise gab, dass sie wiederkommen würden, hatte er so noch nicht gehört.

»Wirklich? Wie das?«

»Ja. Es wurde ein Computer gefunden, auf dem Yousef kurz nach den Anschlägen fünf Drohbriefe an New Yorker Zeitungen geschrieben hatte.«

»Ja?«, fragte Patrick ungläubig.

Eigentlich dachte er, er wüsste alles über den Fall Ramzi Yousef.

»Ja. Einer der Briefe wurde sogar von der New York Times gedruckt. Yousef sprach darin von dem fünften Bataillon der Befreiungsarmee. Was aber der Öffentlichkeit nicht gesagt wurde. Der Computer gehörte einem Nidel Ayyad. Der hatte auf Anweisung von Yousef einen Zettel am Computer kleben. Darauf stand: „Wir wissen, was wir falsch gemacht haben. Wir haben die Bombe an der falschen Stelle platziert.“ Ich habe es auswendig gelernt.«

Patrick hörte aufmerksam zu.

»Das jedenfalls ist die offizielle Version für die Akten. Auch im Prozess wurde ja erwähnt, dass die Attentäter vorhatten, den Nordturm so zu sprengen, dass der auf den Südturm kippt. Aber es kommt noch besser: In der als geheim klassifizierten Version steht:

»Wir wissen, was wir falsch gemacht haben. Wir haben die Bombe an der falschen Stelle platziert. Wenn wir das nächste Mal zurückkommen, werden die Türme nicht mehr stehen.«

»Könnte das nicht nur eine leere Drohung gewesen sein?«, fragte Patrick sofort.

»Vielleicht. Als ich das nächste Mal diese Information abfragte, das war vor einigen Wochen, war sie nicht mehr vorhanden. Einfach keine Spur mehr davon. Als ob sie nie dagewesen wäre. Dennoch habe ich das mit meinen eigenen Augen gesehen. Nur leider keine Kopie davon gemacht.«

Patrick verdrehte wohl etwas die Augen. Ein gerichtsfester Beweis wäre das sicher nicht.

»Wieso wurde diese Information nicht der Öffentlichkeit präsentiert? Warum nicht Richter Morgenthau oder Richter Mukasey? Warum wurde sie Ihrer Meinung nach vernichtet?«

Patrick dachte nach. Das Plausibelste war, dass man niemanden Angst machen wollte, dass man keine ungelegten Eier in die Öffentlichkeit brachte. Dass man niemanden zum Nachahmen animieren wollte.

»Patrick, ich sehe Ihnen an, Sie denken zumindest über die Möglichkeiten nach. Das ist mehr, als die meisten Anderen machen.«

»Die Attentäter sitzen doch alle hinter Schloss und Riegel.«

»Das habe ich auch gedacht. Es gibt da ein Problem! Keine mögliche Spur wurde weiterverfolgt.«

»Wie kommen Sie da drauf?«

Patrick wischte sich etwas Schweiß von der Stirn, die Klimaanlage schien heute wieder nur schlecht zu funktionieren, dafür nahm er noch einen Schluck Cola.

»Ich glaube, ich habe einen Maulwurf in der New Yorker Feuerwehr entdeckt.«

Patrick lief es eiskalt den Rücken runter.

»Wie kommen Sie denn da drauf?«

»Der Mann heißt Ahmed Naik. Er ist bald 20 Jahre Buchhalter bei der New Yorker Feuerwehr.«

»Ein Araber?«

»Ägypter, US-amerikanische Staatsbürgerschaft.«

»Was ihn aber noch nicht verdächtig macht.«

»Ihn schon. Es dauert nur ein wenig, das alles zu erzählen.«

Patrick machte eine Handbewegung.

»Nur zu. Ich habe Zeit, heute keinen Termin mehr.«

Ronnie nickte, kniff die Lippen zusammen und erzählte die ganze Geschichte.

»Patrick, hören Sie zu, ich war 1999 in der Metrotech. Unserem neuen Hauptquartier der FDNY. Sie kennen ja die strengen Sicherheitsauflagen dort oder können sich vorstellen, wie diese aussehen.«

Patrick hob den Daumen. »Vorbildlich, dort!«

»Also, als ich da war, habe ich den Naik eigentlich nur routinemäßig näher begutachtet, weil er wie viele der 1993er Attentäter und auch wie der blinde Scheich Ägypter war.«

»Und es war ein Volltreffer!«

»Wieso?«

»Ich hörte, dass er gerade eine neue Identitätskarte angefordert hatte, weil er angeblich seine alte verloren hatte.«

Patrick war sofort im Bilde. Das war eine beliebte Methode von Terroristen und Agenten, um an verschiedene Karten zu gelangen, mit denen dann andere den Zugang erhalten konnten.

»Da war ein Videoband. Wie er sich am Eingang mit seiner Karte einloggte. Am gleichen Tag, nachdem er behauptete, er hätte sie verloren. Er wurde verhört, und machte dabei widersprüchliche Aussagen. Als wir den Antrag genauer anschauten, stellte sich heraus, dass die Unterschrift des Feuerwehr-Marschalls zur Genehmigung der neuen Karte gefälscht war. Ich meine, wer nimmt solche Risiken auf sich? Für eine neue Karte? Wenn es nicht sehr wichtig für diese Person sein würde?«

Patrick nickte wie schon so oft während dieser Unterhaltung.

»Erst sagte er, es wäre nur aus nostalgischen Gründen, er wäre jetzt in einer neuen Einheit und würde so gerne die Karte von der alten behalten.«

»Und?«

»Ich habe Kay Browns gefragt, die damals sein Boss war. Sie sagte, er wäre unauffällig, öfter krank, immer geistesabwesend, sogar schon bei der Arbeit eingeschlafen. Niemand, der nostalgisch oder enthusiastisch für seine Einheit gewesen wäre.«

»Das klingt schon alles merkwürdig!«

»Es kommt noch besser. Ich frage Frau Browns, ob sie sich in Zusammenhang mit Naik an irgendetwas Besonderes erinnern würde. Und sie sagte gleich: „Die Baupläne“. Ich fragte: Zum Teufel, welche Baupläne? Und sie sagte, die vom WTC, irgendwann 1992. Wir sind damals umgezogen und haben die alten Pläne in Müllcontainer geworfen. Sie hätte ihn dabei erwischt, wie er den Müll durchsucht hätte, er hatte schon die WTC-Pläne in der Hand und fragte, ob er diese haben dürfte. Sie hatte es ihm erlaubt.«

Patrick wurde schlecht. Er begriff sofort.

»In der Metrotech. Da werden doch die Baupläne aller New Yorker Gebäude aufbewahrt. Falls es brennt, muss man ja wissen, wie man sich in den Gebäuden zurechtfinden kann. Auch die vom World Trade Center.«

»Stimmt haargenau. Mit einem zweiten funktionsfähigen Ausweis hätte sich jemand anderes oder Naik selbst illegal Zugang zum Metrotech verschaffen können.«

»Aber er hatte doch schon welche von 1992?«

Im gleichen Augenblick fiel Patrick ein, dass diese vielleicht unvollständig waren oder die falschen Bereiche zeigten.

»Wie auch immer.«

»Noch was. Sie sagte, am 28.2.1993, am Tag des Anschlags, hätte er sich krankgemeldet, das wusste sie noch. Allerdings fand sie seine Krankmeldung nicht in seiner Akte. Danach habe er sich extrem paranoid verhalten.«

Es wurde immer mysteriöser.

»Ich bin noch nicht fertig. Als ich dieses verdächtige Verhalten entdeckt hatte, habe ich alle Infos über Naik abzurufen versucht. In den Akten der CIA und NSA gibt es rein gar nichts über ihn. Das FBI hatte ihn 1994 zweimal verhört, aber nichts weiterverfolgt. Obwohl er alle der später verurteilten Attentäter nach eigenen Angaben gut kannte – aber terroristisch nichts mit ihnen zu tun gehabt haben wollte. Na gut. Also bin ich zu einem Kumpel von mir gegangen, der Channel Sieben-Augenzeugenberichten nachgeht und ihn gebeten, mir die Videos zu geben, die es über den Anschlag und vor allem die Attentäter und den blinden Scheich gibt. Ich habe alle Videos angesehen, die es vom blinden Scheich gibt. Und das vierte oder fünfte Band war wiederum ein Volltreffer. Auf diesem war Naik zu sehen, wie er den blinden Scheich am Arm durch einen Raum führt und in sein Ohr flüstert. Ich habe mit verschiedenen Leuten darüber gesprochen, was das zu bedeuten hätte bei einem islamistischen Führer wie Scheich Abdel Rahman.

Übereinstimmend erhielt ich die Auskunft, dass nur ein persönlicher Leibwächter so nah und intim an ihn hätte herankommen können, jemand, dem er sein Leben anvertrauen würde.

Patrick lehnte sich in seinem Sessel zurück.

»Ich bin mit diesen Infos im September 1999 zum FBI. Und was sagte mir der Agent, an den ich verwiesen wurde: „Ich sehe hier kein Verbrechen. Wir können nichts machen. Vielen Dank für ihre Hilfe." Das war alles.«

Patrick schwieg.

»Nun denken Sie, ich bin verrückt. Weil mir noch niemand geglaubt hat.«

»Keineswegs. Im Gegenteil.«

Patricks Verstand arbeitete blitzschnell wie immer.

»Ron, wissen Sie, was wirklich merkwürdig ist? Sie sagen, Sie waren also vor zwei Jahren beim FBI in New York und haben dort einem FBI-Agenten diese Geschichte erzählt. Wissen Sie noch, wer das war?«

»Ein russisch klingender Name, daran erinnere ich mich noch. Ivanov oder so.«

»Tomcev?«

»Ja, genau! So hieß er!«

»Ich habe davon noch niemals gehört, und so eine Information hätte mir vorgelegt werden müssen. Ich war Chef dieser Einheit.«

Tiefe Sorgenfalten machten sich auf Patrick Stirn bemerkbar. Hier war etwas am Laufen. Etwas Großes. Was sollte er machen? Einfach auf Tomcev zuzugehen könnte sich als fatal erweisen. Es nicht zu tun, ebenso.

»Was war nochmal der Anlass, weswegen Sie heute hier sind, Ron? Etwas Aktuelles?«

»Ja. Am 14. Juli wurde die Operation Diamondback beendet. Ich habe dazu einen geheimen Bericht von Randy Glass gelesen, es ging um illegale Waffengeschäfte, die durch von uns kontrollierte Agenten eingefädelt wurden, um die Wege nachzuvollziehen, die Waffen, Drogen und Gelder in Zusammenhang mit El-Kaida gehen.«

»Wieso habe ich noch nie davon gehört? Da wäre doch eine Info gewesen, die ich als FBI-Agent in der betreffenden Spezialeinheit hätte haben müssen!«

»Bei dem Plot selbst wurden nur ein paar Mitläufer verhaftet. Zwei Typen namens Malik und Mohsen. Aber alle Spuren, die nach Pakistan oder bin Laden führten, wurden unterdrückt.«

»Aha! Das könnte erklären, warum ich davon nichts weiß. Und was weiter?«

»Randy Glass behauptet steif und fest, dass es einen Plot gibt, die World Trade Center zu sprengen. Er hat es persönlich vom ISI-Agenten Rajaa Gulum Abbas gehört, und der hat noch weitere Informationen und hat diese auch an alle möglichen Leute weitergeleitet, aber wie bei Naik passiert einfach nichts.«

»Das kann doch schlechterdings nicht sein! Was sind das für Infos?«

»Das weiß ich auch nicht. Aber ich habe keinen Grund, an der Aussage von Glass zu zweifeln, da ich selber die gleichen Erfahrungen gemacht habe. Vielleicht sollten Sie mal mit Glass sprechen?«

Das war eine logische Option.

Patrick war platt.

»Ich brauche jetzt doch erst mal einen Drink!«, sagte er und schenkte sich einen doppelten Chivas aus seiner geheimen Privatbar ein.

Die Infos, die Ronnie Booker für ihn hatte, waren mehr als brisant. Er war vielleicht mitten in ein Wespennest geworfen worden. Vielleicht doch etwas, was aktuell lief.

Nur warum tat niemand etwas? Warum hatte man die entsprechenden Verbindungen zu Osama und Pakistan versteckt?

Leider hatte er doch noch einen Termin, weswegen er Booker verabschieden musste, aber der versprach, alles in Bewegung zu setzen, was ihm möglich war und mit ihm in Kontakt zu bleiben.

Er traf am nächsten Morgen sofort die notwendigen Maßnahmen.

Als Erstes ließ er die Alarmbereitschaft in den Towers erhöhen. Er hatte noch Kontakt zu einer Bomben-Spürhundestaffel durch Raymond Powers, rief bei ihm an und der hatte tatsächlich Zeit und konnte ab dem fünften September kommen. Falls irgendwo eine Bombe versteckt war, so würde er diese finden, und wenn er die Gebäude rund um die Uhr kontrollieren lassen müsste.

Patrick organisierte Sonderschichten und wies alle an, besonders achtsam zu sein.

Randy Glass wäre in nächster Zeit nur schwer erreichbar – er saß im Gefängnis wegen Betrugsdelikten, auch wenn seine Strafe für seine Mithilfe an der Operation Diamondback reduziert worden war. Auch das mit Tomcev ließ Patrick nicht los. Er würde versuchen müssen, mehr herauszubekommen. Wem beim FBI konnte er noch vertrauen?

Ein sichtlich angefressener Michael Karloff kam in sein Büro. Es platzte sofort aus ihm raus.

»Wieso haben Sie die Sicherheit erhöht? Und warum ohne vorige Rücksprache mit mir?«

»Aktuelle Informationen lassen mir leider keine andere Wahl. Es gibt eine konkrete Bedrohungslage.«

»Was zum ...«

Patrick hatte nicht vor, diese Infos mit irgendeinem zu teilen. Dafür waren sie einfach zu brisant. Er hatte andere Punkte gefunden, die er präsentieren konnte, um glaubhaft zu wirken und ging gleich zum Gegenangriff über.

»Heute habe ich durch Zufall erfahren, dass hier, gerade in den letzten Tagen, verstärkt telefonische Bombendrohungen ankommen. Die meisten davon sind eh nicht ernst zu nehmen, ich weiß. Aber es gibt hier nicht mal eine automatische Aufnahme geschweige denn eine Rückverfolgung dieser Anrufe. Warum nicht? Und warum habe ich nichts davon erfahren?«

Er brauchte keine Antwort, um zu wissen, dass man schlicht noch niemals an eine solche standardmäßige Prozedur gedacht hatte. Und warum er nicht informiert wurde, das war noch ein anderes Thema, er müsste sich jetzt halt mit seinem Ellenbogen Gehör verschaffen, damit man ihn als neuen Sicherheitschef akzeptierte, der in allen Entscheidungsketten das Sagen hatte.

Mike war überfragt, bekam einen hochroten Kopf, brachte aber kein Wort über die zusammengekniffenen Lippen.

»Übrigens, Mike. Ich habe davon gehört, dass Sie vor zwei Monaten in Chicago die Sicherheitskonferenz für Hochhäuser geleitet haben. Haben Sie dabei auch WTC-relevante Sicherheitsmaßnahmen erläutert?«

»Ja, wieso? Ich muss anderen doch aufzeigen, was wir hier alles verbessert haben ...«

In dem Augenblick schaute Patrick ihm ganz fest in die Augen. So lange, bis Michael die Absurdität seiner Aussage bewusst wurde. In einem sehr tadelnden Ton fragte Patrick in FBI-Manier:

»Wie konkret bitte? Haben Sie jemals dran gedacht, dass dies selbst ein Sicherheitsrisiko ist, wenn man allen die Infos über die Sicherheitsmaßnahmen zugänglich macht?«

»Na ja ...« Mike war die Richtung des Gespräches zunehmend unangenehmer, Patrick bemerkte das und hakte weiter nach.

»Wie konkret nun? Haben Sie irgendjemanden mal irgendwann konkret alle Sicherheitsmaßnahmen hier im WTC erläutert oder gar vorgeführt?«

Mike senkte beschämt den Kopf. Patrick sah, wie er sich quälte.

Er wartete und trommelte mit den Fingern auf einen Tisch. »Also?«

»Nun, ich habe hier ab und an zusammen mit George Interessierten die Sicherheitsmaßnahmen präsentiert.«

Er zögerte eine Sekunde.

»Im Grunde die gleiche Tour, die wir auch gemacht haben.«

Patrick war nicht wirklich überrascht. Doch nun musste er es ganz genau wissen.

»Das heißt, Sie haben hier tatsächlich häufiger Besuchergruppen durchgeschleust und ihnen alle Sicherheitsmaßnahmen erklärt? Und ich nehme an, Sie haben diese Personen nicht vorher sicherheitstechnisch überprüft?«

Patrick ließ Mike wie einen Anfänger aussehen. Mike schüttelte nur betreten den Kopf.

»Wissen Sie, wenn das schon alles wäre ...«

Patrick war noch lange nicht fertig. Er würde eine ganze Menge Arbeit in die Sicherheit der WTC stecken müssen, um wirklich sicher zu sein, dass hier nichts Krummes gedreht werden würde oder bereits lief.

Er wandte sich ab und ließ Mike mit hochrotem Kopf stehen.

In diesem Augenblick war Patrick der Chef. Er hatte es Michael Karloff spüren lassen. Aber der offizielle WTC-Operations-Chef war Mal Crockett. Und der wiederum würde Patrick in Kürze spüren lassen, was er von den Maßnahmen seines neuen WTC-Sicherheitschefs hielt.

Doch bevor es so weit war, verfolgte Patrick noch eine heiße Spur. Durch eine Quelle beim FBI, der er vertrauen konnte, hatte er die Akten der Tomcev-Brüder einsehen können. Es gab ja zwei, John und Mike. Über Mike gab es nichts wirklich Aussagekräftiges. Etwas in der Akte von John Tomcev hingegen war ihm sofort ins Auge gestochen. Er fand eine Verbindung zu dem Anschlag von 1993.

Er und eine gewisse Nancy Floyd hatten einen Undercover-Kontaktmann, wahrscheinlich einen ehemaligen ägyptischen Geheimdienstagenten, namens Emad Hussein in die Terrorgruppe eingeschleust. Vor dem Anschlag. Da war wohl etwas schiefgelaufen. Tomcev war die ganze Zeit über beim FBI New York geblieben. Selbst zuletzt noch war er ranghohes Mitglied der I-49. Das wusste er. Was aber war mit Nancy Floyd passiert?

Er griff zum Telefon.

»Hallo Stu.«

»Hallo Patrick.«

Nach einem kurzen Small Talk kam Patrick zur Sache.

»Stu, kannst du mir einen Gefallen tun?«

Er hatte Stu schon das eine oder andere Mal aus der Patsche geholfen, und wie immer wusch eine Hand die andere.

»Klar doch, Patrick! Wenn es nichts Kriminelles ist. Hahaha.«

Patrick lachte kurz mit.

»Nein. Ich brauche nur eine Info über eine FBI-Agentin. Nancy Floyd. Muss so 1992 oder 1993 in NY gewesen sein.«

»Ich erinnere mich dunkel an sie. Eine Schönheit. Blonde Mähne. Lange Beine. Superintelligent. Ging rasant bergab mit ihrer Karriere, damals. Sie wurde versetzt, Schreibtischtäterin in der Provinz.«

Mehr wusste Stu nicht. Patrick bedankte sich und versprach, Stu demnächst mal wieder ein Essen auszugeben.

Interessant. Während Tomcev also weiter Dienst schob, wurde Floyd aus New York herausgemobbt. Der Umstand, dass es ihr beim FBI so ergangen war wie ihm selbst, erweckte in ihm ein starkes Interesse, mit dieser Nancy Floyd zu sprechen.

Er ließ seine Kontakte spielen. Durch Zufall hatte er herausbekommen, dass sie seit Kurzem wieder in New York war. Und er hatte es geschafft, ihre Adresse und Telefonnummer herauszufinden und sie zu kontaktieren. Er erklärte ihr kurz, wer er war und sie war bereit, sich mit ihm zu treffen. Sie wollten sich in einer neutralen Umgebung treffen. Also in einem Restaurant.

Sie trafen sich im Lucy Lu’s.

Patrick war ein paar Minuten vor ihrem Termin dort, sie war noch nicht da. Dann kam sie um die Ecke. Nancy Floyd, nun 41 Jahre alt und sie war – durchaus hübsch.

Man hatte sie vor seiner Zeit in New York auch als Lockvogel eingesetzt.

Patrick verstand, warum.

Sie sah sich um, auf der Suche nach ihm.

Er winkte ihr zu, bis sie ihn sah und auf ihn zukam.

Patrick stand auf und begrüßte sie mit einem festen Händedruck, den sie erwiderte.

»Nancy Floyd?«

Sie nickte.

»Hallo, ich bin Patrick O'Sullivan. Wir können uns duzen, okay?«

Er war wie immer direkt und kompromisslos.

Sie lächelte und nickte.

»Nancy. Sehr erfreut.«

Er zog ihr ganz in Gentleman-Manier den Stuhl zurück und bat sie, sich zu setzen.

Sie hielten Small-Talk, bestellten sich Getränke und Essen, bis Patrick zur Sache kam.

»Nancy, ich habe gehört, nach 1993 ging es mit deiner Karriere genauso bergab wie gerade mit meiner.«

Sie zog die Augenbrauen hoch.

»Ich habe davon gehört.«

»Du warst zusammen mit John Tomcev an Emad Hussein dran ...«

Sie unterbrach ihn.

»Ich weiß, dass du das von mir wissen willst. Aber ich kann dir nichts sagen. Ich bin gerade froh, dass ich wieder etwas auf die Füße gekommen bin. Man hat meinem Versetzungsgesuch in den Mittleren Westen gerade zugestimmt.«

»Bitte, Nancy«, insistierte er eindringlich.

»Patrick, du kannst dir nicht vorstellen, was es bedeutet, den falschen Fall angefasst zu haben. Ich habe jahrelang nur Schreibkram bearbeitet.«

»Nancy, ich habe eine ungefähre Ahnung. Bei mir lief es letztlich doch genauso. Ich bin zwar nicht ganz unschuldig, aber das sieht doch nach etwas ganz Bestimmtem aus.«

»Du hast Recht. Mein Leben sollte dir eine Warnung sein. Aber gut, ich werde dir erzählen, was ich weiß. Wenn du mir versprichst, mich da raus zu lassen. Ich habe noch 20 Jahre zu arbeiten.«

Patrick nickte. Das gebot ihm die Berufsehre.

»Klar. Ich will nur wissen, was da läuft.«

»Vorne weg: Ich weiß es nicht! Vielleicht ist das auch ganz gut so.«

Sie zögerte kurz.

»Wo soll ich anfangen?«

Patrick dachte nach.

»Dieser Emad Hussein. Erzähl mir mehr von ihm.«

»Emad war Kontaktmann des FBI. Ich hatte ihn 1992 angeworben. War früher wohl beim ägyptischen Geheimdienst. Kam 1988 in die USA. John Tomcev und ich waren seine Kontaktleute. Er war wie andere auch, vielleicht sagt dir der Name Zakhary noch was, in die Brooklyn-Terror-Zelle eingeschleust worden.«

»Und das vor 1993?«

»Ja.«

»Im Februar 1993 war der Anschlag auf das World Trade Center, also, nachdem ihr die Terrorzelle unterwandert hattet?«

»Das stimmt. Was normalerweise kein Problem gewesen wäre, du weißt ja, wir decken unsere Informanten bis zuletzt, allein schon aus Personenschutzgründen und weil wir unsere Quellen nicht verlieren wollen. Hier wurde es doch schwierig. Das lag bizzarer weise an Emad selbst. Der war so misstrauisch, der hat alles aufgenommen, er war bei allen unseren Kontakten verkabelt, ohne dass wir es wussten.«

»Wirklich?«

»Ja. Und daher hat er Tomcev auf Band. Und zwar vor dem Anschlag, als er sagt, er habe Informationen, für die er eine Million Dollar haben wolle. Und dass Tomcev mir davon nichts sagen solle.«

Der Kellner kam mit dem Essen und sie fingen an. Nach kurzer Zeit nahm Patrick das Gespräch wieder auf.

»Wollte er euch erpressen?«

»Anfangs nicht. Er war einfach gut und wusste wirklich alles über die Zelle. Er selbst hatte das neue Versteck organisiert.«

»Wo war das Problem?«

»Er hatte Tomcev angeboten, den Sprengstoff gegen ein harmloses Pulver auszutauschen. Aber Tomcev hatte gesagt, er solle weitermachen wie besprochen.«

»Scheiße, echt? Wieso habe ich davon noch nie etwas gehört?«

Nancy lachte kurz auf.

»Die von der Agency sprechen immer von ihren Kronjuwelen, den „Familiengeheimnissen“, die nie nach außen dringen. Beim FBI ist es doch das Gleiche. Solche Geschichten werden nicht an die große Glocke gehängt. Man hat peinlich genau darauf geachtet, dass die Story keine Beine bekommt und New York nicht verlässt. Selbst, wenn du später der New Yorker FBI-Chef-Antiterrorexperte warst, musst du nicht unbedingt davon gehört haben.«

Patrick verstand.

»Allerdings hättest du davon hören können. Die Geschichte stand in der New York Times.«

»Wie? Und es ist nichts nachgekommen?«

»Hussein hatte die Tonbänder an die New York Times gegeben. Nach den Anschlägen. Er fühlte sich um sein Geld betrogen. Ralph Blumenthal hat diese Geschichte gebracht. Und es hat irgendjemanden vermutlich viele

Anrufe gekostet, dass die Geschichte keine Beine bekam. Von ganz oben wurde bei den Medien interveniert.«

»Was wurde nach außen hin erzählt?«

»Nicht viel, außer, dass man Emad gerade damals nicht mehr für vertrauenswürdig gehalten hatte.«

»Um die Inkompetenz zu vertuschen, weil ihr den Anschlag trotz Vorwissens nicht gestoppt habt.«

»Patrick, so einfach ist das nicht. Du weißt ja selbst, wie eng die Grenze zwischen Maulwurf, der nur berichtet, bis zur aktiven Beeinflussung und Anstiftung zu einer Straftat ist. Vollendete Straftaten sind bei Gericht eh immer besser.«

»Du meinst, man hat die Anschläge geschehen lassen, um höhere Haftstrafen zu erreichen?«

»Vielleicht. Ich weiß es nicht.«

»Und da bist du als Handler von Emad Hussein einfach in die Schusslinie gekommen.«

Nancy nickte.

»Das vermute ich, Patrick, aber das war noch nicht alles. Emad hatte nach dem WTC-Anschlag weitergemacht. Seinem Wirken haben wir es zu verdanken, dass wir Scheich Abdel Rahman, den blinden Scheich, 1994 für den New Holland Tunnel Plot, lebenslang hinter Gitter bringen konnten. Dann wurde er in das Zeugenschutzprogramm aufgenommen und mir hat man unter Strafandrohung verboten, jemals wieder Kontakt mit Emad aufzunehmen, noch irgendwelche Details des Plots mit ihm zu besprechen.«

»Warum bloß hat man dich aus New York entfernt, während Tomcev, obwohl deutlicher in der Schusslinie, weitermachen durfte?«

Nancy zuckte mit den Schultern.

»Ich weiß es nicht Patrick. Siehst du, an diese Stelle versage ich mir weitere Fragen. Der Unterschied zwischen mir und dir. Ich will noch länger beim FBI arbeiten.«

Patrick verstand, war aber mit dieser Einstellung nicht einverstanden.

»Man kommt nur nach vorne, wenn man immer weiter Fragen stellt, den Dingen bis zur letzten Konsequenz auf den Grund geht.«

»Wenn du meinst. Meine Erfahrung ist eine andere.«

Mittlerweile hatten sie zu Ende gegessen.

Patrick fragte, ob er sich eine Zigarre anzünden dürfte. Nancy nickte.

Er kniff die Spitze mit seinem Zigarrenschneider ab, zündelte sich die Zigarre mit einem Zündhölzchen an und zog an der Havanna, die er in seinem Spezialitäten-Tabakgeschäft gekauft hatte.

Mehr zu sich selbst sagte er: »Ich glaube, ich muss mir noch einmal alles über die Anschläge zu Gemüte führen.«

Nancy hatte noch einen richtigen Kracher auf Lager.

»Übrigens, Emad Hussein hat vor einer Woche versucht, mich zu kontaktieren. Er lebt jetzt unter einem anonymen Namen und hat sich auch nicht zu erkennen gegeben, aber die Stimme war unverkennbar. Er war es! Er hatte eine kurze Nachricht auf meinen Anrufbeantworter gesprochen. Ich habe sie sofort gelöscht. Ich will weder ihn noch mich gefährden.«

Patrick grübelte. Merkwürdig, dass der ausgerechnet jetzt versuchte, sie zu kontaktieren. Ob er ihr etwas Wichtiges sagen wollte? Jetzt, wo alle Infokanäle etwas Heißes ankündigten? Zu schade, dass er keine Chance hatte, an ihn ranzukommen.

Oder?

»Gibt es für mich ...«

Nancy schüttelte den Kopf.

»Ohne mich. Tut mir leid. Selbst wenn ich wollte, ich weiß nichts, und ich will damit nichts mehr zu tun haben. Sagte ich das nicht schon?«

Patrick grinste. Er wollte es wenigstens versucht haben.

»War nur ein Test.«

Und er lächelte sein charmantestes Lächeln. Leider war Nancy Floyd nicht sein Typ, sonst hätte er sie noch zu einem weiteren Drink eingeladen. Sie wirkte in ihrer Art bieder wie der Job, den sie die letzten neun Jahre machen musste, als sie durch Zufall in den falschen Fall geriet, der ihr dann die Karriere versaute. Er trank aus, sie verabschiedeten sich und machten sich auf den Heimweg.

Das hieß, Patrick ging noch in den China-Club. Es war erst kurz vor 22.00 Uhr, also viel zu früh, um nach Hause zu gehen. Und eigentlich auch zu früh für den Club. Aber drei, vier Chivas würden die Zeit schon rumgehen lassen, bis was los wäre.

5.2 CNN, 11.09.2001, 9.14 – 9:32 Uhr

Am Telefon ist immer noch Ira Furmann.

Im Bild: Schwarz qualmende Twin Towers.

»Daren Kagan hier, ich schließe mich der Unterhaltung an: Es gibt keine Anzeichen, dass es heute irgendwelchen Flugverkehr gab, der einen Sinn in diesem Gebiet hatte. Oder an irgendeinem anderen Tag.«

»Nein, nicht direkt in das World Trade Center.«

»Nein, nicht mal nah dran.«

»Normalerweise würde man das Gebiet ein paar Meilen vorher überprüfen.«

»Normale Operationen. Wenn Sie die Bilder sehen, die wir sehen, mit all dem Rauch und Feuer und all dem, ist es absolut unglaublich anzunehmen, dass eine Flugzeugbesatzung nicht das WTC sehen könnte, vom Kurs abgekommen wäre und nun diesen in Flammen stehenden Signalturm nicht rechtzeitig hätte sehen können, um dann noch eine Kollision zu verhindern.«

»Lassen Sie mich nach dem Luftraum fragen. Nun, da es so ausschaut, als ob zwei verschiedene Flugzeuge innerhalb von 18 Minuten in die World Trade Center geflogen sind - ist es möglich, den Luftraum zu sperren? Um andere Flugzeuge davon abzuhalten, so etwas erneut zu tun?«

»Ich denke nicht, dass es sich hier um einen Unfall handelt. Und deswegen denke ich, dass wir nicht drüber reden müssen, andere Flugzeuge in sicherer Entfernung zu halten. Die Live-Bilder, die CNN sendet, werden vermutlich einige Meilen entfernt aufgenommen und man kann es weithin sehen.«

»Ja, sicherlich, aber das meinte ich nicht. Gibt es eine Möglichkeit, zu verhindern, dass jemand mit der gleichen Absicht mit einem weiteren Flugzeug so etwas macht? Kann man den Luftraum sperren?«

»Nein, sie können einen Luftraum nicht sperren, es gibt keine Tore oder Zäune. Alles, was sie machen können, ist, zu senden, dass der Luftraum geschlossen ist. Aber wenn jemand beabsichtigt, da durchzubrechen, was bei militärischem Luftraum die ganze Zeit über passiert, vor der Küste ...«

»Ich muss kurz unterbrechen und ein paar Punkte aufbringen. Wir bekommen Informationen, dass Präsident Bush über die Tragödie in New York informiert wurde. Ein Pressetermin, der für 9.30 Uhr an diesem Morgen angesetzt war, wurde abgesagt. Wir erwarten seine Kommentare sehr bald. Wir werden in dem Augenblick, sobald er verfügbar ist, live rüberschalten. Bleiben Sie dran.«

...

Bilder des brennenden World Trade Centers.

»Todd, bleiben Sie bitte in der Leitung, Leon hat ein paar neue Informationen.«

»Ja, ich checke hier gleichzeitig die Agenturmeldungen, während wir sprechen. Wir haben eine Nachricht aus Washington vom bereits ermittelnden FBI, die besagt, dass die Ereignisse hier möglicherweise Ergebnis eines Verbrechens seien. Es gibt eine AP-Meldung, die von einer möglichen Flugzeugentführung spricht. Man spricht nicht von zwei, sondern einem möglichen Flugzeug-Hijacking.«

»Geben wir nun an Kelly Reda, die am Telefon in Washington ist. Kelly Reda, bist du da? Kelly Reda?«

»Ja, hier bin ich. Hallo. Ein FBI-Sprecher sagte CNN, dass es eine Ermittlung gebe, man aber noch nicht sagen könne, ob es wirklich ein terroristischer Akt sei. Der offizielle Sprecher, den ich vor wenigen Minuten interviewen konnte, sagte, es gäbe keine Kommunikation, kein Bekennerschreiben für einen der Crashs. Es gibt eine laufende Untersuchung. Wenn es irgendetwas offiziell zu sagen gibt, wird es dann über das New York Field Office verkündet, welches nun auch ermittelt. Ich wiederhole. Das FBI hat bisher nicht gesagt, ob sie es für einen Terroranschlag halten oder nicht, aber sie ermitteln.«

»Vielen Dank, Kelly Reda, wir danken Ihnen für diesen Bericht.«

»Todd, sind Sie noch dran?«

...

»Wir haben ihn nicht mehr dran. Okay.«

Erneute Sendung des Südturmanflugs. Das Flugzeug ist mit einem hellen Kreis markiert.

»Lasst die Bilder die Geschichte erzählen.«

...

»Sie sahen es live, als es passierte, hier auf CNN, das Flugzeug crashte in die Seite des World Trade Centers und verursachte eine große Explosion. Nun, während wir reden, sehen Sie live die Türme. Rauch und Feuer sind in beiden Türmen zu sehen.«

»So wie es aussah, hat das zweite Flugzeug, welches wir auf Video haben, sich noch kurz vorher gedreht und damit wesentlich größeren Schaden angerichtet. Ich bin kein Experte in diesen Dingen, aber es sieht so aus, als ob diese Bewegung wesentlich größeren Schaden verursacht hat. Das sind unglaubliche Bilder, die wir sehen.«

Einblenden eines zweiten Videos des Südturmanflugs, etwas anderer Winkel, vom Partnersender WABC.

»Bitte bedenken Sie, dass der erste Crash ca. um 8:48 Uhr war, sodass schon eine Menge Leute in den Türmen bei der Arbeit waren, als das passierte. Am Telefon ist nun Rose Arce, eine unserer Produzenten hier in New York. Sie steht am Fuß der WTC und hat ein paar Leute bei sich, die aus dem Gebäude entkommen konnten. Rose?«

»Hallo! Es gibt einen nicht aufhörend wollenden Strom unzähliger Menschen, die aus den Gebäuden fliehen von Süd nach Nord. Es müssen Tausende sein. Sie wissen ja, es ist eine stark frequentierte Gegend hier Downtown Manhattan, viele von ihnen waren in den Gebäuden, als sie die Explosion fühlten.

Sie sagen, es war die Hölle. Ohne Vorwarnung, kein Alarm, gar nichts, sie saßen mitten an ihren Schreibtischen, sprangen auf und rannten, ein steter Strom von Menschen. Einige sagten, sie fürchteten eine weitere Explosion und als sie dann das zweite Flugzeug sahen, waren sie überzeugt, dass es gefährlich war und sie sind losgerannt. Eine Menge Leute.«

»Haben Sie jemanden bei sich, der aus den Türmen entkommen konnte? Und darüber berichten kann?«

»Ehrlich, eine Menge Leute fliehen gerade aus Manhattan, an mir vorbei.

Es gibt Trümmer hier am Grund neben den Gebäuden, es regnet weiter Trümmer. Sogar einen Block weiter. Viele erkennen die andauernde Gefahr und fliehen. Ein Strom von Menschen flieht nach Uptown. Nur weg von hier!«

»Verständlich. Was machen die Rettungsmaßnahmen? Ich kann mir vorstellen, dass sich jetzt noch eine große Zahl von Menschen innerhalb der Gebäude befindet.«

»Die Rettungskräfte haben Probleme, durchzukommen. Einige sind aus den fliehenden Strömen der Menschenmasse ausgeschert und versuchen, die Rettungskräfte durchzuwinken. Es gibt keinen Verkehr in die Richtung hierher, sodass einige Rettungskräfte Probleme haben, durchzukommen.«

»Hmm. Da, wo Sie stehen – gibt es da einen Kommandoposten, gibt es eine Richtung, wo sich alle sammeln?«

»Gerade jetzt gibt es einen Auflauf von Rettungskräften hier vor mir. Aber es sieht ziemlich unkoordiniert aus, es gibt keine Richtung, die erkennbar wäre, welche die Rettungskräfte nehmen müssen. Auf der Seite, von der Qualm aufsteigt, stehen Feuerwehrwagen. Auf der anderen Seite sammeln sich Polizeioffiziere, die versuchen, die Menge geordnet zu evakuieren, damit es keine Verletzten bei der Evakuierung gibt.«

»Okay, das war Rose Arce mit einem Livebericht vom World Trade Center. Wir berichten gleich weiter live vor Ort.«

»Wir haben nun einen Bericht der AP, in dem es heißt, ein hoher Offizieller habe gesagt, dass beide Flugzeugcrashs Akte von Terrorismus seien. Sie sagen nicht, welche Behörde oder welcher Offizielle das war, nur dass ein Offizieller sagt, zu AP, dass die zwei Flugzeugcrashs Akte des Terrorismus seien.«

...

Bilder der brennenden WTC-Türme

»Wir bekommen gerade die Nachricht von Reuters Nachrichten-Service, dass die Börsen in New York ihre Handelszeiten auf unbestimmte Zeit aussetzen werden. Wir versuchen, ein Auge drauf zu werfen, wir können hier aber nicht erwarten, allzu viele Informationen zu bekommen. Wir waren gerade live verbunden mit Major Grade. Wir haben Berichte der AP, die sagen, Offizielle hätten gesagt, dies wäre ein Akt des Terrorismus, am Telefon haben wir nun James Insore, der uns mehr Informationen bringen kann, um was es genau geht. James!«

»Okay, ich kann Ihnen nur sagen, dass Offizielle mir gesagt haben, dass es in ihren Augen ganz klar kein Unfall wäre, sie glauben, Terrorismus wäre der Kern der Sache. Die glauben, es sei ein Terrorakt. Jedoch haben sie wenig weitergehende Informationen. Die Ermittlungskräfte untersuchen, ob es irgendwelche Flüge gibt, die von ihren Flugrouten abwichen, wenige Informationen sind ...«

»James, wir müssen Sie unterbrechen, Präsident Bush will sich zu den Ereignissen äußern.«

Bild: großes Fenster - brennende WTC-Türme.

Kleines Fenster: George Bush, vor Schulkindern und Schuloffiziellen in Sarasota.

»Ich ... unglücklicherweise muss ich zurück nach Washington für meine Amtsgeschäfte. Sekretär Bred Pace und der Gouverneur werden das Podium übernehmen, um die Bildungsreformen zu besprechen. Ich will hier der Booker Grundschule für die Freundlichkeit danken.

Heute haben wir eine nationale Tragödie. Zwei Flugzeuge sind in das World Trade Center gekracht, in einem offensichtlich terroristischen Akt gegen unser Land.

Ich habe mit dem Vizepräsidenten gesprochen, mit dem Gouverneur von New York und dem Direktor des FBI. Und ich habe angeordnet, dass die volle Kraft unserer Regierung dazu genutzt wird, den Opfern und ihren Familien zu helfen und eine Untersuchung in voller Bandbreite zu veranlassen, um diejenigen, die diese Akte des Terrorismus begingen, zu jagen und zu finden. Terrorismus gegen unsere Nation wird nicht bestehen. Bitte halten wir einen Moment inne und gedenken der Opfer in einem Augenblick der Stille.

...

Möge Gott die Opfer, ihre Familien und Amerika segnen. Vielen Dank.«

Beifall.

Wieder Bilder „brennende Türme“.

»Leon, als wir die Worte von Präsident Bush hörten, haben wir erfahren, dass wenigstens eines der Flugzeuge, welche an den Crashs involviert waren, eine American Airlines 767, eine Boeing 767 war, die von Boston aus gestartet war. Was mit dem Flugzeug nach dem Start passierte und wie es in den Türmen endete, sind Details, die wir noch klären müssen, während wir weiterberichten.«

»Lasst uns weitermachen, mit James Insore, James, wir unterbrachen Sie für die Ansprache des Präsidenten.«

»Unglücklicherweise sind die Details, die uns Offizielle bisher bekannt gegeben haben, ziemlich dürftig. Ich sagte vorhin, dass Offizielle es einen Akt des Terrors nannten, sie sagten klar, was es nicht ist: klar erkennbar kein Unfall. Und die gesetzlichen Ermittlungskräfte, etwa das FBI und andere, die eine Führungsrolle hier übernehmen, werden als Erstes fragen: Wer steckt dahinter? Welcher Nationalität sind sie? Was steckt dahinter? Das ist alles, was ich zurzeit sagen kann. In verschiedenen Regierungskreisen bilden sich Gruppen, die versuchen, Krisenteams zu bilden, die sich mit dem Fluss von Informationen beschäftigen sollen, der, wie wir zu Recht annehmen können, sich mit dem Fortschreiten dieses Tages merkbar wachsen wird.

»Soweit wir bisher wissen, hat sich niemand zu den Anschlägen bekannt?«

»Richtig, es hat sich niemand zu den Anschlägen bekannt und Geheimdienstquellen sagten eben, es gab keine Warnungen für irgendetwas dieser Art.«

5.3 Feuer in der Concourse-Ebene

Er griff zum Telefon und wählte die Notfall-Nummer des OCC, dem dort diensthabenden Manager. Die „Sieben Sieben“. Die er eingespeichert hatte. Niemand nahm ab.

Innerlich fluchte Patrick. Genau diese Nummer sollte doch immer erreichbar sein. Und vor allem jetzt, im Notfall.

Was war da los? Wo war Mike Karloff? Wo Miguel Lopes, der dort Dienst hatte?

Doch bevor er runter in das OCC lief, um das zu klären, wollte er sich unbedingt erst bei Mel melden, um ihr zu sagen, dass es ihm gut ginge.

Wieder sah er auf die Uhr. Es war 9.21 Uhr. Obwohl der erste Anschlag kaum über eine halbe Stunde her war, fühlte es sich wie eine Ewigkeit an – und immer noch wusste er viel zu wenig, was genau passiert war. Er rief Melanie an. Beim ersten Mal kam er nicht durch. Beim zweiten Mal ging sie direkt nach dem ersten Klingeln ran.

»Hi, Melanie, ich bin's, Patrick!«

»Hi, Schatz, Gott sei Dank, du lebst! Ich habe mir schon solche Sorgen gemacht!«

»Ja, Schatz, mir geht es gut, Ihr habt es also auch schon gehört. Mach dir keine Sorgen. Ich bin draußen. Sag' mal, was ist passiert, wir wissen hier so gut wie nichts!«

Melanie atmete tief durch und schoss dann los:

»CNN ist live drauf, beide Türme brennen, eben gerade konnte man das zweite Flugzeug live sehen.«

»Was war das für ein Flugzeug?«

»Eine große Verkehrsmaschine, eine Boeing 737 oder so was.«

»Auch beim Nordturm?«

»Ich glaube schon. Man hat es nicht gefilmt, aber CNN hat schon die ersten Zeugen gebracht, die gesehen haben wollen, wie ein Flugzeug in den Turm krachte.«

»Aha.«

Er blieb ein paar Augenblicke stumm und überlegte, was er ihr erzählen sollte, ohne ihr Angst zu machen. Aber es brach dann doch aus ihm raus.

»Jesus, Mel, hier sind überall Teile von Menschen, die runtergesprungen sind.«

Sie blieb stumm. Geschockt von seinen Worten.

»Jesus, Mel, ich denke, Mal und die anderen sind tot. Und wenn nicht tot, dann hoffnungslos eingeschlossen. Und ich war vorhin noch oben bei ihm im Büro.«

Mel blieb weiter stumm.

»Jesus, Mel, ich kann es mir nicht leisten, diesen Job zu verlieren.«

»Patrick ...«

Er spürte, dass sie nun doch Angst hatte und wollte nur noch das Gespräch beenden.

»Mel, ich habe dich lieb, bis heute Abend.«

»Patrick, ich liebe dich auch ... Patrick ... pass auf dich auf, ja?«

Sie war bemüht, ihn vom Auflegen abzuhalten, wusste aber gleichzeitig, dass es erfolglos sein würde. Er war zu sehr er selbst, Patrick O'Sullivan, 31 Jahre beim FBI, davon einen Großteil bei der Antiterror-Einheit.

So hauchte er ein halbherziges »Ja« ins Telefon und legte schnell auf. Die Situation erlaubte sowieso keine weiteren Sentimentalitäten. Und eines wurde ihm schmerzlich bewusst. Er war hier in großer Gefahr, vielleicht sogar in Lebensgefahr und hatte es bis jetzt immer noch nicht geschafft, mit Melanie Schluss zu machen. Was für ein Idiot er in solchen Sachen doch war.

Auf das Stichwort fiel ihm Maria ein. Auch ihr wollte er sagen, dass es ihm gut ginge, damit sie sich keine Sorgen machen müsste. Er wählte und sie war sofort dran.

»Hallo, Maria, Schatz, ich bin es.«

»Oh Patrick, Gott sei Dank, du lebst!«

»Ich bin okay, ich bin draußen«, sagte er.

Die Verbindung wurde schlechter, ein Knacken und Pfeifen mischte sich in das Gespräch.

»Bist du wirklich aus dem Gebäude heraus?«

»Klar, Schatz, ich liebe dich. Wir wollen doch heiraten.«

»Versprichst du mir, nicht wieder reinzugehen?«

Patrick zögerte eine Sekunde – zu lang.

»Klar.«

Maria wusste sofort, dass er log. Aber sie wusste auch, dass er nicht aus seiner Haut herauskonnte. Dann war das Gespräch weg. Und sie versuchte erst gar nicht, ihn wieder anzurufen. Er hasste das im Job und er war sowieso mit seinen Gedanken ganz woanders, statt bei ihr. Maria fing an zu weinen und schmiss sich auf ihr Bett.

Er wollte gerade nach unten in das OCC, als sein Telefon klingelte. Mit ruhiger und leiser Stimme meldete er sich. »Ja, hallo.«

»Dad, hallo, ich bin es!«

»Ach hallo, J.P.!«

Seinen Sohn John Patrick hätte er beinahe vergessen. Er hatte ihn für heute 10.30 Uhr einbestellt, um ihm seine Verdachtsmomente mitzuteilen. Dieser Scheißtag war ihm gehörig in die Glieder gefahren. So etwas vergessen zu können! J.P. redete weiter. Patrick brauchte ein paar Sekunden, um zu begreifen, was J.P. ihm sagen wollte.

»Ich kann den Rauch durch das Zugfenster sehen. Sie haben den Zug gestoppt. Ich hab den ersten verpasst. Nun lässt man uns nicht weiterfahren.«

»Wie, du hast den ersten Zug verpasst? Zum Glück für dich! Hier ist die Hölle los!«

»Ich habe es schon gehört, der Mann gegenüber von mir im Zug hat es im Radio gehört. Da sind zwei Flugzeuge in die Tower geflogen.«

Nebenbei schaute Patrick wieder auf die Uhr. Es war jetzt 9:32 Uhr. Seitdem der Wahnsinn ausgebrochen war, war noch nicht einmal eine Stunde vergangen. Es kam ihm viel länger vor. Er fertigte J.P. jetzt schnell ab.

»Melde dich bei mir, so bald du hier bist! Ich gabel dich dann auf.«

Die Sache, über die er mit ihm reden wollte, war immer noch irgendwie akut, aber doch nicht mehr so wichtig. Der Ernstfall war bereits eingetreten.

»Dad, ich liebe dich!«

»Ich dich auch J.P.! Mach kein Drama draus. Wir sehen uns gleich.« Er legte auf.

Und zu guter Letzt rief er beim FBI-Büro an. Auch wenn er nicht mehr dort arbeitete, hatte er das Bedürfnis, sich beim New Yorker Büro zu melden, damit sie wussten, dass es ihm gut ging. Erst kam er nicht durch. Doch dann hatte er eine freie Leitung und wurde zu Dan Sloane durchgestellt. Viel mehr erfahren, als er ohnehin schon wusste, konnte er nicht. Von seinem Verdacht erzählte er nichts. Noch nicht.

Bevor er runtergehen konnte, wurde er erneut aufgehalten. Nun war es 9.37 Uhr. Kurz bevor er in die Fahrstuhlbank einbiegen konnte, um ins Treppenhaus zu kommen, sah Patrick Agent Wesley Wong, mit dem er beim FBI hier in NY zusammengearbeitet hatte. Er winkte ihm zu.

Genau in diesem Augenblick piepste sein Pager. Er blickte schnell drauf. „Explosion@Pentagon gerade eben.“

Was zum Teufel? , dachte er und verfluchte gleichzeitig sein Fluchen.

»Hey, Wes. Was ist da am Pentagon los?«, fragte er sofort drauflos.

Er sah Wong erwartungsvoll an.

»Hast du davon schon gehört?«, fragte er zur Bekräftigung, weil noch keine Reaktion kam.

»Ja, ich habe was gehört, aber noch keine Bestätigung. Ich versuche, es herauszufinden.«

»Ich war vorhin im Keller des Nordturms. Da sieht es aus, als ob Bomben explodiert wären. Seid ihr da dran?«

»Wir haben unbestätigte Berichte und kümmern uns darum.«

»Gut.«

Wong griff zum Telefon.

Patricks Telefon klingelte.

Die Situation war surreal.

»Du, Wesley, ich werde wieder reingehen! Melde dich bitte bei mir, wenn du was herausfindest. Ich informiere laufend die Zentrale!«

»Okay, mach' ich. Übrigens bin ich dir noch ein Essen schuldig, sorry, dass ich deinen Ausstand neulich verpasst habe.«

»Hey, kein Problem, aber ich habe jetzt ein Spesenkonto, ich kann auch dich einladen.«

Wong lachte kurz auf.

»Okay, wir sehen uns, wenn das hier vorbei ist, ja?«

»Okay, pass auf dich auf! Bye!«

Das Klingeln seines Telefons war schon wieder verstummt. Irgendwie kam ihm wieder „Bojinga, zweite Welle," in den Kopf. Die bis zu zehn entführten Flugzeuge als Waffen. Er versuchte wieder zu telefonieren, aber die Netze versagten zusehends.

Ganz New York hing anscheinend am Telefon, um zu erfahren, was mit den Angehörigen los war oder um Andere zu alarmieren. Er ging in Richtung des Treppenhauses.

Er schickte eine Nachricht an Fran Townsend, seine Freundin im Justizministerium, die schon unter Clinton die rechte Hand Janet Renos war und die im Justizministerium auch unter der Regierung Bush gewaltigen Einfluss hatte. Er schrieb ihr wie fast immer in der verschlüsselten Code-Sprache, die sie sich ausgedacht hatten, was ihm mühelos gelang. Ihr schrieb er von seinem Verdacht, dass hier in den Twin Towers etwas ganz Anderes lief, als es nach Außen den Anschein hätte. Er schrieb, dass er sich wieder melden würde, sobald er genauere Informationen hätte. Und, dass er ihr sein Herz schenkte. Die Nacht in Washington und ihre besondere Verbindung hatte weder er noch sie vergessen. Sie war schon unzählige Male eine große Hilfe gewesen.

Nun war er im Treppenhaus, in Höhe des Concourse-Stockwerks, in dem er gleich nach dem ersten Einschlag in die andere Richtung gelaufen war. Obwohl er zum OCC wollte, kam ihm der Gedanke, nach dem Einschlag des Flugzeugs in den Südturm auch hier die Shopping-Mall zu begutachten. Mit einem kurzen Stoß schwang er die Tür neben „Ben & Jerry‘s“ auf. Hier brannte es! Er hatte noch niemals so ein Feuer gesehen. Es brannte rot und schwarz und hinterließ diesen dichten, rußigen Qualm. Er hörte Schreie und sah panische Menschen, die versuchten, die Drehtür zur „Liberty Street“ herauszukommen, doch der Qualm behinderte diesen Fluchtweg. Er drehte sich um und schlug die Tür wieder zu.

Was hatte hier ein Feuer ausgelöst? Und was für eine Art Feuer war das?

So etwas hatte er noch nie gesehen.

Trotz der Gefahr lief er die Treppen weiter hinunter in Richtung B1, wo in einer gut versteckten Ecke das OCC durch dickes Panzerglas sicher und geschützt war und wo er Mike Karloff treffen würde. Auf Funksprüche reagierte der immer noch nicht, sein Handy war dauerbesetzt.

Das OCC lag am Ende des Flurs. Vorher kam er an der Ladestation für LKWs vorbei. Hier war es dunkel, das Licht war ausgefallen und ein dunkler Qualm hing in der Luft. Auch hier gab es sichtbare Explosionsschäden.

Verdammt! ... Verdammt!

Endlich war er beim OCC angekommen. Sein Entsetzen war groß. Es war dunkel, offensichtlich war niemand da. Er hämmerte an die Scheibe, aber ohne Erfolg. Er hatte zwar den Schlüssel mit, doch entschied er sich dagegen, dort reinzugehen.

Wie merkwürdig. Wo war Mike Karloff geblieben? Wenn er nicht hier war, wo wäre er dann hingegangen? Wo er doch vorher ausdrücklich betont hatte, sein Platz wäre hier und er vor nicht mal 50 Minuten hierhergehen wollte? Wo könnte er ihn finden?

Patrick war schwer am Grübeln. Er nahm sein Funkgerät und versuchte, Greg Anakis anzufunken. Auf fast allen Frequenzen war rege Aktivität, überall bellten Feuerwehrleute, Polizisten und PA-Mitarbeiter Anweisungen, Lageberichte und Notrufe in den Äther. Tatsächlich bekam er Greg dran.

»Hallo, Greg! Ich bin hier am OCC. Hier ist niemand. Hast du was gehört? Hat sich Mike mittlerweile gemeldet? Kommen!«

»Patrick, kannst du mich hören? Du kommst hier nur sehr verzerrt an, kommen.«

»Ja, ich verstehe dich einigermaßen. Hast du was vom OCC gehört?«, wobei er das OCC extra deutlich betonte.

»Das OCC musste evakuiert werden, habe ich vorhin auf unserem Funkkanal gehört.«

»Was? Wer hat das angeordnet? Und wieso? Kommen!!«

»Weiß ich nicht.«

Nun war das Krächzen und Flöten auch bei Patrick zu hören. Er verstand kaum noch, was Greg sagte. Nur noch das: »Ich bin mit Frau Carter gerade raus aus dem Gebäude. Ich bringe sie zur Ambulanz.«

Dann war die Verbindung weg, es war das letzte Mal, dass er etwas von Greg Anakis hörte.

Er konnte die Lage leider zurzeit nicht klar einordnen. Beide Sicherheitszentralen außer Betrieb. Das hatte nichts Gutes zu bedeuten, da nun die zentralen Informationszentren, die Schnittstellen zur Koordinierung aller Rettungsmaßnahmen und aller Gebäuderegelung, nicht mehr besetzt waren.

Was sollte er machen? Zurück zum Kommandoposten der Feuerwehr?

Er entschied sich kurzerhand, so wie im Nordturm vorher, die Kellergeschosse hier ebenfalls genauer zu untersuchen.

Wäre er nur wenige Minuten vorher am OCC angekommen, hätte er noch sehen können, wie der leblose Körper seines Vorgängers durch den Gang um die Ecke in einen Nebenraum geschleift und dort versteckt wurde.

5.4 CNN, 11.09.2001, 9:42:50 Uhr

Großes Fenster: Bilder brennender WTC-Türme

Kleines Fenster: Senator Ted Kennedy redet in Washington. Ausblendung.

Großes Bild. Brennende WTC-Türme. Sirenengeheul und Blaulichter überall.

Breaking News: Berichte über Feuer am Pentagon

»Chris Plante, ein CNN-Produzent, ist am Pentagon, wo es ein großes Feuer gibt. Er ist jetzt am Telefon. Chris, Sie sind nun auf Sendung. Können Sie mich hören?«

»Ja, ich höre Sie.«

»Erzählen Sie mir, was sie wissen.«

»Also, ich bin vor einigen Minuten am Pentagon angekommen, es gibt auch jetzt noch eine dicke Rauchwolke an der Westseite des Gebäudes, da, wo es einen Hubschrauberlandeplatz gibt. Es liegt an der Straße 27, für diejenigen, die sich das auf einer Landkarte ansehen wollen. Das Gebäude wird gerade evakuiert. Polizei und Rettungskräfte vom Pentagon kommen von überall her auf das Gebäude zu, auch von der Arlington-Feuerwehr. Der Rauch ist enorm, die Rauchfahne, die einige hundert Meter von mir weg entfernt in den Himmel steigt, ist auch hunderte Meter hoch. Es ist für mich unmöglich zu sagen, ob das Gebäude selbst brennt oder in Flammen steht und auch nicht, was exakt das Ganze verursacht hat. Ich hörte keine Explosion, aber es tobt augenscheinlich ein schweres Feuer in diesem Gebäude. Das Gebäude wird evakuiert.«

...

»Chris, bleiben Sie dran. Wir hören gerade, dass auch das Weiße Haus evakuiert wird.«

5.5 Erste eigene Schritte

Das Themengebiet war äußerst komplex, es dauerte nun schon Wochen, überhaupt die wichtigsten Fakten zu sichten. Es war schon Anfang September. Johns Erfahrung als Professor half dabei, Wichtiges von Unwichtigem zu trennen und die richtigen Schlüsse zu ziehen.

John hatte entdeckt, dass es schon diverse verschiedene Erklärungen gab, aus denen sich Einige einfach immer gerade das herauspickten, was sie brauchten, um gegen ihn zu argumentieren. Die verschiedenen Erklärungen zur offiziellen Theorie waren folgende, so weit er es nachvollziehen konnte: Anfangs sprach man von geschmolzenem Stahl. Dann kam die Kernträger-Versagenstheorie. Dann Trassenversagen. Die Pancake-oder auch Pfannkuchentheorie. Dann das Reisverschluss-Trägerversagen. Zuletzt hatte das NIST das Trassenversagen ausgeschlossen und stattdessen behauptet, die Trassen hätten nicht versagt, sondern die Außenträger nach innen gezogen. Beweise oder Tests dafür bliebt das NIST schuldig. Es behauptete einfach nur. Die Kritik am NIST-Report war so mannigfaltig, dass es verwunderte, wie dieser in der wissenschaftlichen Welt überhaupt ernstgenommen werden konnte. Das ging vermutlich nur mit den Tricks, die man ganz geschickt und subtil anwandte. Das Beste war: Die ganze Analyse dazu hatte Nathan Zimmermann schon gemacht. Im August hatte dieser seine NIST Kritik veröffentlicht. John las jede einzelne Seite dazu und war nun bei der Zusammenfassung der NIST-Kritik angekommen:

Wenn man den Prämissen der offiziellen Erklärungen folgt, waren die totalen Zusammenstürze der Twin Towers und WTC 7 das größte, unerwartete und am wenigsten verstandenen Versagen von konstruierten Stahlgebäuden in der Geschichte der Welt.

Der NIST-Report, genauso wie der FEMA-Report aus 2002, präsentiert in seiner Aufmachung eine Erklärung der Zusammenbrüche, aber in der Realität erklärte er rein gar nichts.

Indem man einfach behauptet, dass der „globale Kollaps" unausweichlich dem „Kollaps-Beginn" folgt, impliziert der Report, dass die einzige zu untersuchende Frage lautete, wie die Flugzeuge und die Feuer zu dem Kollaps führen konnten. Ein Bereich, dem weit über 100 Seiten gewidmet sind. Daher macht der Report zwei fundamentale Behauptungen, die erste explizit und die zweite implizit.

Der Schaden des Einschlags und die Feuer verursachten strukturelles Versagen in den Gebäuden (Kollaps-Beginn), einmal begonnen, gab es keinen Weg mehr, das aufzuhalten und der totale Kollaps erfolgte.

Das NIST macht Überlängen, um die erste Behauptung zu unterstützen, aber begeht dabei unzählige Auslassungen und Verdrehungen in diesem Prozess. Es bleibt völlig still zu der zweiten Behauptung, die wissenschaftlich auch nicht zu belegen wäre. Diese Behauptung zu akzeptieren erfordert, dass wir glauben müssen:

– *Dass die Einstürze von WTC 1, 2 und 7 die einzigen Beispiele des totalen progressiven Kollaps von Stahl-gebauten Gebäuden in der Geschichte waren.*

– *Dass die Einstürze rein durch die Gravitation verursacht wurden, obwohl sie alle bekannten physischen Eigenschaften von kontrollierten Sprengungen zeigten.*

In den Fällen der Twin Towers beinhaltet dies die folgenden Merkmale:

Symmetrie: Die Gebäude fielen gerade herunter, wobei Trümmer in alle Richtungen geschleudert wurden.

Fallgeschwindigkeit: Die Türme kamen fast in Freifallgeschwindigkeit herunter.

Explosionen: Man kann ringartige Explosionen sehen.

Sprengwolken: Weit unterhalb der Einsturzebene kann man mit hoher Geschwindigkeit austretende Staubwolken sehen, wie sie typisch für Sprengungen sind.

Pulverisierung: Die nicht-metallischen Gebäudebestandteile, wie z.B. die Betonböden, wurden zu einem feinen Staub zermahlen.

Totalzerstörung: Die Gebäude wurden total zerstört, der Stahlskelett-Kern in kleine Teile geschreddert, kaum einer der übriggebliebener Träger war länger als zehn Meter.

Alle diese Eigenschaften kann man bei konventionellen Sprengungen beobachten. Keines davon wurde jemals bei Einstürzen von aus Stahl gebauten Häusern ohne Sprengung beobachtet.

Mit jedem Wort, das John las, zerbröckelte die offizielle Erklärung mehr. Wenn man natürlich all das, was widersprüchlich war, aus dem Erklärungsansatz ausklammerte, könnte man alles beweisen. Nur funktionierte Wissenschaft so nicht. Wissenschaft war, eine plausible Hypothese zu entwickeln, die alle zu beobachtenden Fakten erklären und unter einen Hut bringen konnte. Der NIST-Report zeigte alle Hinweise auf „faule Wissenschaft". Er las weiter.

Wie groß sind die Chancen, dass ein Phänomen alle sechs Eigenschaften zeigt, welche aber niemals zuvor anderswo beobachtet wurden mit der Ausnahme von kontrollierten Sprengungen?

Das NIST vermied diese Frage und andere Fragen, indem sie implizierten, dass sie nicht existieren. Es benutzt die falsche Behauptung, dass ein Teilkollaps unvermeidlich zu einem totalen Zusammenbruch führen muss, (Kernträger-Instabilität, globale Instabilität, Kollaps-Initiation, globaler Kollaps) um darzustellen, dass nichts über den wirklichen Kollaps es wert wäre, bedacht zu werden.

Um dem Leser Beweise für eine kontrollierte Sprengung vorzuenthalten, füllt das NIST hunderte Seiten mit unglaublich realistischen Flugzeug-Crash-Simulationen, mit unwichtigen Details über Feuertest und Simulationen und einer langen Liste von Empfehlungen für die Erhöhung der Gebäudesicherheit. Es nennt seine Arbeit „Geschichte eines jeden Turms", welche mit den Flugzeugeinschlägen beginnt und an dem Punkt endet, an dem der »Einsturz folgte", also die „beweisbare Kollapssequenz", aber es ist weder beweisbar noch eine vollständige Kollaps-Sequenz.

NIST´ irreführende Bezeichnung „beweisbare Kollaps-Sequenz" ist ein Spiegel-Trick, welcher die explosive Realität der Einstürze mit beinahe cineastischen Darstellungen von den Einschlägen und den Feuern maskiert.

Die Theorie des NIST endet just in dem Augenblick, in dem sich der obere Teil des Gebäudes nach unten bewegt. Dadurch wird die längere Zeitleiste, die ein Trassen-Versagen und eine Überlappung mit der Zeitspanne, in der die Sprengungs-Eigenschaften auftauchen, geradezu vermieden.

Obwohl die Theorie des NIST sogar noch unglaubwürdiger ist als die vorangegangen Interpretationen (mit fortschreitender Träger-Instabilität, welche Totalversagen augenblicklich auslösen soll) funktioniert es besser als Spiegeltrick, weil seine Zeitleiste kurz vorm kompletten Einsturz aufhört.

Der NIST-Report sagt, sein erstes Ziel war, zu bestimmen, wie und warum WTC 1 und WTC 2 zusammenbrachen. Der Report leistet diese Zielsetzung nicht, versteckt dieses Versagen in irreführenden Überschriften und aus jedem Maßstab gerückten, falsch zugeordneten Details. Die Autoren sollten zugeben, dass sie nicht erklären konnten, wie und warum die Türme zusammenbrachen und für eine Ermittlung eintreten, welche das Thema untersucht, anstatt diese zu vermeiden.

Endlich hatte sich auch Nathan Zimmermann auf seine E-Mail gemeldet.

Hallo, Professor Miller.

Ihre Fragen sind berechtigt. Ich freue mich, dass Sie soviel Mut haben und selbst aktiv werden wollen. Schauen Sie bitte auch meine anderen Webseiten an. Zögern Sie nicht, mich etwas zu fragen. Oder einen der anderen Wissenschaftler, die sich bei physics911.net mit ihren Arbeiten in die Öffentlichkeit gewagt haben.

Gruß, Nathan Zimmermann.

John hatte eine Frage und antwortete umgehend:

Hallo, Nathan,

eine wichtige Frage habe ich tatsächlich: Gibt es irgendein Foto geschmolzenen Metalls oder geschmolzenen Stahls?

Was ihn letztlich wirklich überzeugte, war das geschmolzene Metall, welches man in den Trümmern beobachtet haben soll. Jedenfalls stand das in einem Bericht von einem gewissen Christopher Bollyn, der den Ingenieur Leslie Robertson zitierte, dass 21 Tage nach dem 11.09.2001 noch geschmolzener Stahl gefunden worden war, sowie vom Sprengexperten Mark Loizeaux, dessen Firma „Controlled Demolition Inc." neben drei anderen mit den Aufräumarbeiten betraut war. Ihn zitierte er mit den Worten, dass geschmolzener Stahl unten an den Fahrstuhlschächten gefunden worden war, auch im Trümmerberg von WTC 7.

Hier war vielleicht der forensische Beweis zu finden, den es so dringend brauchte. Wenn man nur an die Stahlträger herankommen würde oder an Bilder oder Videos dazu, wie der geschmolzene Stahl aussah.

Nathan Zimmermann antwortete zurück.

Hallo John,

es gibt nicht viele Fotos vom Ground Zero, es gab nur einen einzigen akkreditierten Reporter namens Langewiesche, der offiziell Fotos machen durfte, alle anderen Personen wurden nur nach strengen Sicherheitskontrollen und Auflagen durchgelassen und durften offiziell nicht fotografieren, was vielleicht erklärt, warum es eine solche Menge an Zeugenaussagen, aber kaum Bilder gibt. Ich schicke Ihnen aber eines von einem gewissen Frank Silecchia mit. Das dürften Sie interessant finden. Es ist laut seiner Aussage vom 27.9.2001.

Desweiteren gibt es eine ganze Reihe von Berichten über geschmolzenen Stahl. Ich schicke mal eine Liste darüber mit!

John klickte sofort auf das Bild in der E-Mail Anlage. Es war eine düstere WTC-Atmosphäre, die Aufräumarbeiten waren im Gange, ein Bagger hob offensichtlich einen H-Stahlträger hoch, der hellorange glühte und von dem angeschmolzenes Material herabtropfte.

Das war interessant! Wie war das noch? Anhand der Farbe eines Materials konnte man auf die Temperatur schließen!

Er suchte in seinem Physikbuch die Farbtabelle raus und hielt das Spektrum neben das Bild. Die Farbe deutete auf eine Temperatur des Stahls zwischen 900° und 1.000°C hin, und das mehr als zwei Wochen nach den Anschlägen! Das wäre mit einem normalen Feuer kaum oder gar nicht zu erklären!

Er las die Mail noch zu Ende.

Vielleicht haben Sie auch schon mal dieses Video von „Cameraplanet" gesehen, es zeigt einen Schwall orangeglühenden Metalls, wel-

ches kurz vor dem Einsturz aus der Südostecke des Südturms tropft. Das ASCE-Team hatte darüber in seinem Report berichtet, allerdings ohne Schlüsse daraus zu ziehen.

Gruß, Nathan

Darunter ein weiterer Link, den er augenblicklich anklickte. Und tatsächlich:

Ein hellorange glühender Schwall flüssigen Materials kam aus dem WTC hervor.

John sah es sich immer wieder an, bis er Abstand brauchte und nachdenken wollte und deshalb Melinda vorschlug, gemeinsam spazieren zu gehen.

Bald darauf hatte er seine Präsentation fertig. Er überlegte sich, wie er auf sich aufmerksam machen könnte. Am besten wäre es wohl, eine Webseite zu erstellen. So, wie am Journal der Mormonen, bei dem er schon mal mitgewirkt hatte, aber für Studien, den 11.9.2001 betreffend.

Was konnte er sonst noch machen? Als Erstes seine Kollegen an der Uni darüber informieren und sie fragen, was sie davon hielten. Er schickte deshalb den Kollegen an der BYU und auch an der UVSC eine E-Mail.

Liebe Kollegen,

hier bin ich und stecke meinen Kopf erneut raus. Ein paar andere Wissenschaftler haben wie ich auch den bemerkenswerten Kollaps von WTC 7 analysiert. Wenn Sie das noch nicht gesehen haben (vermutlich haben es die meisten, seit es am Abend des 11.9.2001 einstürzte, wegen geringer Medienberichterstattung damals und bis heute noch nicht gesehen), nehmen Sie sich bitte einen kurzen Augenblick Zeit und schauen Sie diesen kurzen Clip an.

Bild: Dieses Video wurde aus datenschutzrechtlichen Gründen entfernt.

Ich werde es in einem Kurzseminar am Donnerstag, den 22.9.2005, im Raum C-215 im Eyring Wissenschafts-Center um 15.00 Uhr nachmittags zeigen und analysieren und auch andere Videos und Daten, welche diesen seltsamen Hochhaus-Einsturz beleuchten.

Bitte kommen Sie zu meiner Power Point Präsentation mit anschließender Diskussion. Andere Ungereimtheiten bezüglich des 11.9. werden ebenfalls angesprochen. (Ja, es gibt auch eine Menge Schwachsinnstheorien zum 11.9., ich werde das kurz ansprechen, aber mein Hauptaugenmerk auf die Zerstörung des WTC 7 und der Twin Towers richten.)

Warum stürzte Gebäude 7 (ein 47-stöckiges Hochhaus aus Stahl) über 7 Stunden nach den Twin Towers am 11.9. ein?

Warum kollabierte es in Nahezu-Freifallgeschwindigkeit und das symmetrisch (in Vergleich zu anderen Einstürzen)?

Wie schnell? Sind Sprengexplosionen zu sehen oder nicht?

Warum wurde im Keller des WTC 7 nach dem Kollaps geschmolzenes Metall gefunden (Aufruf an die Chemiker!), ebenso wie in den Trümmern von WTC 1 und 2?

War der pulverisierte Staub von diesen Gebäuden wirklich unbedenklich zum Atmen, wie Regierungsoffizielle immer wieder verkündet hatten? (Die Antwort ist: nein!)

Was passiert hier?

Professor Schneider (Physik, BYU-ID) hat meine Analyse überprüft und schreibt: »Vielen Dank, dass Sie mir diese Angelegenheit überlassen haben. Ich bin auch schwer verwundert von dem geschmolzenen Metall. All meinen Respekt dafür, dass Sie wissenschaftliche Methoden wie die Physik nutzen, um der Gemeinschaft zu helfen – das Physik-Argument ist stark und überzeugend.«

Gut, Sie mögen mit Prof. Schneider nicht übereinstimmen – dann kommen Sie bitte und hören Sie mich an, um danach Ihre Meinung kundzutun. Ich möchte wirklich wissen, was Sie denken, wenn die

Boxhandschuhe abgestreift sind – (aber bitte ohne persönliche Attacken)

Dieses Thema ist zu wichtig, um es einfach zu ignorieren oder nicht zu diskutieren.

Dieses Seminar soll hauptsächlich eine reine Fakultäts-Diskussion sein (ohne Studenten), Wissenschaftslehrkörper und Ingenieure hauptsächlich, andere Fakultäten sind ebenso eingeladen.

Ja, wir hinterfragen die „offizielle" Erklärung, dass Flugzeugeinschläge und Feuer das waren, was die Gebäude einstürzen ließ – aber vergessen wir nicht: WTC 7 wurde nicht von einem Flugzeug getroffen! Wieso stürzte es ein?

Termin: Donnerstag, 22.9.2005, 15.00 Uhr, Raum C-215 Eyring Wissenschafts-Center.

Ich freue mich darauf, Sie dort zu sehen!

John W. Miller

John war gespannt. Schon kurze Zeit später kam eine Antwort vom Professor der EE-Abteilung. Das seien alles nur Verschwörungstheorien, Geschwätz, was John da schrieb. Nun ja, das war ja genau die Reaktion, die er selbst noch vor wenigen Monaten gezeigt hatte, weswegen er nicht wirklich verbittert war. Außerdem hatte sich dieser Professor die Zeit genommen, die Webseite von Nathan Zimmermann anzuschauen. Wenigstens das. Er hoffte, der Professor würde zu der Präsentation kommen. Genau wie möglichst viele andere.

Am nächsten Tag um kurz vor 15.00 Uhr ging John in den Vorführraum. Ungefähr 60 Menschen saßen da – erwartungsvoll.

Gut!

Er sah sich um und erkannte Kollegen aus den Abteilungen der Physiker, der Bauingenieure, der technischen

Ingenieure, der Geologen, der EE, der Psychologen, der Mathematiker von der Brigham Young sowie von der UVSC, dem Utah Valley St. College.

Normalerweise war John nicht nervös vor Vorträgen, er hatte vor seinen Studenten schon hunderte gehalten. Aber noch niemals vor seinen Professoren-Kollegen und das zu einem politisch so brisanten Thema.

Er sah sich weiter um. Es gab dort einige, die er nicht kannte, also waren möglicherweise auch andere Fachabteilungen präsentiert. John erhob die Stimme:

»Hallo, liebe Kollegen! Ich begrüße Sie hier zu einer Analyse der Einstürze von drei World Trade Center-Gebäuden. Vielen Dank vorab für Ihr Interesse!«

In der kurzen Ansprache ermunterte John besonders seine Professoren-Kollegen für Physik, Mathematik sowie einen Kollegen der Psychologie, Kommentare abzugeben. Der Professor für Psychologie war aktiver Demokrat, wie er wusste.

Es war anfangs eine ablehnende Stimmung, und alle stellten wild durcheinander ihre Fragen.

»Meine lieben Kollegen, während der Präsentation werden die meisten Fragen angesprochen, bitte lassen Sie mich jetzt beginnen.«

Das Gemurmel wurde leiser und verstummte schließlich.

John fackelte nicht lange und fing gleich an. Der Professor für EE, der schon vorher gemailt hatte, war auch anwesend. Er saß in der zweiten Reihe.

John ging seine Präsentation Bild für Bild durch und gab dazu Kommentare, oft mit einem auflockernden, gutherzigen Lachen, wie es seine Art war.

Während der Präsentation hatte er das Gefühl, die meisten überzeugen zu können und auf seine Seite zu holen. Selbst der EE-Professor gab zu, dass der Einsturz von WTC 7 ein sehr merkwürdiges Ereignis war, welches er nicht erklären konnte.

Der aggressivste Gegner seines Vortrages war ein Geologie-Professor. Der brachte den Punkt, dass die Twin Towers ein sehr spezieller Fall gewesen seien, weil diese durch die Flugzeuge getroffen wurden. Glücklicherweise hatte John seine Folie zur Diskussion für „Pathologische Wissenschaftsmethoden“ dabei, die er auch seinen Studenten immer wieder auflegte und die er auch gleich am Anfang bereits gezeigt hatte. Ein „sehr spezieller Fall“ oder „ein nicht wiederholbares Ereignis“, welches nur bestimmten Umständen zuzuschreiben war, galt in Fachkreisen als rote Flagge für schlechte Wissenschaft. In der Wissenschaft musste einfach alles verifizierbar oder falsifizierbar sein. Neue, nie da gewesene Umstände, so abenteuerlich sie auch sein mochten, konnten physikalische Grundgesetze nicht ändern, und wie schwierig eine Wiederholung der Ereignisse auch sein mochte, es müsste möglich sein. Er erinnerte daran, dass er auch Pons und Fleischman im Jahr 1989 mit dieser Methodik entlarvt hatte, als diese die angeblich energieerzeugende „kalte Fusion“ präsentierten.

Zudem konnte man zum Beispiel bei den Flugzeugeinschlägen die kinetische Energie sehr wohl berechnen. Und Feuer in Hochhäusern waren nicht so ungewöhnlich. Die World Trade Center waren für einen Einschlag einer mit 1.000 km/h schnell fliegenden Boeing 707 ausgelegt, wie aus Zwischenberichten des NIST und aus den alten Unterlagen der Statik bestätigt wurde. Dieses Modell war zwar etwas kleiner als die Flugzeuge am 11.9.2001, wobei aber diese längst nicht so schnell flogen. Und die Türme standen noch eine ganze Zeit nach den Einschlägen der Flugzeuge.

Natürlich musste auch dieser Professor zugeben, dass WTC 7 nicht von einem Flugzeug getroffen wurde.

Die anderen Themen, die ebenso überzeugend ankamen, waren das Kippen der Südturm-Spitze, die sich entgegen den Gesetzen der Schwerkraft nicht weiter nach unten drehte, sondern augenscheinlich pulverisierte. Außerdem die Explosionswolken aus dem Nordturm, wie sie auf einigen Bildern zu sehen waren und vor allem der Brief von Liam Roberts, zusammen mit den Aussagen von Bill Manning, zur Farce der Ermittlung und der Zerstörung von Beweismaterial.

Das Ziel, welches er angab, war, dass wir eine Freigabe aller Daten bräuchten (statt deren Vernichtung, wie bei den meisten Stahlträgern!) und eine unabhängige Untersuchung. Dieses Ziel wurde auch von Professor Schneider formuliert, dem John nochmals ausdrücklich dankte. Er merkte beim Abschlusskommuniqué, dass dies ein Punkt war, auf den sich eigentlich alle Anwesenden einigen konnten, bis auf den streitbaren Geologie-Professor.

»Was wir bräuchten, wäre ein Stück des geschmolzenen Metalls aus dem Keller von WTC 7 oder von den Twin Towers, damit wir es beproben können. Wen jemand so etwas hat oder weiß, wo man so etwas finden kann, möchte er bitte mit mir in Kontakt treten!«

Der Beginn der Veranstaltung war um 15.00 Uhr und musste um 16.55 Uhr beendet werden, da danach eine andere Gruppe diesen Raum gebucht hatte. Nur zwei Personen hatten den Vortrag gegen 16.00 Uhr verlassen, als er das meiste Material über WTC 7 gebracht hatte, also waren alle die vollen zwei Stunden dageblieben. Viele ermutigende Kommentare kamen anschließend, ebenso am nächsten Morgen. Die Kollegen waren beeindruckt von den Daten und der Kritik an den Arbeiten von FEMA und NIST sowie dem 9/11 Commission Report. Einige aus der Gruppe wollten nun ihre eigene Ermittlung beginnen, wie aus dem Gespräch anschließend klar wurde.

Am nächsten Tag begegnete er dem Geologie-Professor gleich morgens in der Aula.

Der winkte ihm zu und rief ihm hinterher:

»Hallo John! Es tut mit leid wegen gestern. Ich hoffe, du bekommst die Informationen für eine weitere Ermittlung«, sagte er, wobei er seine Hand anbot. John war sichtlich erfreut und drückte ihm die Hand fest und schüttelte sie.

»Danke!«

Sein Vortrag war damit ein voller Erfolg. Alle Kollegen waren mit ihm einig, die Herausgabe aller Daten zu verlangen und sich für eine aufrichtige, neue, unabhängige Untersuchung einzusetzen, die nicht von der US-Regierung beeinflusst wurde. Mehr konnte er eigentlich nicht erwarten. Aber es kam noch besser.

Kapitel 6 Sabotage

6.1 Der Rüffel

Heute war der 06.09.2001. Fünf Tage hatten sie jetzt schon erhöhte Alarmbereitschaft. Aber es war rein gar nichts Merkwürdiges passiert. Endlich kamen die beiden Hundestaffeln von Raymond Powers.

Patrick schickte je ein Team in jeden Turm und ließ von unten nach oben jedes Stockwerk inspizieren. Sie fanden – nichts. Er entspannte sich leicht. Falls irgendjemand etwas vorhatte - es schien noch nicht angelaufen zu sein.

Malcom Crocketts Sekretärin rief an und ließ ausrichten, dass Patrick vorbeikommen solle. Es sei eilig, betonte sie noch. Patrick hatte schon wieder so eine unbestimmte Ahnung. Nicht, dass es wieder so ein Gespräch wie vor zwei Wochen sein würde. Ein flaues Gefühl breitete sich in seiner Magengegend aus.

»Ach, komm!«, sagte er zu sich selbst, »du hast doch alles richtig gemacht.«

Und dann, um noch mehr Sicherheit zu gewinnen:

»Baby, es ist showtime!«

Er ging in den 84. Stock des Nordturms in das Büro von Mr. Crockett, Operation Manager der Silverstein Properties für die World Trade Center.

Er klopfte deutlich hörbar an.

»Herein!«

Malcom stand von seinem Schreibtisch auf und sagte:

»Guten Tag, Mr. O'Sullivan. Wir hatten ja noch nicht die Zeit, uns persönlich kennenzulernen. Herzlich willkommen im WTC.«

Er ging lächelnd auf Patrick zu und reichte ihm die Hand. Das flaue Gefühl im Magen ließ nach.

»Ich freue mich, jemand mit solcher Kompetenz hier begrüßen zu können.«

Patrick war etwas geschmeichelt.

»Vielen Dank, Sir. Ich habe ...«

Malcom unterbrach ihn abrupt.

»Ich werde Ihnen nicht in Ihr Fach reinreden, als Sicherheitschef haben Sie die volle Verantwortung für Ihren Bereich und dementsprechend auch die volle Kontrolle über alle Maßnahmen, die es erfordert, diesen Job auszuüben.«

Patrick nickte erleichtert.

»Doch eines geht nicht.«

»Ja?«

»In Eigenregie ohne Abstimmung mit dem Management Maßnahmen einleiten, die das Vertrauen unserer Mieter über Gebühr gefährden. Ihre Hundestaffeln beispielsweise. Wissen Sie, was für eine Aufregung Sie ausgelöst haben? Ich hatte heute schon ein halbes Dutzend Anrufe, ob es eine konkrete Bedrohungslage oder Bomben im Gebäude geben würde.«

»Also ...«

»Ich möchte gar nichts hören, es sei denn, Sie haben einen konkreten Verdacht oder tatsächlich etwas gefunden.«

Eine kurze Zeit lang überlegte Patrick, ob er ihm alles erzählen sollte, entschied sich aber auch jetzt dagegen. Es war immer noch zu vage, außerdem hatten die Bombenspürhunde ja nichts gefunden, die Bedrohungslage war also sehr wahrscheinlich nicht so schlimm, wie die Informationen von Ronnie Booker aussagten.

So schüttelte er stumm den Kopf.

»Nein, Mr. Crockett.«

Malcom wiederholte seinen Tadel.

»Wenn Sie irgendetwas machen, dann bitte nur nach Abstimmung mit mir oder dem Management und am besten so diskret und unauffällig wie möglich!«

Patrick bedankte sich für diese Info. Er fand, Mr. Crockett hatte es ihm noch freundlich erklärt, dafür, dass er so viele Anrufe hatte und verstehen konnte er ihn auch. Natürlich. Sein Jemen-Problem. Die Sicherheit ging vor – aber auch andere Interessen gab es, die man berücksichtigen musste. Hier natürlich die Ängste der Mieter, wenn man mit zwei Bombenhundestaffeln jeden Flecken des Gebäudes durchsuchen ließ.

Das alles konnte man natürlich als Findungsprozess einordnen, jeder musste erst einmal seine neuen Aufgaben und Pflichten kennenlernen.

Nur war das natürlich zu dumm. Nun könnte er so etwas wie Bombenspürhunde nicht mehr einsetzen. Damit war seine effektivste Waffe, um Bombenanschlagspläne zu vereiteln, bis auf Weiteres kaltgestellt.

Er gelobte Besserung, verabschiedete sich freundlich und ging wieder an die Arbeit.

Zu spät fiel ihm ein, dass er noch nach den Silverstein-Verträgen fragen wollte. Aber es wäre vielleicht eh keine so gute Gelegenheit gewesen.

Patrick ging später am Vormittag zur Fahrstuhlbank, weil er rüber zum Nordturm in eines der Hausmeister-Büros im Keller wollte, Rod Salcredo und Antonio Malente aufsuchen und nach dem Rechten sehen. Gerade hatte er Raymond Powers Hundestaffel nach Hause geschickt. Ärgerlich war das schon. Nach einer kurzen Zeit kam der Fahrstuhl Nummer 38, mit dem er hinunterfuhr, um anschließend den Weg außen herum zu nehmen. Das tat er immer, wenn er zwischen den Türmen hin- und herging. Wenn gutes Wetter war. Dann genoss er den Anblick der beindruckenden, gewaltigen Türme wieder und hunderttausend Tonnen Stahl und Beton erhoben sich direkt über ihm.

Nun war er schon auf B1 im Flur, fast bei dem Büro. Kurz bevor er dort ankam, begegnete ihm ein Arbeiter im Blaumann und mit einem Werkzeugkoffer in der Hand. Offensichtlich ein Mann aus dem Mittleren Osten. Wie durch eine Eingebung ging er zu ihm und fragte ihn.

»Hallo. Ich bin Patrick O'Sullivan von der Security hier. Wie ist Ihr Name bitte und für welche Firma arbeiten Sie?«

Der Mann im Blaumann zuckte kurz zusammen, sagte dann aber klar und deutlich.

»Sakher Taleb. Von Magic Plumbing & Heating.«

Patrick stutzte.

Gab es wirklich eine Firma, die sich so nannte?

»Kann ich mal bitte Ihren Ausweis sehen?«

Mr. Taleb zog einen Tagesausweis heraus, tatsächlich ausgestellt auf einen Sakher Taleb, Magic Plumbing & Heating Inc. Und gültig für gestern und heute, für die Bereiche B1-B5 hier im Nordturm.

Patrick war noch nicht zufrieden.

»Kann ich mal Ihren Führerschein sehen?«

»Natürlich.«

Patrick schaute sich Talebs Führerschein an. Ausgestellt in Tennessee. Er war einwandfrei und nicht zu beanstanden. Er war immer noch nicht ganz zufrieden.

»Und was ist ihr Auftrag?«

»Ich soll in B3 eine Reparatur an der Sprinkleranlage durchführen. Hier ist mein Auftragszettel von Herrn Denko, Denko Mechanical Ltd.«

Er kramte in einer Innentasche vom Blaumann und zog einen Arbeitsschein heraus.

Patrick schaute sich auch diesen an, konnte aber nichts Ungewöhnliches feststellen. Da der Mann absolut ruhig blieb, also kein Anzeichen von Nervosität zeigte und auch augenscheinlich alles mit seinen Papieren in Ordnung war, beschloss Patrick, die Befragung zu beenden.

»Okay, alles in Ordnung. Entschuldigen Sie diese Maßnahmen, reine Sicherheitsroutinen.«

Herr Taleb lächelte und nickte.

»Kein Problem, Mann. Wir machen alle nur unsere Arbeit.«

Patrick nickte ihm zu und ging weiter den Gang entlang. Nach ein paar Metern drehte er sich nochmal um, um Herrn Taleb nachzusehen, aber der war schon um die nächste Ecke abgebogen. Patrick runzelte die Stirn.

Er würde Mike fragen, so bald er ihn sah, wie es mit den Handwerken hier im Hause geregelt war.

Er betrat das Hausmeisterbüro und versank wieder in seinen Tagesrhythmus.

Später, nach dem Mittagessen, begegnete er Mike auf dem Flur.

»Mike, da war heute Morgen ein Arbeiter von einer Firma „Magic Plumbing & Heating“, der an den Sprinklern rumschrauben wollte. Wie werden eigentlich die Handwerker kontrolliert?«

»Wie war der Name der Firma?«

Seit ihrer Begegnung vor ein paar Tagen gab es zwischen ihnen etwas angespanntes Verhältnis. Dennoch wollten sie beide ihre Arbeit machen.

»„Magic Plumbing & Heating“.«

Mike lachte kurz auf, sah ihn an und hielt inne.

»Patrick, Sie wollen mich auf den Arm nehmen, nicht wahr? So ein Firmenname ist doch nicht wirklich möglich.«

»Doch, doch!«, sagte er und blieb todernst.

»Er hat mir einen Tagesausweis für die Kellerbereiche gezeigt, sein Führerschein war auch okay. Sakher Taleb.«

Mikes Lachen verstummte.

»Dann gibt es ein vielleicht ein Problem. Jeder Besucher des WTC wird im Haupt-PC vermerkt, das gilt auch für die Handwerker. Außerdem gibt es eine Liste mit allen Handwerksfirmen, die hier im Haus arbeiten. Wir sollten mal nachschauen. Warte mal. Wir gehen gleich ins Büro und schauen nach.«

Sie gingen in Mikes Büro drei Zimmer weiter. Als Erstes fragten sie beim Verzeichnis der WTC-Besucher nach. Mike griff zum Telefon und wählte eine interne Nummer.

»Hallo, Kenny! Mike hier. Kannst du mal bitte im Verzeichnis nach einem Mr. Taleb schauen?«

Es verging nur ein kurzer Augenblick, da hatte er die Antwort und wiederholte diese laut.

»Es war für beide Tage tatsächlich ein Sakher Taleb verzeichnet. Jeweils morgens um 6.30 Uhr angefangen, gestern bis 18.00 Uhr, und heute um 11.40 Uhr wieder ausgecheckt. Ja, danke. Das war es schon.«

Er legte auf.

»Wer auch immer das ist, er ist weg, wir haben keine Chance mehr, ihn vorm Verlassen des Gebäudes festzuhalten.«

Blieb nur noch die Option über die Firma. Mike zog einen Ordner aus dem Schrank und schlug den auf.

»Schau mal hier. Alle Firmen mit aktuellen Aufträgen stehen hier drin.«

Sie gingen zum Feld M. Nichts, was auf „Magic Plumbing & Heating“ deutete. Auch unter P und H keine Einträge.

»Und nun?«

»Er sagte auch was von einer Firma Denko, für deren Chef er arbeiten würde. Vielleicht ein Subunternehmer, ein Kontraktor?«

»Möglich. Schauen wir mal.«

Er blätterte zum Buchstaben D und sagte: »Nein, auch nichts.«

»Gibt es auch einen Vermerk, auch wenn Mieter Handwerker bestellen?«

»Ja. Eigentlich schon. Aber sagtest du nicht „Sprinkler“? Normalerweise hat kein Mieter das Recht, Handwerker für die Sprinkler zu beauftragen. Das ging bis jetzt nur über die PA und ab jetzt über Silverstein Properties.«

»Kann es nicht sein, dass doch ein Mieter dafür verantwortlich ist?«

»Das scheint mir fast die einzige Erklärung.«

Nun dachte Mike nach.

»Warte mal, Patrick. Ich hole mal den Ordner mit den Statuten.«

Er kramte einen Ordner aus seinem Schrank und schlug den auf und blätterte darin herum.

»Hier ist es. „NY Building Code 27-126“. „Nur eine lizenzierte Handwerksfirma darf Reparaturen an den Leitungen, Tanks und allen zu den Sprinklern gehörigen Teilen durchführen.“ - So, wie ich es sagte.«

Nach einer kurzen Pause sagte Patrick: »Wir sollten checken, ob es eine Firma „Magic Plumbing & Heating“ mit so einer Lizenz gibt.«

Patrick überlegte weiter.

»Und herausfinden, welche Firmen hier normalerweise an den Sprinklern arbeiten. Weißt du das?«

»Das weiß ich nicht. Da müssen wir Mike Scott fragen.«

»Das sollten wir machen, vielleicht auch, um die Anlage mal durchchecken zu lassen?«

»Tja.«

»Und nun?«

»Tja. Wenn es ein gültiger Ausweis war, hätte seine Firma hier in dieser Liste stehen müssen. Eindeutig!«

Patrick sagte: »Dieser Sakher Taleb war überhaupt nicht nervös, als ich seine Daten prüfte. Ich glaube nicht, dass er etwas Schlimmes im Schilde führte.«

»Wenn du das sagst ...«

Da er noch nicht mit allen Angelegenheiten vertraut war, fragte er sicherheitshalber:

»Sonstige Maßnahmen?«

»Wir sollten in der Zentrale Bescheid geben, dass die Namen Denko und Taleb bei der Eingangskontrolle gesperrt werden und wir benachrichtigt werden, so bald diese auftauchen.«

Patrick nickte.

»Okay, auf jeden Fall. Sollten wir zusätzliche Sicherheitsmaßnahmen treffen?«

»Nun, die sonstigen Sicherheitsroutinen sind ja noch erhöht«, brummte Mike bitter. Und fuhr fort, um diesen Punkt schnell zu übergehen: »Vielleicht finden wir diesen Sakher Talib ...«

Patrick unterbrach ihn: »Sakher Taleb, mit e, so hieß er.«

Mike sprach weiter » ... und schauen dann, wie du schon sagtest, was wir über diese Firma herausfinden können und auch, was er nun hier für wen gemacht hat.«

»Und sonst nichts?«

»Was sollten wir sonst tun können?«

Mike hatte Recht. Zwar gab es plötzlich doch einen konkreten Verdachtsfall. Allerdings sollte man das besser nicht an die große Glocke hängen. Nach dem Tadel von heute Morgen würde Patrick jedenfalls genau aufpassen müssen, wann und wen er informieren würde. Noch einmal aufzulaufen wollte er um jeden Preis vermeiden.

Am nächsten Morgen war er wie immer pünktlich im Büro. Mike Scott hatte auch keine Ahnung von Taleb, Denko oder „Magic Plumbing & Heating“. Da sie auch keine Spuren von Manipulation gefunden hatten und gerade erst die Kellergeschosse erfolglos mit den Hunden nach Bomben abgesucht worden waren und sich dieser Sakher Taleb unverdächtig benommen hatte und Ausweispapiere vorlegen konnte, hatte Patrick diesen Fall gedanklich schon fast zu den Akten gelegt. Es musste irgendeine einfache Erklärung geben. Das Einzige, was er noch abchecken wollte, waren Infos zu der Firma. „Magic Plumbing & Heating“.

Wenn er eine sehr wichtige Information über irgendjemanden haben wollte, konnte er verschiedene Wege beschreiten. Seine Kontakte beim FBI befragen. Oder etwas so Banales tun, wie ins New Yorker Telefonbuch schauen. Leider gab es nichts zu Denko. Aber der andere Namen war ein Volltreffer! Er fand Nummer und Adresse von „Magic Plumbing & Heating Inc.“ Der Eintrag lautete tatsächlich auf den Namen Sakher Taleb, und daneben stand eine Anschrift in der 93. Straße in Brooklyn. Er rief die Nummer an. Es ging tatsächlich jemand ran. Patrick wollte gerade lossprechen, als eine automatische Stimme sagte:

»Hallo. Dies ist Rockies Anschluss. Leider ist die Voice Box voll.«

»Rocky?« Sagte Patrick leise.

Sakher Taleb hatte einen merkwürdigen Spitznamen.

Er legte wieder auf.

Was nun?

Früher, beim FBI, wäre er einfach ohne jemanden zu Fragen hingefahren und hätte versucht, sich den Kerl zu schnappen und zu befragen. Und wenn der nicht greifbar gewesen wäre, unter einen Vorwand einen Durchsuchungsbefehl bei einem Richter erwirkt. Aber heute? Er konnte schlecht einfach verschwinden, da müsste er sich erst einmal rückversichern, mit Mike klären, dass der für ein paar Stunden alleine die Verantwortung trug.

Also ging er zu Michael und fragte ihn, ob er bis 11.00 Uhr auswärtig arbeiten könnte.

Mike sagte, er hätte nichts dagegen, aber er sollte es besser mit Malcom Crockett klären.

Also gut, auf zum Chef.

Rüber in den Nordturm, in die obersten Etagen.

Patrick meldete sich bei Malcoms Sekretärin an.

Sie war eine langweilige Mittfünfzigerin. Er ertappte sich dabei, wie er schon wieder eine Frau nach ihrem Alter einstufte, als ob er etwas mit ihr anfangen wollte. Er sollte kurz warten und setzte sich in den Vorraum.

Nach einigen Minuten durfte er rein.

»Hallo Mr. Crockett. Wie geht's?«

»Was gibt es denn, Mr. O'Sullivan? Ich habe gleich eine wichtige Besprechung«, drängelte dieser.

»Mr. Crockett, ich müsste mal für zwei Stunden weg.«

Er zog eine Augenbraue hoch.

»Grundsätzlich erwarte ich von meinem Sicherheitschef, dass er hier vor Ort seinen Dienst macht – dort, wo es drauf ankommt. Was gibt es denn?«

Patrick überlegte. *Jetzt bloß keinen Fehler machen. Nach der Geschichte mit den Bombenhunden.*

»Es ist wegen ...«

»Ja?«

»Ich habe gestern einen Arbeiter getroffen, der einen Ausweis hatte für eine Firma, die nirgendwo eingetragen ist.«

»Was bedeutet?«

»Vielleicht nichts. Aber vielleicht hat man sich illegal Zugang zum Gebäude verschafft.«

»Wirklich? Kann das nicht jemand anderes prüfen?«

»Also dieser Sakher Taleb...«

»Ach, das ist es!«, fuhr Malcom ihm dazwischen, »Sie spielen immer noch Terroristenjäger. Haben Sie nichts Besseres zu tun? Warum rufen Sie nicht die Polizei oder besser gleich das FBI?«

Spott schwang in Malcoms Stimme mit. Er holte wieder Luft, Patrick schwieg.

»Im Ernst, Patrick, ich darf Sie doch Patrick nennen, oder? Also. Ich mag Sie. Ganz ehrlich. Wir haben Sie eingestellt auch wegen Ihrer Referenzen. Weil Sie der Beste sind. Sagt jedenfalls Harry. Und natürlich, Ihre 30 Jahre FBI können Sie nicht einfach leugnen. Aber Sie müssen sich dran gewöhnen: Wir arbeiten hier im privaten Sektor. Diskret, sozusagen. Wie ich hörte, war das für Sie ja auch im Jemen schon ein Problem.«

Patrick war erbost, diese unsägliche Geschichte mit Botschafterin Bodine hier präsentiert zu bekommen. Sein Mund stand offen.

»Also ...“

Es kam nicht oft vor, dass er sprachlos war.

»Also ich sage Ihnen mal was. Ich möchte, dass Sie Ihren Job hier machen. Aber es muss auch klar sein, dass Sie nicht mehr beim FBI sind. Ihre Aufgabe ist der Schutz des WTC-Geländes und aller Gebäude hier, die Silverstein Properties gehören. Keine Terroristenjagd mehr. Ja?«

Patrick nickte.

Er hatte es geschafft, Malcom innerhalb von 24 Stunden zweimal zu reizen. Vielleicht gehörte das zu seiner Selbstfindung in seinem neuen Job. Er wusste es nicht. Vielleicht war jetzt auch mal genug. Aber irgendwie hatte Crockett auch recht. Er musste sich erst noch gedanklich mehr davon lösen, dass er nicht mehr Mr. FBI war und neue Aufgaben und Pflichten hatte.

»Sie haben Recht, Mr. Crockett. Es war dumm von mir, überhaupt zu fragen. Wir klären das anders.«

Crockett war zufrieden und beschwichtigte beinahe schon wieder.

»Schon gut. Ich verstehe ja, dass es nicht leicht für Sie ist. Sie werden das Kind schon schaukeln. Übrigens. Was Sie in Ihrer Freizeit machen, interessiert mich nicht.«

Malcom zwinkerte fast.

Patrick verstand. Was immer es mit diesem Sakher Taleb oder dem Denko auf sich hatte, könnte er auch in seiner Freizeit, am Abend oder am Wochenende herausfinden. Vielleicht war das sogar besser, als sich Werktag nachmittags durch Blechlawinen nach Brooklyn und später zurück nach Manhattan über die „Brooklyn Bridge“ oder den „Battery Tunnel“ zu quälen.

Crockett war schon wieder mit seinem Kalender und einem Anruf bei seiner Sekretärin beschäftigt. Er verabschiedete sich geistesabwesend.

Bis Patrick plötzlich einfiel, dass er noch nach den Akten für die Verpachtung fragen wollte. Er drehte sich auf den Türabsatz um und wartete dort. Crockett hatte das Telefon schon wieder aufgelegt.

»Mr. Crockett?«

»Ja, was gibt es denn noch, Patrick?«

»Ich würde gerne mal die Akten zur Privatisierung sehen.«

»So weit ich weiß, sind diese als geheim eingestuft. Nur Silverstein, der Chef der „PANYNJ“, die jeweiligen Anwälte und ich kennen den genauen Vertragstext. Ich werde sehen, was ich machen kann.«

»Aha, danke, o.k.«

Patrick fuhr wieder runter und ging zurück in sein Büro im Südturm. Dabei überlegte er, ob er nicht die Zeit bis morgen nutzen konnte, etwas mehr über Denko herauszubekommen, und zwar nicht über das Telefon. Und er hatte noch etwas vergessen. Bis es ihm einfiel. Er wollte doch noch Rick Slater anrufen, um zu sehen, ob der ihm bei seiner Naik-Sache weiterhelfen konnte.

Am nächsten Vormittag saß er im Büro und grübelte. Eben hatte er Rodney Leibowitz getroffen. Leibowitz war ein alter Freund. Bei ihm hatte er sich über die laxen Sicherheitsstandards ausgelassen. Bombendrohungen gab es beinahe täglich, und nichts wurde dagegen unternommen, nichts aufgezeichnet, noch nicht einmal ISDN gab es, sodass man die Telefonnummern nicht erkennen und rückverfolgen konnte. Und er lief teilweise gegen Mauern, als er versuchte, das zu ändern.

Seine Gedanken waren aber schon wieder ganz woanders – bei ihm und seiner Situation selbst. Er hatte immer noch nichts erzählt. Mel war immer noch völlig ahnungslos, dass er sich von ihr trennen wollte. Und Maria wusste auch noch nicht, dass er, bevor er sie heiraten konnte, erst noch mit zwei anderen Frauen eine Klärung herbeiführen musste. Er fühlte sich ohnmächtig angesichts dieser Aufgabe. Er konnte es nicht über das Herz bringen. Das war im Grunde schon die gleiche Situation wie zuvor. Auch sein Heiratsantrag an Maria hatte es nicht bewirkt, dass er genug Mumm bekam, endlich den beiden anderen die Wahrheit zu sagen. Er war an einem toten Punkt angekommen.

Seufzend versuchte er, sich wieder auf seine Arbeit zu konzentrieren.

Malcom Crockett hatte ihm die Silverstein-Verträge nicht aushändigen dürfen. Nun überlegte Patrick, wie er da weiterkommen konnte. An die Verträge selbst würde er, so wie es aussah, überhaupt nicht herankommen. Vielleicht sollte er jemanden ausfindig machen, der ein intimer Kenner der New Yorker Hochhausszene wäre.

Ronnie Booker hatte seine Karte dagelassen. Den wollte er sowieso anrufen und fragen, was es Neues gab.

Er gab die Nummer in sein Handy ein und wartete.

Nach dem dritten Klingeln nahm Ron ab.

»Hallo? Booker hier.«

»Hallo Ron, ich bin es, Patrick O'Sullivan.«

Im Hintergrund waren Stimmen zu hören, die wild durcheinanderriefen.

»Oh, Hallo Patrick.«

»Geht es gerade?«

»Wir sind hier gerade im Gemeinschaftsraum in unserem Stützpunkt. Warten Sie, ich gehe in den Nebenraum.«

Augenblicklich wurde es ruhiger.

»So, jetzt geht es.«

Sie unterhielten sich kurz über das, was die letzten Tage passiert war und auch, dass Patrick noch nichts von Rons Verdacht bestätigt finden konnte. Auch das mit den Spürhunden. Ron war etwas erleichtert, das konnte man merken. Dann kam Patrick zur Sache.

»Ron, was wissen Sie über darüber, warum die Türme überhaupt verpachtet worden sind?«

Ron hatte angedeutet, dass er sich mit allen Themen bezüglich der Twin Towers beschäftigen würde, weil es sein persönliches Interesse war.

»Nicht viel. Im März wurde das erste Mal darüber in der Zeitung berichtet, dass man es überhaupt vorhatte. Ich glaube, Vornado hatte den Vertrag so gut wie in der Tasche. Dann hat auf den letzten Meter doch wieder Silverstein die Spitzenposition übernommen, zusammen mit der australischen Westfield, die die lukrativen Ladengeschäfte übernommen hat.«

»Aha. Aber nichts Konkretes?«

»Nicht wirklich. Aber warten Sie mal. Es gibt da jemanden, den Sie vielleicht sprechen sollten.«

Er machte eine kurze Pause.

»Augenblick. Ich suche gerade seine Karte.«

Nach einer weiteren Pause, in der Ron hörbar kramte, sagte der: »Hier ist sie. Ein gewisser Sven Olaf Jansen. Freier Journalist. Er weiß so gut wie kein Zweiter über die New Yorker Hochhausscene Bescheid. Sie sollten sich mal mit ihm treffen!«

Patrick horchte auf, notierte Namen und Telefonnummer und bedankte sich artig bei Ron. Er beschloss, Ron in seinen Kreis des Vertrauens aufzunehmen, sich schnell sein Geburtstagsdatum zu besorgen und ihm wie den vielen Anderen auch, die auf seiner Liste standen, zu seinem nächsten Geburtstag ein Geschenk zu schicken, um seine Dankbarkeit zu zeigen und sich andererseits so die Möglichkeit zu erhalten, später jede noch so kleine Hilfeleistung zu erbitten.

Er rief diesen Sven Olaf Jansen an und erreichte ihn sofort. Tatsächlich vereinbarten sie einen Termin, gleich für den nächsten Tag, Samstag mittag im „Central Park", im Loeb's Bootshaus. Als weiteren Termin hatte er sich vorgenommen, Rocky mal aufzusuchen.

Gleich wäre Feierabend und er wurde sich bewusst, dass er noch nicht einmal wusste, was er an diesem Samstag mit wem unternehmen wollte. Er wog ab und entschied sich für ein Treffen mit Maria.

Nun, also heute, Samstag, den 08.09.2001, stand mittags erst einmal sein Treffen mit Sven Olaf Jansen an. Er hatte Mel gesagt, dass er sich mal für vier oder fünf Stunden mit jemandem treffen musste, ohne etwas Genaueres zu erzählen. Sie sah besorgt aus. Bald jeden Tag war er irgendwie unterwegs und weg von ihr. Aber er hatte keine Zeit mehr, ihr irgendetwas zu erklären oder zu beschwichtigen. Es hätte sowieso nichts genutzt.

Patrick war schnell beim „Central Park" zwischen der 74. und 75. Straße angekommen. Auf der Ostseite lag Loeb's Bootshaus, welches seit 1954 diesen Namen aufgrund einer großzügigen Spende des Bänkers Loeb trug, der den Neubau des schon seit 1874 dort liegenden alten Boothauses finanziert hatte.

Er war etwas zu früh dran und genoss die grüne Lunge der Stadt. Noch war nichts von Jansen zu sehen. Sie wollten sich am Eingang zum Restaurant treffen, an einer Parkbank.

Zu Erkennungszwecken hatte Patrick eine Zeitung unter den Arm geklemmt.

Ein Mann kam auf ihn zu. Hochgewachsen. Blond.

Vom Typ her nordeuropäisch, dachte Patrick.

Sven Olaf stellte sich kurz vor, bat Patrick, mitzukommen, und die Beiden gingen zusammen hinein. Während

Patrick dachte, sie würden sich dort hinsetzen und etwas im Restaurant bestellen, legte jener aber 32 Dollar beim Tretbootverleih hin, wobei 20 davon Pfand waren. Dieser Sven Olaf Jansen schien schon ein wenig seltsam, weil Patrick das fast an ein konspiratives Treffen erinnerte. Hier draußen in einem Tretboot auf dem See im Central Park! Abhören könnte man sie so nicht!

Trotzdem ging Patrick mit. Er hatte schon so manche merkwürdige Lokalität bei brisanten Treffen kennen- und schätzen gelernt. Es musste ja nicht unbedingt jemand Fremdes etwas mitbekommen, wenn man brisante Informationen teilte.

Sie setzten sich auf das leicht schaukelnde Boot und Jansen trat schon in die Pedale.

Die Aussicht und selbst die Ruhe waren wunderbar. Man hätte sich nicht vorstellen können, inmitten einer Großstadt zu sein, wenn nicht an der Westseite die Häuserfront New Yorks zu sehen gewesen wäre.

Nachdem sie ausreichend weit draußen waren und niemand in Sicht, kam Patrick zur Sache. Er hatte schon vorher beschlossen, die Fragen so allgemein wie irgendwie möglich zu stellen.

»Mr. Jansen, gibt es ein Problem mit den World Trade Center, von dem ich wissen sollte?«

Sven Olaf Jansen schnaufte und holte Luft. Nach einigen Augenblicken fing er an zu sprechen.

»Das World Trade Center ist mit Abstand das problembelastetste Hochhaus in New York.«

Patrick wurde hellhörig. »Wieso?«

Sven Olaf schien zu überlegen, wie er anfangen sollte. Dann fragte er vorsichtig:

»Haben Sie sich jemals Gedanken über städtebauliche Prozesse gemacht?«

»Nicht speziell. Worauf wollen Sie hinaus?«

»In New York, speziell in Manhattan, hat die letzten hundert Jahre ein ständiger Zyklus von Aufbau und Abriss stattgefunden. Mittlerweile ist bereits die dritte Generation neuer Hochhäuser entstanden. Dieser Prozess ist teuer, aber immer noch besser, als altmodische Häuser im Bestand zu haben, deren Vermietung sich nicht lohnt. Man nennt diese Häuser weiße Elefanten. Unterhalt, Renovierungs- und Sanierungskosten fressen bei diesen die Mieteinnahmen auf. Und die Mieteinnahmen lohnen sich nur dann, wenn man im Rennen um die Geschossfläche hier im engen Manhattan vorne liegt.«

Patrick merkte, wie Sven Olaf auf eine Reaktion wartete, er schaute ihm in die Augen und nickte leicht.

Das Wasser plätscherte leicht gegen ihr Tretboot.

Sven Olaf holte erneut Luft, um fortzufahren.

»Exemplarisch kann ich Ihnen das am Singer Hochhaus erläutern, welches gleich hier nebenan stand, wo jetzt das „One Liberty Plaza“ steht, früher auch als „US Steel Building“ bekannt, als es unseren Stahlfirmen noch besser ging.«

Ein gequältes Lächeln.

Patrick zog die Augenbrauen hoch und hörte weiter aufmerksam zu.

»Dafür musste das Singer-Hochhaus weichen. Es war ein 41-stöckiges Hochhaus, mit blauen und roten Backsteinen, vielen Verzierungen, sehr anmutend, fast schon barock, auf jeden Fall Pariser Stil. Es sollte an eine Nadel erinnern. Gebaut von 1906 bis 1908 von Frederick Bourne, der Ende des 20. Jahrhunderts Chef der Nähmaschinen-Firma Singer war. Bourne war zusammen mit seinem Freund, dem Architekten Ernest Flagg, Pionier in Sachen Hochhäuser in New York. Natürlich ging es damals auch um das Rennen um das höchste Gebäude New Yorks. Diesen Titel behielt er nur ein Jahr, denn Flaggs Entwurf spornte andere Architekten an, ebenfalls höher hinauf zu bauen. Das Ergebnis kennen wir.«

»Von diesem Gebäude habe ich, glaube ich, schon mal ein Bild gesehen. Es war wirklich imposant. Warum wurde es abgerissen? War es baufällig?«

»Nein. Das war ein massiver Bau, aber natürlich in den 60er Jahren nicht mehr auf der Höhe der Zeit. Da kam einfach einiges zusammen. Die Firma Singer zog mit ihrem Hauptquartier in einen anderen Staat und verkaufte 1961 das Gebäude an Webb & Knapp. Diese wollte die New York Stock Exchange, also die Börse, in das Gebäude holen. Das wäre ein Mieter gewesen, der zu diesem Haus gepasst hätte. Doch dieser Plan scheiterte. Dann kamen auch Bemühungen auf, das Gebäude unter Denkmalschutz zu stellen. Stellen Sie sich mal vor, welch Horror für die Investoren. Die sitzen auf einem Gebäude, welches sie nicht vermietet bekommen und dann nicht mal abreißen dürfen. Na jedenfalls hat Webb & Knapp das Haus 1964 an US Steel verkauft, die damals den ganzen Block aufkaufte, um ihrer Firma in Form eines neuen Hochhauses ein Denkmal zu setzen. 1967 begann man damit, das Singer-Hochhaus abzureißen. Der Grund war relativ klar. Während das 1908 gebaute Singer-Hochhaus nur 1.300 m^2 Fläche pro Stockwerk hatte, und damit insgesamt knapp 60.000 m^2, hat das neue Gebäude 12.300 m^2 Geschossfläche pro Stockwerk. Mit über 660.000 m^2 Geschossfläche insgesamt ist das neue Gebäude eines der größten Bürohäuser der USA. Und das, obwohl es nur 13 Stockwerke höher ist als das alte Singer-Hochhaus.«

»Ich verstehe. Aber die World Trade Center haben doch noch wesentlich mehr Geschossfläche als „One Liberty Plaza“?«

»Zusammen ja. Ein Turm hat ca. 418.000 m^2 Geschossfläche. Aber dafür, dass man doppelt so viele Stockwerke dafür hat, ist das dann doch überraschend wenig. Aber die Geschossfläche allein ist auch nicht das Problem.«

»Was ist es dann?«

»Die WTC standen von Anfang an unter einem schlechten Stern. Sie werden davon nicht viel hören, weil niemand gerne über solche negativen Dinge spricht. Die Port Authority fing mit der Planung der Gebäude Anfang der 60'er Jahre an, mitten im Wirtschaftsboom. Als der Nordturm fertig war, hatten wir gerade eine heftige Rezession und die Ölkrise. Es gelang niemals, die volle Bürofläche zu vermieten. Die Türme haben selbst mit ihrer Geschossfläche für ein Überangebot an Büroflächen gesorgt. Dann kamen noch andere Umstände hinzu. Zum Beispiel der Film „Inferno“, der in den Siebzigern zeigte, wie man in einem Hochhaus in einem Feuer gefangen war. Keine gute Publicity, um Mieter in ein Hochhaus zu bekommen.«

Patrick erinnerte sich daran, was Mike ihm gesagt hatte. Dieser Film hatte tatsächlich einen Verrückten dazu bewogen, im Nordturm Feuer zu legen.«

»Wirklich? Der Typ hat aufgrund dieses Films den Turm angezündet? Das wusste ich nicht.«

»Hm – hm. Die Port Authority hat danach alles getan, ein positives Bild von den Twins zu verkaufen. Vor allem mit der Einbindung in Rekordversuche von Künstlern und der Darstellung in Hollywood-Filmen. Und, man glaubt es kaum, aber es hat funktioniert. Ende der 80er Jahre war die beste Zeit der Towers.«

»Aber?«

»Dann kam die Zeit, in der man sich über Terroranschläge Gedanken machen musste. Das Attentat von 1993 offenbarte schnell alle Schwächen, die in einem Hochhaus wirklich dazu führen könnten, dass man stundenlang im Dunklen eingeschlossen ist und die gewaltige Anzahl von Menschen kaum evakuieren kann.«

»Ich habe davon gehört – man hat einige Millionen in die Sanierung und erweiterte Sicherheitsmaßnahmen gesteckt.«

»Ja, und es hat Jahre gedauert, bis die Versicherungen Entschädigung für den Anschlag 1993 leisteten. Ein Zeitraum, in dem die Port Authority die Sanierungskosten vorstrecken musste. Eine Klage gegen die PA läuft noch heute.«

Patrick fand immer mehr Gründe, warum seine Skepsis berechtigt war.

»Also sind die steigenden Kosten bei gleichzeitig wieder sinkenden Mieteinnahmen das Problem?«

»Auch. Aber da ist noch mehr. Dank dem Internet braucht man eigentlich nicht mehr wie früher die Nähe zur Börse, was zentrale, sehr teure Mietungen überflüssig gemacht, außerdem ist die Haustechnik hier hoffnungslos veraltet und kann auch mit Unsummen kaum auf dem laufenden Stand gehalten werden. Dann die Verkabelung mit Internet-Leitungen. All das gipfelt in der Frage, ob sich die Vermietung eines Hochhauskomplexes wie diesem noch lohnt.«

»Es lohnt sich also nicht. Deswegen hat die „Port Authority“ die Gebäude auch verpachtet.«

Sven Olaf sagte nichts und machte auch keine Anstalten, zu antworten.

Patrick dachte nun laut nach: »Wieso hat Silverstein dann dafür geboten? So, wie ich das gehört habe, gab es sogar noch ein höheres Gebot von „Vornado Realty Trust“, welches nur an nicht zu erfüllende Bedingungen geknüpft war und deshalb abgelehnt wurde.«

Sven Olaf zuckte mit den Schultern. »Ich weiß es nicht. Ehrlich nicht. Vielleicht wäre es zweckmäßig, mal den Silverstein-Vertrag genauer anzuschauen, was zum Thema „Due Dilligence Check“, also der möglichen Sanierungs-

oder Abrisskosten, vereinbart wurde. Und zum Thema Asbest.«

»Ich habe schon gefragt. Auch ich bekomme sie nicht zu sehen.«

»Das ist schlecht.«

Nach einer kurzen Denkpause fragte Patrick verwundert.

»Hatten Sie eben Asbest gesagt?«

»Ich habe noch nie davon gehört, dass im WTC Asbest verbaut worden ist.«

Sven Olaf nickte.

»Asbest.«

Er sprach das Wort noch einmal leise aus. Es wurde ihm einiges klar. Jansen nickte.

»Es ist ein offenes Geheimnis, dass in den Türmen über 600 Tonnen Asbest verbaut worden sind. Und zwar nicht nur, wie offiziell bekannt gegeben, im Nordturm bis in den 40. Stock in der Feuerschutzummantelung der Kernträger, sondern einfach überall. In den Zwischendecken, in den Kabelisolierungen, überall!«

»Über 600 Tonnen! «, zischte Patrick staunend. »Warum wurde das nicht bekanntgegeben und wie üblich zu einer Superfond-Angelegenheit der EPA erklärt?«

»Dieser Superfond ist doch nur Augenwischerei und hat kaum Geld, um selbst kleine Umweltsünden zu beseitigen oder Betroffene zu entschädigen. Die Asbest-Industrie, auch wenn es sie nicht mehr direkt gibt, ist sehr mächtig. Die Firma Grace zum Beispiel hatte eine Firma aufgekauft, die für das WTC Asbest geliefert hat. Deren Name ist mir im Moment entfallen. Jedenfalls ging damit die Haftung auf Grace über. In einem Gerichtsprozess konnten sie erfolgreich argumentieren, dass ihr Asbest im WTC nicht verbaut worden war.«

»Na dann ist ja alles in Butter.«

»Ja? Es ist eine Lüge! Sowohl im Vermiculite als auch im Monokote, das im WTC verbaut wurde, ist Asbest enthalten. In der Grace Mine in Libby, Montana, sind hunderte Menschen erkrankt und schon diverse gestorben. Dort streitet man noch um den Superfond-Status. Das Zeug wurde aber nicht nur im WTC verbaut, sondern in bis zu 40 Millionen US-Häusern. Wenn Libby ein Fall für den Superfond wird, während man sich noch darüber streitet, wie gefährlich es da wirklich war - was ist dann mit diesen Millionen Häusern?

Vermutlich hatten mächtige Interessenten selbst das Gericht gekauft. Milliarden von Sanierungskosten standen im Raum, vermutlich auch Klagen von hunderttausenden Asbestgeschädigten oder dem Asbest ausgesetzten Menschen, die mit Sammelklagen locker eine Billion an Klagesumme hätten einreichen können. Eventuell ein Präzedenzfall für die gesamte Industrie. Grund genug für alle möglichen Schandtaten, diese Sache mit allen Mitteln geheim zu halten.

»Gerade in den letzten beiden Jahren wurden tausende von Klagen wegen Asbest eingereicht. Über kaum eine wurde schon beschieden. Grace hat schon Gläubigerschutz beantragt.

Selbst unsere Spitzenpolitiker, Bush und Cheney, hängen mit drin. Cheneys Halliburton hat gerade Familie Bushs „Dresser Inc." gekauft, gegen die auch unzählige Klagen wegen Asbest anhängig sind.«

Vielleicht war also sogar die Regierung darin verwickelt. Seine Neugier hatte Sven Olaf jedenfalls geweckt. Dieser wusste natürlich ganz genau, dass Patrick einiges versuchen würde, möglichst unauffällig an weitere Informationen heranzukommen. Und vielleicht auch erfolgreich sein würde.

»Was auch immer sie machen: Lassen Sie meinen Namen raus!«, bat er eindringlich, als er Patricks Mimik richtig deutete.

Patrick versprach ihm das.

Nach einem weiteren Augenblick der Stille sinnierte Patrick: »Beim World Trade Center kommt also auch alles Mögliche zusammen, was es zum „Weißen Elefanten“ werden lässt.«

Er zog eine seiner Zigarren aus seinem Jackett, bot diese Sven Olaf an, der zustimmend nickte und so zündeten sie sich beide eine an.

Sven Olaf blies den Rauch aus und machte eine bedeutungsschwangere Pause, um dann noch weiter auszuholen.

»Asbest ist eigentlich völlig ungefährlich, wenn es in gebundener Form vorliegt. Nur, wenn man es anfasst, schneidet, abbricht oder so etwas, können die winzigen Fasern in die Atemluft gelangen und sich in den Lungen ablagern. Man hat die Brandschutzschicht im Nordturm ja auch mit einer Bindemittel-Farbe bestrichen, um das Austreten der Fasern zu verhindern. Damit ist eine akute Gefahr mittlerweile gebannt. Asbest wäre „nur“ ein Problem bei einer Sanierung oder dem Abriss.« Wobei er das „Nur“ überbetonte.

»Stellen Sie sich mal vor, bei einer Sanierung würde noch mehr Asbest gefunden - was das bedeuten würde.«

Patrick nickte.

»Oder wenn noch andere Baumängel gefunden werden, die noch nicht bekannt sind. Gerüchteweise Ionenbrücken bei der Aluminium/Stahl-Verbindung der Außenwand-Verkleidung und der Träger. Oder mangelhafter, zu schlecht bewehrter und zu Rissen neigender Leichtbeton der aussteifenden Deckenscheiben.«

Sven Olaf beeilte sich, etwas hinterherzuschieben: »Das Thema ist so heikel, ich kann an dieser Stelle leider nicht weiter darüber sprechen, ohne mein und Ihr Leben zu gefährden. Ich habe Ihnen eigentlich schon zu viel erzählt.«

Patrick verstand intuitiv, warum.

»Es gibt noch mehr Probleme. Wie erkläre ich es am besten. Hmm. Das Singer-Hochhaus war eines der höchsten Bauwerke, welches jemals abgerissen wurde. Es war 180 Meter hoch. Die Twin Towers sind über 400 Meter hoch. Können Sie sich vorstellen, worauf ich hinauswill?«

»Ein Abriss wäre auch aufgrund deren Größe nicht möglich?«

Sven Olaf grinste. »Na ja, nicht möglich würde ich nicht sagen. Aber es wäre nicht einfach möglich und vor allem nicht günstig.«

»Warum nicht?«

»Die herkömmliche Methode – die Sprengung – kommt nicht infrage. Die Gefahr für die umliegenden Häuser wäre aufgrund der Höhe der Gebäude nicht abschätzbar und auch nicht zu versichern.«

»Was ist mit Abrissbirnen?«

»Das wäre das Nächstlogische! Aber wir haben hier keinen Beton- oder Mauerwerksbau, sondern ein Stahlskelett-Gebäude mit einer tragenden Stahl-Perimeter-Wand und einem lateral verstrebten Träger-Kern mit massiven Stahlträgern. Mit der bloßen Gewalt einer Abrissbirne erreicht man nichts.«

Patrick verstand: »Dann müsste man die Gebäude per Hand abtragen, jeden Träger einzeln zerschneiden, jedes Stockwerk einzeln abbauen.«

Sven Olaf nickte zustimmend.

»Das wäre die einzige Möglichkeit, in der Tat. Es gibt eine hochinoffizielle Schätzung darüber, was das kosten würde. Diese liegt bei 3 Mrd. Dollar. Und diese berücksichtigt noch nicht einmal die zusätzlichen Sicherheitsmaßnahmen und Entsorgungskosten zum Thema Asbest. Eine komplette Einhüllung unter Unterdruck, Handarbeiten unter Vollschutz ...«

Patrick verstand und sein FBI-trainiertes Gehirn schlussfolgerte: »Es gibt also keine Möglichkeit, diese Gebäude legal zu beseitigen?«

Sven Olaf atmete laut aus.

»Sagen wir mal so. Wenn sie morgen bis auf die Grundmauern abbrennen würden oder ein Terroranschlag alles zerstören würde, wäre wohl kaum jemand traurig.«

Patrick war fassungslos, erkannte aber, dass dies tatsächlich der Fall war. Diese Informationen waren schwer zu verdauen. Sie machten sich auf den Rückweg. Die Stunde, die sie gebucht hatten, war fast um. Er bedankte sich bei Sven Olaf Jansen, gab ihm das versprochene Geld und stieg, nachdem sie angelegt hatten, schnell aus dem Boot aus und machte sich unverzüglich auf den Weg zu seinem nächsten Termin, ohne sich noch einmal umzudrehen.

6.2 CNN, 11.09.2001, 9.46:50 Uhr

Breaking News:

Weißes Haus evakuiert.

»Chris Plante ist immer noch in Washington, glaube ich.«

Stimme einer Frau.

»Geben Sie mir eine Sekunde. Greta Soskin ist eine Reporterin in Washington. Greta, was haben Sie gehört?«

»Ich stieg gerade aus meinem Flug und war auf dem Parkplatz des National Airport, als ich ein lautes Geräusch hörte, über mir, ich schaute in die Richtung des Pentagons, als dort in der Luft eine große Rauchwolke zu sehen war. Ich kann nicht bestätigen, dass es das Pentagon ist, dafür stehen da zu viele Häuser vor. Man sieht Teile durch die Luft fliegen. Leichte Teile, ich kann nicht sagen, was das ist. Ich hörte ein Geräusch, kurz bevor ich den Rauch sehen konnte, ich kann nicht sagen, ob Flugzeug oder Bombe, aber sicher irgendwas, und es gibt offensichtlich ein schreckliches Feuer. Der Himmel ist klar, abgesehen von der enormen Rauchmenge, es gibt eine Menge Sirenen aus allen möglichen Richtungen, und auch von hier, vom National Airport.«

»Greta, vielen Dank. Ich möchte alle Informationen rekapitulieren, da wir ständig Infos bekommen.«

»Die Associated Press berichtet, es war ein Flugzeug, welches in das Pentagon crashte. Das Pentagon wird evakuiert. Sie sehen nun den Rauch dort in diesem Bild. Ob das Feuer in dem Gebäude oder draußen ist, können wir Ihnen noch nicht sagen.«

...

Bild, zweigeteilt. New York: brennende WTC -Türme, Washington: Rauchsäule über Pentagon

Einblendung: Feuer in Washingtoner Einkaufszone

»Der Handel an der „NYSE“ wurde ausgesetzt. Die Börse befindet sich, wie viele von Ihnen sicher wissen, andere vielleicht nicht, im betroffenen Teil von „Lower Manhattan“, nicht direkt am World Trade Center, aber in der Gegend. Der Handel wurde ausgesetzt. Brücken und Tunnel nach New York wurden abgeriegelt. Das wird ein ganz eigenes Problemthema werden. Uns wurde erzählt. Die „FAA“ hat alle Starts und Landungen gestrichen, ich will sichergehen, dass ich es richtig verstehe, an allen Flughäfen in den USA. Der Flugverkehr ist zum Erliegen kommen. Regierung, Ermittlungsbehörden, Polizei und Feuerwehr versuchen herauszufinden, was genau hier abläuft. Es gibt mehrere, äh, Ereignisse, die, nach allem was geschehen ist, aussehen wie eine groß angelegte Terrorattacke auf die Vereinigten Staaten. Also, alle Flughäfen im gesamten Land sind geschlossen.«

6.3 Sprengfallen

Patrick würde die Dinge in die Hand nehmen und in den Kellergeschossen schauen, ob jemand dort Bomben gelegt hatte. Er stieg im B-Treppenhaus ein weiteres Geschoss nach unten und war jetzt auf dem Stockwerk unter dem OCC. Er begegnete niemandem mehr und auch das Chaos und der Lärm auf dem Concourse zwei Stockwerke über ihm entfernte sich immer mehr.

Es war 9.48 Uhr. Ab und an hörte er Funksprüche über sein Funkgerät, der Empfang schwankte, wahrscheinlich, weil alles überlastet war und die Feuerwehr viele Frequenzen belegte. Gerade war wieder ein Funkspruch zu hören, der ihn aufmerksam werden ließ. Chief Henderson hatte offensichtlich zusammen mit Ron die Brandstellen erreicht. Patrick hielt inne, das Funkgerät ans Ohr:

»Bataillon 7, Leiterwagen 15, Chief Henderson hier, wir haben zwei isolierte Brandnester hier. Wir sollten in der Lage sein, sie mit zwei Leitungen zu löschen. Funkt das durch, 78ster Stock, viele Codes 10-45«

»Chief, in welchem Treppenhaus sind Sie?«

»Südliches Treppenhaus, Adam, im Südturm.«

»78ster Stock?«

»Bestätigt, viele verletzte Zivilisten, wir brauchen zwei Züge hier oben.«

»WTC 1, Bataillon 7 an Leiterwagen 15.«

»Ich brauche zwei eurer vier Männer, Adam. Im Treppenhaus, um zwei Feuer zu löschen. Wir haben einen Schlauch an einem Hausanschluss auf dem wir etwas Wasser gebrauchen können, löscht es aus, o.k.?«

Er schob das Funkgerät wieder in seine Tasche. Zwei isolierte Brandnester. Aber sie waren sicher erst in das unterste der brennenden Geschosse vorgedrungen. Wirklich bedrohlich hörte sich das nicht an. Vielleicht könnte man die Feuer doch löschen.

Patrick überlegte, ob er weiter nach unten gehen sollte und entschied sich dann dafür. Etwas zog ihn in das unterste Geschoss, und dort zu den Fahrstuhlschächten. Die wollte er jetzt genauer unter die Lupe nehmen.

Nachdem er die Räume in B3 inspiziert und nichts gefunden hatte, ging er wieder zurück ins Treppenhaus und dann in B4, noch ein Stockwerk tiefer. Und dann war er auf B5. Dem untersten zugänglichen Geschoss. Er verließ das Treppenhaus und eilte den Gang entlang. In den Kern, wo die Fahrstuhlbank war. Hier unten waren nur wenige Fahrstühle, hauptsächlich für das Personal und natürlich der Fracht-Fahrstuhl Nummer 50. Und dann sah er es! Die Tür des Fahrstuhlschachtes war zerstört. Es qualmte und roch stechend. Er sah in den Schacht und nach oben. Einige Stockwerke über ihm hing die Kabine.

Ob Arturo Namura, der Fahrstuhlführer des Frachtaufzugs, es wohl geschafft hatte, zu entkommen? Solche Gedanken kamen ihn. An sich selbst oder in welcher Gefahr er sich befand, dachte er nicht. Er wollte gerade wieder losgehen, als seine Aufmerksamkeit auf ein Loch in der Schachtwand fiel.

Was war das?

Es sah so einfach und perfekt aus. Und beängstigend. In dem Schacht war die Rigips-Wand zerstört und dahinter war ein Stahlträger sichtbar.

Und an diesem ... eine diagonal angebrachte Schneidladung. Patrick war kein Sprengstoffexperte. Aber eine solche Schneidladung kannte er. Sie sorgte dafür, dass Träger wegrutschten, wenn gezündet wurde. Sie brachten Gebäude regelrecht zum Gehen. Bei kontrollierten Sprengungen. Wie sie im Fernsehen manchmal zu sehen waren.

Schock!!

Der Geruch! Jetzt erinnerte er sich auch wieder, wo er einen solchen Geruch schon mal wahrgenommen hatte – damals bei den Anschlägen auf die Khobar Towers in

Saudi-Arabien! Wie zum Teufel hatten die Spürhunde dies nicht bemerken können? Und wenn diese Bombe offensichtlich noch nicht gezündet war, war das dann ein Blindgänger? Oder stand die eigentliche Sprengung erst noch bevor?

In ihm überschlugen sich die Gedanken.

Er sah sich weiter um. Einen Zünder konnte er nicht sehen. Aber eine weitere Schneidladung am nächsten Träger im Kern, der in einigen Metern Abstand im Halbdunkel zu sehen war. Das waren bestimmt keine Blindgänger! *Heilige Scheiße!*

Er überlegte krampfhaft, was er in welcher Reihenfolge machen musste. Er selbst würde hier nichts bewirken können. Am besten wäre es, sofort das FBI zu informieren, damit diese die Vorrichtungen entschärfen und alle Leute warnen und evakuieren konnten, damit dieses hinterhältige Werk nicht vollendet werden konnte. Sofort nahm er sein Telefon in die Hand und tippte die Nummer der Zentrale ein.

Es klingelte. Einmal. Zweimal. Dreimal. Niemand nahm ab. Er verfluchte das FBI. Er musste direkt jemanden anrufen. Sein Mobiltelefon am Ohr klebend erreichte er schließlich Don Mackey, seinen ehemaligen Vorgesetzten. Er meldete sich.

»Mackey hier.«

»Mr. Mackey, ich bin es, Patrick O'Sullivan.«

Er ließ Mackey keine Zeit zum Antworten.

»Ich bin hier im Keller des WTC 2, dem Südturm, und habe hier Bomben entdeckt. Hören Sie?«

»Was zum ...« hörte er Mackey sagen.

Er holte einmal kurz Luft und redete weiter.

»Sie müssen sofort alles evakuieren lassen und unsere Bombenentschärfungsspezialisten anrücken lassen.«

Patrick war so aufgeregt, dass er gar nicht mitbekommen hatte, wann die Verbindung unterbrochen wurde. Er sah auf das Display, welches rein gar nichts mehr anzeigte. Nun fiel es ihm ein – er hatte den Akku seit zwei Tagen nicht geladen und wollte das heute im Büro machen! Nun hatte sich sein Telefon gerade verabschiedet!

»Verdammter Mist!«

Da war jemand. Eilige Schritte waren zu hören.

Ein Mann im Anzug, der die Treppen herunter lief.

Patrick spurtete die Meter zum Treppenhaus und fing ihn ab, immer noch mit dem nun nutzlosen Telefon in der Hand. Eine Sekunde lang erstarrte der Mann und musterte ihn offenbar. Er hatte einen Anzug an und war kräftig gebaut, dunkle, gegelte Haare. Patrick sagte aufgeregt.

»Hallo Sie! Sie müssen mir helfen! Da sind Bomben gelegt!«

Der Mann schaute, wie von allen Geistern verlassen. Patrick fing noch mal an.

»Entschuldigung. Ich bin Patrick O'Sullivan, WTC-Security. Sehen Sie selbst. Dort. Das FBI habe ich schon informiert. Jetzt müssen wir dringend dieses Gebäude, oder noch besser den ganzen Komplex evakuieren!!!«

Wie antrainiert zog er seinen Dienstausweis heraus. Weil der Mann im ersten Augenblick nicht reagierte, sagte er noch eindringlicher.

»Schauen Sie selbst! Schnell!«

Er lief die paar Meter bis zum Loch in der Wand zurück zeigte auf die zerstörte Stelle.

»Hier. Das meine ich!«

Der Mann folgte ihm nach einer Sekunde und sah sich die Stelle an.

»Sehen Sie weiter rein. Da sind noch mehr!«, rief Patrick aufgeregt.

Erst jetzt fragte der Mann: »Haben Sie schon jemanden angerufen?“ und zeigte auf Patricks Telefon.

»Ja, beim FBI, aber die Verbindung wurde unterbrochen. Mein Handy geht nicht mehr!«

Der Mann nickte.

»Ich helfe Ihnen. Wir sollten sofort hoch und die Leute warnen. Übrigens. Ich bin Arnold Grosser, NY Secret Service.«

Sie gaben sich kurz die Hand.

»Was machen Sie hier?«, fragte Patrick interessiert.

»Wir wurden gegen 9.00 Uhr aus unserem Büro drüben im Salomon Brothers Hochhaus evakuiert, und weil wir nicht untätig sein wollten, gab unser Vorgesetzter uns den Auftrag, uns hier unten umzuschauen, ob noch jemand Hilfe brauchen würde.«

Patrick nickte während dieser Worte. Das klang plausibel, und er hatte keinen Grund, ihm zu misstrauen.

»Los jetzt, wir müssen alle warnen! Wer weiß, wann die hochgehen. Schnell!«

»Ja!«

Sie liefen gemeinsam die Treppe hoch, während Patrick erklärte, wie er die Ladungen gefunden hatte.

Außer Atem kamen sie in der Lobby vom WTC 2 an. Es war nun 9.51 Uhr. Seit dem Funkspruch von Ron waren gerade mal drei Minuten vergangen. Und doch kam es ihm so vor, als ob dazwischen Welten lagen. Patrick wollte instinktiv zur Kommandostation gehen.

»Nicht!« sagte Arnold und hielt ihn am Arm fest.

»Warum nicht? Wir wollen doch die Leute warnen!«

»Aber nicht, in dem wir ihnen erzählen, dass die Gebäude voller Sprengstoff stecken. Stellen Sie sich mal die anschließende Panik vor, wenn sich das rumspricht oder die Feuerwehr das durchfunkt. Allein so eine Panik würde Hunderte von Toten zur Folge haben. Wir brauchen eine koordinierte und geordnete Evakuierung!«

Patrick sträubte sich dagegen, die Leute hier im Unklaren zu lassen, verstand aber das mit der Panik.

»Was sollen wir denn machen«, fragte er etwas unschlüssig.

»Wir müssen an die Spitze der Befehlsketten herantreten und diese sanft informieren. Ich kann mich beispielsweise als Mitarbeiter der Baubehörde ausgeben und sagen, dass die Türme evakuiert werden müssen, weil die Standsicherheit nicht mehr gewährleistet ist und die Türme einzustürzen drohen. Dann kann die Evakuierung geordnet erfolgen. Glauben Sie mir. Ich weiß, wovon ich rede. Von dort fließt die Info auch gleich an die richtigen Stellen, dafür gibt es die Befehlsketten schließlich.«

Die Idee war so schlicht wie genial. Patrick stimmte sofort zu.

»Also rüber zum OEM, da müsste der Bürgermeister sein.«

»O.k.«

Sie rannten los.

6.4 Erste Einschüchterungsversuche

In Utah war der Herbst eingekehrt. Anfang November 2005 färbten sich die Blätter gelb und braun. John dachte über die letzten Wochen nach, als er beim Kaffee in seiner Wohnstube saß. Er hatte seinen Vortrag nochmals an der BYU und auch an der Staatsuniversität von Idaho, am „Utah Valley State College" gehalten. Auch mit der Universität von Colorado in Boulder, der Universität von Denver und der Akademie der Wissenschaften von Utah hatte er schon Kontakt wegen seiner Präsentation. Sein E-Mail-Postfach quoll förmlich über. Die meisten Nachrichten kamen von Leuten, die sich bei ihm bedankten, dass er seine wissenschaftliche Reputation benutzte, um die Verbrechen vom 11.9.2001 aufzuklären, besonders unter neutralen wissenschaftlichen Gesichtspunkten.

Was ihn allerdings mehr antrieb, war die Idee eines eigenen wissenschaftlichen Papiers. Mit diesem könnte er viel mehr Leute erreichen und die Diskussion, wie er hoffte, auch in die Welt der Wissenschaftler hineintragen. An diesem Papier arbeitete er nun schon bald drei Monate. Endlich war es Anfang November so weit, dass es von seinen beiden Fachkollegen, die auch schon seine Power Point-Arbeit begutachtet hatten, freigegeben wurde.

Er publizierte auf der Internet-Seite der Fakultät für Physik der BYU mit dem Titel: "Why indeed did the WTC-Buildings Collapse?“ (auf deutsch in etwa: »Warum sind die WTC-Gebäude tatsächlich zusammengestürzt?“ Er nannte es den ersten Entwurf. Zum Glück durfte er die Webseite der Uni benutzen, was auch bedeutete, dass er die Internetpräsenz nicht selbst gestalten musste – er hatte schlicht keine Ahnung, wie das technisch ging. Er war schon gespannt auf die, hoffentlich folgende, rege Diskussion seines Papiers. Die Befürchtung, die Dick, sein Student, hatte, bewahrheitete sich beinahe augenblicklich. Zwei Tage, nachdem er den Artikel auf der Webseite hochgeladen hatte, meldete sich ein gewisser Martin unter einer nicht verifizierbaren E-Mail-Adresse. Er las sich die Mail durch:

> *Die Publikation dieses Artikels kann gestoppt werden und ich habe die Kontakte, um das zu erreichen. Sie sollten das sehr gründlich überlegen. Dies ist eine Angelegenheit, die wichtiger ist als jede einzelne Karriere.*

John dachte sofort daran, dass es eine verklausulierte Drohung gegen seine eigene Karriere war, die 21 Jahre als Professor an der BYU.

> *Wie schmerzvoll es auch aussehen mag, es wäre vielleicht weniger schmerzhaft als das, was nach der Veröffentlichung kommen kann.*

Das hörte sich erst recht wie eine Drohung an. Er las weiter.

Ich habe gelernt, es manchmal vorzuziehen zu schweigen, selbst in Fällen, wenn man einwandfreie Daten und Informationen hat.

Dieser Martin hatte noch einige Fragen, die John nichtsdestotrotz versuchte zu beantworten, aber daraus entwickelte sich zunächst nichts. Bis weitere Antwort kam:

Ihre Daten spielen keine Rolle. Sie sollten schweigen. Oder ich bringe Sie zum Schweigen.

John legte dies als schlechten Versuch, eine Diskussion zu unterbinden, zu den Akten. Sein Wissenschaftlerherz schlug zu heftig, als sich von solch einer Drohung abschrecken zu lassen. Ein paar Tage später hatte er diesen Martin fast schon vergessen.

Denn dann kam der Hammer. Kurze Zeit später meldete sich Elaine Nordberg von der „Deseret Morning News" bei ihm und wollte ein Interview über das Thema führen. Sogar für einen Leitartikel. Das war Utahs Tageszeitung mit der höchsten Auflage. John war sehr stolz. Man konnte also doch etwas bewegen. Am nächsten Nachmittag würde sie zu ihm in die Uni kommen. John hatte alles vorbereitet und ihr sogar eine zweiseitige Zusammenfassung geschrieben, damit sie etwas in die Hand bekommen würde. Er war sehr aufgeregt.

Am Tag danach kam Melinda zu ihm in sein Büro mit der „Deseret Morning News" Ausgabe vom 10.11. in der Hand und knallte ihm die Zeitung auf den Tisch. Sie war sichtlich geladen.

»Warum hast du mir davon nichts gesagt?«

John murmelte etwas und sah auf den Artikel. *Da war er. Tatsächlich.* Er sah sein Bild sofort. Der Leitartikel. Er starrte das Bild und den Artikel an, ohne ihn wirklich wahrzunehmen.

»Weil du sowieso dagegen gewesen wärst.«

Das war zwar die Wahrheit, aber nicht sonderlich klug, das begriff John sofort. Er versuchte, sie zu beschwichtigen.

»Melinda, ich kann das nicht ohne deinen Rückhalt. Ich brauche dich an meiner Seite.«

»Dann solltest du so etwas nicht hinter meinen Rücken machen!«

Oha!

Das war eine ernste Krise. Nicht die erste in ihrer Ehe. Aber dennoch.

»Wie wäre es mit einer Absprache? Ich bespreche in Zukunft alles mit dir, und du überdenkst deine ablehnende Haltung noch einmal.«

»Du gefährdest damit nicht nur deine Zukunft, sondern auch meine!«, sagte sie grimmig und antwortete damit nicht wirklich auf seinen Vorschlag.

»Und ich habe Angst um dich – um uns! Und dass uns das, was du treibst, auseinanderbringt.«

Sie kamen zum Kern der Sache.

Er nahm sie in den Arm und drückte sie fest.

»Egal, was passiert, wir bleiben zusammen. Wenn wir fest im Glauben sind, was kann uns dann schon passieren?«

Zuerst war Melinda verkrampft, als er sie in seinen Armen hielt. Doch dann löste sich ihre Spannung und eine Träne lief ihre Wange hinab.

Er tröstete sie, wie früher, indem er ihre Haare streichelte, wie damals, kurz nach dem sie sich kennengelernt hatten und sie eine Fehlgeburt gehabt hatte.

»Schsssch. Alles wird gut. Ich bin kurz vor der Rente, unsere Kinder sind groß, wir haben drei Häuser. Uns passiert schon nichts! Selbst, wenn das alles das Ende meiner Professur bedeuten sollte.«

Plötzlich gab sie sich einsichtig.

»Du hast ja Recht. Ich habe nur so fürchterliche Angst!«

»Ich weiß«, sagte er beruhigend.

Nachdem sich Melinda gefangen hatte und sich wieder mit ihrem Haushalt beschäftigte, nahm er sich die Zeitung und las sie durch – auch unter der Gefahr, heute zehn Minuten zu spät zur Uni zu kommen. Er las:

Y. Professor denkt, Bomben und nicht Flugzeuge sind schuld an WTC-Einstürzen!

Von Elaine Nordberg, Deseret News, 10. November 2005

Die Physik vom 11.9.2001, u.a. wie schnell und symmetrisch eines der World Trade Center fiel, beweist, dass die offiziellen Erklärungen zu den Einstürzen falsch sind, sagt ein Brigham Young Professor für Physik.

„De facto ist es sehr wahrscheinlich, dass es gelegte Sprengladungen in allen drei Gebäuden am Ground Zero gab", sagt John W. Miller.

Miller, der Kernfusion und Solarenergie-Forschungen an der BYU betreibt, fordert eine unabhängige, internationale wissenschaftliche Untersuchung, welche nicht „durch politische Einflüsse und Hindernisse sondern durch Beobachtungen und Berechnungen geleitet wird."

„Es ist ziemlich plausibel, dass Explosivstoffe in allen drei Gebäuden gelegt worden waren- und gezündet wurden, nachdem die zwei Flugzeuge dort hinein crashten, eine Ablenkungstaktik«, schreibt er. „Muslime sind wahrscheinlich nicht dafür verantwortlich, die Gebäude zum Einsturz gebracht zu haben", schreibt er.

Für Spekulationen, wer diese Sprengladungen gelegt haben soll, hat Miller nicht viel übrig. „Das ist hinderlich. Es gibt keinen Grund das zu tun, bevor wir keine wissenschaftliche Untersuchung hatten."

Vorangegangene Ermittlungen wie die der FEMA, der 9/11 Kommission sowie des NIST, dem Nationalen Institut für Standards und

Technik, haben die Physik und Chemie in Bezug auf den Einsturz der Twin Towers sowie dem 47-Stockwerke hohen als WTC 7 bekannten Gebäude am 11.9.2001, ignoriert.

Die offizielle Erklärung, dass Feuer die strukturellen Schäden verursacht hatte, die die Gebäude letztlich zum Einsturz brachten, können weder durch Tests noch durch die Geschichte bestätigt werden. Er bringt folgende schlagende Argumente:

„Die drei Gebäude stürzten nahezu in Freifall-Geschwindigkeit ein, in ihre eigenen Fundamente, ein Phänomenen, welches man sonst nur bei kontrollierten Sprengungen beobachtet - und selbst dann ist es sehr schwierig", ergänzt er.

„Warum sollten die Terroristen einen senkrechten Kollaps des WTC haben wollen, wenn es viel weniger Arbeit wäre und mehr Schäden in Downtown Manhattan verursachen würde, wenn es zur Seite kippt?", fragt er.

„Und woher sollten sie ihre Informationen haben und den Zugang zum Gebäude bekommen, um eine symmetrische Sprengung zu erreichen?"

Die Symmetrie-Daten, die hier angeführt werden, sind zusammen mit anderen Daten starke Beweise für einen Inside Job.

„Kein Stahl-Skelett-Gebäude, weder vorher noch nach den WTC-Gebäuden, ist jemals durch Feuer komplett eingestürzt. Aber Explosivstoffe können selbst die dicksten Träger effektiv aus dem Weg räumen", sagt er.

WTC 7, welches nicht durch ein Flugzeug getroffen wurde, kollabierte in 6.6 Sekunden, nur 0.6 Sekunden länger als es im freien Fall gedauert hätte, wenn das Dach ohne Widerstand bis zum Boden gefallen wäre.

„Wo ist die Verzögerung durch das Gesetz der Bewahrung des Momentums, eines der grundsätzlichen Gesetze der Physik?", fragt er.

„Kurz gesagt: Wenn die oberen, nun versagenden Geschossdecken auf die darunter liegenden intakten fallen, mit ihren unbeschädigten Stahlträgern, müssten diese die herunterfallende Masse abbremsen. Wie können aber dann die oberen Geschosse so schnell herunterfallen und gleichzeitig die Energie haben, die Geschosse darunter zu zerstören? Dieses Paradoxon kann nur durch eine Sprengungshypothese gelöst werden, bei der Explosivstoffe Material unterhalb der Einsturzebene entfernten, einschließlich der tragenden Stahlträger, sodass ein Nahezu-Freifall-Einsturz möglich wurde. Diese Beobachtungen wurden nicht durch die FEMA, NIST oder der Kommission untersucht", ergänzt er.

„Wenn es keine Explosions-bedingte Einstürze waren, gibt es typischerweise einen Schuttberg mit Trümmern aus Beton. Aber das meiste Material aus den Türmen wurde zu einem Betonstaub pulverisiert, während die Gebäude fielen", sagt er.

„Wie kann dieses seltsame Verhalten ohne Explosivstoffe erklärt werden? Erinnerungswürdig, wundersam! Das verlangt eine genauere Untersuchung, weil die US-Regierungsbehörden dieses Phänomen nicht betrachten."

Er ergänzt, dass horizontale Explosionswolken, die man auch als punktuelle Sprengwolken bezeichnet, an der Seite des Gebäudes hochlaufend zu sehen sind, ein Phänomen, welches typisch ist für Sprengungen, bei denen vorher platzierte Sprengladungen benutzt werden, um ein Gebäude zu sprengen.

Weiterhin wurden Stahl-Unterstützungen teilweise vaporiert, aber es braucht Temperaturen von über 2500° C, um das zu erreichen, und weder Büromaterial noch Flugzeugbenzin kann solche Temperaturen erzeugen. Die Feuer vom Kerosin aus den entführten Flugzeugen dauerten nur wenige Minuten und die Büroeinrichtung würde innerhalb von 20 Minuten in einer Örtlichkeit abbrennen.

Geschmolzenes Metall in den Trümmern der Word Trade Center mag das Ergebnis von Hochtemperatur-Reaktionen durch einen möglicherweise benutzten Sprengstoff wie Thermit gewesen sein.

Gebäude, welche nicht von Sprengstoffen gefällt werden, haben nicht genügend direkte Energiemengen, die ausreichen, um größere Mengen Metall zu schmelzen.

Von vielfachen, lauten Explosionen in schneller Abfolge wurde durch unzählige Beobachter im Umfeld der Türme berichtet, und diese Explosionen fanden auch weit unterhalb der Flugzeugeinschlag-Zonen statt.

Miller sagt, er würde gern sehen, dass die Regierung die 6.899 Fotos und 6.977 Videosegmente der Einschläge für eine unabhängige Untersuchung öffentlich macht. Er würde ebenso gern ein Stück des geschmolzenen Metalls, welches am Ground Zero gefunden wurde, untersuchen.

John legte die Zeitung beiseite. Er fand, dass dies ein guter Bericht in der „Deseret News“ war, der seine Punkte gut und ausgewogen zusammengefasst hatte. Mit Melinda würde er das schon hinbekommen. Doch schon bald würde ihm seine Recherche viel ernstere Probleme bringen. Doch bevor Johns Probleme so richtig losgingen, gab es erst noch etwas Erfreuliches.

MSNBC rief an. Und zwar zwei Wochen, nachdem seine Studie auf der Webseite der BYU veröffentlicht wurde und drei Tage nach dem Artikel in der „Deseret Morning News“.

Der Anruf kam doch etwas überraschend.

Das Telefon klingelte nachmittags, er war gerade zu Hause.

»Hallo, John Miller hier.«

»Hallo, hier ist Paula Smith, MSNBC Washington, ich arbeite im Redaktionsteam für Tucker Carlsons „Situation Room“.«

John setzte sich erst einmal.

»Ja?«

»Wir sind auf Sie aufmerksam geworden durch einige Zuschauerzuschriften und den Artikel in der „Deseret Morning News“ und möchten Sie etwas fragen. Ähem. Könnten Sie ihre Theorien in maximal fünf Minuten in unserer Sendung erläutern? Vielleicht schon morgen?«

John überlegte nicht lange.

»Gerne!«

Sie verhandelten die Bedingungen. Er würde in das MSNBC-Studio nach Salt Lake City gefahren werden und von dort live zu Tucker Carlson zugeschaltet werden.

Sie sprachen kurz über die Inhalte und er schickte ihr noch das Video von WTC 7, welches er unbedingt zeigen wollte.

Ein Tag später war es so weit. Sie kamen, um ihn abzuholen.

John verabschiedete sich von Melinda, die er dieses Mal gefragt hatte, und wurde mit einem MSNBC-Van ins Studio gefahren.

Dort wurde er noch kurz zurechtgemacht. Mit seinem weißen Hemd und blauen Schlips, dazu seine gute dunkle Hose, hoffte er, einen fernsehtauglichen Eindruck zu machen.

Er wäre tatsächlich live auf Sendung und könnte hunderttausende Menschen gleichzeitig erreichen. Bevor er sich richtig umsehen konnte, hörte er schon die Anmoderation von Tucker Carlson.

»Millionen Menschen haben in Horror die Bilder des 11.09.2001 mit ihren eigenen Augen gesehen, live im Fernsehen. Zwei Flugzeuge krachten in das World Trade Center. Wenige Stunden später stürzten beide Türme ein. Wir begrüßen heute Professor John Miller von der Brigham Young Universität in der Sache. Miller, ein Physikprofessor, glaubt, dass die Hijacker die Türme nicht selbst zum Einsturz brachten.«

Er wurde kurz vorgestellt. Schon stellte Tucker seine Frage.

»Gut, fassen Sie einfach Ihre Theorie zusammen, bezogen auf den einen Satz, den ich gerade in der Intro erklärte, was dem widerspricht, dass wir zu wissen denken, wie diese Türme einstürzten. Ihre Erklärung für das, was geschah, einfach zusammengefasst.«

»Was ich mache, Tucker, ist, Beweise zu präsentieren: Und es geht darum, dass es nachprüfbare Hypothesen sind. Das ist ein großer Unterschied zu einer Schlussfolgerung, und das wollte ich an dieser Stelle klarstellen. Aber um zusammenzufassen, was ich im FEMA-Report und so gelesen habe, die Einstürze dieser Gebäude betreffend, ... ich möchte gerne den Einsturz von Gebäude 7 in einer Minute ansprechen. Es wurde nicht von einem Flugzeug getroffen. Lassen Sie uns das anschauen.«

Tucker unterbrach ihn.

»Die beiden Türme: Die Erklärung war, dass Feuer in den Gebäuden so intensiv war, dass es den strukturellen Stahl schwächte und dass jedes Bodenelement zusammenbrach, wie in einer Pfannenkuchen-Art, und sie fielen in sich selbst zusammen. Das ist, grundsätzlich das, was die Leute denken.«

»Richtig, das ist die grundsätzliche Erklärung, ja. Und was ich gemacht habe, ist, diese Berichte zu analysieren. Ich möchte ein kleines Experiment mit Ihnen machen, wenn ich darf. Ich sendete Ihnen einen Videoclip des Einsturzes von Gebäude Sieben, weil die meisten Leute den Einsturz noch nie gesehen haben, und das ist der springende Punkt meines Arguments.«

»Können Sie bitte schnell Ihre Theorie erklären? Sie glauben, es gab Sprengladungen in den Gebäuden, von jemandem gelegt und gezündet?«

»Nun. Ja.«

»Ist das korrekt?«

»Es gibt zwei Hypothesen hierzu. Die erste lautet, Feuer und die daraus folgenden Schäden veranlasste alle drei Gebäude, einzustürzen.«

»Okay.«

»Die andere ist, dass Explosivstoffe in den Gebäuden den Einsturz verursacht haben könnten. Also analysieren wir und sehen, welche These besser zu den Daten passt! Das habe ich in meiner 25-seitigen Analyse getan.«

»Ich möchte aus einem Zeitungsartikel der „Deseret Morning News", einer Zeitung in Utah, etwas von Ihnen zitieren: „Es ist ziemlich plausibel, dass Explosivstoffe in allen drei Gebäuden platziert waren und nach den zwei Flugzeugabstürzen gezündet wurden, diese waren reine Ablenkungstaktik. Islamisten sind daher vermutlich nicht für die Einstürze der World Trade Center-Gebäude verantwortlich." Das ist für eine Menge Zuschauer ziemlich konfrontierend, was Sie da behaupten. Haben Sie irgendwelche Beweise dafür?«

»Also, dass es nicht die Islamisten waren, möchte ich nicht sagen.«

»Gut, das ist gut.«

»Ich habe viele E-Mails ...«

»Ich bin mir sicher, dass Ihre Texte mit Freuden in Islamabad und Peshawar und anderen Orten begrüßt werden mögen. Aber für Amerikaner ...«

»Also von dort habe ich keine Anmerkungen bekommen, nur von aufrechten, guten Leuten. Ich habe muslimische Freunde. Lassen Sie mich vorlesen.«

Aus der Reaktion von Tucker spürte John, dass der das nicht zulassen würde. Vielleicht war es keine gute Idee. Also versuchte er wieder, WTC 7 in den Fokus zu rücken.

»Aber ich lasse Sie nicht vom Haken. Ich möchte wirklich dieses Experiment mit Ihnen machen.«

»Wir haben nicht viel Zeit für Experimente, Professor. Aber wenn Sie uns eine Sache geben würden, einen Punkt, den wir näher betrachten könnten. Wie – Sie machen diese Behauptungen oder scheinen diese Behauptungen zu machen ...«

»Tucker, sicher, sicher. Lassen Sie uns anfangen mit dem Einsturz von Gebäude Sieben. Können Sie den Videoclip spielen, den ich Ihnen schickte?«

»Okay, ich bin nicht sicher, ob wir das können, aber das ist das World Trade Center Nummer Sieben. Es ist kleiner als die anderen beiden und wurde nicht von einem Flugzeug getroffen.«

»Lassen Sie es laufen.«

»In der Tat ist es eingestürzt.«

»Korrekt. Es war 47. Stockwerke hoch.«

»Richtig.«

»24 Stahlträger im Kern.«

»Richtig.«

»Das Tragwerk asymmetrisch angeordnet. Nun, ich kann nicht sehen, was Sie sehen. Spielen Sie den Clip gerade ab?«

»Nein, wir sehen nur das Gebäude. Und nur, damit unsere Zuschauer es wissen, die offizielle Erklärung, lautet, dass da ein großer mit Diesel gefüllter Tank war, und dieser fing in einem niedrigen Stockwerk Feuer, welches letztlich das Gebäude zum Einsturz brachte.«

»Gut, das ist grundsätzlich die Erklärung, aber wenn wir im FEMA-Report lesen, steht dort, und ich habe dies selbstverständlich in meiner Analyse behandelt: „Die beste Hypothese ...“, die übrigens die einzige war, die sie begutachteten, „... Feuer, habe nur eine geringe Wahrscheinlichkeit. Analysen zur weiteren Untersuchung sind erforderlich, diese Angelegenheit zu klären“, und damit bin ich einverstanden.«

»Okay.«

»Aber sie geben es zu! Dass nur eine niedrige Wahrscheinlichkeit besteht und wenn Sie den Einsturz betrachten, sehen Sie das, was ich studiert habe: die Fallzeit, die Symmetrie, die Tatsache, die es zuerst in die Mitte einknickt. Das nennt man „Kink". Was bei kontrollierter Sprengung sehr charakteristisch ist.«

»Professor, tut mir leid, wir sind aus Zeit heraus …«

»Whoah, eine andere Sache, die ich erwähnen möchte.«

»Wenn Sie es mit wenigen Worten sagen können – sagen Sie es schnell!«

»Okay. In Ordnung. Flüssiges Metall in den Kellern aller drei Gebäude.«

»Richtig.«

»Und doch stimmen jetzt alle Wissenschaftler darin überein, dass die Feuer nicht heiß genug waren, den Stahl zu schmelzen, also woher kommt dieses flüssige Metall? Es ist unmittelbarer Beweis für den Gebrauch von Hochtemperatur-Explosivstoffen, etwa wie Thermit, das flüssiges Eisen als Endprodukt produziert.«

»Okay.«

»Es war nur eine sehr kurze Zeit, aber bitte lesen Sie das Papier, darin schreibe ich über das flüssige Metall, die Symmetrie des Einsturzes und die Schwächen und die Unzulänglichkeiten der Feuerhypothese.«

»Professor, das werden wir unseren Zuschauern überlassen müssen, die interessiert genug an weiteren Infos sind, genau das zu tun. Wir danken für Ihren Besuch, selbst wenn ich ihre Theorien nicht verstehe, wir schätzen Ihre Versuche, sie zu erklären. Danke.«

Da war der Cut.

John war im ersten Augenblick irritiert. Tucker machte weiter mit seiner Moderation.

Aber dann war schon Paula Smith bei ihm.

»Danke für das Interview.«

»Ich habe zu danken«, erwiderte John.

»Frau Smith, sagen Sie bitte, haben Sie nun das Video mit dem Einsturz von WTC 7 gesendet oder nicht?«

»Nicht, dass ich wüsste. Ich weiß aber auch nicht, warum nicht.«

John konnte sich nur wundern. Andererseits hatten möglicherweise über eine Million Leute von den alternativen Theorien gehört und gesehen, wie wenig Interesse daran bestand, den Einsturz von WTC 7 im Fernsehen zu zeigen.

Mit einem merkwürdigen Gefühl war John Miller bei sich zu Hause angekommen. Würde dieses Interview endlich bewirken, dass die alternativen Hypothesen ernst genommen wurden und eine wissenschaftliche Debatte startete? Seine Hoffnungen wurden fast augenblicklich wieder zunichtegemacht.

Am nächsten Tag hatte Tucker Carlson einen Blogeintrag veröffentlicht.

> *Als einer meiner Produzenten das erste Mal über John Miller erzählte, war mein erster Gedanke. Der Mann ist verrückt. Vielleicht ist er das auch. Andererseits scheint er einen guten Job zu haben und einen verantwortungsvoll klingenden Titel. Er lebt nicht in einem Park und schreibt mir keine Mails in Geheimsprache. So verrückt kann er in Wirklichkeit nicht sein. Den Gedanken offener Diskussion geschuldet, hatten wir ihn gebucht. Das war wahrscheinlich ein Fehler. Wenn Sie die Show gestern Abend gesehen haben, werden sie vielleicht mitbekommen haben, wie unangenehm diese sechs Minuten waren. Falls nicht, fasse ich das noch einmal zusammen. Miller war komplett unfähig, irgendeine seiner eigenen Ideen zu erklären. Am Ende des Interviews habe ich keinen Deut mehr verstanden als am Anfang, was er eigentlich sagen wollte. Er war ein episch schlechter Gast. Und doch, und das ist der interessanteste Teil: Er scheint viele Fans zu haben. Die überwiegende Mehrheit der Zuschauer dankte mir für die Courage, ihm Sendezeit gegeben zu haben und beschwerten sich eher, warum wir ihm nicht noch mehr Sendezeit gegeben hatten, um seine Verschwörungstheorie zu*

erläutern. Mit anderen Worten: Eine Menge Leute glauben, dass es möglich wäre, dass die US-Regierung ihre Hände drin hatte, die World Trade Center zu zerstören. Wer so etwas denkt, muss komplett verrückt sein.

Das war absolut bizarr. Anstatt einer wissenschaftlichen Debatte hatte Tucker einfach nur die Schwelle höher gelegt, indem er alle Leute, die Fragen oder Zweifel hatten, als Verrückte diffamierte. Was da inhaltlich über ihn selbst stand, war absurd. Er hatte die wichtigsten Punkte angesprochen. Wenn Tucker nichts verstand, dann, weil er nicht verstehen wollte. Die alternativen Hypothesen schienen sehr starkes Gewicht zu haben. Und nun hatte er Angst – oder wurde zurückgepfiffen. Was John noch nicht wusste – er würde nie wieder in einem sogenannten Mainstream-Medium auf Sendung gehen.

Aber etwas anderes war ihm jetzt viel wichtiger. Tucker hatte von vielen Fans gesprochen. Von Fans zu sprechen war sicherlich übertrieben und das gefiel ihm überhaupt nicht. Das klang nach „Guru". Er aber wollte die Fakten zuerst haben. Unabhängig von Persönlichkeiten. Wobei ihm schon bewusst war, dass sein Titel und sein Wissenschaftsgebiet genau die Expertise brachte, die diesen gewaltigen Stein ins Rollen bringen konnte.

Aber: Es schien eine Menge Leute da draußen zu geben, die ebenfalls ihre Zweifel hatten und diese auch lautstark kundtaten. Das war das erste Mal, dass er von den Leuten hörte, die ihm später seinen persönlichen Schmerz, sein persönliches Leid erträglich machen würden. In den nächsten Monaten würde er förmlich überwältigt werden von der positiven Resonanz innerhalb dieser Gruppe, die man gewöhnlich die 9/11-Wahrheitsbewegung nannte. Sein Postfach würde ständig voller Zuspruch und Dankesbekundungen sein.

Aber gleichzeitig ging die von Dick prophezeite Zersetzung jetzt so richtig los.

Sein Telefon klingelte.

»Hallo?«

»Hallo, David Polter hier. Sind Sie John Miller?«

»Ja.«

»Kann ich kurz stören?«

»Nur zu, Sie stören nicht.«

»Ich bin David Polter, und ich habe Ihren Auftritt bei Tucker Carlson gesehen. Das war brillant. Vielleicht haben Sie auch schon von mir gehört. Ich bin auch Professor ...«

John war nicht sicher, ob er schon von David Polter gehört hatte. Aber er war interessiert, mehr über ihn zu erfahren. Vielleicht würde seine Vision einer Koalition von Wissenschaftlern, die sich der unabhängigen Aufklärung verschreiben würden, ja eines Tages doch noch realisierbar werden.

Schon im nächsten Augenblick schlug David vor: »Wie wäre es, wenn wir uns mal treffen? Wir könnten sicherlich gemeinsam eine Menge auf die Beine stellen. Vielleicht so eine Art „Wissenschaftler für die Wahrheit" oder so gründen?«

John war wie elektrisiert. Da schlug dieser David so ziemlich genau das vor, was er schon die ganze Zeit überlegt hatte.

»Gerne. Ich finde die Idee gut.«

Kurz, nachdem er seine Sichtweisen öffentlich gemacht hatte, ging das Absetzen los.

Während sich bei seinen Vorträgen noch alle aufgrund der präsentierten Fakten der Forderung nach einer neuen Untersuchung anschlossen, wurden nun die Stimmen der Gegner laut.

Als Erstes war das der Vorsitzende des BYU-Bauingenieurswesen, Miller. Schon kurze Zeit später folgte die Fakultät für Physik und mathematische Wissenschaften, die sich auch von seinen Arbeiten distanzierte. Im Wesentlichen war die Kritik überall gleich. Man sagte, dass seine Hypothesen und Interpretationen der Beweislage von Wissenschaftlern und Fachleuten infrage gestellt würden und sie deshalb Zweifel an der Richtigkeit hätten. Und dass es nicht ausreichend sichergestellt war, dass ein vernünftiges „Peer Reviewing", also eine unabhängige wissenschaftliche Begutachtung seiner Arbeit, gegeben hätte.

John nahm sich das mit dem Vorwurf des unzureichenden „Peer Reviewing" sehr zu Herzen und war nun noch mehr bemüht, seine Studienseite einzurichten, die getreu der BYU-Mormonen-Studie eingerichtet werden und auch ein ähnliches Gremium von Wissenschaftlern erhalten sollte, die eingereichte Arbeiten prüften und korrigierten. Diese Arbeiten sollten dann veröffentlicht werden. Er hatte auch schon einen Namen dafür. Das „Journal für 9/11-Studien". Durch seine Arbeit an der Muon'schen Fusion hatte er schon selbst genügend wissenschaftliche Arbeiten geschrieben und wusste, wie so ein Verfahren auszusehen hatte.

Das wäre alles gar nicht so schwer, wenn nur genügend Leute mitmachen würden und sich ein akzeptables Peer Review Team bilden würde.

Nach dem Tucker-Interview hatte sich kein großer Sender mehr bei ihm gemeldet. Dafür ein gewisser Greg Szymanski von einer Webseite namens „Arctic Beacon".

Der hatte daraufhin auch einen kolossal schlimmen Artikel auf seiner Webseite veröffentlicht, der direkt die BYU und die Bush-Regierung beschuldigte, dass es eine Schweigeorder gab. Das brachte John in ernste Schwierigkeiten, so etwas hatte er nie behauptet. Er hatte sich nur darüber gewundert, dass es keine weiteren Interviews mehr gab. Selbst das kam in die Zeitung. Er war plötzlich berühmt. Und dieser Ruhm war schädlich.

Dieses Mal in der „Daily Universe".

Zensurgerüchte übertrieben
Von Roberts McIlvain

Provo. Berichte darüber, dass die BYU-Verwaltung eine Schweigeordner für Professor John W. Miller ausgesprochen hat, sind übertrieben, sagte Miller in einem Telefoninterview am Freitag.

Miller war sogar überrascht zu hören, dass er angeblich zensiert werden würde. Er war auch nicht darüber informiert, dass eine E-Mail im Umlauf ist, in der es heißt, der BYU-Vorsitzende diskreditiert Physikprofessor für die Behauptung, die World Trade Center wären durch kontrollierte Sprengung heruntergebracht worden.

Diese E-Mail zitierte eine „unkonventionelle" Nachrichten-Webseite.

Miller sagte, die einzige Unterhaltung, die er bezüglich seines Artikels gehabt hatte, war die mit dem Vorsitzenden der Fakultät für Physik und mathematische Wissenschaften Earl Woolley.

Miller sagte, der Vorsitzende hätte ihm Tipps gegeben, wie man sich in Interviews verhält, aber ihm wurde nicht gesagt, dass er nicht mit den Medien sprechen dürfe.

„Er erklärte mir, wie er Anfragen der Medien handhaben würde", sagte Miller, ein Professor mit Vollzeitprofessur, dessen kontroversen Recherchen nationales Medieninteresse erweckt hatten.

„Ich traf die persönliche Entscheidung, mich so gut es geht an von Dritten begutachtete Studien und Seminare zu halten, um meine Ansichten zu erklären. Niemand an der Universität hat mir geraten, nicht über dieses Thema zu reden.

Als wir die Uni nach ihrem Standpunkt zu Miller fragten, sagte Woolley:

„Ich respektiere den Veröffentlichungsprozess für wissenschaftliche Studien und da diese meiner Kenntnis nach noch nicht endgültig ist, wäre es unangemessen, einen Kommentar dazu abzugeben."

Die Sprecherin der Uni, Carri Jenkins sagte, alle Entscheidungen bezüglich Millers Recherchen wären ausschließlich vom College zu treffen.

Jenkins sagte, dass Miller auch sie um Rat gefragt hatte, wie man mit den Medien umgehen solle. „Mein Rat an ihn, den ich jedem Professor geben würde: Das Papier nicht zu diskutieren, bevor es veröffentlicht wird. Und das würde ich jedem Professor sagen."

Vor bald drei Wochen hatte Miller eine wissenschaftliche Studie im Internet veröffentlicht, in der er eine Ermittlung zu seiner Explosions-Hypothese forderte und in der es heißt, dass womöglich gelegte Sprengladungen und nicht Flugzeuge für den Einsturz der beiden Twin Towers sowie von WTC-Gebäude 7, einem 47-stöckigen Hochhaus, welches auch einstürzte, verantwortlich sind.

Seitdem hatte der freundliche Physik-Professor einige Interviews in den Medien gegeben mit unabhängigen Netzreportern bis hin zu MSNBC's Tucker Carlson.

Einige Medien waren Millers Hypothesen freundlich gesonnen, andere lehnte diese ab, teilweise drastisch.

Ein Artikel, der auf arcticbeacon.com veröffentlicht wurde, stellt in den Raum, dass BYU-Offizielle Miller davon abhalten würden, weitere Interviews zu geben. Dort heißt es auch: „Kritiker sagen, die Bush-Regierung habe ihre schmutzigen Finger im Spiel und die BYU dazu gezwungen, ihren Professor zum Schweigen zu bringen."

Ein Kolumnist für die Pittsburgh Tribune Review schrieb, „Obwohl Miller nicht der Erste wäre, der eine Hypothese für eine kontrollierte Sprengung brächte, wäre es schwer, sich jemanden vorzustellen, der es noch klarer formulieren könnte."

Andererseits hat der konservative Talk-Show-Moderator Tucker Carlson Miller für die politischen Implikationen seiner Forschungs-Hypothese im nationalen Kabelfernsehen angegriffen.

„Ich bin mir sicher, dass Ihre Texte mit Freuden in Islamabad und Peshawar und anderen Orten begrüßt werden", sagte Carlson zu Miller. „Aber für Amerikaner ..."

Kurz nach diesen Interviews hatte die BYU-Fakultät für Physik und Mathematik einen Kommentar dazu auf ihrer Webseite veröffentlicht, in dem sie Millers Recht zu publizieren, was er wollte, herausstellte, während sie sich gleichzeitig von den aktuellen Recherchen Millers distanzierte.

Dieser Kommentar wurde inzwischen entfernt, aber einen ähnlichen findet man immer noch auf der Fakultätsseite für Ingenieurswissenschaften und Technologie.

„Der Universität ist bekannt, dass John Millers Hypothesen und Interpretationen bezüglich der Einstürze der World Trade Center von einer Menge Wissenschaftler und praxisnahen Ingenieure hinterfragt werden, darunter viele der BYU-eigenen Fakultät", heißt es dort in Auszügen.

Professor Millers Abteilungs- und College-Kollegen sind nicht überzeugt, dass seine Analysen und Hypothesen ausreichend an verschiedenste relevante Wissenschaftsmagazine verschickt worden sind, was sicherstellen würde, dass ein rigoroses technisches Begutachten erfolgen könnte.

„Die strukturelle Ingenieurswissenschafts-Fakultät im Fulton-College für Ingenieurswissenschaft und Technologie unterstützt die Hypothesen von Professor Miller nicht."

Als wir diese auf einen Kommentar ansprachen, hieß es dort von den Professoren John Benzley und Rick Balling, sie würden die auf ihrer Webseite veröffentliche Kritik weiterhin so, wie geschrieben unterstützen.

Balling sagte, er und Benzley hätten mehr als einmal Gelegenheit zu Kontakt mit Miller gehabt, indem sie mit ihm einen Dialog über technische Details seiner Recherche erörterten.

Aber wiederholt sagte Jenkins, dass andere Offizielle der Universität, die strukturelle Fakultät oder das College für Ingenieurswissenschaften und Technologie die Entscheidung nicht beeinflussten, ob diese Millers Arbeit widerlegen wollten oder nicht.

Sie betonte, die College-Offiziellen haben ihren Kommentar als Antwort auf Medienberichte geschrieben, wonach Millers Kollegen als „Quintessenz Vertrauen in seine Hypothesen hatten."

„Tatsächlich", so Jenkins, „hat die Fakultät die weitere Forschung in diesem Gebiet nicht unterstützt, und deswegen sind sie besorgt über Fehlinterpretationen durch die Medien."

Am 22. September, bevor Miller mit seinen provokativen Vorschlägen an die Öffentlichkeit gegangen war, hatte der ein Seminar für das Kollegium der Fakultät für Physik und Astronomie gehalten. Nach dem Seminar waren alle mit einer einzigen Ausnahme mit Miller einig, dass weitere Untersuchungen notwendig wären. Selbst dieser Kollege gab am nächsten Tag seinen Widerstand auf.

In einem Interview vom 11.November bekannte Physik-Professor Harold Stokes, eines der Fakultätsmitglieder, welches das Seminar besucht hatte, dass die Sprengungshypothese „sicherlich einige interessante Fragen aufwirft und dass Millers Behauptungen überzeugend seien."

Jedoch räumte er auch ein, wie viele seiner anderen Kollegen, dass er nicht die technische Expertise hätte, um Millers Behauptungen ordentlich zu begutachten.

In einem Versuch, die Verwaltung und andere zu überzeugen, ergänzte Miller, er hätte seine Studie noch einmal überarbeitet und an ein anderes Journal zu einem weiteren „Peer Reviewing" geschickt.

Er fühle sich ein wenig enttäuscht, dass einige seiner Kollegen den Peer Review-Prozess, welches sein ursprüngliches Papier erfolgreich durchlief, nun infrage stellten.

> „Meine Studie wurde begutachtet und für eine Veröffentlichung akzeptiert, bevor es im Netz mit der Zustimmung des Webseiten-Verantwortlichen veröffentlicht wurde. Die Gutachter waren ein Physiker und ein Ingenieur, so weit mir bekannt. Das Review wurde bis jetzt nicht technisch bemängelt und ich bin guter Dinge, dass alles seine Ordnung hat." Er sei bereit, seine Studie auch einer weiteren Veröffentlichung zu unterziehen, und habe vollstes Vertrauen, dass es das „Peer Review" auch ein zweites Mal bestehe.

Aus diesem Desaster heraus nahm er sich vor, nur noch wirklich erstklassigen Medien Interviews zu geben und ansonsten seine Forschung und Analysen für sich sprechen zu lassen. In dieser Sprache kannte er sich aus, Wissenschaft konnte man nicht so verdrehen wie Wörter.

Im Dezember hatten sie schließlich die „Wissenschaftler für die Wahrheit zum 11.09.2001", oder kurz „ST911" gegründet. David Polter und er. Eine weitere Professorin war gleich von Anfang an Vollmitglied. Dr. Julia Brown. Mittlerweise waren es knapp 70 Wissenschaftler, die sich ihnen angeschlossen hatten. Davon viele John persönlich Bekannte, die er über die Uni oder durch seine Vorträge dazu bewegen konnte, sich der Organisation anzuschließen. Und es wurden täglich mehr. Was erfreulich war. David Polter war im Augenblick alleiniger Direktor, John hatte abgelehnt, sich da mehr einzubringen, solange er noch an der BYU derart unter dem öffentlichen Fokus stand. Sie hatten schon einige Studien eingereicht bekommen. Eine derjenigen, die man dort begutachtete, war seine eigene, bei der er natürlich keinen Einfluss auf das Peer Review-Verfahren hatte. John war mittlerweile bei der sechsten überarbeiteten Version, immer wieder ergänzte er Kleinigkeiten, formulierte er Wörter um, sodass eine wissenschaftliche Unschärfe und Distanz erkennbar wurde und er ließ konsequent alle spekulativen Dinge weg. Er fand sich selbst auf einem guten Weg, bald eine endgültig veröffentlichungsreife Studie in der Hand zu haben.

Doch dann gab es einen merkwürdigen Zwischenfall.

Das Telefon klingelte und ein aufgeregter David Polter war dran.

»John, sie haben Michael Jenkins erschossen!«, rief er laut ins Telefon.

John setzt sich erst einmal.

»Michael wen? Wer ist das?«

»Er ist ...«

David schluckte.

»Er war ein studentisches Mitglied der ST911, wurde auf offener Straße in Minneapolis erschossen.«

John brauchte eine Zeit, um die Fakten zu verstehen. David Jenkins studierte an der Uni, an der Dr. Julia Brown lehrte, und erschossen wurde er, wo David Polter lehrte. War das eine Drohung? Oder Zufall? Und seit zwei Monaten war er Mitglied in ihrer Organisation, als angeschlossener Student.

Dann ließ John sich erzählen, wie genau es passiert war. David las aus einer lokalen Zeitung vor. »Michael Jenkins, seine Mutter, seine Schwester und eine Freundin kamen von einem Abendessen, als sie von drei Männern aufgehalten wurden. Man verlangte ihre Geldbörsen. Sie gaben sie ohne zu zögern heraus. Und dennoch, anscheinend völlig unmotiviert, schoss einer der Männer Michael in den Kopf. Er sei sofort tot gewesen. Die Polizei nahm zwei Tatverdächtige fest, ließ diese aber wieder laufen.«

»Unmotiviert? Ist das sicher? Selbst wenn, kann es immer noch ein Zufall sein!«

»Vielleicht. Aber wie schrecklich! Tot! Und das in dem Alter!«

»Ja, traurig! Wir sollten vorsichtig sein, was die Meldung seines Todes und unsere Sache angeht. Wenn Gerüchte aufkommen, dass es wegen seiner Recherchen war, würde uns das noch mehr Schwierigkeiten machen.«

»John, Michael war an der Clemson Uni in South Carolina, wo auch Julia unterrichtet. Er war laut ihren Angaben nicht in ihrem Kurs und hatte bis vor wenigen Monaten nichts mit dem 11.09.2001 zu tun, sei dann aber durch Zufall über ihre Webseiten gestolpert und dann ziemlich aktiv geworden. Hatte eine Jugendgruppe gegründet, Flyer verteilt, hätte begonnen, sich zu vernetzen. Vielleicht hat es damit doch etwas zu tun? Ausschließen können wir es nicht. Wir müssen immer für alles offen bleiben.«

John war anfangs geschockt. Aber aufhören würde er nicht. Selbst, wenn das wirklich eine Drohung war. Nur David Polters Wirken würde für ihn mit der Zeit immer problematischer werden.

Kapitel 7 Welten brechen

7.1 Schachfiguren dunkler Mächte

Patrick machte sich direkt auf zur Adresse von Sakher Taleb. Samstags war es kein unmögliches Unterfangen, nach Brooklyn zu kommen. Statt Gebühren für den Battery Tunnel zu zahlen, entschied er sich für die gute alte Brooklyn Bridge. Er fuhr darüber und versuchte, kurze Blicke auf den New Yorker Hafen zu erhaschen.

Wegen Denko hatte er noch nichts herausbekommen, erwartete aber noch einen Anruf.

Er fuhr nach Süden, bis er in die 89. Straße einbog. Es war eine Einbahnstraße und je weiter er fuhr, desto besser wurde die Wohngegend.

Nicht schlecht, Rocky! Die Geschäfte scheinen zu laufen.

Die Adresse des Hauses hatte er schnell gefunden, einige Hausnummern waren auch vom Auto aus gut zu lesen, sodass er das Auto nur ein paar Meter entfernt parken konnte.

Das Haus war ein typisches New Yorker Zweifamilienhaus, ohne Abstand zwischen die anderen Häuser in die Reihe eingebaut, Baujahr etwa in den 50ern.

Bestimmt gab es auf der Rückseite kleine Gärten. Vor dem Haus war auch ein drei Meter breiter grüner Gartenstreifen mit ein paar vereinzelten Blumen. Alles in allem ein sehr hübsches Häuschen, in dieser Lage bestimmt nicht unter 600.000 Dollar zu haben. Patrick rechnete gedanklich die Miete hoch und kam auf rund 3.000,- Dollar, also sogar teurer als seine Wohnung. Wobei es hier sehr wahrscheinlich mehrere Wohneinheiten gab.

Er ging den Weg und die Treppe zur Tür hoch. Tatsächlich waren zwei Namen angeschrieben. S. Taleb und M. Taleb. Also eine Familienangelegenheit.

Er klingelte bei S. Taleb.

Nichts passierte.

Nach einer halben Minute klingelte er nochmals.

Wieder passierte rein gar nichts, es gab auch keinerlei Geräusche.

Da er schon mal hier war, versuchte er es nun auch bei M. Taleb.

Es rumpelte und jemand fluchte, also war M. Taleb zuhause.

Jetzt bloß keinen Fehler machen, falls das wirklich Kriminelle waren!

Die Tür ging auf und ein etwas verschlafen dreinblickender Typ namens M. Taleb, der nach Naher Osten aussah, vielleicht Ägypten oder Jordanien, machte die Tür auf.

»Guten Tag. Ich heiße Vernon Smith und wollte zu Sakher Taleb.«

Und nach einer kurze Pause: »Kann ich ihn sprechen?«

»Nein, Mann. Scheiße! Sie haben mich aufgeweckt. Ich bin Abdelmuhsen Mahmid Taleb, Rocky, äh, Sakher ist mein Cousin. Und der ist nicht da, macht samstags mittags immer die Einkäufe, Mann.«

»Oh, Entschuldigung«, flötete Patrick. Da habe ich wohl falsch geklingelt.«

»Mann, nu' ist eh egal. Was wollnse denn von Rocky?«

Nun bloß nichts falsch machen.

»Ich bin hier in New York für ein paar Wohneinheiten verantwortlich und brauche einen guten Sanitäranlagenbauer. Denko hat mir Rocky empfohlen. Leider ist seine Telefonbox voll und erreichen konnte ich ihn die letzten Tage auch nicht.«

»Äh, ja, Arbeit, Mann, können wir immer gebrauchen. Das ist aber Rockys Sache. Er ist der Chef. Wissen se, irgendwie müssen wir die Knete ja auch aufbringen, um unseren amerikanischen Traum hier zu bezahlen. Soll ich Rocky was ausrichten oder hamse ´ne Karte, Mann?«

Seine Karte? Besser nicht.

»Ich schreib' Ihnen meine Telefonnummer auf, ja?«

»Is' gut.«

Patrick schrieb eine Nummer auf, die ihm gerade einfiel.

»Er soll mich anrufen, wenn er Interesse hat. Wie gesagt, Denko hat ihn mir empfohlen.«

»Lassen se' das mit dem doofen Typen Yordenko lieber unerwähnt. Der Sack hat unsere letzten Rechnungen noch nicht bezahlt. Wenn se ihn sehen, sagen se ihm, dass er gefälligst die Arbeit auch zu bezahlen hat, die wir für ihn machen, Mann!«

Patrick schluckte unauffällig.

Er bedankte und verabschiedete sich, und Abdelmuhsen ließ die Tür schwer ins Schloss fallen.

Eine Gratwanderung war das gewesen, aber erfolgreich. Er wusste jetzt, dass er nach einem Mr. Yordenko, nicht Denko suchen müsste. Was seine Erfolgschancen bestimmt drastisch verbessern würde.

Wenn dieser Abdelmuhsen seinem Cousin etwas erzählen und dieser versuchen würde, ihn anzurufen, könnte er vielleicht stutzen, weil die Nummer nicht stimmte. Und wenn Abdelmuhsen ihn so gut beschreiben würde, dass Rocky ihn wegen des Treffens vor ein paar Tagen identifizieren könnte, würde dieser sich bestimmt aus Angst nicht melden. Falls da doch noch was nachkommen sollte, müsste er einfach nur die Hosen ´runterlassen und diese Typen allesamt auffliegen lassen.

Sobald er im Auto war, griff er zu seinem Telefon.

»Hallo, Cathy. Ja, danke, für deine Hilfe. Gab gerade eine kleine Planänderung. Ich suche einen Yordenko, nicht Denko. Y O R D E N K O«, buchstabierte er.

»Hast du da was?«

»Patrick, du weißt doch, für dich mache ich fast alles. Hier ist es. Yordenko, Sergei. Wohl ein Russe. Wohnhaft in Ltd, 232 E 26th Street. Manhattan. Ist er das?«

Cathy arbeite beim Einwohnermeldeamt. Man konnte nie wissen, wofür man seine Kontakte brauchte, deswegen hatte er ihr so lange Geschenke gemacht, bis sie ihm keinen Gefallen mehr ausschlug.

»Nur dieser Eintrag? Dann wird er es wohl sein. Super! Danke, du bist ein Schatz. Ich werde mich erkenntlich zeigen.«

»Patrick, das brauchst du doch nicht, es reicht mir schon, wenn wir mal wieder zusammen ausgehen«, sang sie beinahe in sein Ohr. Sie hoffte wohl immer noch, dass mehr aus ihnen werden könnte, wenn sie sich nur mal wieder verabreden würden.

»Okay, Schatz, kein Problem.«

Wie immer hatte er mit seinem Charme gespielt und seine Infos bekommen. Nun würde er sich gleich wieder zurück nach Manhattan aufmachen. Die Adresse war gar nicht weit entfernt von seiner Wohnung. Also würde er diesen Sergei Yordenko mal einen Besuch abstatten. Dieses Mal, dass spürte er, musste er noch viel vorsichtiger sein und verdammt gut aufpassen.

Er bog wieder auf die Hauptstraße, die zurück nach Manhattan führte.

Eine halbe Stunde später war Patrick in der 232. Straße angekommen. Während vorhin in Brooklyn Mehrfamilienhäuser das Bild bestimmten, waren es hier, typisch für diesen Teil von Manhattan, mindestens fünf- bis sechsstöckige, hauptsächlich als Wohnhäuser genutzte Blocks, in denen höchstens im Erdgeschoss kleine Geschäfte untergebracht waren.

Schon bald hatte er das Haus entdeckt. Hier standen vereinzelt Bäume am Straßenrand, dieses Mal parkte er seinen Buick LeSabre weiter weg vom Zielort, im Schatten eines dieser Bäume. Ein Wunder war es, dass er jetzt schon zweimal in Folge sofort einen Parkplatz gefunden hatte.

Er stieg aus und wechselte auf die linke Straßenseite. Drei Häuser zurück lag das Gebäude, in denen dieser Yordenko wohnte. Es war ein rotes Backsteingebäude, eher Stil der 60er Jahre. Er stieg den dreistufigen Treppenabsatz hinauf und studierte die Schilder.

Da war es! „Denko Mechanical Ltd.“ stand auf einem Namensschild. Die Klingel daneben war defekt, der Knopf fehlte.

Patrick wunderte sich. Der Firmensitz und die Privatadresse waren identisch. Was für eine Firma könnte das sein, die hier in einem Wohnhaus ihre Geschäftsräume hatte? Eine Tarnadresse? Und eine nicht intakte Klingel? Und wieso eine „Ltd.“, eine für die USA doch eher ungewöhnliche Betriebsform? Das klang eher nach irgendeiner Südseeinsel.

Es wurde immer mysteriöser.

Nun stand er schon einige Sekunden vor der Tür und musste sich schnell etwas überlegen, wie er da reinkommen könnte. Also drückte er einfach eine andere Klingel, ein Summen ertönte, die Türblockade war entriegelt. Er schlüpfte in das Gebäude und drückte sich in den Kellerabgang.

Kurz darauf hörte er Gepolter im Treppenhaus und Flüche.

»Verdammte Arschlöcher. Wenn ich den erwische, der mich ´rausgeklingelt hat ...«

Dann fiel eine Tür zu.

Er schnaufte durch. Jetzt war er immerhin schon mal drinnen.

Nun noch das richtige Appartement finden! Er las etwas von Nummer 18. Also vermutlich erster Stock. Er ging die Treppe hoch und versuchte, so normal und beschäftigt auszusehen, wie irgend möglich. Niemand kam ihm entgegen. Die meisten Bewohner würden wohl die Fahrstühle benutzen. Dann war er im ersten Stock.

Hier war ein PVC-Belag verlegt, der seine besten Jahre lange hinter sich hatte.

Nach einer kurzen Suche fand er die Nummer 18. An der Holztür stand tatsächlich „Denko Mechanical Ltd.“ auf einem glanzpolierten Messingschild. Er war richtig. Und die Tür stand einen Spalt offen. Patrick hielt inne und lauschte. Nichts war zu hören!

Niemand mehr da?

Er überlegte. Da hineinzumarschieren könnte ein enormes Risiko darstellen. Er war nicht mehr beim FBI, einen Durchsuchungsbefehl würde er eh nicht bekommen. Andererseits war das eine Chance, vielleicht irgendetwas Greifbares herauszubekommen.

Bevor seine Gedanken zu viele Gründe liefern konnten, es nicht zu tun, hatte er schon gehandelt, sich ´reingeschlichen und die Tür wieder angelehnt.

Er hatte schon Angst, dass sie knarren würde wie in einem schlechten Film, aber sie schwang absolut lautlos.

Es war dämmrig, das Licht war aus, aber es kam genug durch die Fenster. Gepackte und leere Umzugskartons standen herum. Das meiste Interieur war schon ausgeräumt. Und Möbel oder Tische gab es schon gar nicht mehr. Er schlich zum Fenster. War vielleicht gerade eine Räumaktion zugange? Er schob die Gardine etwas zur Seite. Tatsächlich bog gerade in diesem Augenblick ein LKW um die Ecke, mit der Aufschrift „House Moving Operations.“ Ein Umzugsunternehmen. Er musste schnell weg. Das war ihm sofort klar. Wer auch immer hier umzog, würde gleich die Treppe hochkommen. Auf einmal hörte er ein Geräusch.

Verdammt. Dachte er nur. *Zu spät.*

In dem Augenblick stand ihm schon eine Person gegenüber.

Was jetzt? Der Typ hatte einen russischen Einschlag, seine Gesichtsform, hoch und kantig, würden manche als kaukasisch beschreiben. Patrick war sich augenblicklich sicher, dass es sich um Mr. Sergei Yordenko handeln müsste.

Patrick beschloss, sofort die Initiative zu ergreifen.

»Halt, FBI. Bleiben Sie stehen!«

Wobei er so tat, als ob er seine Dienstwaffe ziehen würde.

Ohne zu zögern, drehte sich Yordenko um und rannte Richtung Tür. Er hatte ca. sechs Schritte Vorsprung, und bevor Patrick reagieren konnte, war er schon durch die Tür hindurch.

»Verdammt!« Dieses Mal rief er es laut aus und spurtete hinterher. Wer so reagierte, hatte bestimmt Dreck am Stecken.

Bei einer Flucht war der Flüchtende stets im Vorteil. Auch, wenn man gemeinhin denken könnte, dass der Verfolger den Flüchtenden ständig im Blick hatte, während es andersrum immer ein Umdrehen kosten würde, um den Verfolger auszumachen, war die große Gefahr dabei, aufgelauert zu werden, in dem Augenblick, wo man mal keinen Blickkontakt hatte. Und den hatte er nicht. Nicht mal eine Waffe. Hätte er sie bloß noch! Dann wäre ihm wohler gewesen, als er seinen Kopf aus der Tür steckte in beide Richtungen. Es war nichts zu sehen.

Also gut, Patrick. Du hast dein Leben schon fast gelebt.

Das hier ist zwar kein Kindergeburtstag, aber hier musste er einfach hinterher. Er lief in Richtung Treppenhaus und, zum Glück, niemand schoss auf ihn. Dort angekommen, lauschte er. Schnelle Schritte schienen sich nach oben zu entfernen.

In diesem Augenblick hörte er den Fahrstuhl. Ping. Das Zeichen dafür, dass der auf diesem Stockwerk halten würde.

Oh, nein!

Die Anderen, im Umzugswagen. Das müssten sie sein. Er wurde anscheinend alt. Schon ging die Tür auf. Er schaffte es gerade noch, ins Treppenhaus zu flüchten und die Tür nicht laut zufallen zu lassen.

Was nun?

Vor ihm und hinter ihm lauerte Gefahr. Also rauf nach oben. Da war nur eine Person und diese befand sich eh schon auf der Flucht vor ihm.

Nach vier Stockwerken war er schon schwer atmend beim Dachausgang angekommen, der gemäß den Sicherheitsbestimmungen für Brände ordnungsgemäß geöffnet war. Einen kurzen Augenblick vorher hatte er diese Tür gehört. Yordenko war offensichtlich hier hinaus auf das Dach.

Er folgte ihm. Hier draußen sah es aus wie in vielen New Yorker Gebäuden. Etwas Haustechnik, ein Tank, ein Trafo, Satellitenschüsseln, dazu noch ein kleines Gebäude – ein ziemlich unübersichtliches Gelände.

Zurück konnte er nicht. Und doch musste er hier irgendwie weg. Aus einer Verfolgungsaktion musste er unauffällig seine eigene, sichere Absetzung machen.

Bloß wie?

Er hörte auf der Rückseite des Gebäudes Metall klingen. Schritte.

Die Feuerleiter. Fast jedes Gebäude hatte eine solche Leiter auf der Hofseite, um im Brandfalle evakuiert werden zu können. Richtig belastet ging diese runter bis zum Boden, unbenutzt hing diese auf Höhe des zweiten Stocks, sodass sich niemand unbefugt von unten Zutritt verschaffen konnte.

Yordenko war schon fast unten. Noch wenige Augenblicke, und Patricks Fluchtwege wären abgeschnitten, spätestens, wenn Yordenko die anderen Männer im Umzugswagen informiert hätte. Und blitzte da nicht ein Handy an dessen Ohr?

Doch dann lief dieser Yordenko um eine Ecke.

Er schien nicht daran interessiert, Patrick zu stellen. Nach kurzem Überlegen fiel ihm ein, warum. Der wusste ja gar nicht, dass er alleine und kein FBI-Agent war, sein Auftreten war wohl überzeugend wie eh und je.

Das war vielleicht die Gelegenheit. Patrick hüpfte auf die Feuerleiter und lief so schnell er konnte herunter.

Yordenko war nicht zu sehen. Er strich sich seinen Anzug zurecht und ging in Richtung Osten aus der Gasse hinaus.

Nun erwies es sich als Glücksfall, dass er den Wagen etwas abseits geparkt hatte. Er setzte sich hinein und atmete erst einmal tief durch.

Dann ließ er den Motor an und fuhr weg. Er war sich relativ sicher, diese Situation überstanden zu haben, war sich aber auch im Klaren, dass es pures Glück gewesen war. Er musste sich noch bewusster machen, dass er nicht mehr der Jüngste und auch nicht mehr beim FBI war.

Nun rief er das FBI an, nachdem er zehn Blocks hinter sich hatte und zur Sicherheit noch ein paar Mal abgebogen war, um zu beobachten, ob man ihm folgte, was aber nicht der Fall zu sein schien.

Beim FBI war Patrick auf Granit gestoßen. Nicht, weil man ihm nicht helfen wollte. Sondern weil es weder über Denko oder Yordenko noch über „House Moving Operations“ Akten gab. Er sah von einer Anzeige ab, da er sonst hätte erklären müssen, was er dort in der Wohnung gemacht hatte. Hier würde er andere Wege beschreiten müssen, um weiter zu kommen. Beispielsweise Informanten kontaktieren, die ihrerseits andere Informationsquellen hatten.

Es war mal wieder Zeit für einen seiner Anrufe bei einer Quelle, die mehr wusste, als alle anderen, inklusive FBI und NSA: ENSIC verfügte über ein Programm, das alle vier Sekunden zwei Millionen Dokumente durchgehen konnte und dabei einen ganz speziellen Such-Algorhythmus benutzte. Patrick war nicht wirklich sicher, ob das alles legal war, aber er hatte auch nicht vor, eine offizielle Anfrage zu stellen. Denn er wollte seine Kontakte dort „nur“ spielen lassen und jemanden an der Quelle höflich bitten, ihm zu helfen. Und zwar Janine Quintley. Eine seiner vielen Bekannten und Helfer. Sie war von großem Nutzen, da sie seit ein paar Jahren mit diesem Programm arbeitete. Wenn es irgendwo auf dieser Welt etwas zu „House Moving Operations“ gab, dann musste dieses Programm es ausspucken. Und es musste einfach etwas geben, auch wenn das FBI keine Informationen hatte. Irgendwo würde die Firma registriert sein, Steuern zahlen und so weiter. Auch wenn es Samstag nachmittags war, Patrick war sich sicher, sie zu erreichen. Tatsächlich nahm sie schon nach dem ersten Klingeln ab.

»Hallo, Janine.«

»Oh, höre ich da eine vertraute Stimme?«

»Klar. Ich bin's. Ich weiß - ich habe mich zu lange nicht gemeldet.«

»Ach Patrick, das stimmt doch gar nicht. Ich kenne dich schließlich! Was gibt es?«

Janine kannte ihn wirklich.

»Äh, ich habe hier einen Fall, der ...«

Sie ließ ihn nicht ausreden.

»Du bist doch gar nicht mehr beim FBI, habe ich die Vöglein zwitschern gehört.«

Sie war wirklich im Bilde.

»Stimmt! Das hat auch mehr mit meinem neuen Job zu tun.«

»Ich weiß ja. Du würdest dich nicht melden, wenn es nicht wirklich dringend und äußerst wichtig wäre. Also, schieß‘ los!«

»Also der Fall: Ich brauche Infos zu „Housing Moving Operations“. Kannst du das mal in dein kleines Programm eingeben? Das FBI hat keine Einträge dazu.«

»Patrick, ich brauche dich nicht dran zu erinnern, dass es illegal ist, was du von mir verlangst und es uns beiden enorme Schwierigkeiten bereiten kann?«

»Nein, das musst du nicht. Also?«, drängte er.

»Klar, läuft schon durch. Warte eine Minute.«

»Wie geht's sonst so?«

Janine hatte sich vor einigen Jahren von ihrem langjährigen Freund getrennt und, soweit er wusste, seitdem noch nicht neu liiert.

»Frau schlägt sich so durch. Mein Job hält mich am Leben – da habe ich was!«

Patricks Neugier war grenzenlos.

»Was? Erzähl schon!«

»Deine „Housing Moving Operations“ hat letztes Jahr 50.000,- Dollar vom Vater Staat bekommen. Die Akten sind alle als geheim eingestuft. Oha.«

»Wie bitte?!«

»Deine Firma scheint eine Tarnfirma zu sein.«

»Wie kommst du darauf?«

»Das kann ich an der Steuernummer erkennen.«

»CIA?«

»Nein.«

»NSA?«

»Nein, sieht aus wie ein ausländischer Dienst.«

»Seit wann operieren ausländische Dienste hier in den USA und bekommen dafür Geld aus Washington?«

»Tja. Muss ein befreundeter Dienst sein. Mehr kann ich leider nicht herausfinden.«

»Du hast mir schon sehr geholfen.«

»Ach, eine Info habe ich hier noch. Eingetragen ist die Firma auf einen Dominik Suker. Und die Firmenadresse ist in New York, gleich bei dir um die Ecke. West 50. Street.«

»Vielen Dank, liebe Janine. Ein dicker Kuss für dich.«

»Ich danke Ihnen für Ihren Anruf. Auf Wiederhören.«

Patrick runzelte die Stirn, da hatte sie schon aufgelegt.

Etwas sagte Patrick, dass Janine nicht ohne Grund auf diese Förmlichkeit umgeschaltet hatte. Vielleicht war jemand in den Raum gekommen und sie musste vorsichtig sein.

Ein befreundeter Dienst? Diese Sache wurde langsam verdammt merkwürdig und vielleicht auch gefährlich. *Vielleicht war da etwas Größeres dahinter?*

Eigentlich hätte er davon durch seine Position beim FBI wissen müssen.

Er zermarterte sein Gehirn, was das zu bedeuten hätte und nahm sich vor, auch der Adresse von diesem Suker einen Besuch abzustatten. Nur heute würde es nichts mehr werden. Heute war er schon zu lange von zu Hause weg. Noch länger, und Mel würde richtig Ärger machen. Denn heute Abend waren er und Mel auf eine Hochzeit in der Plaza eingeladen, und da sollte er schon rechtzeitig zuhause sein. Da ein FBI-Kollege heiraten wollte, würde er dort eine Menge alter Kollegen und aktueller Cops treffen. Vielleicht ließ sich dort noch mehr herausfinden.

Und am Sonntag würde er erst seinen Kater ausschlafen, bevor er sich wieder auf die Spur machte. Die Zeit lief ihm davon.

7.2 CNN: New York, 11.09.2001, 9.58 Uhr

Live-Bild: Verqualmtes New York.

Breaking News:

Zwei Flugzeuge crashen ins World Trade Center

»Wow, Jamie. Ich muss Sie kurz unterbrechen. Es gab gerade eine schwere Explosion, massive Rauchwolken steigen auf ... und ich kann Ihnen sagen, dass ich den zweiten Turm nicht mehr sehen kann ... es gab eine Kaskade von Funken und Feuer, und nun sieht es fast aus wie ein Atompilz. Schwere, sich ausbreitende Rauchwolken, es war der zweite Turm, der getroffen wurde. Und ich kann ihn in all dem Rauch nicht mehr sehen. Sie wahrscheinlich auch nicht. Der erste Turm hat sich nicht verändert. Wir sehen diese außergewöhnliche und beängstigende Szene hinter uns. Der zweite Turm vollkommen eingehüllt in Rauch. Was dahinter ist ... kann ich Ihnen nicht sagen. Schauen Sie sich das an! Das ist vielleicht die schrecklichste Szene, die Sie jemals sehen werden!

...

Was die zweite Explosion war, die ... den zweiten Turm betraf, der Südturm, er ist offensichtlich eingestürzt. Wir wissen noch nicht, ob es an dem Flugzeugcrash lag oder irgendetwas anderes dort passierte. Wir arbeiten daran.

Was wir Ihnen sagen können: In den letzten zwei oder drei Minuten passierte ein zweites oder drittes technisch außergewöhnliches Ereignis hier in Manhattan. Sie können sehen. Diese außergewöhnliche Rauchwolke. Ah, das ist, oder war, zumindest, der zweite Turm des World Trade Centers.

Vielleicht drei oder vier Minuten ist es her, da konnte man von unserem Standpunkt aus das zweite Gebäude sehen, welches etwas südlich von dem anderen steht. Aber man kann es nicht mehr sehen, es ist bedeckt von Qualm. Eine große Rauchwolke kommt auch immer noch aus dem ersten Turm, in den das erste Flugzeug gegen 8.45 Uhr einschlug.

Ähm.

...

Wo wir dabei sind, wir können Ihnen jetzt ein Band zeigen, wo man die zweite Attacke – oder die zweite Explosion, die um ca. 9.15 Uhr passiert ist ...

Da können Sie das Flugzeug sehen. Ein Flugzeug fliegt heran. Wir haben einen Bericht über eine entführte American Airlines Boeing, es flog direkt in den Südturm. Und dann Boom! Sie können sehen, wie das Feuer vorne rauskommt, auf der Nordseite des Gebäudes, ich denke es war die Nordostseite des Gebäudes, und dann, gerade erst vor einigen Minuten, gab es eine andere Explosion, oder aber vielleicht keine Explosion. Vielleicht sind Teile des Gebäudes einfach eingestürzt. Das war, was wir sahen. Oder gerade ansehen. Wie Rauch ganz Manhattan verdunkelt. Bis zum Ende von der Manhattan-Insel, wo man noch hinkommt.

Der Handels- äh der Sears Tower in Chicago wurde ebenfalls evakuiert und wir versuchen, die Umstände dort zu checken.

Das Pentagon, das State Department, das Weiße Haus wurden ebenfalls evakuiert ... und der Präsident ...

Wir können Ihnen jetzt zeigen, was vor einigen Augenblicken am World Trade Center passierte. Schauen Sie sich das Gebäude links an, was leicht hinter dem anderen steht. Das ist nur einige Minuten her.

Wir wissen nicht, ob da irgendetwas passierte, eine andere Explosion, oder ob das Gebäude so geschwächt war. Es ist einfach eingestürzt.«

...

»Aber ...«

7.3 Eine unfassbare Wendung

Sie rannten hinüber zum WTC 7. Überall standen Trauben von Menschen herum und zeigten mit angstverzerrten Gesichtern auf die brennenden Türme. Patrick sah kurz hoch. Die beiden Türme brannten immer noch, wenn auch nicht viel Feuer zu sehen war. Mehr dunkle, rußige Qualmwolken. Seine fitteste Zeit lag einige Jahre zurück, jedes Kilo lastete auf ihm, sein Herz pochte wie wild. Grosser war offensichtlich besser trainiert und schon etliche Meter vor ihm und die Distanz vergrößerte sich ständig. Sie liefen nun durch die Häuserschlucht zwischen dem „US Customs House“ und dem „Northeast Plaza“-Gebäude entlang, zwischen den beiden kleinen Nebengebäuden im Norden der Türme hindurch. Dann rüber über die heute leere „Vesey-Street“. Und dann waren sie endlich beim WTC 7 angekommen.

Sie sahen dort eine Gruppe Feuerwehrleute, die links vom Haupteingang angestrengt nach oben sahen.

Dort oben im achten Stock war ein Fenster aufgeschlagen. Ein Mann mit dunkler Hautfarbe steckte seinen Kopf heraus. Er rief runter. »Es ist so heiß hier, wir lassen uns an dem Feuerwehrschlauch hinunter.«

»Machen Sie das nicht, der wird sie nicht halten!«, schrie der Feuerwehrmann zurück.

Was hatte das zu bedeuten? Wieso waren auch hier Menschen eingeschlossen?

Würden sie überhaupt zum OEM in der 23. Etage kommen können?

Im nächsten Augenblick schon waren sie in der Lobby des WTC 7.

Dort standen gleich an der Tür drei Menschen beieinander. Einer war Notfalleinsatzleiter Jon Saluggia, den Patrick kannte. Arnold lief sofort zu ihnen hin und redete auf sie ein, Patrick war wegen seiner schlechteren Kondition zwischenzeitlich über 20 Meter zurückgefallen und es dauerte einige Augenblicke, bis er die Gruppe erreicht hatte. Laut Namensschild war der andere Mann der zweite Direktor der Notfallmanagement-Behörde OEM, Richard Rondstedt. Patrick war zunächst nicht in der Lage, zu sprechen, so sehr war er außer Atem.

Jon Saluggia hatte Arnold aufmerksam zugehört und reagierte sofort. Er nahm sich einen der umstehenden Mitarbeiter des Notfallmanagements zur Seite und befahl:

»Barillo, schnell, gehen Sie rüber ins „World Financial 3“ zum Feuerwehrkommandoposten. Sprechen Sie mit Chief Borelli, nur mit Chief Borelli! Geben Sie ihm die Information, dass die Statik der Gebäude gravierend geschwächt ist und deshalb befürchtet werden muss, dass die Gebäude unmittelbar vor dem Einsturz stehen. Er soll alle Kräfte abziehen und die Türme evakuieren!«

Der Mann, den er Barillo nannte, lief sofort los. Das WFC 3, das pyramidenartige American Express Hochhaus, war weniger als 500 Meter Luftlinie entfernt.

Patrick war etwas erleichtert. Sein Herz pumpte. Blut rauschte im Ohr und seine Hände zitterten. Endlich hatte er wieder genug Luft zum Sprechen und wandte sich an Arnold: »Wie haben Sie das so schnell hinbekommen?«

Arnold antwortete nicht.

Patrick war viel zu sehr beschäftigt, als sich deswegen lange Gedanken zu machen. Einen Schritt auf Saluggia zugehend, fragte Patrick: »Was ist mit dem OEMEOC?«

Saluggia antwortete: »Evakuiert. Weil wir eine Warnung vor einem möglichen dritten Flugzeug hatten. Mr. Rondstedt meint, das WTC 7 sei ein potenzielles Ziel. Der Bürgermeister ist mit dem Polizeieinsatzleiter, dem Feuerwehreinsatzleiter und anderen Mitgliedern des OEM vorhin ins Gebäude Barclay Street 75 geeilt. Der Rest des Kommandostabs ist entweder am Pier 92 oder im WFC 3.«

»Verdammt, wie soll man da koordiniert Arbeiten, wenn alles so zerstreut ist? Wieso sind Teile an diesem Pier, wie hieß der noch?«

»Sagen Sie mir das nicht, Mr. O'Sullivan. Bei mir rennen Sie offene Türen ein. Ich habe schon vor zwei Jahren, als das EOC dort oben als Bunker ausgebaut wurde, kritisiert, dass es ausgerechnet dort gebaut wurde, hoch oben in der

Luft statt unter der Erde, und dann auch noch mitten im World Trade Center-Komplex, einem bekannten Terrorziel! Am Pier 92 ist das gesamte FEMA-Camp bereits aktiviert, was für die morgige TRIPOD-Übung aufgebaut wurde. Ein voll einsatzbereites Einsatzzentrum.«

Wenn die Einsatzleitung im Moment auch total zerfahren war, dieses Camp könnte sich als Segen erweisen.

Patrick drehte sich in Richtung Arnold um, der mittlerweile etwas abseits hinter ihm leise telefonierte.

Die Evakuierung der Türme war ja nur die eine Sache. Sie – er musste nochmal das FBI erreichen und nachhaken, was mit der Spezialstaffel werden würde.

So wie es aussah, hatte Arnold dran gedacht.

»Haben Sie das FBI oder Ihren SS kontaktiert? Kommen die nun endlich mit einem Sprengstoffräumkommando?«

Arnold wirkte im ersten Augenblick verdutzt, fing sich aber gleich wieder.

»Ja. Klar. Sie sind gleich dort.«

Der Gesichtsausdruck dazu machte Patrick misstrauisch. Wenn er recht überlegte, war das nicht das erste Mal in Bezug auf die Person Arnold Grosser. Auch wenn der wirklich im Keller der WTC nach dem Rechten sehen sollte, seine zeitliche und räumliche Nähe zu den Sprengsätzen war schon merkwürdig. Doch bevor er weiterdenken konnte, war ein gewaltiges Krachen zu hören – wie ein Güterzug, der mit hoher Geschwindigkeit gegen eine Wand fuhr. Der Boden wackelte.

Schreie. Dann kam Staub. Viel, viel Staub. Absolute Finsternis. Keine Luft zum Atmen! Der Staub war überall, Patrick hustete und ein bitterer Geschmack lag auf seiner Zunge. Dann hörte er sich entfernende Schritte und Stimmen. Dann war es still. Sehr still. Der Lärm hatte vielleicht 20 Sekunden gedauert.

Was war das?

Patrick war völlig panisch und verwirrt, als ob sich Teile der Realität gerade aufgelöst hatten. Bis er wieder ein paar klare Gedanken fassen konnte, vergingen einige Momente.

Er hielt sich die Uhr dicht vor die Augen und musste erst einmal den Staub auf dem Ziffernblatt wegwischen, um überhaupt etwas erkennen zu können. Es war jetzt kurz vor zehn Uhr. Draußen war es stockdunkel, man konnte überhaupt nichts sehen.

Endlich begriff er. *Sie hatten es getan!*

Im Dunklen verlor er schnell den Überblick. Er stolperte durch die Lobby des WTC 7. Was nun? Wo war Arnold Grosser? Wo war Jon Saluggia? Wo dieser Rondstedt? Niemand war zu sehen. Auf einmal stieg er über etwas Weiches. Menschliche Körper, auch ohne, dass er viel sehen konnte, erschien ihm das eindeutig.

Was, zum Teufel!?, dachte Patrick nicht das erste Mal an diesem Tag. *Waren die Anderen selbst hier noch umgekommen, obwohl es keine direkten Trümmertreffer in der Lobby gegeben hatte? Nein, das konnte nicht sein!* Er konnte ja nicht wissen, dass die Lobby vorher kurzzeitig von zwei Ärzten des Notfallmanagements als behelfsmäßiges San-Zentrum benutzt worden war, diese aber das Gebäude kurz, bevor er dort eintraf, verlassen und nur einige Tote zurückgelassen hatten. Auf jeden Fall war er geschockt und angewidert.

Durch die Eingangstür lief er hinaus auf die Vesey Street, dort, wo vor ein paar Minuten noch der Südturm stand, war immer noch alles voll dichter Staubwolken und der Turm nicht mehr zu sehen. Zu seiner Überraschung konnte er jetzt jedoch einzelne Konturen des Nordturms im Staubnebel deutlich ausmachen. *Sie haben nur einen gesprengt!* War die Gefahr vorbei? Schwer zu sagen und kaum zu glauben. Aus reiner Gewohnheit nahm er sein Handy in die Hand und verfluchte sich selbst, weil er es nicht aufgeladen hatte.

Wohin gehen?

Zu diesem FEMA-Camp am Pier? Oder zum Amex-Hochhaus, wohin Barillo vor ein paar Minuten gelaufen war? Nach Barclay St. 75, wo der Bürgermeister mit seinem Stab versammelt war? Er wusste es nicht. Er musste jemand Vertrauenswürdigem erzählen, was er alles wusste. Über die Geschehnisse der letzten Tage, über Taleb und Denko und ... in seinem Kopf halten die Worte von Yousef nach, die er vor ein paar Tagen gehört hatte. Wenn wir das nächste Mal zurückkommen, *werden die Türme nicht mehr stehen. Sie hatten ihre Ankündigung wahrgemacht!* Auch das, was ihm Ronnie erzählt hatte, über Naik und die Attentäter von 1993.

Ronnie!?

Der war ja eben noch oben im Gebäude gewesen. Das konnte nur seinen Tod bedeuten. Ein tiefer Schmerz erfasste ihn. *Auch er!*

Die Opferzahlen würden durch das eben Geschehene eh in die Hunderte, wenn nicht Tausende gehen. So viele Leben ausgelöscht! Zum wiederholten Mal drohte reine Panik von ihm Besitz zu ergreifen. Nur mit äußerster Mühe und Konzentration schaffte er es erneut, sich davon etwas zu befreien.

Die Fußgängerbrücke vom Nordturm über die Vesey Street war noch größtenteils intakt. Er irrte umher und suchte andere Menschen. Zuerst dachte er, es hätte gar keine Überlebenden gegeben. Doch dann sah er die ersten Menschen, die sich ebenfalls wieder aufrappelten und nach Norden flüchteten.

Er wollte nicht nach Norden, weg von dieser schlimmen Örtlichkeit. Die Sicherheit der Gebäude war immer noch seine Angelegenheit, sein Job. In diesem Chaos – wen sollte er da finden? Er entschied sich für den Bürgermeister, der in 75 Barclay sein sollte, gerade mal einen Block entfernt.

Wegen des vielen Staubs konnte er nicht laufen, weil er sonst ständig husten musste. Dann traf er jemanden, der eine Wasserflasche dabei hatte und diese mit ihm teilte. Er spülte den staubvollen Mund und machte sich noch ein Taschentuch nass, welches er sich vor Mund und Nase hielt, dankte herzlich und lief weiter.

Gerade als er in 75 Barclay ankam, tauchte Grosser wie aus dem Nichts neben ihm auf.

»Wo wollen Sie hin?«, rief der, nun auch sichtlich angestrengt und mit verstaubtem Anzug.

»Ich muss zum Bürgermeister ´rüber in die 75ste, ich habe wichtige Informationen über die Täter. Damit kommen sie nicht durch! Außerdem, vielleicht schaffen wir es noch, den zweiten Turm zu evakuieren oder die Ladungen zu entschärfen.«

»Das lassen Sie lieber!«, knurrte Grosser.

Was zum ...!

»Deine Karriere ist doch zu Ende!«, hörte er plötzlich jemand hinter ihm sagen. Eine ihm bekannte Stimme. Patrick drehte sich blitzschnell um. Es war John Tomcev! Was machte der hier? Er blickte zu Grosser. Der verzerrte sein Gesicht zu einer Grimasse. Das war es! Sie waren irgendwie an der Sache beteiligt. Sein Instinkt hätte ihn eigentlich zu mehr Vorsicht leiten müssen.

Patrick hatte nur eine Chance. Er lief los. Aber Tomcev war schnell, er wurde nach wenigen Schritten gestellt und überwältigt, sein rechter Arm hinter seinem Rücken im Polizeigriff schmerzhaft verdreht.

Grosser sagte zu Tomcev: »Gut gemacht. Nicht auszudenken, was passiert, wenn O'Sullivan hier weiter frei rumläuft und seine merkwürdigen Geschichten erzählt. Schließlich könnte ihm jemand glauben.«

Und zog dabei seine Unterlippe zu einer schrecklichen Grimasse hoch.

Patrick war nun vollständig perplex und verwirrt. Seine Gedanken überschlugen sich. Er überlegte fieberhaft, wie er sich mit einer schnellen Aktion einen Vorteil verschaffen konnte. Vielleicht die Aufmerksamkeit Anderer erregen. Ein Fluchtversuch alleine würde ihm nicht viel bringen.

Patrick sah in einiger Entfernung Chief Edwards, der zusammen mit einem Kameramann hinter einem Feuerwehrtruck zum Vorschein kam. Dieser Mann war seine letzte Chance, er hatte ihn vorhin schon gesprochen.

Bloß – wie auf sich aufmerksam machen?

Er drehte blitzschnell seinen Arm aus der Umklammerung und lief einige Meter bis zu einem Autowrack. Er griff wahllos auf den Boden, hob ein Stück Metall auf und schlug diesem Trümmerstück gegen die Seitenscheibe. Die Scheibe zersprang beim ersten Schlag. Damit machte er dabei zusätzlich auf sich aufmerksam, indem er aufgeregt um Hilfe rief. Tatsächlich drehte sich Chief Edwards in seine Richtung. Patrick versuchte dann, hinter dem Auto herum auf ihn zuzulaufen. Kam aber nicht weit, die Beiden waren nach wenigen Schritten wieder bei ihm. Es gab ein Handgemenge. Sie versuchten, ihn zu überwältigen. Grosser hatte eine Handfeuerwaffe gezogen. Ein Schuss löste sich und verfehlte Patrick nur knapp. Das erschreckte Grosser und Tomcev kaum, da sie in dem Chaos nicht auffallen würden. Patrick hatte die Gelegenheit allerdings besser genutzt und schnell Staub in die Hände genommen und diesen den Beiden ins Gesicht geschleudert. Während Grosser und Tomcev husteten, nichts sehen konnten und sich verzweifelt mit den Händen die Augen rieben, hatte er die Sekunden, in denen er sich absetzten konnte und die entscheidenden Meter Vorsprung gewann.

Aber wohin?

7.4 Verrat

Anfang 2006 war wieder etwas Ruhe in Johns Leben eingekehrt. Die Presseabstinenz machte sich bezahlt. Augenblicklich befand er sich im Laborraum der Uni.

»Professor, da ist eine Probe für Sie gekommen. Schauen Sie mal, ein Stück Metall aus dem Denkmal, welches an der Uni in Potsdam, Jersey, aufgebaut wurde«, sagte seine junge Assistentin Donna Brewing.

Miller ließ sofort alles stehen und liegen und nahm die Probe in Augenschein. »Wunderbar! Und das ist wirklich vom World Trade Center?«

»Ja«, nickte sie und ergänzte: »Da liegt noch ein Brief. Ist von einer Frau namens Henderson. Ihr Mann ist Schweißer. Er hatte bei den WTC-Aufräumarbeiten mitgeholfen und letztlich auch das Denkmal organisiert. Sie hat in der „Deseret Morning News" ihren Aufruf gelesen, ihnen Metallproben zuzuschicken.«

Er las den Brief kurz durch und untersuchte das Stück gründlich.

Es war ein größeres Stück Metall, schwarz, mit Rosteinschlüssen, teilweise geschmolzen und wieder zu einer bizarren Form erstarrt.

»Wie ich vermutet habe. Bring mir doch bitte mal das Stück geschmolzenes Eisen von der Thermit-Reaktion, die wir neulich durchgeführt haben.«

Wenige Augenblicke später hatte Donna das Stück aus dem Laborschrank geholt.

Schon auf den ersten Blick war klar, dass es sich bei beiden Stücken um beinahe identische Reaktionsreststoffe handelte.

»Schau mal, Donna. Was sagst du?«

»Verblüffend, Professor. Diese Ähnlichkeit.«

Beide Stücke waren magnetisch, hatten ähnliche Farben und Konsistenz. Aber natürlich würden erst metallurgische und TEM-Analysen Gewissheit bringen, wie ähnlich diese beiden Stücke tatsächlich waren.

John brachte das Stück zu Dr. Jeffrey Kruger.

»Hey, Jeffrey. Schau mal, was ich hier habe!«

»Hallo, John. Was ist das?«

»Ganz schön schwer, wie? Das ist ein Stück eines WTC-Denkmals in Potsdam, New Jersey.«

»Echt? Wahnsinn! Soll ich es untersuchen?«

»Ja, das wäre toll. Ich möchte gerne wissen, ob es Stahl ist und wenn ja, ob der geschmolzen wurde. Wenn es jemanden gibt, der das herausfindet, dann ja wohl du.«

»Hehe, nein, nein, das kann jeder TEM-Bediener. Mehr mache ich ja eigentlich gar nicht. Ich bediene nur das Tunnelektronenmikroskop.«

Jeffrey grinste. John wischte diese falsche Bescheidenheit mit einem ironischen »Ja klar. Genau«, beiseite.

Im nächsten Augenblick war er wieder so nüchtern wie immer: »Danke. Rufst du mich an, wenn du etwas hast?«

»Klar.«

John ging zurück in sein Labor. Wenn es wirklich ein Thermitrest wäre, dann würde Jeffrey das herausbekommen. Schon ohne große chemische Analyse könnte man mit der elementaren Bestimmung den Fingerabdruck von Thermit herauslesen können. Dieser war in der Welt der Chemie einzigartig. John hatte sich darüber schon informiert, insbesondere zu Brandermittlungen gab es dazu Vorschriften in der NFPA 921, dass man bei Bränden im Rahmen einer offenen Ermittlung nach Brandbeschleunigern zu suchen hatte, oder dass der Ermittler wenigstens einen Grund nennen müsste, warum er das nicht tat. Im BYU-Chemie-Lexikon stand, was dabei zu beachten war.

Wenn Thermit-Reaktionsbestandteile verwendet werden, um ein Feuer zu entzünden, produzieren diese eine charakteristische weiß-gelbe Flamme im Reaktionsbereich und lassen eindeutige Beweise zurück. Diese Reststoffe sind beinahe einzigartig in ihrer chemischen Zusammensetzung, in dem sie häufig vorkommende Elemente wie Kupfer, Eisen, Kalium, Kohlenstoff und Aluminium, aber auch weniger übliche Stoffe wie Vanadium, Titan, Zinn, Fluorine und Mangan enthalten. Während einige dieser Reststoffe von den Feuern verbrannt werden können, bleiben viele auch als Reststoffe zurück.

Das Ergebnis der metallurgischen Untersuchung kam drei Tage später. Jeffrey klingelte durch. John hatte schon wie auf Kohlen gehockt, so sehr brannte er nach dem Ergebnis. Sie verabredeten sich in der Uni. Jeffrey kam vorbei.

»Hallo John! Hier sind die Bilder. Ich möchte erst wissen, was du davon hältst, bevor ich dir meine Schlussfolgerung mitteile.«

John nahm die Bilder zur Hand. Gleich das erste war entscheidend. Es war beschriftet mit 10µm Fe 15kV 20nA und zeigte ein großes, aneinanderliegendes, zellartiges Gebilde.

»Es ist fast ausschließlich Eisen. Da bleibt ja kaum noch Platz für anderes.«

Dabei sah er Jeffrey an, der versuchte, sich nichts anmerken zu lassen.

Dann sah er sich auch die anderen Bilder an. Reichlich Mangan. Kein Chrom. Dafür in Einschlüssen Schwefel, Kalium und Aluminium.

Als er sie durchgeblättert hatte, fragte Jeffrey: »Bevor ich etwas dazu sage: Hast du eine Tabelle zur Hand, welche Stahlsorten im WTC verbaut waren und wie deren chemische Zusammensetzung war?«

John überlegte kurz.

»Ich habe sie schon mal im NIST-Report gesehen, muss ich noch einmal ´raussuchen und ausdrucken. Warte ein paar Minuten, das mache ich gleich.«

Er ging schnell an den PC. Schon nach wenigen Minuten hatte er den Bericht gefunden, ausgedruckt und war wieder bei Jeffrey.

»Also.«

John rückte seine Lesebrille zurecht.

»Mit dem Eisen. So weit könnte man es noch als geschmolzenen Stahl z.B. der Träger der WTC deuten, weil Stahl zu 97-98% aus Eisen besteht. War er geschmolzen?«

Jeffrey nickte.

»Die grundsätzliche Elemente-Anordnung, so wie sich die Korngrenzen angeordnet haben: eindeutig ja. Von der schönen stabilen Oberflächenstruktur, wie man sie bei Stahl findet, ist nichts mehr da. Das reinste weiche Zeug.«

John nickte und sah sich die Elemente-Peaks noch einmal an.

»Es gibt keine Spuren von Chrom, welcher im strukturellen Stahl des WTC als Beimischung in jeder Sorte Verwendung fand.«

»Stimmt.«

»Die anderen Stoffe hingegen. Viel zu viel Mangan. Schwefel, Fluor, Kalium.«

John stutzte.

»Was macht der Schwefel da?«

»Schwefel wurde dem Stahl in geringer Konzentration hinzugegeben, weil er die Viskosität erhöht. Andererseits darf die Menge nicht 0,3% überschreiten, sonst droht beim Walzen der gefürchtete Rotbruch.«

»Das hier ist doch mehr als 0,3%. Kannst du die Menge genauer bestimmen?«

»Nur schätzen. So um die drei bis fünf Prozent der Menge.«

»Also viel zu viel.«

»Ja. Und beim Aufschmelzen wird der Schwefel ja nicht einen größeren Anteil bekommen als ursprüngliche beim Walzen da war! Oder gab es fremde Schwefelquellen?«

»Jeffrey, du glaubst doch selbst nicht ans Fegefeuer! Wo hätte der Schwefel herkommen sollen?«

»Ich weiß es nicht.«

Sie sahen sich noch einmal die Liste der im WTC verbauten Stahlsorten an.

Jeffrey sagte dann fast feierlich: »Aufgrund dieser Zusammensetzung der Probe wage ich mit an Sicherheit grenzender Wahrscheinlichkeit sagen zu können, dass es sich bei den Proben nicht um „einfache" Reste des strukturellen WTC-Stahls handeln kann. Sondern um geschmolzenes Eisen.«

Wie das Endprodukt einer Thermit-Reaktion! John musste sich nach Prüfung der Daten der Schlussfolgerung von Jeffrey anschließen. Jetzt müsste man nur noch herausfinden, ob diese Probe wirklich auch chemisch den forensischen Fingerabdruck von Reststoffen einer Thermit-Reaktion hatte. Viele der Elemente deuteten darauf hin. Nur das mit dem Schwefel müsste er noch untersuchen. Davon hatte er noch nicht gehört. War es als Beimengung möglich und sinnvoll?

Später fragte er Donna, was die offensichtlichen Fragen wären, die man sich nun stellen müsste. Donna antwortete ohne lange zu zögen: »Was kann das für Eisen sein, wenn er nicht vom WTC-Stahl herkommt? Wieso fand man es auf dem WTC-Stahl? Was bedeuten die anderen Elemente in den Proben? Was hat es geschmolzen?«

John strahlte. »Aus dir wird mal eine richtig gute Doktorin.«

Und er fügte hinzu: »Abgesehen von diesen Fragen sollten wir chemische Vergleichsanalysen mit Thermit machen. Wir haben das ja bereits als ernst zu nehmende Hypothese.«

Er war auf der richtigen Spur. Die Hypothese hatte ihren ersten harten, physischen Beweis. Doch je mehr harte Beweise es gab, desto härter wurden die Angriffe von außen und innen. Schon gab es den nächsten Ärger in Form eines Briefes eines Kollegen an der BYU an den Herausgeber der Daily Herald, der am 09.04.2006 veröffentlicht wurde.

Sehr geehrter Herausgeber,

nachdem ich im Daily Herald von den Präsentationen gelesen habe, die Professor John W. Miller (BYU Physik) vor Studenten an der UVSC und BYU gehalten hat, fühle ich mich verpflichtet, auf seine Verschwörungstheorien in Zusammenhang mit den terroristischen Anschlägen auf die World Trade Center zu antworten.

Ich habe die Zusammenfassungen der Reporte der FEMA, der Vereinigung Amerikanischer Bauingenieure und verschiedener anderer professioneller Ingenieursvereinigungen studiert.

Diese Experten haben detailliert die Effekte beschrieben, welche die Auswirkungen der Flugzeugeinschläge auf die Türme hatten. Ich habe auch Professor Millers 42seitigen, noch nicht wissenschaftlich veröffentlichten Bericht gelesen. Nach meinem Verständnis von strukturellem Design und den Eigenschaften von strukturellem Stahl finde ich Professor Millers Hypothese von gelegten Sprengsätzen (anstatt Feuer durch Flugzeugeinschläge), welche die Einstürze der Türme verursacht haben sollen, sehr riskant.

Das strukturelle Design der Türme war einzigartig, weil die unterstützendende Stahlstruktur aus engmaschigen Trägern in den Wänden aller vier Seiten bestand. Die daraus resultierende Struktur war wie eine Röhre. Als die Flugzeuge die Türme mit Geschwindigkeiten von über 700 km/h trafen, wurden viele Stahlträger augenblicklich durchtrennt und andere durch die folgenden Feuer signifikant geschwächt. Die Feuer haben die Bodenelemente kritisch beschädigt. Struktureller Stahl verliert bei Temperaturen von 400 Grad Celsius seine Festigkeit. Stahlbrückenträger sind schon bei auf lokalen Punkten begrenzten Feuern zwischen 300 und 500 Grad geschmolzen und haben Straßen einstürzen lassen. Es ist leicht zu verstehen, dass sämtlicher Stahl durch die Feuer seine Tragfähigkeit verlor, genährt von Kerosin und dem Gebäudeinterieur.

Bevor jemand (insbesondere Studenten) solch eine Verschwörungstheorie unterstützen, sollten sie alle Details der Theorie studieren. Für mich mit meinen 57 Berufsjahren als Statikingenieur (von 1941 bis heute) ist es sehr verwirrend, was Professor Miller da präsentiert.

D. Robert Johnson, Professor Emeritus, Civil Engineering, BYU

John nahm das zum Anlass, sich diesen Professor mal auf dem Campus zu schnappen.

Schon kurz darauf begegnete er ihm.

»Dr. Johnson, vielen Dank für Ihren Leserbrief an die Daily Herald. Haben Sie eigentlich schon mal vom WTC 7 gehört?«

Dr. Johnson rümpfte die Nase.

»Nein. Was soll das sein?«

»Das dritte Gebäude, welches am 11.09.2001 einstürzte. Ohne Flugzeug, ohne Kerosin, in 6,5 Sekunden, fast Freifall.«

Johnson antwortete: »Aha.«

»Mir erging es am Anfang genauso. Ich habe es schlicht nicht geglaubt, weil ich noch nie davon gehört hatte.«

»Wieso nicht?«

»Da man es in der Fachwelt nicht kennt, da die Beweise dafür vernichtet worden sind, da seitdem niemals wieder drüber berichtet wurde. Sie sollten es sich mal anzuschauen, wie es zusammenkracht, Kollege.«

»Warum sollte ich?«

»Nun, sagen wir mal so: Auch Professor Kuttler und Gebäude-Ingenieur Wes Lifferth hier haben ihre Zweifel in Sachen WTC 7. Und Zweifel sollten doch Anregung für eine offene Forschung sein, nicht wahr? Und nicht so sehr verstören, dass man sich Gedanken versagt.«

»Was bitte?«

»Wegen Ihres Leserbriefes, meine ich. Weil Sie von verwirrenden Theorien sprachen. Bevor Sie darüber urteilen, sollten Sie den gesamten Kontext kennen.«

»Pah, das sind alles Hirngespinste. Das brauche ich mir gar nicht anschauen.«

»So habe ich auch gedacht. Glauben Sie mir!«

John ließ den weißhaarigen alten Professor Johnson stehen und begab sich wieder in seinen Unterricht.

Am 22.06.2006 hatte David Polter einen Auftritt bei Hannity/Colmes auf Fox News. Hannity war im Urlaub, als Vertretung war Oliver North anwesend. Genau der Oliver North, der in die Iran-Contra-Affäre verwickelt war. John ließ David das mit den Medien machen, er selbst feilte weiter an seiner Studie. Der Auftritt selbst war wie fast immer auf Fox, man wurde rüde angemacht, unterbrochen, musste sich jede Aussage erkämpfen. Hannity schien ein großes Thema daraus zu machen, ob sie als Professoren auch Verschwörungstheorie-Kurse gaben. Was natürlich nicht der Fall war. Aber das eignete sich für Fox anscheinend wunderbar als Aufhänger, um die Zuschauer zu vereinnahmen. In dem Auftritt erwähnte David die ST911 und das sie jetzt schon über 100 Wissenschaftler waren. Und die Aussage von Norman Mineta, dem Transportminister der USA. Der hatte am 11.09.2001 im Notfallbunker zusammen mit Cheney live erlebt, wie ein junger Offizier hereinkam und sagte: „Mr. Cheney, das Flugzeug ist 30 Meilen entfernt. Nun ist es noch 20 Meilen entfernt.“ Sichtbar unter Stress, flehte er: „Steht die Order noch?“ Und Cheney drehte sich um und sagte. „Natürlich steht die Order noch! Haben Sie etwas Gegenteiliges gehört?“

Diese Aussage war hochbrisant. Denn Cheney soll laut Kommissionsbericht erst um kurz vor 10.00 Uhr dort gewesen sein, zu spät für den Anflug von American Airlines 77 auf das Pentagon. Die Aussage von Mineta wurde dann auch nicht in den Bericht aufgenommen. Stattdessen wurde später behauptet, es sei ein anderes Flugzeug, ein Phantomflug gemeint gewesen. Man hätte nichts auf dem Radar gehabt. Schon gar nicht AA77. Und der gestresste Offizier wurde auch nicht weiter befragt, was für eine Order ihn so sehr gestresst hatte – etwa eine Abschussorder? Wie das logisch mit seinem Verhalten und dem Einschlag von AA77 ins Pentagon zusammenpasste, wurde einfach unkommentiert im Raum stehengelassen.

Am Tag nach dem Interview erklärte Norman Mineta seinen Rücktritt aus persönlichen Gründen. *Was für ein bizarrer Zufall, oder?*

Doch das war die letzte positive Erinnerung an David Polter.

Statt ihn anzurufen, fing David damit an, nur noch per E-Mail zu kommunizieren. Diese hier kam am 23.06.2006, einen Tag, nach Davids Fernsehauftritt.

> *John, deine Beweise für Thermit überzeugen mich nicht. Was ist mit den Proben? Sind die wirklich verbürgt? Hast du schon gelesen, was man bei „Debunking 9/11" dazu sagt?*
>
> *Sie sagen, Thermit kann auch beim Aufräumen eingesetzt worden sein.*
>
> *Und dann gibt es auch noch Artikel von John Phillips, der ebenfalls Physiker ist, Spezialität Superstring-Theorien, der auch nichts von der Idee hält, dass man Thermit für Sprengungen einsetzen kann. Thermit sei nur etwas für das Zusammenschmelzen von Eisenbahnschienen.*
>
> *Julia Brown und Morgan Reynolds sind ebenfalls nicht überzeugt. Auch sie sagen, wir sollten allen Theorien gegenüber aufgeschlossen bleiben. Also vor allem den Mini-Nukes und der thermobarischen Hitzewaffe – oder auch dem Laserstrahl aus dem All.*

John las, und schüttelte den Kopf. Wie kam David nur darauf, seine physikalischen Beweise und Experimente zu ignorieren, schlechtzureden, und stattdessen vollkommen willkürliche und abenteuerliche Theorien aufzubringen, für die es keinerlei Hinweise gab?

Eine Hypothesenbildung sollte sich immer an den Fakten orientieren. David Polter und Julia Brown machten aber etwas anderes. Sie sprachen von ultrageheimen Waffen, die niemand kannte und deren Wirkungsweise niemand beschreiben konnte. Weil sie ja so geheim waren. Das erinnerte ja fast an die wahnwitzigen Behauptungen des Team B von Donald Rumsfeld in den 70ern zu vermeintlichen supergeheimen UdSSR-Ultraschallwaffen, die niemals existierten. Und weil man sie dann auch nicht fand, sei dies ein Beweis dafür gewesen, wie geheim diese Waffen doch waren. Das Ziel damals, die Erhöhung des Verteidigungsetats, war jedenfalls erreicht worden. Im jetzigen Irak-Krieg hatte Rumsfeld wieder den gleichen Trick angewandt. Dieses Mal mit den Massenvernichtungswaffen. Diese waren unauffindbar, weil sie so gut versteckt waren oder über Landesgrenzen gebracht worden waren, und dass man diese nicht finden konnte, wäre der ultimative Beweis für die Boshaftigkeit Saddam Husseins. Nein, für John war klar: Was auch immer die Einstürze bewirkt hatte, musste im Rahmen der Wissenschaft prüfbar sein, ansonsten landete man schnell bei Hokuspokus. Nun hatte er schon Thermit-Spuren gefunden. Natürlich müsste man an einer Hypothese arbeiten, wie man dieses benutzt haben könnte und ob vielleicht noch andere Sprengstoffe nachgewiesen werden könnten.

Also erklärter er David seinen Standpunkt:

Thermit wird nicht bei Aufräumarbeiten eingesetzt. Viel zu gefährlich. Auch Thermal-Lanzen benutzen kein Thermit und die aufgeschmolzenen Stahlteile bei Thermal-Lanzen sehen mit ihrem foren-

sischen Fingerabdruck nicht so aus wie die Reststoffe von Thermitreaktionen.

Man kann ja offen für alle Theorien bleiben, sollte sich aber auf die konzentrieren, die beweisbar wären, und jene, die offensichtlich Unsinn sind, wie die Mini-Atombomben-Theorie, zu den Akten legen.

Thermit, das hatte er schon herausgefunden, wurde nicht nur zum Schweißen oder Schmelzen benutzt. Wenn man tief in die Literatur diverser Fachmagazine einstieg, konnte man herausfinden, dass es auch explosive Varianten gab. Super- oder Nanothermit mit ultrafeinen Metalloxiden würde die Reaktion so sehr beschleunigen, dass diese der von RDX oder C4 oder Dynamit in nichts nachstand. Die Texas Tech forschte seit Mitte der 90er Jahre daran genauso wie das LLNL, das „Lawrence Livermore National Laboratory" oder aber die wissenschaftliche Einrichtung in Los Alamos. Auch das erklärte er David. Immer wieder.

Von David kam dann schnell eine Antwort, die keinesfalls erkennen ließ, dass dieser sich von seinem merkwürdigen Kurs abbringen ließe.

John merkte schnell: Einfach irgendwo etwas schreiben würde nichts bringen. Er bat deswegen die anderen Wissenschaftler, sich mit dem Themen Laserwaffen und Mini-Atombomben auseinanderzusetzen. Später kam noch die von Morgan Reynolds und Anderen aufgebrachte CGI-Fake-Theorie dazu, die im Wesentlichen aussagte, dass keine Flugzeuge in die Türme geflogen waren, sondern dass dieses Hologramme oder sonstige Fälschungen per Bildbearbeitung waren, trotz all der tausende Augenzeugen, die live vor Ort gewesen waren und die Flugzeuge gesehen hatten. John begriff nicht, warum man sich immer weiter in so abenteuerliche Erklärungen verrennen konnte, anstatt die klarsten Beweise einfach und geradeaus zu präsentieren. Diese hatten sich bei ihm kaum verändert. Abseits von seiner Forschung an Metallresten vom Ground Zero waren das hauptsächlich die Beweismittelvernichtung sowie die klaren Eigenschaften der Einstürze, die Sprengungen glichen. Aber in der Erklärung des „Vorkollaps"-Reports des NIST waren diese Fakten einfach übergangen und ausgelassen worden.

Am 24.06.2006 war er zu einem Symposium in Los Angeles eingeladen. Er hatte längst aufgehört zu zählen, wie viele es schon waren. Dieses Mal war es das „American Scholars Symposium". Liam Roberts war auch da. Endlich lernte er ihn mal persönlich kennen. Er gab ihm die Hand.

»Hallo, Liam. Schön, dass wir uns mal richtig treffen und in die Augen sehen können!«

Liam Roberts hatte ein tolles Charisma. Sein Aussehen und Auftreten hätte ihn auch als Investmentbanker durchgehen lassen. Liams Haare waren fast so weiß wie seine eigenen, wenn auch noch etwas modischer mit Kurzhaarschnitt versehen.

»Ganz meinerseits.«

Er hatte mit diesem Mann bisher nur per E-Mail – in einem internen Forum der Wissenschaftler – sowie per Telefon kommuniziert. Und doch erschien es ihm, als ob er ein alter Freund wäre mit einer gemeinsamen erlebten Leidensgeschichte. Auf jeden Fall spürte er eine tiefe Verbundenheit, als er bemerkte, dass der immer noch seine Hand schüttelte.

»Wir können uns nach dem Vortrag noch unterhalten, ja? Vielleicht können wir zusammen essen gehen?«

Liams sonore Stimme klang mit leichtem Indiana-Akzent antworte: »Sehr gerne, John. Es gibt viel zu erzählen!«

Dann ging es los. John hatte seine Dia-Präsentation extra dafür aufgefrischt.

Also hielt er wieder einmal einen Vortrag. Der Saal war voll, wie bisher immer.

Das Interesse vergrößerte sich von Tag zu Tag. Gut.

Gerade war er in der Mitte seiner wiederum aktualisierten Power Point Präsentation angekommen.

Er kommentierte und klickte seine Bilder einzeln durch.

Frage: »Glauben Sie an Verschwörungstheorien?«

»Ich habe hier ein Zitat von Dick Cheney für Sie: „Wir sahen am 11.9.2001 19 Männer, die mit einfachen Flugtickets und Teppichmessern Flugzeuge entführten, und wie diese mehr als 3.000 US-Amerikaner in wenigen Stunden umbrachten." Das ist eine Aussage von Dick Cheney aus März 2003. Also glauben Sie mir, diese Verschwörungstheorie muss ich ablehnen, da sie nicht wirklich mit Beweisen untermauert ist und wir es eben nicht gesehen, sondern immer nur gesagt bekommen haben. Einwandfreie Beweise wie positive Identifizierung der Hijacker mittels Gentest oder selbst die Videos mit den Boarding-Aufnahmen der Flughäfen wurden nie veröffentlicht.«

Er machte eine bedeutungsschwangere Pause, damit sich diese Infos setzen konnten.

»Die Frage, die sich stellt: Wenn es nicht Al Kaida alleine war, wer ist dann verantwortlich? Unter Berücksichtigung aller Beweise, die wir schon gesehen haben, scheint es keine andere Schlussfolgerung zu geben, als dass Teile der US-Regierung in die Ereignisse des 11.9.2001 verwickelt waren.«

Er hätte an dieser Stelle eine allgemeine Unruhe im Publikum erwartet, doch es blieb andächtig still.

»Denken Sie an Polycarp, eines meiner historischen Vorbilder. Der hat 95 nach Christus auch die Atheisten zurückgewiesen. Damit waren natürlich die Römer gemeint, nicht die Christen. Hehe. Es kostet Kraft und man braucht einen starken Glauben, um so etwas gegen widrige Umstände zu vertreten. Das sollten wir tun, nämlich uns für eine neue Untersuchung einsetzen, für weitere wissenschaftliche Forschung und uns auf unsere Verfassung zurückbesinnen, auf die wir geschworen haben, sie vor allen Feinden zu beschützen, vor äußeren und inneren Feinden. Denken Sie auch an das, was Patrick Henry 1775 gesagt hat, „Wir sind fähig, unsere Augen vor einer schmerzhaften Wahrheit zu verschließen. Ist das der Anteil der weisen Menschen, die sich in einem großen und langen Kampf für die Freiheit einsetzten? Sind wir die Anzahl derer, die Augen haben, aber nicht sehen wollen und Ohren, die nicht hören wollen? Für meinen Teil, was auch immer es von meinem Geist erfordert: Ich bin gewillt, die ganze Wahrheit zu erfahren. Zu wissen ... alles ... jetzt!"

Wir befinden uns in einem solchen Kampf, wie ihn Patrick Henry beschrieben hatte, auch heute.«

Er machte eine kurze Pause.

»Ich bin für Gesetz und Ordnung, nicht Willkür. Ich bin gegen Bestrafungen, wie sie zurzeit vollzogen werden, etwa bei den Häftlingen in Guantanamo, die seit Jahren ohne Anklage festgehalten werden. Ich bin gegen Angriffskriege. Ich bin für eine funktionierende Gewaltenteilung, die sich gegenseitig kontrolliert. Ich bin gegen die ausufernde Staatsverschuldung und für einen Dollar, der gedeckt wird durch Silber und Gold.«

Nächste Seite der Dia-Vorführung.

»Viele haben versucht, mir unlautere Motive zu unterstellen.«

Er räusperte sich.

»Warum ich das mache?«

Er antworte selbst: »Weil ich mich für das, was ich für Wahrheit halte, einsetze. Weil ich mir um meine Umwelt Sorgen mache, was man grundsätzlich Liebe nennen kann. Ich mache das, weil ich vorbereitet sein will auf das, was kommt, was meine langfristigen Sorgen angeht. Und weil ich dieses Land liebe und seine Verfassung schätze.

Ich glaube nicht daran, dass es gerecht wäre, einige Wenige für ein größeres Ziel zu opfern, und anschließend die Wahrheit zu vertuschen, wenn es darum geht, was wirklich passiert ist.«

Er machte eine Pause, er musste eine machen, weil alle Anwesenden aufgestanden waren und eine Welle tosenden Applauses über ihn hereinbrach. Manche würden ihn sicher in dieser Präsentation für zu politisch halten, aber bei Gott, seine Forschungen und Erkenntnisse hatten nun mal auch eine politische Dimension. Eine sehr unangenehme noch dazu, vor der sich immer noch viele verschlossen. Der Applaus zeigte aber, dass andere seine Einschätzung zur derzeitigen US-Administration teilten.

Kurz nach der Präsentation veröffentlichte er die Grafiken dazu im Internet. Ein Thema war dabei noch gar nicht zur Sprache gekommen. Er hatte es dennoch mit veröffentlicht. Nathan Polter hatte in letzter Zeit vermehrt von Hydrogenbomben oder Atombomben gesprochen, die angeblich bei der Sprengung der World Trade Center eingesetzt worden sein sollen.

John war mehr als befremdet von James, der nun, nachdem es die ersten physikalischen Beweise für den Einsatz einer Thermit-basierten Abrissmaßnahme gab, auf einmal neue und nicht mit wissenschaftlichen Daten untermauerte Hypothesen aufstellte. Eines ihrer Argumente war die Menge und Feinheit des Staubes. Staub war aber auch nach herkömmlichen Sprengungen zu beobachten. Der Grad der Pulverisierung war kein exklusiver Beweis für den Einsatz einer Atombombe. Dazu sprachen Polter und Brown nun von getoasteten Autos. Nun, Thermit konnte eine große Hitze entwickeln. Er sah nicht, dass von Hitze getoastete und abgebrannte Autos alleiniger Hinweis auf die Verwendung von Atombomben hätten sein können.

Das Wichtigste aber war: Sie hatten längst die Metallreste auf Radioaktivität beprobt – und nichts gefunden. Atombomben, wie klein sie auch sein mochten, würden immer Radioaktivität hinterlassen, die in allen Materialien zu finden wäre, die dieser Strahlung ausgesetzt waren. Es wurde in manchen Proben zwar ein erhöhter Tritium-Wert gefunden, aber dieser war viel zu niedrig für Atombomben. Die Erklärung dafür, dass es aus den Notbeleuchtungssignalen im Treppenhaus oder aus den im WTC 6 aufbewahrten Handfeuerwaffen stammte, hielt er für vollkommen plausibel.

Daher lehnte er diese Hypothesen ab und in einem der Bilder seiner Präsentation stand: „Daher spricht die Beweislage gegen die Hypothese vom Einsatz einer „Mini-Atombombe“, deshalb wird diese nicht mehr länger verfolgt, solange überzeugende Denkansätze nicht erfolgreich durch andere und bessere ersetzt werden können.“

Damit machte er sich Nathan Polter und Julia Brown und andere endgültig zu erbitterten Feinden, die ihm den Kampf ansagten. Irgendetwas erinnerte ihn an das Gespräch mit seinem Studenten Dick. Er war nicht mehr sicher, was es war, aber so bald er ihn sehen würde, wollte er ihn fragen.

John wollte immer noch Dick fragen. Ihm war mittlerweile auch wieder eingefallen, warum. Dick hatte ihn letztes Jahr vor falschen Alliierten gewarnt. Doch zu seinen Kursen kam der nicht mehr. Erst suchte er ihn auf dem Campus. Aber auch dort war nichts von ihm zu sehen. Also fragte er in der Verwaltung nach. Dort bekam er die Info, dass Dick schon eine Zeit lang nicht mehr auf der Uni war. Es dauerte eine Weile, bis er ihn ausfindig gemacht hatte. Eine Adresse außerhalb von Orem. Eines Nachmittags fuhr er dorthin. Wir merkwürdig, dass man so wenig über die Lebensumstände seiner Studenten wusste, dachte John, als er in dieses Gebiet fuhr. Die

Adresse sah nach dem Wohnwagen-Park aus, der südlich der Stadt aufgestellt war. Nun gut, in einem Wohnwagen zu wohnen war in den USA ja fast schon beliebt, wenn es auch ein Zeichen weitverbreiteter Armut war.

Schließlich fand er die richtige Adresse, hielt an und stieg aus seinem Wagen aus.

»Hallo, können Sie mir bitte helfen? Ich suche einen Studenten von mir, Dick ...«

Er sprach einen Mann mit Bart und Baseballmütze an, der vor seinem Trailer in einem Campingstuhl saß und ein Bier der Marke „Lonestar" aus einer Dose trank.

»Keine Ahnung, ehrlich, wo der Typ steckt.«

John sah ihn weiter fragend an. Nun nahm der Mann kurz seine Mütze ab und kratzte sich am Kopf.

»Habe ihn schon ein paar Tage nicht mehr gesehen.«

Das schien für John ja ein Reinfall zu werden.

»Wo genau wohnt er denn, wenn er da ist?«

»Da drüben ...«

Der Mann zeigte auf einen Trailer auf der anderen Seite. Ein älteres Modell, ziemlich mitgenommen und voller Rostfahnen.

»Aha, vielen Dank.«

Der Mann tippte kurz an seine Mütze und widmete sich wieder seinem Bier.

John ging zum besagten Trailer. Er klopfte, aber es machte niemand auf.

Im nächsten Augenblick nahm er einen Schatten war, der schnell wieder um den Trailer huschte.

Konnte es denn ...

»Hey, Dick, ich habe dich schon gesehen. Komm' bitte raus, ich möchte gerne etwas mit dir besprechen.«

Zuerst passierte nichts, doch dann kam sein Ehemaliger um die Ecke, aus dem Schatten des Trailers getreten.

»Mann, Professor, was machen Sie denn hier!«, klang es vorwurfsvoll.

»Ich habe wichtige Fragen. Können wir vielleicht reingehen und uns hinsetzen?«

»Nun ja, ich ... äh ... ich möchte nicht, dass Sie sehen, wie wir, meine Mom und ich, hier leben müssen.«

»Unsinn! Dick, los, ich muss mich in den Schatten setzen. Jetzt sei so gut und schließ schon auf!«

Endlich ließ der sich dazu überreden. Er hatte offenbar große Angst davor, seine Lebensumstände vor John zu offenbaren.

Drinnen war es aufgeräumt, aber natürlich beengt. Wie man sich einen typischen alten Trailer eben vorstellte.

»Darf ich Ihnen etwas zu Trinken anbieten?«

»Nur, wenn es keine Umstände macht. Ein Glas Wasser oder so.«

»Okay, kein Problem.«

Sie setzten sich in der Küchenzeile auf eine kleine Bank.

John wollte fragen, warum Dick nicht mehr seine Kurse besuchte und anscheinend gar nicht mehr auf der Uni war, doch dieser kam ihm zuvor.

»Professor, ich weiß, was Sie jetzt denken. Aber ich habe meine eigenen Probleme. Ich muss arbeiten gehen, Gelegenheitsjobs, damit ich meine Mutter über Wasser halte. Ich studiere gerne, aber wir müssen auch leben. Zurzeit ist es finanziell echt eng, deswegen muss das Studium einfach mal Pause machen.«

John verstand und wollte Dick keine Vorhaltungen machen und auch keinen Vortrag halten über das Recht auf Glück, das in der weiten US-Prärie gelegentlich für Spott und Häme sorgte angesichts der realen wirtschaftlichen Lage.

»Okay, verstehe. Deswegen bin ich auch nicht hier. Weswegen ich eigentlich hier bin: Du hattest doch letztes Jahr etwas davon gesagt, ich solle auf falsche Alliierte achten. Was genau meintest du damit?«

»Klar. Eine bekannte Taktik. Einschleusung von Leuten, die dann die eigene Bewegung verraten. Hat man damals schon bei den Black Panthers so gemacht. Überaus erfolgreich. Das Beste ist: Selbst schon das Gerücht, dass so etwas gemacht wird, funktioniert einwandfrei. Jeder hält jeden Anderen für einen Agenten. Führt sicher zur Vernichtung der Gruppenziele.«

»Aber wie kann man es wirklich herausfinden?«

»Gar nicht, da diese Leute wohl kaum sagen, dass sie im Auftrag von Irgendjemandem arbeiten. Manche wissen es vielleicht nicht mal selbst.«

»Wirklich? Keine Chance?«

»Doch! An den Methoden kann man sie erkennen. Haben Sie schon mal was von Barry Zwicker gehört? Der ist Journalist in Kanada und hat sich genau mit dieser Frage beschäftigt. Warten sie mal, ich habe es gleich.«

Er ging in den durch einen Vorhang abgetrennten Raum in den hinteren Teil des Trailers, kramte kurz herum und kam dann zurück.

»Sehen Sie: Schema F. Erst sich in Gruppen einschleusen, dann sich nach oben manövrieren, Schlüsselpositionen besetzen. Danach persönliche Angriffe gegen Andere innerhalb der Gruppe, dann Lancieren von Schwachsinnstheorien, mit der jede Position der Gruppe infiziert und so unwirksam gemacht wird.«

»Du redest jetzt von allgemeinen Methoden? Weil das genau auf David Polter zutrifft.«

»Habe ich schon bemerkt. Wollte Sie warnen, aber war dann ja nicht mehr bei Ihnen.«

»Was sollte ich also deiner Meinung nach machen?«

»Sie müssen sich sofort und resolut von den Personen abgrenzen, die so handeln. Wenn Sie die Kontrolle über Ihre Gruppe nicht wiederbekommen, weil sich die Schlüsselpositionen nicht zurückgewinnen lassen, müssen Sie

Ihre eigene Gruppe gründen, die mit wirklich vertrauensvollen Personen in den Schlüsselpositionen besetzt wird.«

John schwieg, weil er nachdachte.

»Mal eine Frage: Wie kamen Sie eigentlich an diesen David Polter?«

»Er ist Gründungsmitglied der „Scholars". Mir schwebte schon etwas Ähnliches vor. Er hatte eines Tages bei mir angerufen und mir von dieser Idee erzählt. Und mir Honig um den Bart geschmiert.«

»Hatten Sie irgendwem gegenüber die Idee erwähnt, so eine Gruppe zu gründen, bevor er sich gemeldet hatte?«

»Kann sein.«

»Ha, schon schlau, nicht wahr?«

John konnte und wollte sich nicht vorstellen, dass es wirklich so hinterhältige Taktiken geben würde. Aber er musste handeln, um seine Aufklärungsarbeit nicht zu gefährden.

»Ich verstehe. Ich hatte sowieso schon darüber nachgedacht, wie man sich mit den Mini-Atombomben und dem anderen Kram am wirkungsvollsten auseinandersetzt. Eine neue Gruppe, das wird es wohl sein. Ja. Vielen Dank für deinen Rat.«

»Professor, Sie halten sich gut, erstaunlich gut. Ich habe es eine Zeit lang im Netz verfolgt. Lassen Sie sich nicht unterkriegen. Ich habe auch nur zwei klitzekleine Kritikpunkte.«

»Aha, schieß los. Ich habe immer ein Ohr für Kritik.«

»Ich finde es gut, wie Sie in ihrer Präsentation ihren Glauben einfließen lassen. Ich meine jetzt konkret die Zitate von Elder Stone und die Textstellen aus dem Buch der Mormonen. Ich denke nur an meinen Favoriten. Ich hatte es mir abgeschrieben. Moment.

Ah, das ist es.«

Dick hatte gelbe „Post-it"-Zettel von einem Buch gelöst und las vor.

»Hier, hören Sie: „Wir denken, wir handeln vernünftig und logisch, während wir in Wirklichkeit von dem Ethos unseres Ortes und unserer Zeit geleitet werden." Oder der hier:

„Menschen in jeder Kultur hüllen sich in selbstzufriedene, selbsttäuschende Kokons, vollkommen davon überzeugt, dass Dinge, wie sie sie sehen, auch in Wirklichkeit so sind."

Einfach klasse. Und hier mein drittliebster: „Viel zu oft sind wir wie Marionetten."

Aber glauben Sie wirklich, dass das außerhalb unseres Bundesstaates auch so gesehen und nicht zusätzlich zur Diskreditierung Ihrer Person benutzt werden wird? Für die meisten Menschen sind die Glaubensvorstellungen von uns Mormonen so weit entfernt wie der Pluto von der Sonne.«

»Das mag sein, ist mir aber egal. Ich bin Mormone und fest im Glauben und stehe auch öffentlich dazu. Das ist der Teil meiner Persönlichkeit, der mich überhaupt antreibt, weiter für das einzustehen, was ich für die Wahrheit halte.«

»Schon gut. Wirklich, ich finde es super, was Sie machen, Professor. Und ich finde es überhaupt schon sensationell, wie viel guten Einfluss Ihre wissenschaftliche Art auf die 9/11-Wahrheits-Bewegung hat.«

»Gibt es eigentlich viele da draußen? Ich bekomme es immer nur am Rande mit.«

»Professor, seien Sie versichert: Es sind unendlich viele, die Sie wahrnehmen und die sich wie Sie aktiv für eine Aufklärung einsetzen. Aber kaum einer ist so nah dran an wissenschaftlichen Beweisen, wie Sie.«

John war geschmeichelt. Es wäre übertrieben zu behaupten, er würde seine Forschungen nur wegen seines festen Glaubens machen. Dass er etwas bewegen konnte und Vorbild für Andere war, dass er so gute Rückmeldungen bekam, war auch ein Grund dafür, weiterzumachen.

Er verabschiedete sich von Dick und bat ihn noch, sobald er es sich wieder erlauben konnte, sein Studium wiederaufzunehmen. Dick versicherte es ihm. Dann fuhr John nach Hause und leitete sofort die notwendigen Maßnahmen ein.

Kapitel 8 Kein Entkommen

8.1 Zu wenig, zu spät.

Das Wochenende war zu kurz für all seine Aktivitäten – wie immer. Die Hochzeitsfeier war grandios, er hatte ordentlich getrunken und fast zu jedem Lied mit Mel getanzt. Die Kollegen scherzten schon, dass, wenn so der Ruhestand aussehen würde, sie auch alle zurücktreten wollten. Patrick hatte es mal wieder geschafft. Alle größeren Klippen umschifft und Mel weiterhin nicht über seine verzwickte Lage aufgeklärt, obwohl er das doch ändern wollte. Den ganzen Sonntag lag er in Sauer, so dass aus seinem Besuch bei Herrn Suker nichts wurde.

Nun war schon wieder Montag. Patrick war eben aufgestanden, endlich wieder fit. Mel schlief noch. Er hatte gerade CNN angemacht, wie er es ab und an beiläufig tat, wenn er sich für die Arbeit fertigmachte.

Eine Meldung ließ ihn aufhören. Sie betraf Afghanistan. Ein Attentat. Moussud, der Löwe von Panjshir, sei schwer verletzt worden, teilte ein Sprecher der Nordallianz in einer Nachrichten-Einblendung mit.

Patrick erinnerte sich. Moussud war der Erzfeind von Osama bin Laden, und er wurde deswegen von vielen Interessen unterstützt, die eine Radikalisierung des Islams verhindern wollten. Vor allem aus Indien, aber selbst aus westlichen Ländern hatte er Unterstützung bekommen. Wenn Moussud ausfallen würde, wäre die Nordallianz als Machtfaktor entscheidend geschwächt und das Machtgefüge der Region empfindlich gestört. Er wollte sehen, ob er mehr erfahren könne.

Vielleicht sollte er seinen Freund Rick Slater anrufen. Das nahm er sich für später vor. Erst mal zur Arbeit. Heute müsste er erzählen, was am Wochenende vorgefallen war.

Irgendwie war ihm unwohl bei dem Gedanken, Mr. Crockett schon wieder belästigen zu müssen. Aber diese Geschichte vom Samstag war zu ernst und hatte vielleicht einen schlimmen Hintergrund.

Als sein Dienst begann, ging er sofort in den Nordturm, fuhr zum Chefbüro hinauf und ließ sich anmelden. Crockett hatte zum Glück sofort Zeit.

»Mr. Crockett.«

Er machte eine kurze Pause.

»Ja, was gibt es denn nun schon wieder?«

»Mr. Crockett, ich weiß, ich belästige sie schon wieder. Alle denken, ich wäre übernervös und würde überall Terroristen sehen. Aber das stimmt einfach nicht. Ich habe ernste, besorgniserregende Hinweise. Möglicherweise besteht die Gefahr, dass man sich illegal Zugang zu den Gebäuden beschafft hat und etwas im Schilde führt.«

»Okay, ich bin ganz Ohr.«

»Ich habe Ihren Ratschlag befolgt und habe mich am Wochenende mal schlaugemacht. Sie wissen schon. Der Fall mit dem Pass. Und dem Typen namens Sakher Taleb, der angeblich für die Firma „Magic Plumbing & Heating“ für einen gewissen Herrn Denko an den Sprinklern gearbeitet haben wollte.

Dieser Sakher Taleb ist ein unbeschriebenes Blatt, wohnt gutbürgerlich und ist mit seiner Firma selbstständig. Als Zweimannbetrieb zusammen mit seinem Cousin. Außerdem war er, als ich ihm begegnet bin, absolut ruhig und hatte mir sogar selbst gesagt, dass er an den Sprinklern arbeiten würde. Wenn er wirklich etwas Böses vorhatte, wäre er der beste Schauspieler, den ich je kennengelernt habe. Aber dieser andere. Denko. Einen Herrn Denko gibt es gar nicht. In Wirklichkeit heißt er Sergei Yordenko, ist russischer Aussiedler und hat seine Firmenadresse wie seine Privatadresse 232 E 26th St. hier in Manhattan. Ein fünfstöckiges Privathaus. Ich war vorgestern da.«

Und dann erzählte er Crockett die unglaubliche Geschichte, die er dort vorgestern erlebt hatte.

Abschließend fügte er hinzu, dass er die möglichen Motive kannte, die Gebäude mit einer Bombe zu sprengen, so wie die Attentäter es schon 1993 vorgehabt hätten und dass diese versprochen hätten, wiederzukommen.

Er schloss mit dem Satz: »Deshalb glaube ich, dass etwas bevorsteht. Was sollen wir machen, was soll ich machen, damit Sie mir endlich glauben?«

»Schon gut, Patrick. Ich nehme Sie ernst. Ich hatte halt gedacht, Sie wären noch ganz in Ihrem FBI-Dasein verhaftet und die jungen Pferde würden mit Ihnen durchgehen. Anscheinend habe ich mich geirrt. Das, was sie erzählen, ist wirklich eine Angelegenheit, der wir auf den Grund gehen müssen. Ich muss mich bei Ihnen entschuldigen, Patrick.«

Patrick war erleichtert. Nichts wäre schlimmer gewesen, als ausgerechnet jetzt, wo die Lage so ernst war, nicht ernstgenommen zu werden.

»Kein Problem. Ich verstehe Ihre Position ja auch.«

Patrick hatte auch das Thema Asbest angesprochen. Er persönlich wollte nicht in Gebäuden arbeiten, die voller Asbest waren. Deshalb wollte er das Thema ansprechen.

»Was steht eigentlich in den Pachtverträgen zum Thema Asbest?«

»Nichts. Nicht, dass ich wüsste. Ich werde mir diese noch einmal vornehmen.«

Crockett bat um ein kurzes Gespräch mit Larry Silverstein und wollte dabei alleine sein. Also bat er Patrick, kurz vor die Tür zu gehen und eine zu rauchen.

Patrick ging in das Raucherzimmer und rauchte den schnellsten Zigarillo seines Lebens.

Schon nach wenigen Minuten kam Crockett höchstpersönlich zu ihm und sagte:

»Patrick, vereinbaren Sie so schnell wie möglich einen Termin mit Howard Rubenstein von Rubenstein Associates. Er ist der Anwalt von Larry Silverstein und hat diesen schon in unzähligen Fällen vertreten. Wenn uns jemand helfen kann, dann er. Am besten gleich mit seinen zwei besten Leuten auf diesem Gebiet.«

Patrick nickte dankbar und erleichtert. Er verabschiedete sich und ging schnellen Schrittes zurück in sein Büro. Den Weg schaffte er dieses Mal in weniger als zehn Minuten, was angesichts der Umstiege in lokale Aufzüge und den Weg hinüber zum anderen Turm sensationell schnell war.

Sobald er in seinem Büro angekommen war und kaum, dass er auf seinen Stuhl saß, ließ er sich die Nummer von Howard Rubenstein geben und wählte diese.

Er spielte dabei nervös mit dem Kugelschreiber, der in einem Desk-Boy steckte. Sein Arbeitsplatz war genauso adrett und ordentlich wie er selbst auch.

Endlich, nach mehreren Klingeltönen, Patrick wollte schon fast wieder auflegen, meldete sich Rubenstein.

»Rubenstein Associates, am Apparat.«

»Hallo! Hier ist Patrick O'Sullivan, neuer World Trade Center-Sicherheitschef.«

»Hallo, Mr. O'Sullivan,« antwortete freundlich schnatternd die Stimme eines älteren Herren, »willkommen in der Silverstein-Familie. Hehehe.«

Nach kurzem Gespräch kam Patrick zum Thema. Er konnte und wollte am Telefon nicht zu viel sagen, außer, dass man sich unbedingt treffen müsse, und dies mit Silverstein und Crockett abgestimmt wäre und grob, dass es um Maßnahmen gehen solle, einen Terroranschlag zu verhindern.

»Warum kommen Sie morgen nicht mal zu einem Frühstückstreffen her? Gleich morgen früh, um 8.00 Uhr?«

»Okay. Wir vertreten Mr. Silverstein schon lange für das World Trade Center.«

Sie vereinbarten noch die Details des Treffens und verabschiedeten sich.

Später klingelte sein Handy. Es war Mr. Rubenstein.

»Patrick, hören Sie, ich habe eben noch mal eine Terminänderung erfahren. Wir haben morgen um 8.00 Uhr eine interne Besprechung. Wäre es schlimm, wenn ich nicht persönlich komme? Sonst müssten wir den Termin verschieben.«

»Kein Problem, schicken Sie einfach jemanden.«

»Aber dieser jemand ist auch bei dieser Sitzung.«

»Wie wäre es dann mit 9.00 Uhr. Es ist wirklich dringend.«

»Du meine Güte, ich merke es schon. 9.00 Uhr geht in Ordnung. Wenn es nichts ausmacht, dass ich nicht persönlich dabei bin, sondern einen Vertreter schicke.«

Patrick zögerte. Rubenstein persönlich dabei zu haben, wäre natürlich besser. Aber Silverstein vertraute Rubenstein, er sah keinen Grund, warum er es nicht auch tun sollte. Jetzt, wo er „Mitglied der Familie" war.

»Okay, Hauptsache, wir können das besprechen. Ihr Vertreter beziehungsweise Ihre Mitarbeiter können Sie ja dann über alles informieren, bevor wir sprechen.«

»Einverstanden.«

Patrick war erleichtert, dass dieses Treffen doch noch klappen würde. Es wäre bestimmt das Beste, Rubenstein Associates von Silverstein im Boot zu haben. Was konnte er noch tun? Vielleicht noch nachdenken, wen man noch anheuern konnte, um die Sicherheit zu verbessern.

Er rief bei Raymond Powers an, mit dem er erst letzte Woche gesprochen hatte und dessen Hundestaffeln nach versteckten Bomben gesucht hatten. Raymond wäre mit seiner Erfahrung als ehemaliger Polizist in der Funktion des „Chief of Operations New York" der perfekte Ansprechpartner, wie man die Sicherheit so gestalten konnte, dass hier nichts Krummes gedreht werden würde. Und er kannte Gott und die Welt.

Raymond hatte Zeit und konnte gleich nachmittags vorbeikommen. Er ließ sich die Gelegenheit nicht entgehen, in die Türme zu kommen.

Als Nächstes rief er Rick an, um zu fragen, was er zur Lage in Afghanistan wusste. Und ob er abends mit ins Elaine's kommen wollte. Dieser konnte und würde vorher zu ihm in den Turm kommen.

Später am Nachmittag kam die Sekretärin Elisabeth Connor in sein Büro.

»Es kamen übrigens noch zwei Faxe für Sie. Hier, bitte.«

»Danke.«

Es waren Infos über den Mord an Moussud in Afghanistan, über einen alten, guten, zuverlässigen Kanal. Hatte er angefordert.

Er las sie sich durch.

Zuerst den Bericht für das FBI vom Agenten vor Ort.

Nach kurzer Durchsicht war ihm folgende Sachlage klar: Der Militärführer der Nord-Allianz in Afghanistan, General Moussud, war bei dem Anschlag getötet worden. Man wusste noch nichts wirklich Konkretes, aber ein Überlebender hatte ausgesagt, die Attentäter wären zwei westliche Journalisten gewesen, die angeblich ein Interview mit Moussud führen wollten. Und dann wäre da eine Bombe explodiert.

Patrick hatte augenblicklich gestutzt. Nicht nur, weil das seinem Freund Rick Slater weitere Interviews wie das mit Osama bin Laden 1998 erheblich erschweren würde, sondern weil ein derartiges Vorgehen eher auf einen Geheimdienst hindeutete. Politische Gegner hätten eher auf offener Straße auf ihn geschossen oder ihn mit einer Autobombe erledigt. Anderen sich glaubhaft als Journalisten-Team zu verkaufen mit all dem Equipment und dem nötigen Tross führte über eine normale Anschlagsplanung einschließlich deren Finanzierung weit hinaus. Wie aus den Schilderungen hervorging, hätte es sich um westliche Selbstmordattentäter gehandelt haben müssen – eine nicht plausibel erscheinende Darstellung. Freiwillige für politische Anschläge gab es nicht wie Sand am Meer! Außer, die wären extrem radikalisiert und verbittert. Sehr unwahrscheinlich, wenn auch nicht unmöglich.

Wie hatten sie es geschafft, einen Termin mit Moussud zu bekommen?

Das andere Fax war eine Kopie der Stellungnahme der Nordallianz. Diese hatten nur gesagt, ihr Anführer sei verletzt worden, aber die würden dessen Tod wohl auch nicht gleich melden. Und, dass sie Osama und den pakistanischen Geheimdienst ISI dafür verantwortlich machten.

Patrick dachte nach. Das Problem war das Gerede der vergangenen Wochen. Über Terrordrohungen. Über Probleme bei den Verhandlungen mit den Taliban zum Pipelineprojekt. Sowie Berichte über eine Truppenzusammenlegung von NATO-Kräften in die Region Afghanistan.

Er wurde jäh aus sciner Überlegung gerissen, weil das Telefon klingelte.

Raymond Powers rief kurz durch. Er sei jetzt da. Patrick fuhr hinunter in die Lobby, ging auf ihn zu und begrüßte ihn freundlich.

»Hallo, Raymond! Schön, dass du es einrichten konntest, mich mal persönlich in meinem neuen Job zu besuchen«, freute sich Patrick mit stolzem Unterton.

»Hi, Patrick. Für dich habe ich doch immer Zeit. Vor allem hier in deinem neuen Job, du Glückspilz. Kannst echt stolz darauf sein.«

»Tja, das Dreifache vom alten Gehalt plus Boni und weitere Privilegien, etwa Speisen im „Windows of the World“«, grinste Patrick.

Raymond kam zur Sache. »Was gibt es denn?«

»Lass´ uns bitte nach oben in mein Büro fahren. Dann erkläre ich es dir.«

Auf den Weg nach oben erzählte Patrick, was sich die letzten Tage alles ereignet hatte. Raymonds Miene verdüsterte sich.

Patrick kam mit seinem Anliegen heraus, dass er noch weitere Sicherheitschecks machen wolle und fragte Raymond, wen man seiner Meinung nach noch einbinden könne.

»Scheint, als hättest du hier Scheiße am Hacken. Kann doch nicht wahr sein, dass hier so schlampig gearbeitet wurde. Zum Glück ist ja jetzt ein Profi da, der all seine Kompetenz und seine guten Kontakte mitbringt«, sagte Raymond suffisant.

»Danke, Mann! Ich liebe dich dafür.«

»Ja ja, ist schon gut.«

Sie besprachen die Sicherheitsmaßnahmen und wie man diese verbessern konnte, insbesondere, was den Zugang mittels Passkontrolle und die Fälschungssicherheit anging. Und wer für weitere Jobs in Frage käme.

Eine Person fiel ihnen sofort ein. Rodney Leibowitz, der Chef von „First Responder Inc.“.

Raymond erläuterte: »Die Jungs von „First Responder“ sind Profis für Anti-Terrormaßnahmen, vor allem bei Angriffen mit biologischen Waffen.«

Patrick nickte.

»Ich hatte Rodney gerade erst letzte Woche getroffen. Seine Firma ist auf jeden Fall ein guter Tipp.«

Er erinnerte sich daran, dass die Attentäter von 1993, ob mit FBI-Duldung oder ohne, versucht hatten, giftige Sporen in die Bombe zu schmuggeln, die nur durch den glücklichen Umstand, dass diese mit der Explosion vernichtet worden waren, nicht wirksam wurden. Auch einen Anschlag mit biologischen oder chemischen Massenvernichtungswaffen sollte man deshalb nicht als Gefahr ausschließen. Er griff zum Telefon, konnte aber leider mit Rodney Leibowitz erst einen Termin für den 15.09.2001 vereinbaren.

»Vielleicht sollte ich doch noch mal Harry Brunswick fragen. Er war ja im OEM auch verantwortlich für Abwehr von Angriffen mit Massenvernichtungswaffen.«

»Gute Idee. Ruf ihn doch gleich an!«

Harry ging gleich ans Telefon.

»Harry, altes Haus. Rate mal, wer hier neben mir sitzt. Unser alter Bekannter Raymond Powers. Ich brauche deinen Rat. Geht um Terrorabwehr. Wir sollten uns am besten treffen. Wie wäre es? Heute ist Montag, wir gehen heute Abend ins Elaine's und ich zeige dir das, was du gerade vermisst«, wobei Patrick natürlich das Thema Frauen meinte, weil Harry mal wieder Single war, und im Elaine's und im China-Club immer genügend hübsche Frauen zu finden waren.

»Haha, du Scherzkeks! Aber klar, ich komme, kann allerdings erst gegen 20.30 Uhr da sein, habe noch viel zu tun.«

»Ok, bis später dann. Bye.«

Er legte auf.

»Kommst du auch mit, Raymond?«

»Nein, ich kann heute Abend leider nicht.«

»Schade. Entschuldigst mich mal kurz? Mir ist noch jemand eingefallen. Ich rufe gleich noch mal George Donstett von „T&D Protection“ an«, und schon wählte er wieder eine Nummer - und hatte Glück. George konnte heute Abend kommen, er würde sogar vorher noch hier vorbeikommen, so dass sie zunächst noch ins „Windows oft he World“ gehen konnten.

Er rief auch noch im Elaine's an. Elaine Kaufmann würde zwar wie jeden Montag seinen Tisch freihalten, aber wenn er anrief und sagte, dass er mit drei Personen kommen würde, war das auf jeden Fall besser.

Elaine begrüßte ihn wie immer freundlich.

»Hey, Patrick. Heute Abend dein Tisch?«

Er grinste. So musste es laufen. Im Elaine's war es unbedingt notwendig, an einen der acht Tische zu kommen, die im vorderen Fensterbereich standen – der Ecktisch an der rechten Seite war sein Stammtisch. Sehen und Gesehen werden. Touristen und einfache Gäste wurden, sofern sie überhaupt einen Platz bekamen, nach hinten verfrachtet.

»Ja, wir sind zu dritt. Harry Brunswick, George Donstett und ich.«

Sein Tisch war natürlich noch frei. Man bemühte sich, diesen, wenn überhaupt, erst ab 21.00 Uhr fremd zu vergeben, selbst, wenn er nicht reserviert hatte. Sein Privileg als Stammgast.

Nachdem das geklärt war und man sich verabschiedet hatte, richtete er seine Aufmerksamkeit wieder auf seinen Gast.

Je mehr Gefahrenanalysen, je mehr Verbesserungsmaßnahmen, desto besser.

Es wäre ihm jedenfalls viel wohler, wenn man wirklich alles getan hätte, um die Terrorgefahr kontrollierbar zu machen, nach all dem, was er in den letzten Tagen erlebt und erfahren hatte.

Patrick lenkte ihre Unterhaltung auf das Thema Osama bin Laden, wegen des Attentats auf Moussud.

»Raymond, du weißt ja, dass ich seit 1995 hinter bin Laden her bin und mir immer wieder die Hände gebunden waren. Ich habe jeden gewarnt, der mir zuhören wollte, was leider bei Gott viel zu wenige waren. Ich glaube, es gibt bald einen Angriff von ihm innerhalb der USA. Und ich glaube, er wird die Twin Towers angreifen, wie damals der blinde Scheich. Es wird passieren und für mich sieht es so aus, als ob es sich jetzt gerade zusammenbraut.«

Raymonds Stirn legte sich in Falten.

»Was hat es mit diesem Moussud auf sich?«

»Der ist sozusagen ein Erzfeind Osamas. Dass er jetzt aus dem Weg geräumt ist, hat wahrscheinlich etwas zu bedeuten. Was genau, finde ich noch heraus.«

Kurze Zeit später verabschiedete sich Raymond, weil dieser wieder losmusste und Patrick verfiel sofort wieder in seine Gedanken. In den letzten zwei Wochen hatte er sich so gut es ging in den Job eingearbeitet. Er hatte die Baupläne angefordert und sich so weitgehend einen Überblick verschafft, sämtliche Sicherheitsmaßnahmen genauestens begutachtet und die Protokolle aller sicherheitsrelevanten Besprechungen studiert. Er sprach mit den Mitarbeitern über deren Aufgaben und was sie dazu sagten, um eventuelle systembedingte Schwachstellen von diesen „Frontkämpfern“ zu erfahren. Das war seine Philosophie. Nah dran an den Menschen, nur diese hatten den vollen Einblick und konnten mit ihrer Menschlichkeit oftmals intuitiv Dinge erahnen, wo ortsfremde theoretisierende Sesselfurzer, die nach ihrem Studium noch nie einen Tag von ihrem Schreibtisch weggekommen waren, nur versagen konnten, weil sie einfach keine Vorstellung von der Realität hatten. Und seine offene, herzliche Art hatte ihm schon überall Zugang zu Informationen verschafft – sein tägliches Geschäft. Er hatte seine Kontakte spielen lassen und sich angesichts der bedrohlichen Lage so gut es ging für Terrorabwehranalysen entschieden, die in Kürze durchgeführt würden – und dieses Mal unter seiner Regie. Er hatte wegen Sakher Taleb gehandelt. Und doch war ihm so, als ob er noch etwas vergessen hatte.

Eine Idee hatte er noch.

Patrick wollte seinen Sohn einweihen in das, was er wusste. Er rief ihn an, um einen Termin zu vereinbaren. John Patrick hatte Zeit, am 11.09.2001, gegen 10.30 Uhr wollte der im WTC sein. Schade nur, dass es niemals mehr zu diesem Treffen kommen würde.

8.2 CNN, 11.09.2001, 10:27:30 Uhr

Interview mit einer Augenzeugin, Sender WABC.

»Menschen springen aus den Fenstern. Sie springen aus den Fenstern. ... ich weiß es nicht. Ich denke ... ich weiß nicht. Sie sagten, wir sollten gehen, aber wohin,? Alles war blockiert. Sie sagten uns: , Geht raus!', aber es gab keinen Weg. Und dann hörte ich, wie ein weiteres Flugzeug einschlug, und die Menschen sprangen aus den Fenstern. Sie springen sogar jetzt noch aus den Fenstern. Oh, mein Gott!«

»Das war eine Augenzeugin dieser außergewöhnlichen Ereignisse heute Morgen hier in New York.«

Einblendung Livebild „Großaufnahme World Trade Center, Nordturm".

»Nochmals.«

Schnitt, Totale „Manhattan unter Qualmwolken".

»Ich weiß, eine Menge von Ihnen haben es schon oft gehört. Ich denke, es ist wichtig, weil die Leute, die uns jetzt einschalten, weil in Augenblicken wie diesen ständig neue Zuschauer dazukommen. Wir haben Angriffe in zwei US-Städten, in New York und Washington DC.«

Wieder Großaufnahme „Nordturm".

»Die Trade Center wurden von Flugzeugen getroffen. In Washington gibt es ein großes Feuer im Pentagon. Das Pentagon wird evakuiert.«

Kurz ist ein Explosionsring zu sehen. Dann der Einsturz des Nordturms.

»Und da, wie Sie sehen können, vielleicht der zweite Turm. Der vordere Turm.«

Schnitt: Nordturm 30 Blocks entfernt, Standort Aaron.

»Der obere Teil ist kollabiert. Großer Gott!!!«

...

»Dafür gibt es keine Worte.«

8.3 Auf der Flucht

Egal, einfach weg. Patrick kam in Sichtweite des Nebeneingangsbereiches vom WTC 7. Zwei verlassene Autos, ein Pickup und ein Polizeiauto, überdeckt mit Staub. Chief Edwards war nicht zu sehen, niemand war zu sehen. Er sah am WTC 7 hoch. Da waren zwar vorhin nicht viele Leute in der Lobby gewesen, die Chance, sich dort jemandem anvertrauen zu können, war also klein. Andererseits war da oben das OEMEOC und damit eine der Notfallschaltstellen mit diversen Kommunikationseinrichtungen, durch die er einen Hilferuf an genau die richtige Stelle absetzen konnte. Er drehte sich um. Die beiden waren nur 30 Meter hinter ihm. Ohne groß nachzudenken, schlüpfte er durch die Tür und lief erst die abgeschaltete Rolltreppe hoch, vorbei an dem Schild: „Aufgang zur Hauptlobby“, um dann im B-Treppenhaus weiter nach oben zu laufen. Sein Puls war schon wieder auf 180. Dazu kam jetzt die nackte Angst vor seinen Verfolgern. Die immer noch hinter ihm waren, wenn auch nicht zu sehen, sondern nur zu hören. Im fünften konnte er sehen, dass es über dem sechsten Stock nicht mehr weiterging. Das Treppenhaus war ja zerstört. Er erinnerte sich dunkel. *Da waren ja noch Menschen eingeschlossen, die nicht herunterkamen. Verdammt!* Wieder ein wichtiges Detail übersehen! Wenn das so weiterging! Er horchte. Grosser und Tomcev waren immer noch hinter ihm her, aber schätzungsweise noch zwei Stockwerke unter ihm. Er musste sie unbedingt an sich vorbeilaufen lassen und dann wieder runter, wenn er keine Chance hatte, nach oben in den 23. Stock zu kommen. Er betrat in Höhe des fünften Stocks einen Flur und versteckte sich schnurstracks in einem Raum, der nicht abgeschlossen war.

Durchatmen. Leise sein.

Bis jetzt war er viel zu perplex über die überraschende Wende im Verhalten von Grosser und dem plötzlichen Auftauchen von Tomcev gewesen, hatte sich in dieser Situation nur um die Erhaltung seiner Freiheit Gedanken gemacht, als dass er die volle Tragweite hätte durchdenken können. Jetzt, wo er eine kurze Ruhepause hatte, kam es ihm.

Was hatte das alles zu bedeuten? Wer war alles an dieser Operation beteiligt? Gab es Schurkenkräfte innerhalb ihrer Dienste, die den Terroristen Vorschub und Deckung leisteten?

Er lauschte angestrengt, während er entlang der hellblau gestrichenen Wand in Richtung Treppenhaus starrte. Grosser und Tomcev hatten anscheinend nicht rechtzeitig gemerkt, dass es oberhalb des sechsten Stocks nicht weiterging. Jetzt waren sie offensichtlich dort oben angekommen und fluchten. Das war eine reelle Chance!

Er schlich sich wieder in das Treppenhaus und versuchte, so leise wie möglich nach unten zu laufen. Ihm war klar, dass es nicht lange dauern würde, bis die beiden auch wieder herunterkommen würden.

Er war am Ende des Empfangsbereichs angekommen und schaute sich um. Von den Beiden war noch nichts zu hören oder zu sehen. Durch die gleiche Tür, wie er hereingekommen war, lief er wieder hinaus. In den überdachten Anlieferbereich. Gerade war er ins Freie gelangt, als dasselbe Geräusch wie vorher zu hören war. *Eine weitere große Explosion!* Der Boden wackelte erneut, wie bei einem kleinen Erdbeben. Er schaut instinktiv zum Nordturm hinauf. Dort sah er kleine Lichtblitze im Nordturm, in Höhe der mittleren Stockwerke. *Sie taten es wieder!* Kurz danach hörte er drei dumpfe Explosionen. Popp, Popp, Popp. Und dann kam das Gebäude herunter. Er konnte gerade noch sehen, wie eine gewaltige Menge an Stahl und Staub herausgeschleudert wurde und herunterkam, auf ihn zu, bis sich sein Verstand einschaltete und ihm nur noch eine Sache befahl: *Lauf‘ um dein Leben!*

Er lief. Zwar war hier das Betondach über ihm, aber das allein würde wohl kaum helfen. Weg vom WTC, Richtung Norden. Dieses Mal war das Geräusch viel lauter, der Nordturm befand sich näher zu seiner Position und er selbst war draußen, anders als beim Einsturz des Südturms. Er schaute sich während des Laufens um und sah die Staubwolke unerbittlich auf ihn zukommen. Da sah er eine Mauer, hinter die er sich eiligst warf! Jeder Schutz wäre sicher hilfreich.

Dann erreichte ihn diese gewaltige Staubwolke, alles wurde dunkel, ein heißer Wind war zu spüren. Etwas traf ihn am Bein. Er bekam keine Luft und hustete.

Verdammt, das war sein Ende!

Überall Staub. Er war dieses Mal einfach viel zu nah dran und trotz seines kurzen Sprints hatte er keine ausreichende Distanz zum Nordturm. Über 400 Meter des Nordturms kamen gerade weniger als 150 Meter entfernt von ihm herunter. Er betete. In diesem Augenblick schien die Zeit stehengeblieben zu sein. Alles außer ihm selbst war unwichtig geworden. Ob er jetzt sein ganzes Leben vor seinem inneren Auge sehen würde?

Wie wäre es wohl, jetzt zu sterben?

So schnell, wie es kam, war es dann aber auch wieder zu Ende. Es hatte insgesamt keine 30 Sekunden gedauert. Wobei er wohl jedes Zeitgefühl verloren hatte. Er hatte Glück gehabt! Wie durch ein Wunder waren die Trümmer nicht bis hierher gefallen! Einige Augenblicke später klärte es sich etwas auf. In all dem Chaos! Überall lagen Trümmer und noch mehr Staub als vorher! Sein Gesicht und selbst der Mund waren voll davon. Ein bitterer Geschmack lag auf seiner Zunge. Er wischte sich so gut es ging ab und versuchte, den Dreck auszuspucken!

Wenn er doch nur Wasser zum Spülen hätte!

Dass er auf seine alten Tage auch noch das WTC inhalierte, hätte er sich niemals träumen lassen. Kurz kam ihm das Thema Asbest in den Kopf, aber dagegen konnte er jetzt eh nichts machen, außer vielleicht ein Taschentuch vor den Mund zu halten. Aber er hatte keines! Selbst sein 300-Dollar-Armani-Anzug war endgültig ruiniert. *Was für eine Schande!* Und er war verletzt, was er erst jetzt realisierte. Er zog seine Hose hoch, um den Schmerz zu untersuchen. Eine Fleischwunde am Bein, die zum Glück nicht sehr tief war!

Genau in diesem Augenblick kam Grosser die Straße herunter.

Verdammt!

Patrick erstarrte. *Wie hatte der überleben können?* Und wo war Tomcev? Er hätte daran denken können, dass sie sich wie Profis aufteilen würden. Schon wieder weglaufen, unter diesen Bedingungen? Er drehte sich um und wollte gerade den ersten Schritt machen, als er Tomcev entdeckte, der ihm von der anderen Seite entgegen kam. *Wie hatten sie das bloß angestellt ...?*

»Halt! Stehen geblieben!«

Patrick dachte nicht daran und versuchte noch fortzulaufen, aber sie hatten ihn gestellt.

Nun musste er seine letzte Trumpfkarte spielen. Pokern!

»Ich weiß nicht nur über die Hintermänner dieser Aktion Bescheid. Ich habe alles an verschiedene Personen in verschlossenen Umschlägen übergeben. Sollte ich verschwinden oder sterben oder Ähnliches mit mir geschehen, sind alle unabhängig voneinander instruiert, sich an verschiedene bestimmte Stellen zu wenden!«, rief er laut.

Grosser lachte laut auf. Es war aber ein sehr gehetztes Lachen.

»Du versaust uns die Tour nicht. Du nicht. Das ist bloß ein Bluff! Du hast zu viele Krimis geschaut.«

»Wie Sie meinen. Das könnt Ihr und Eure Auftraggeber gerne austesten.«

Patrick pokerte und versuchte, sein schauspielerisches und geheimdiensterprobtes Talent voll auszuspielen. Mit den Auftraggebern gab er eigentlich einen Schuss ins Blaue ab – schien aber einen Treffer gelandet zu haben.

Grosser, der erkennbar Wortführer war, malte mit seinen Unterkiefern.

Ein Zeichen der Unentschlossenheit! Er überlegte wohl, ob er das alles einfach abtun und Patrick kurzerhand umpusten sollte – oder ob er es ernstnehmen musste.

Ihn einfach erschießen wäre angesichts des Umstands, dass sie nicht wissen konnten, ob er bluffte, wenig ratsam gewesen. Er hörte ein Geräusch von hinten, für einen kurzen Augenblick war er abgelenkt, sodass er den Schlag nicht einmal im Ansatz abwehren konnte. Tock. Ein harter, schmerzhafter Treffer. Patrick wurde es schwarz vor Augen.

8.4 Experimente

Nun war schon wieder Juli. Da ereilte John die nächste bizarre Merkwürdigkeit.

Sie saßen in dem kleinen Vorgarten ihres Häuschens, Melinda hatte zum Kaffee geladen. Die Sonne schien schön, es war einer der ersten warmen Sommertage.

Ihre Nachbarn, die Bakers, waren zu Besuch sowie die Familie Chamber von Melindas Charity-Club.

Obwohl John im Privaten nichts von seinem Schaffen erzählte, nachdem es einige Male zu sehr irritierenden Diskussionen im Freundes- und Bekanntenkreis gekommen war, kamen sie doch auf´s Thema 9/11. Melinda hatte es kurz erwähnt, vermutlich, um abzuchecken, was die Anderen von seinem Eifer in dieser Sache hielten. Das kam gelegentlich vor. Als ob sie prüfen wollte, wie verrückt ihr Mann wohl geworden war.

»Was, du beschäftigst dich immer noch mit deinen abstrusen Theorien?«, wunderte sich Stu Chamber. Seine braunen Augen richteten sich fragend auf John.

Dieser verschluckte fast seinen Kuchen. Natürlich hatten alle von seinem Fernsehauftritt gehört und die Zeitungsberichte gelesen. Provo war doch immer noch eine Kleinstadt.

Wie bitte? Hatte er richtig gehört?

»Das sind keine abstrusen Theorien! Meine Kollegen der „Wissenschaftler für 9/11- Wahrheit und Gerechtigkeit" und ich versuchen, uns anhand der Fakten und Beweise Theorien zu erarbeiten. So, wie Wissenschaft funktioniert.«

»Ach was, John, erzähl doch nichts! Du hast eine fixe Idee im Kopf gehabt und versuchst diese nun zu beweisen.«

John war beinahe sprachlos wegen dieser Vorwürfe. Dennoch versuchte er, so sachlich wie möglich zu bleiben.

»Nein. So war es nicht. Ich habe einst die offizielle Erklärung geglaubt, wie wohl bald jeder Mensch auf diesem Planeten. Dass es Fakten gab, die nicht zu dieser Erklärung passten, hatte ich nicht gewusst oder ignoriert, wie so viele. Erst als ich die Fakten prüfte, habe ich erkannt, dass diese nicht zur offiziellen Erklärung passten.«

Er trank einen Schluck Kaffee und sprach dann weiter.

»Aber so funktioniert Wissenschaft. Beobachtungen machen. Beweise finden. Dann eine Hypothese aufstellen, die das erklären soll. Experimente machen, die diese Hypothese beweisen oder verwerfen können. Was man Daten sammeln nennt. Noch mehr Experimente machen. Dann Veröffentlichen der These inklusive Beweisführung in „Peer reviewten" wissenschaftlichen Magazinen. Eine

Wiederholung des bisherigen Zyklus, auch durch andere Wissenschaftler, und erst dann hat man eine generell gültige Theorie oder ein Modell der Realität.«

Stu Chambers war merkwürdig still gewesen.

»Haben du und deine Wissenschaftler denn schon eine Studie in einem solchen Magazin veröffentlicht?«

John presste die Luft aus den Lungen.

»In unserem eigenen Journal, ja. In diesem haben wir die gleichen Qualitätsstandards und unabhängige, anonyme Peers, die die Artikel begutachten, Kritiken schreiben, Fragen und Änderungsvorschläge machen und zu spekulative Überlegungen streichen.«

»Hm – hm.«

»Aber in einem der großen Journale haben wir bisher leider noch nichts veröffentlicht. Aber wir haben schon mehrere Artikel eingereicht. Es ist nicht so einfach, wie man gemeinhin denkt. Eine Studie, die bei einem Journal eingereicht wird, darf nicht woanders eingereicht werden. Und meistens lässt man sich sehr viel Zeit bei der Prüfung. Manchmal hört man Monate nichts und bekommt dann einfach die Studie kommentarlos zurück. Da es sich bei unseren Studien auch immer um solche mit sehr brisanten politischen Schlussfolgerungen handelt, ist es denkbar, dass man sich scheut, diese zu publizieren.«

John schnaufte abermals.

»Wir wollen aber umfassend und schnell aufklären, weswegen wir nicht immer warten können, bis etwas woanders veröffentlicht wird. Aber um es klar zu sagen: Wissenschaftlich veröffentlichte Studien in den großen Magazinen sind unser größtes Ziel, auf das wir gemeinsam hinarbeiten.«

Stu Chambers schwieg. John legte nach.

»Das NIST, also die Untersuchungsbehörde, ist unter Druck. John Gross, einer der Leiter der Untersuchungen, wurde kürzlich auf die Existenz von Beweisen für geschmolzenen Stahl am Ground Zero angesprochen und hat diese geradeheraus geleugnet. Obwohl es selbst Aussagen von Regierungsbeamten wie Kenneth Holden vor der 9/11 Kommission gibt, dass man welchen fand! Dazu haben Professor Abdolhassan Astaneh-Asl von der Uni Berkeley, der die Trümmer untersuchte sowie diverse Aufräumfirmen wie „Mazzocchi Wrecking“, „LiRo“ und etliche Feuerwehrleute diese Beobachtungen eindeutig bestätigt! Und selbst der Zwischenreport der FEMA und des ASCE-Teams beinhaltet einen Anhang, der von der Untersuchung eines Stücks geschmolzenen Stahls vom WTC 7 handelt. Man fordert dort weitere Untersuchungen, weil es ein seltenes Ereignis sei und die Ursachen unklar wären. Die New York Times bezeichnete das als bis dato größtes Rätsel, das NIST ignorierte dieses einfach und behauptet, man hätte kein Stahl vom WTC 7 gefunden. Das ist die Situation, mit der wir uns konfrontiert sehen.«

Eine Spitze konnte John sich dennoch nicht verkneifen.

»Na ja, in deinem Job muss man sich über Wissenschaft zum Glück keine Gedanken machen.«

Stu Chambers war im Gegensatz zu seiner Frau nicht gemeinnützig tätig, sondern hatte einen 100.000 Dollar-Job in der Bankenbranche.

»Nein, in der Tat.« Stu lachte verlegen.

Melinda bemerkte die schieflaufende Konversation und wechselte rasch das Thema, indem sie ihr neuestes Charity-Projekt ansprach.

Auf einmal hörten sie ein sich näherndes Motorengeräusch. Noch konnten sie nichts sehen, es war wohl ein kleines Motorflugzeug, noch hinter den Häusern verborgen.

Sie hielten sich die Hände vor die Augen und blinzelten in Richtung Sonne und dorthin, woher das Geräusch kam. Sehr hoch konnte der Flieger nicht sein und sonderlich schnell auch nicht. Es dauerte bestimmt 15 Sekunden, bis sie ihn endlich sahen.

»Das ist ein Drachenflieger mit Motor!«, rief Charlotte aufgeregt. Und er war höchstens 40 Meter über ihrem Haus.

»Wink mal«, sagte Stu gerade, aber als John schon den Arm hochnehmen wollte, blitzte es von oben herunter. John ließ den Arm unten. Nachdem der Flieger über ihr Haus hinweggeflogen war, drehte er sofort ab.

»Sag mal ...«, fing Melinda an, »... hat der da eben ein Foto gemacht? Wie kommt der dazu? Hat man denn nirgendwo mehr seine Privatsphäre?«

John runzelte die Stirn. Er war zwar nicht unbekannt, vor allem nicht durch´s Internet, aber nun auch keine Berühmtheit, von deren Gärten man Fotos machte.

Baker antwortete.

»Ja, ein Drachenflieger! Der muss den Weg vom „Spanish Fork Airport“ hergeflogen sein, denn da ist der nächste Flugplatz für Kleinmaschinen. Immerhin zehn Kilometer weit weg. Ganz schön weit für einen Flieger mit so einem kleinen Tank.«

John überlegte.

Was hatte das zu bedeuten? War das ein weiterer Einschüchterungsversuch?

Oder reiner Zufall? Kartographieren des Landes? Warum drehte er dann nach dem Überfliegen und Fotografieren ab? Wer auch immer das Teil flog, musste doch wissen, dass er sich damit verdächtig machte. Also wirklich ein Einschüchterungsversuch?

John seufzte. Er hatte sich schon vor langer Zeit entschieden, weiterzumachen und alle Einschüchterungsversuche zu ignorieren. Bloß - Melinda wollte er keine Angst machen. Das Letzte, was er jetzt noch brauchen könnte, wäre noch mehr Distanz zu ihr wegen seines Wirkens. Er brauchte sie. Heute mehr denn je. Gleichzeitig wusste er, wie sehr ihr das alles auch so schon Angst machte. Wenn er ihr diese doch nur hätte nehmen können. Aber das konnte er nicht. Und Aufhören auch nicht. Damit hätte er sich selbst verleugnet.

Den restlichen Nachmittag sprach niemand mehr das Thema 9/11 oder den merkwürdigen Drachenflieger an. Der Kuchen wurde allerdings auch nicht alle.

John fuhr in der darauffolgenden Woche zur Uni und dachte nach. Die Trennung der „Wissenschaftler" war erfolgt, nicht unbedingt überraschender-, aber erfreulicherweise hatten sich die meisten bei diesem Disput seiner Seite angeschlossen. Liam Roberts war zusammen mit ihm Herausgeber. Ihm konnte er vertrauen. Durch Zufall rief ausgerechnet der an. John hielt am Straßenrand und nahm das Gespräch an.

»Hallo, John!«

»Hallo, Liam, schön, von dir zu hören. Wie geht es dir?«

»Danke der Nachfrage, gut so weit. Hast du schon von der neuen Frage- und Antwort-Liste des NIST gehört? Sie haben uns das erste Mal wirklich ernst genommen und teilweise lächerliche Aussagen auf ihre Webseite geschrieben.«

»Sag' bloß. Wo denn?«

»Schau auf „911Blogger", dort hat User „George Washington" die Seite verlinkt.«

Liam und ihn verband mittlerweile eine echte Freundschaft, seit er Liam gefragt hatte, ob er beim Journal den Co-Editor machen wolle und dieser zugesagt hatte. Seitdem hatten sie sehr oft Kontakt, auch wenn Liam in South Bend in Indiana lebte und sie 1.500 Meilen Entfernung trennte. Sie hatten sich schon persönlich kennengelernt. Bei einem Vortrag im Juni waren sie beide eingeladen gewesen. Liam war ein netter Typ. Und ein Vollblutwissenschaftler, der bei einer Tochter von UL als Wassertechnikingenieur gearbeitet hatte.

»Liam, ich schaue es mir, so bald ich in der Uni bin, an und rufe nachher zurück, ja?«

»Okay, ich bin mal gespannt, was du dazu sagst!«

Sie verabschiedeten sich und John trommelte mit den Fingern auf sein Lenkrad. Er konnte es kaum erwarten, die neuesten Ergüsse des NIST anzuschauen, mit denen diese endlich auf Aspekte ihrer Studien eingegangen waren.

Als er in der Uni war, machte er sich schnurstracks auf in sein Labor, wo sie zum Glück auch einen PC mit Internetanschluss hatten.

Er loggte sich ein, ging auf „911Blogger“, und dann endlich fand er den Link zur NIST-Webseite. Man hatte eine Liste mit häufig gestellten Fragen und den Antworten dazu veröffentlicht. Diese war erst die zweite, nach September 2005.

John las sich die Webseite durch.

Sie gingen tatsächlich auf den Schwall geschmolzenen Metalls ein, der kurz vor dessen Zusammenbruch aus dem Südturm getropft war, den auch das ASCE-Team schon erwähnt hatte und welchen er mit in seiner Arbeit aufgenommen hatte.

Kurz vor 9.52 Uhr erscheint ein heller Punkt am oberen Ende eines Fensters im 80. Stock des Südturmes (WTC2), vier Fenster entfernt von der östlichen Ecke der nördlichen Seite, woraufhin ein ca. vier Sekunden andauernder Schwall einer glühenden Flüssigkeit zu sehen ist. Viele solcher Schwalle konnten in den sieben Minuten vor dem Einsturz des Gebäudes beobachtet werden. Ein unübliches Flammenbild ist in diesem Feuer sichtbar. Es ist eine sehr helle Flamme, im Gegensatz zu den typischen gelben oder orangen Flammen im Umfeld, aber diese erzeugt weißen Rauch.

Das NIST schließt daraus, dass es sich bei dem geschmolzenen Metall um Aluminium-Legierungen handelt, da diese dafür bekannt sind, schon zwischen 475° und 640° C zu schmelzen, weit unterhalb der in Nähe zu Bränden zu erwartenden Temperaturen von 1.000°C.

John war über diese reverse Logik verblüfft. Weil Aluminium einen niedrigeren Schmelzpunkt hatte als Stahl und die Temperaturen nicht so hoch gewesen sein können, musste es also Aluminium sein? Seinen Studenten hätte er für solch eine Argumentation eine glatte Fünf gegeben. Das Problem war immer noch die Farbe des Metalls. Aluminium schimmerte im Tageslicht immer silbrig, da war er sich aus seiner Experimentiertätigkeit sehr sicher, und wie sollte man es auf für rotorange-glühend notwendige Temperaturen bringen, wenn es vorher zerschmolz und wegfloss?

John schüttelte seinen Kopf. Beim NIST handelte es sich schließlich um eine Organisation von Wissenschaftlern. Auch wenn sie ganz klar einem politischen Diktat folgten. Wie konnte so etwas sein?

Er las weiter:

Aluminium entzündet sich nicht bei normalen Feuertemperaturen und es gibt keinen Hinweis darauf, dass diese Schwalle, die dort herunterflossen, brannten.

Reines Aluminium dürfte silbrig erscheinen. Jedoch ist zu vermuten, dass dieses geschmolzene Metall höchstwahrscheinlich mit anderen großen Mengen von heiß brennenden organischen Materialien vermischt war (Möbel, Teppiche, Trennwände, PCs), die in einem Feuer einen rotorangen Schein hinterlassen haben könnten.

Die ersichtliche Farbe könnte auch von irgendwelchen Resten auf der Oberfläche der Gebäude beeinflusst sein.

Er merkte sehr wohl die doppelte Verwendung des Konjunktivs. Hatte das NIST nun Beweise dafür, oder nicht? Er nahm sich vor, an der Uni Experimente zu machen, indem sie alles, was sich auch im WTC befand, in flüssiges Aluminium eintauchen und beobachten würden, ob etwas davon die Farbe veränderte.

Dann las er weiter. Es wurde immer besser.

> *Die Analysen des WTC-Stahls auf Elemente von Thermite/Thermate muss nicht notwendigerweise eine hinreichende Erklärung geben. Die Metall-Bestandteile könnten auch in den WTC-Materialen verbaut gewesen sein, und Schwefel ist in den gängigen Rigips-Wänden der inneren Segmente enthalten.*

Und es ging so weiter:

> *Die Kondition des Metalls in den Trümmern ist irrelevant (also, ob es geschmolzen war oder nicht), weil man keine hinreichende Schlussfolgerung zum Zustand des Stahls vor dem Kollaps machen kann.*

John kam aus dem Kopfschütteln gar nicht mehr heraus. Warum hatte das NIST selbst Stahlteile untersucht, unter anderem mit der Methode der Temperatur-Farbschicht-Analyse, um so auf die Temperaturen, die bei den Bränden herrschten, zu schließen, wenn das dann keine Schlüsse zuließ? Was sollte in den Trümmern heißer gebrannt haben als in den Türmen? Hochofen-ähnliche Prozesse, die dafür notwendig waren, entstünden ja wohl nicht zufällig, zudem unter Sauerstoffausschluss und begrenztem Brandmaterial am Brandherd.

Das klang vom NIST wie eine vorgeschobene Antwort, und wenn man genau las, bemerkte man auch, dass sie keine Antwort darauf lieferten, ob es geschmolzenen Stahl gab, und wenn, wie dieser hätte schmelzen können oder woher die notwendige Energie dafür hätte kommen können.

Wenn man etwas nicht erwähnt, lässt das ebenso Schlüsse zu. Das Thema „geschmolzener Stahl“ ist vielleicht deswegen so heiß.

Dann sagte das NIST, die Rigips-Wände würden auch Schwefel als Element beinhalten. Das mochte sein. Doch dieser Schwefel lag in gebundener Form als Sulfat vor und selbst pulverisiert wäre es immer noch kein reiner Schwefel. Dafür bräuchte man das Müller-Kühne-Verfahren, wie John schon recherchiert hatte. Dass es dieses Laborverfahren in der WTC-Trümmerlandschaft zufällig gegeben hätte, wäre wohl eine Sensation und wissenschaftlich absolut unwahrscheinlich. Er hatte den Eindruck, das NIST hatte schlicht keine Ahnung, eierte ein wenig ´rum, schrieb irreführende Antworten ohne wissenschaftliche Beweisführung, immer knapp am Thema vorbei. Wenn das überhaupt etwas zeigte, dann, dass man sie dort in die Enge treiben konnte, solange man rein wissenschaftlich blieb.

Er rief Liam an. Dieser nahm schon nach dem ersten Klingeln ab.

»Roberts hier.«

»Hallo, Liam. Großartig. Diese FAQs. Die haben sich selbst richtig auseinandergenommen, nicht wahr?«

»Haha, ich dachte mir schon, dass du es genauso sehen wirst. Jeder mit etwas wissenschaftlichem Hintergrund wird in der Lage sein, das zu erkennen.«

John lachte kurz, wandte dann aber ein: »Nur diejenigen, die sich nicht mit den Beweisen auseinandersetzen und weiter ihre Überzeugungen glauben wollen, die werden das nicht bemerken und sogar noch bestätigend finden.«

»Da wirst du wohl Recht haben. Aber Wissenschaft sollte frei von solchen Begleitumständen sein. Wissenschaft an erster, zweiter und dritter Stelle. Erst dann machen wir uns über die Schlussfolgerungen Gedanken.«

»Genau! Lasst die Domino-Steine fallen, wohin sie fallen.«

Das war Johns neue Lieblingsaussage, nachdem er sich etwas von den politischen Interpretationen zurückgezogen hatte. Das sollten Andere ausmachen. Er würde zusammen mit seinen Kollegen weiterhin nur harte Fakten liefern.

Weswegen er seine Email-Adresse nicht umsonst *hartefakten@zeromail.com* nannte.

Dieser Tag war wieder ein kleiner Sieg in ihrem Kampf gegen die Fehlinformationen, die das Thema umgaben. Am liebsten hätte er mit Melinda ein Gläschen Sekt getrunken. Doch immer noch war sie in absoluter Verweigerungshaltung und er hatte niemanden in seiner privaten Umgebung, mit dem er seine gute Stimmung hätte teilen können. Nur an der Uni, da war es etwas anderes. Noch. Da hielten seine Kollegen zu ihm. Dafür war er dankbar. Nur nicht mehr lange.

Ein paar Tage später war John dort. Im Werkmaterialraum. Mit einigen Kollegen und einigen seiner interessierten Studenten. Es war der große Tag, an dem sie die Experimente zum geschmolzenen Aluminium machen wollten.

Sie hatten alles bereit. Teppichreste, Holz. Ein paar alte Plastikreste eines Computers.

Und vier Kilo Aluminium in Pulverform, das war leichter zu schmelzen.

»Daniel, bring mir bitte den Stahlköcher!«, bat John seinen ehrgeizigen Studenten Daniel Young.

»Klar, Prof.«

Daniel kam mit dem Köcher, sie gingen aus der Tür ins Freie, schließlich wäre das Verbrennen von Plastik in einem geschlossenen Raum doch etwas gewagt. Es war bewölkt, aber trocken und einigermaßen warm, über 20° Grad auf jeden Fall.

Der Schlauch vom Sauerstoff-Acetylen-Brenner war lang genug, sodass sie das Brenngeschirr mit hinausnehmen konnten, ohne die Sauerstoff- und Acetylenflaschen zu bewegen.

»So, jetzt alle eure Schutzbrillen auf. Ihr wisst ja. Auch wenn das kein Lichtbogenschweißen ist. Persönliche Schutzausrüstung geht immer vor!«, sagte er mit seinem gutmütigen Ton.

»Wir wollen ja keine Verletzten hier, nicht wahr? Hehehe.«

Sie setzten ihre Schweißerbrillen mit der dunklen Einlage auf. John mit seinem blauen Laborkittel sah aus wie ein Stahlkocher allererster Güte.

»Mensch, Professor. Auf Ihre alten Tage nochmal richtig am Werken, wie?«, erlaubte sich ein besonders vorlauter Student zu sagen.

»Robert, Experimente sind das Salz eines jeden Wissenschaftlers. Hehehe. Mit ihnen kannst du jede These bestätigen oder widerlegen. Nur wiederholbar muss es bei gleichen Bedingungen sein.«

»Schon klar, Prof. Weiß ich doch!«, jetzt beinahe beleidigt.

John war soweit startklar.

»Daniel, willst du das Erhitzen übernehmen?«

»Okay. Mache ich.«

John drehte die Flaschenhähne auf und ließ die Gase durch das Geschirr strömen. Mit einem Feuerstein-Anzünder machte er eine ratschende Bewegung und die Funken entzündeten das Gas augenblicklich. Nun noch die Regler eingestellt, dass es eine schöne heiße, bläuliche Flamme gab, und er übergab das Brenngeschirr an Daniel.

»So halten, ja? Bis das Metall flüssig ist.«

Das Aluminium begann schnell, sich zu verflüssigen. Schon nach wenigen Minuten war nichts mehr von dem Pulver übrig, stattdessen gab es eine dünnflüssige, silbrige Masse.

»Welche Temperatur hat das jetzt?«, fragte Daniel.

»Also über 600° C auf jeden Fall. Aber auch nicht viel wärmer.«

Der Stahlköcher war mit einem Wärmeschutzhandschuh noch anzufassen und geschmolzen war er natürlich auch nicht. Er war nicht mal weich. Warum auch?

»Okay, es geht los. Wer will die Bestandteile reinmixen, die laut NIST die Farbe des Alus verändern?«

Robert wollte das machen, vermutlich um zu zeigen, dass er solcherart Experimente durchaus ernst nahm.

»Okay, Robert. Nimm dir die Zange und dann das Plastik. Und wirf es in den Topf.«

Robert tat, wie geheißen. Das Plastik tauchte kurz unter, dann gab es schwarzen, rußigen Rauch, etwas Verkokeltes kam an die Oberfläche und brannte dort schnell aus.

»Hm. Welche Farbe hatte *das* Alu?«

»Es war silbergrau.«

Das Plastik mischte sich nicht, sondern bildete höchstens einzelne Punkte, die brannten oder kokelten.

Sie wiederholten den Test mit den Teppichresten und dem Holz. Das Ergebnis war jedes Mal das gleiche.

Schließlich nahmen sie den Tiegel und gingen damit hinein.

»So, jetzt in die Rinne kippen.« Sie hatten ein L-Profil umgekehrt auf ihrer Werkbank eingespannt, wobei sie auf einer Seite einen Amboss untergestellt hatten, damit es ein leichtes Gefälle gab. Das Metall würde in einen darunter-gestellten Stahleimer laufen.

Beim Ausgießen hatte das Alu keine andere Farbe wie vorher auch. Es schimmerte stets silbrig-grau.

Sie ließen es abkühlen und erhitzten es wieder. Dieses Mal ließen sie sogar brennende Teile mit in die Rinne fließen. Auch wenn dort, bei Holz oder Plastik, einzelne orangefarbene Feuer und Flammen aufleuchteten, niemals mischten sich die organischen Bestandteile mit dem Metall.

»Das ist der Schlüssel, um zu verstehen, warum Aluminium niemals orangeglühend wirken wird. Organische Bestandteile mischen sich nicht mit Alu.«

»Das beim WTC war in sich orangeglühend, nicht wahr?«

»Ja. Ich denke, dass NIST hat eine Menge zu tun, ihre wilden Thesen auch experimentell zu beweisen, nicht wahr?«

Allgemeines Gelächter.

»Ich sehe, ihr habt begriffen. Hehe, ja, das wird eine schwierige Aufgabe. Wir hingegen werden das wiederholen und dann auf Video aufnehmen und veröffentlichen.«

Dies machte er schließlich in seinem Journal. Auch mit einer Powerpoint-Präsentation. Aber das NIST hat darauf nie wieder reagiert.

Einen Eindruck konnte man bei diesen Erklärungsversuchen des NIST bekommen: Man deutete irgendwie alles so hin, dass es zur seit dem ersten Tag geltenden Erklärung passte, die hieß, Flugzeuge + Feuer = Einstürze, blieb aber wirkliche Beweise schuldig. Fragte jemand kritisch nach, machte man irreführend detailreiche, ablenkende autoritäre Behauptungen und ignorierte weitere Einlassungen.

In der nächsten Woche hatte er sich mit Professor Johnson in der Mensa verabredet. Er gehörte zum Kreis derer, die Johns Arbeit für die BYU begutachten sollten. Er wollte ein paar Dinge ansprechen. John saß schon beim Essen, als Johnson kam.

Professor Alan Johnson war noch ein paar Jahre älter als er, weißhaarig, seit fast fünf Jahrzehnten im Dienste der Uni und nun, mit 72 schon jenseits des eigentlichen Rentenalters, machte ihm sein Job immer noch Spaß. Sein Verstand war wie eh und je messerscharf.

Er setzte sich zu John und wünschte einen guten Appetit, was dieser erwiderte. Dann fing er zu essen an. Ohne groß um den Brei herumzureden, fiel er gleich mit der Tür ins Haus.

»Ihre Recherchen sind einfach schrecklich schlecht. Was soll ich der BYU empfehlen? Schauen Sie sich mal dieses Foto hier an.«

Professor Johnson legte ihm eine zerknickte Seite aus Johns Studie vor, auf der sich Feuerwehrleute um eine Stelle im Boden bückten, die orange glühte.

»Sie glauben doch nicht wirklich, dass es sich hier um ein Foto mit geschmolzenem Metall handelt, oder?«

»Nein, dieses Foto ist auch nicht mehr in der aktuellen Version meiner Arbeit enthalten. Woher haben Sie das?«

»Na, aus Ihrer Arbeit, verlinkt bei den „Wissenschaftlern".«

»Den „Wissenschaftlern für die Wahrheit" oder den „Wissenschaftlern für Wahrheit und Gerechtigkeit"?«

»Welche Rolle sollte das spielen?«, fragte Johnson gelangweilt.

»Eine große. Bei der erstgenannten Gruppe handelt es sich um die Seite unter redaktioneller Kontrolle von David Polter, ich hatte ihn schon vor einiger Zeit gebeten, alte Entwürfe meiner Arbeit von seinem Server zu löschen und, wenn überhaupt, jeweils nur die aktuelle Version zu nehmen. Was er augenscheinlich immer noch nicht getan hat.«

»Aber Sie hatten es mal in Ihrer Arbeit drin.«

»Ja, in einer früheren Version. Sie haben Recht. Aber nicht in der zuletzt veröffentlichten Version. Wissen Sie, Professor, es war ein Fehler, Herrn Polter überhaupt jemals zu vertrauen. Das habe ich begriffen und meine Lektion gelernt. Das hat letztlich zur Spaltung unserer Gruppe geführt, 93 von 102 Mitgliedern sind im Juli in die neue Wissenschaftler-Vereinigung, die von mir gegründet wurde, gewechselt. In dieser sind exklusiv Liam Roberts, Frank Legge und ich als redaktionelle Leiter. Auf dem Foto ist unmöglich geschmolzenes Metall zu sehen. Es wäre viel zu heiß, als dass sich die Feuerwehrleute so nah daran befinden könnten. Tatsächlich handelt es sich um den Schein einer Taschenlampe im Rahmen einer WTC-Rettungsaktion. Es gibt sogar ein Video davon vom History Channel.«

»Wie gelangte dieses Foto dann überhaupt in Ihre Arbeit, Kollege?«

»Damals hatte ich dazu geschrieben, dass ich es noch prüfen müsse. Steht das da nicht drunter? Na, jedenfalls, einer meiner Studenten hatte es mir gegeben. Es stammt aus einer deutschen Publikation, der Geo-Epoche. Wahrscheinlich ist es Bildmaterial aus den History Channel-Aufnahmen.«

»Ich habe das schon gesehen, deshalb ist mir das auch aufgefallen. Aber dort ist das Licht weiß, wie bei Taschenlampen üblich.«

»Ich weiß. Aber ich habe das Bild nicht farblich verändert. Und ich glaube auch nicht, dass der Student es tat. Vielleicht ein Farbfehler in der GeoEpoche-Produktion. Wer weiß?«

»Sie wissen, dass man Sie einen Fälscher nennen wird?«

John entfuhr ein »Pah!« und er ruckte mit dem Kopf.

»Das machen eh manche, weil denen nicht gefällt, was ich tue. Sehen Sie, ich habe das Foto gegen ein anderes ausgetauscht. Von „LiRo". „LiRo" war eine der vier Aufräumfirmen vor Ort. Von allen vieren gibt es Aussagen über geschmolzenen Stahl, von zweien sogar Bilder. „LiRo" und „Mazzocchi Wrecking". Wo habe ich sie bloß?«

John kramte in seiner Tasche und zog eine Aktenhülle heraus.

»Hier sind sie.«

Er zeigte Professor Johnson die Bilder.

»Oh.«

»Am eindrucksvollsten ist immer noch das Foto von Frank Silecchia. Es zeigt eindeutig einen hellorange glühenden H-Träger am 27.09.2001. Fast drei Wochen nach den Anschlägen.«

Auch dieses hatte er dabei und zeigte es.

Stirnrunzeln machten sich in dem Gesicht seines Gesprächspartners bemerkbar.

»Und diese sind wirklich echt?«

»Wissen Sie, Professor Johnson, nur ein einziges falsches Foto – und all diese Fotos werden angezweifelt. Ich sehe ein, dass es ein Fehler war, es überhaupt jemals in meiner Arbeit gehabt zu haben, aber Fehler passieren selbst mir. Da ich das verbessert habe und mit anderen, eindeutig echten und von den Fotografen verifizierten Aufnahmen ersetzt habe, müssen Sie mir doch zugestehen, richtig gehandelt zu haben.«

»Ich muss Ihnen zustimmen. Was ist denn dieser David Polter für ein Typ, dass er sich so wenig um Ihren Ruf Sorgen macht?«

»Ich möchte darüber nicht viele Worte verlieren. Ich möchte meine Zeit nicht an so jemanden verschwenden. Sondern mit der wissenschaftlichen Untersuchung weitermachen, wenn ich darf.«

»Professor Miller, ich weiß noch nicht, was ich der Uni-Leitung empfehlen soll. So einfach, wie ich es anfangs dachte, ist es anscheinend nicht.«

»Professor Johnson, folgen Sie ihrem Verstand und Ihrem Herzen! Das sollten wir Mormonen doch tun, oder nicht?«

»Wir müssen auch an die BYU denken«, ergänzte Johnson und schwieg anschließend.

Auch John schwieg. Mit ihrem Essen waren sie beide mittlerweile fertig.

Nach einer kurzen Zeit wurde es Johnson anscheinend unerträglich und er verabschiedete sich eiligst. Dann war er weg.

John wollte sich weiter seinen Studien widmen und natürlich seinem Job als Physikprofessor an der Uni. Solange er noch konnte. Und man ihn ließ.

Kapitel 9 Die Verschwörung

9.1 „Wir sind fällig!"

Es war mittlerweile schon nach 20.00 Uhr, George Donstett war zu Patrick ins WTC gekommen. Und nun saßen sie schon seit einer Stunde im „Windows of the World" und hatten alle möglichen sicherheitsrelevanten Einrichtungen durchgesprochen. Auch T&D würde noch eine unabhängige Gefährdungs-Analyse machen. Nun wollten sie sich gleich auf den Weg ins Elaine's machen.

Er musste jetzt nur noch Mel begreiflich machen, dass er heute Abend schon wieder später heimkommen würde. Seit er seinen Job als WTC-Sicherheitschef hatte, oder besser gesagt, seit er darin eingearbeitet wurde, denn er war ja noch nicht allein verantwortlicher Sicherheitschef und Michael Karloff war planmäßig noch bis Ende September begleitend in dieser Position tätig, hatte er wie früher beim FBI jeden Tag wenigstens zwei Überstunden gemacht. Allein schon, um sich mit allem vertraut zu machen. Dennoch bedeutete dieses ein wesentlich geregelteres Heimkommen als vorher, als er teilweise erst nachts nach Hause kam, wenn überhaupt. Das war auch einer der Gründe gewesen, den neuen Job anzunehmen. Die Aussicht auf einen Job, der ihn nicht gesundheitlich ruinierte, der nicht den Großteil seiner Lebenszeit in Beschlag nahm, sondern der geregelte Arbeitszeiten und Überstundenvergütung vorsah. Und nun war er immer noch auf Terroristenjagd. Und verbrachte viel zu viel Zeit bei der Arbeit. Er würde sich zurücknehmen müssen, nachdem er den Laden unter Kontrolle gebracht hatte.

Patrick entschuldigte sich kurz bei George und ging vor die Tür, um sie anzurufen.

»Hey, Schatz, was gibt es denn?«, begrüßte sie ihn.

»Hey, Mel, alles klar bei dir? George Donstett ist hier bei mir und Harry Brunswick will sich heute Abend noch mit uns im Elaine's treffen, ich wollte dir nur Bescheid sagen, dass es später wird.«

»Okay, kein Problem, du weißt ja, was du ihm zu verdanken hast!«

Das stimmte. Im Grunde hatte Harry ihn aus der Scheiße geholt, seinen Arsch gerettet. Wenn Harry nicht gewesen wäre, hätte er jetzt um einen Job in der Sicherheitsbranche tingeln müssen und wäre vielleicht im Personen- oder billigen Objektschutz untergekommen. Nun hatte er diesen gut bezahlten Job.

»Harry hat immer noch keine Freundin.«

Mel schmunzelte, das konnte Patrick regelrecht merken.

»Und dabei kannst du ihm helfen?«

Patrick nahm sehr wohl wahr, welche Spitzfindigkeit in ihrer Stimme lag.

»Aber sicher doch.«

»Aber komme nicht so spät, hörst du? Du hast mir versprochen, mehr Zeit mit mir zu verbringen. Du bist nicht mehr auf der Mission, die Welt zu retten, ja?«

»Ich komme spätestens um halb elf nach Hause, wir gehen nur ins Elaine's, nirgendwo anders hin.«

»Okay!«

»Danke für dein Verständnis. Du bist ein Schatz!«

Da war immer noch etwas, das sie verband. Nicht so wie mit Maria, die er zwar auch schon seit drei Jahren kannte, wo aber der Abstand zueinander immer noch genug Platz für heiße Liebesnächte bewirkte. Er verdrängte den Gedanken an Maria. Er wollte seine Beziehung zu Mel nicht verlieren und auch nicht strapazieren. Manche hätten es scheinheilig genannt, aber diese Menschen würden es nicht verstehen, sie wären nicht in der gleichen Situation wie er, der schon einmal eine Familie wegen seines Verhaltens verloren hatte.

Und er war auch nicht der Erste, der einer heimlichen Geliebten falsche Versprechen gemacht hatte.

Er dachte an John Patrick. Ein Prachtbursche, der das Potenzial hatte, in die Fußstapfen seines Vaters zu treten, die männliche Familientradition fortzuführen und vielleicht sogar noch besser als er selbst zu werden. Er freute sich darauf, ihn wiederzusehen, er würde ja morgen ins WTC kommen, um die letzten Entwicklungen mit ihm zu besprechen.

Sie waren im Elaine's angekommen. Der Empfangschef begrüßte sie, nahm ihre Jacketts ab und führte sie an Patricks Stammtisch. Es war halb neun, aber von Harry war noch nichts zu sehen. Wie immer wurde Patrick in der Zentrale „seines Netzwerks“ von vielen Leuten angesprochen und begrüßt. Das Elaine's war einfach der angesagte Treffpunkt für alle.

Am Nachbartisch saß Wallace Millard, ein ehemaliger Polizist, der nun auch im privaten Sicherheitsbereich tätig war. Der grüßte freundlich und fragte:

»Patrick, alles o.k. bei dir?«

Anscheinend hatte er von seinem FBI-Ende gehört.

»Wally, ich bin der Beste! Ich habe jetzt einen Job, bei dem ich das Dreifache von dem verdiene, was ich vorher hatte.«

»Großartig. Dass du das schaffst - habe ich immer gewusst«, sagte Millard und zwinkerte ihm zu.

Beide widmeten sich wieder ihren Tischgesprächen und tranken ihr Millers Bier.

Harry Brunswick kam erst gegen 21.30 Uhr, sie orderten ihr Menü. Patrick bestellte geröstetes Hühnchen mit Salzkartoffeln und sie redeten über dies und das.

Über Terror, Sicherheitsroutinen, die Jahre, in denen sie gemeinsam über Anti-Bio-Terror-Strategien brüteten, und dann kamen sie auf das Thema der Wahrscheinlichkeit eines neuen Angriffs auf New York City.

Patrick sagte: »Wir sind fällig. Es passiert was Großes.«

»Wie meinst du das?«, fragte Harry Brunswick ungläubig.

»So, wie ich es gesagt habe. Konkreteres weiß ich´s auch noch nicht. Aber es ist auch mehr als nur eine Ahnung.«

Eisiges Schweigen.

Harry ergriff als Erster wieder das Wort.

»Du musst doch eine konkrete Ahnung haben, wenn du uns das hier offenbarst. Was ist los, komm - erzähl schon!«

»Einige Dinge sind in Afghanistan passiert. Ich mag die Dinge nicht, die da passieren. Es gibt eine Änderung, ich spüre es und ich denke, Dinge werden passieren. Sehr bald.«

Harry schien sich zu entspannen.

»Was interessiert uns Afghanistan. Das ist weit weg, die meisten unserer Mitbürger würden es auf einer Landkarte nicht finden. Übrigens. Wie gefällt dir dein neuer Job bis jetzt?«

»Hey, bis jetzt alles gut. Ich muss mich noch ein bisschen einfinden und bin gerade dabei, neue Gefährdungsanalysen durchzuführen.«

»Wirklich? Gibt es da nicht schon genug?«, fragte Harry erstaunt.

»Man sollte doch meinen, das wäre beim World Trade Center Standard. Ich glaube, selbst mein ehemaliger Arbeitgeber, die ENSIC hatte dazu schon mal was gemacht.«

»Ja, das stimmt, ist aber lange her. Nach 1993 gab es eine ganze Menge Änderungen in der Haustechnik, außerdem sollte das mit den modernsten Erkenntnissen aufgefrischt werden.«

»Du machst das schon!«, sagte Harry im Ton eines Vaters und klopfte ihm auf die Schulter. Und weiter:

»Du bist ja auch nicht der erste Profi, der in der Privatwirtschaft gelandet ist. In unserer Familie der privaten

Sicherheitsfirmen kommt man immer irgendwie unter. ENSIC hat mittlerweile fast 300 ehemalige Bedienstete der US-Behörden unter Vertrag. Wäre damals nicht das Angebot vom OEM und von Kress gekommen, wäre ich auch immer noch dort.«

»Hören wir mal langsam auf, immer nur von der Arbeit zu sprechen!«, mahnte George Donstett und rollte dazu mit den Augen.

Harry lachte und nickte.

»Klar. Ihr könnt mir gerne sagen, wie ich das nun mit Julia anstellen soll. An dem Abend neulich hat sie mich einfach aus dem Taxi geschmissen!«

Patrick fing an: »Also, du musst schon ...«

Sie klärten in dieser Männerrunde, wie Harry es schaffen könnte, diese gut aussehende Blondine, die sich ihm gegenüber unnahbar gab, wieder zu treffen und endlich herumzubekommen. Single in New York zu sein war keine tolle Option, bei all den schönen Frauen, die es hier gab. Und für einen Mann wie Harry sollte es doch möglich sein, eine Frau zu finden.

Als sie sich aufmachten, das Elaine's zu verlassen und doch noch in den China Club zu gehen, hatte George gerade die Tür des Lokals zugemacht, als Patrick, schon auf dem Bürgersteig stehend, über die New Yorker Skyline blickend zu ihnen sagte: »Wenigstens ist niemals in meiner Zeit als Antiterrorchef ein Anschlag auf New York verübt worden.«

»Du hast Recht, aber wie abgedreht ist das denn? Komm, los jetzt zu Stage 3 vom China Club. Die Mädels warten!«, erwiderte Harry und zog George und ihn mit den Armen in die Richtung dieser Edeldisco.

Die Party dort lief länger, als geplant. Und es gab auch mehr Chivas, als er eigentlich wollte. Irgendwann verabschiedeten sie sich und er fuhr mit dem Taxi nach Hause, zu dem Block, in dem sein Appartement lag. Es war doch wieder ein wenig zu spät geworden.

Als er die Tür aufschloss, sah er, dass Mel noch wach war.

Das Licht war an. *Shit, das roch nach Ärger.*

Hatte er ihr versprochen, um halb elf zu Hause zu sein. Sie saß am Computer und spielte Solitär.

Eindeutiges Zeichen ihres Ärgers. Er ging zur Tür und machte sich dieses Mal nicht die Mühe, die Tür extra leise zuzumachen.

»Mel, du musst ja langsam Profi in diesem Spiel sein.«

Und bereute es sofort, weil er merkte, dass er mit diesem Satz einen schweren Fehler gemacht hatte.

»Fuck you!«, schleuderte sie ihm entgegen.

Er hatte es verbockt, das war ihm klar. Er kannte sie aber auch gut genug, um zu wissen, dass Beschwichtigungsversuche jetzt völlig erfolglos wären.

Ohne ein weiteres Wort gingen sie zu Bett. Er konnte nicht einschlafen. In was für einer abgefuckten Situation er doch war – durch eigene Schuld. Er musste schleunigst alle Fronten klären – so weh es auch tun würde. Doch bevor er weiter nachdenken konnte, war er schon entschlummert und schnarchte vor sich hin.

Mit einem dumpfen Pochen im Kopf wachte er auf. Seine Kleidung roch noch nach kaltem Rauch und er rümpfte die Nase. Verdammt, er hatte doch gar nicht so viel getrunken. Doch es war zweifellos ein Kater - der Preis für dieses Partyleben. Er hatte sich zu entschuldigen – und ging erst einmal Duschen.

Sorgfältig zog er sich an. Akkurat wie jeden Tag. Einen blauen Nadelstreifenanzug von Burberry, weißes Hemd, eine blaue Krawatte und seine schwarzen Bruno Magli Schuhe. Er zog sich die Krawatte zurecht und begutachtete sich im Spiegel. Das war sein Lieblingsanzug. Er trug immer einen Anzug, immer ein Jackett, etwas, was immer notwendig war, um sich gut zu verkaufen. Gute Kleidung war der erste Schritt zu einem überzeugenden Auftreten. Und das hatte er – damit spielte er auch. Er erinnerte sich an den Auftritt der Delegation der saudischen Staatspolizei, die von dem Hauptquartier des FBI in Washington wie normale Geschäftspartner empfangen wurde – und dabei warten musste, was diese als Affront auffasste. Saudische Sitten sind anders. Sie riefen ihn an und sagten, sie wollten wieder zurück nach Saudi-Arabien, weil sie so schlecht empfangen worden seien und sie schwer gekränkt waren. Er hatte sie überreden können, nach New York zu kommen und sie dann wie Staatsgäste zu empfangen. Es hatte eine Polizeieskorte, eine Suite im Plaza Hotel und das volle Programm eines Stilmannes wie Patrick O'Sullivan gebraucht, Essen im Elaine's, Zigarren, Chivas, und vor allem, eisernes Schweigen zu allen Themen, die geschäftlich waren, bis die Saudis selbst, am nächsten Tag, von sich aus ankamen und fragten, was sie denn für ihren Freund Patrick O'Sullivan tun könnten. So funktionierte das. Er hatte es oft genug erlebt. Mittels persönlichem Kontakt kam er oftmals sehr viel weiter als Andere. Ein anderes Beispiel waren seine Erfolge, Kontakte zu seinem jemenitischen Pendant zu knüpfen, der ihm vertraute, ihn wie einen Freund behandelte – so wie er es auch machte. Zu dumm, dass sich daraus nichts ergab, weil Patrick vorher rausgeschmissen wurde.

Ausgerechnet er. Ha! Schon der erneute Gedanke an Botschafterin Bodine regte ihn auf. Zum Glück hatte Ali Soufan mit seinem Team im Jemen die Ermittlungen wieder aufgenommen.

Patrick begutachtete immer noch sein Spiegelbild.

»Es ist Showtime, Baby«, sagte er leise und verkatert zu sich. Mel war ebenfalls aufgestanden und nun im Bad. Sie stand vorm Spiegel. Er ging zu ihr und schlang von hinten seine Arme um sie.

»Baby, es tut mir unendlich leid. Ich habe es verbockt. Die Dinge laufen momentan nicht so gut. Bitte verzeih mir!«

Sie drehte sich zu ihm um, sah ihn in die Augen und sagte. »Du Idiot!«

Und gab ihm einen flüchtigen Kuss.

Normalerweise würde sie ihm wenigstens einen Tag lang die kalte Schulter zeigen oder es wenigstens versuchen. Er war froh, dass es so gut funktioniert hatte, sie wieder milde zu stimmen. Doch das war nur für den Augenblick. Irgendwann würde er entweder Mel oder Maria die Wahrheit sagen müssen und er war sich wiederum nicht sicher, wem er diesen Schmerz bereiten müsste. Bis vor Kurzem schien es sicher zu sein. Aber das war ein Trugschluss. Er liebte beide, wenn auch jede auf andere Art.

Endlich verdrängte er diesen Tag aus seinen Gedanken.

Mel stieg mit in den Buick LeSabre ein. Er musste sie noch schnell zur Arbeit fahren, bevor er dann selbst um 8:00 Uhr wie jeden Morgen seinen Job begann. Mit seinem Privatwagen durfte er das auch. Sie fuhren in den morgendlichen Berufsverkehr hinaus. Heute kam man gut durch. Es war nicht so viel los wie sonst. Patrick setzte Mel bei ihrer Arbeit ab. Sie war eine bekannte New Yorker Modedesignerin und arbeitete für die Modemarke Sunny Choi am Bryant Park, 40 Straße, Ecke sechste Avenue. Heute hatte sie ein Meeting wegen der anstehenden „Fashion Week". Nach nur fünf Minuten waren sie dort. In der Zeit hatten sie sich normal unterhalten und er hatte sich nochmals entschuldigt.

»Mel, noch mal: Es tut mir leid! Es wird nicht wieder vorkommen.«

»Mach dir doch nichts vor, Patrick. Du hast den neuen Job auch deswegen angenommen, um mehr Zeit mit mir zu verbringen. Und nun? Es hat sich rein gar nichts geändert, du treibst dich immer noch bis spätnachts im China

Club herum, als ob du immer noch als FBI-Agent Informationen sammeln müsstest. Deinen Job machen jetzt andere. Kannst du das nicht einsehen?«

Er wusste, dass sie zum großen Teil Recht hatte. Aber er konnte nichts erwidern. Und auch das mit Maria konnte er ihr einfach nicht eingestehen.

»Machs gut Mel, bis heute Abend«, sagte er. Wie Recht er doch hatte. Es würde nie wieder vorkommen, dass er sie enttäuschen würde. Aber gänzlich anders, als er sich das vorgestellt hätte.

9.2 CNN 11.09.2001, 10.40:20 Uhr

Bild: Nahaufnahme „Manhattan, mit Staubwolken bedeckt".

Breaking News: Teile des Pentagons eingestürzt.

»Brian Henderson, ein CNN-Korrespondent, ist so nah am Ort des Geschehens, wie es möglich ist.«

»Das ist richtig. Wir sind de facto so nah dran am WTC, wie es geht.«

»Ich weiß nicht, wie lange es her ist, ich kann Ihnen nicht die genaue Zeit sagen. Aber einige Minuten ist es her. Da standen wir vorm „US Courthouse", als der zweite Turm von der Skyline verschwand und sich in Asche und Trümmer verwandelte. Leute rannten nordwärts. Wir hatten einen Polizisten hier, der den ersten Einsturz gesehen hatte, aber der musste weg zu einem Einsatz. Wir sahen Menschen weinen, manche haben Verwandte in den Gebäuden, sie wussten nicht, ob sie ... ob sie evakuiert werden konnten oder nicht.«

»Gab es eine Explosion vor dem Kollaps oder rührt der Lärm vom Kollaps selbst?«

»Ich kann das aus meiner Entfernung nicht unterscheiden, dafür war ich zu weit entfernt. Wir sahen das Gebäude fallen. Ich hörte Ihren Bericht über eine vierte

Explosion. Ich kann das nicht bestätigen. Wir hörten einen Knall und dann fiel das Gebäude zusammen.«

»Ich muss kurz unterbrechen. Der Verteidigungsminister wurde aus dem Pentagon evakuiert. Das Pentagon. Ein Teil des Pentagons ist eingestürzt. Nachdem – ich bin nicht sicher, ich sage Ihnen, wenn wir nicht sicher sind – ein Flugzeug oder Hubschrauber das Pentagon getroffen hat.«

»Aha.«

»Jedes Mal, wenn wir ein Flugzeug hören, werden wir hier etwas nervös. Was auch immer passiert und wer dafür verantwortlich ist – wir haben keine Ahnung, ob es nun vorüber ist oder noch andauert. So jedes Mal, wenn wir ein Flugzeug hören, fragen wir uns, was das zu bedeuten hat.«

»Klar.«

»Dieser Sound, wird uns gesagt, hört sich nach einem Abfangjäger an.«

9.3 Erwachen

Patrick wachte auf, sein Kopf schmerzte. Ein Stöhnen entfuhr ihm, bevor er richtig zu sich kam. Wie spät war es? Er hatte keine Ahnung. Vermutlich irgendwann vormittags an diesem schlimmen Tag.

In seinem Gesicht klebte es warm. Blut. Er konnte es sogar schmecken, weil ein Teil davon in seinen Mundwinkel gelaufen war. Der Schlag war heftig gewesen. Eine Platzwunde. Würde eine schöne Beule geben.

Noch lag ein Schleier vor seinen Augen, er versuchte, sich auf einen Punkt vor sich zu konzentrieren, die Lage zu checken. Es gelang ihm zunächst nur mit Mühe.

Sie hatten ihn niedergeschlagen. Grosser und Tomcev. So viel war ihm schon wieder bewusst. Erst langsam wurde ihm klarer. Er saß in einem Raum auf einem Stuhl. Er versuchte, sich zu bewegen, es ging nicht. Seine Hände waren hinter dem Stuhl an die Lehne gefesselt. Wie lange war er weggetreten? Es könnten nur wenige Minuten gewesen sein oder einige Stunden. Sein Zeitgefühl war ihm abhandengekommen. Er rieb seinen rechten Arm an seinem Rücken entlang, um zu spüren, ob seine Uhr noch da war. Aber sie war weg.

Wo war er? Wo hatten sie ihn hingebracht? Er versuchte, das zu ergründen. Der Raum war abgedunkelt, aber es gab Fenster. Aus der Perspektive der Fenster schätzte er, dass er ungefähr auf Höhe des 30. Stockwerks eines Gebäudes in New York war, weil er über niedrigere Gebäude in Richtung Central Park schauen konnte. Draußen hatte sich der Staub etwas gelegt. Der Park war deutlich zu erkennen. Und Qualmwolken von einem Feuer. Irgendwo.

Weit weg vom WTC-Komplex konnte es aufgrund der Entfernung zum Park aber nicht sein, auch weil sie ihn schließlich unbemerkt hertransportiert haben mussten.

Da bemerkte er es. Da war doch noch jemand außer ihm im Raum, der abseits seines Blickwinkels saß und sich nur durch ein Geräusch bemerkbar gemacht hatte. Schon im nächsten Augenblick übermannte ihn ein Schock und es lief ihm kalt den Rücken runter. Er kannte ihn. Auch wenn er halb mit dem Rücken zu ihm saß. Es gab keinen Zweifel. Er stöhnte auf.

Nein, das konnte doch nicht wahr sein. Der auch noch!

Es war James, der alte CIA-Haudegen, der sich als israelischer Teppich-Händler tarnte, mit dem er sich vor kaum zwei Monaten in Spanien auf einem Anwesen getroffen hatte und der ihn damals eindringlich davor gewarnt hatte, seine Nase weiter in diese Angelegenheiten zu stecken. Von Grosser und Tomcev hingegen war nichts zu sehen.

Nun drehte James sich um, er hatte anscheinend sein Stöhnen bemerkt.

»Ach, hallo Patrick, ich sehe, du bist wieder wach. Willkommen in der Show. Wie sagst du doch immer – es ist Showtime!«

Patrick schaute ihn verächtlich an, schwieg aber.

»Lange hast du ja nicht geschlafen. Und wie schwer du bist! Du wiegst bestimmt 120 Kilo!«

Patrick wusste nicht, was das alles sollte. *Seit wann duzte ihn dieser Typ?*

»Ich werde mich bemühen, wieder abzunehmen«, murmelte er unhörbar leise, mehr zu sich selbst.

Ein Agent sollte sowieso fitter sein als er. Wäre er es nur ein klein wenig gewesen, hätte er es vielleicht schaffen können, ihnen wegzulaufen.

Er beschloss, vorsichtig zu sein. Und nichts weiter zu sagen, bevor er nicht wusste, was hier genau lief und wie er am besten aus der Sache rauskommen könnte.

James schien sein Schweigen nicht zu stören. Er redete unverdrossen weiter.

»Zum Glück hatten die Feuerwehrleute unten schon ein Loch in die Außenwand geschnitten, durch das wir noch mal rein konnten. Der Haupteingang dieses verdammten Gebäudes ist verschüttet. Eigentlich hätte es schon gar nicht mehr stehen sollen, weil es kurz nach dem Nordturm hätte fallen sollen. Und du bist schuld dran, dass unsere Operation nicht so läuft, wie geplant.«

Fast hätte Patrick ein Bedauern ausgespuckt, konnte es sich aber gerade noch verkneifen.

»Eigentlich hatte ich dich ja gewarnt, deine Nase da hineinzustecken. Ich habe mir schon gedacht, dass du deine Finger nicht rauslassen könntest. Ich habe, ehrlich gesagt, sogar mit dir gerechnet. Mit dir – genauso wie mit deinem Freund Ronald Booker. Ihr alten Haudegen könnt doch nicht aus eurer Haut«, spöttelte er.

Die Erinnerung an Ron und dessen Tod, genauso wie der von vielen tausend anderen Menschen, war ein Schock.

Es dauerte einen Augenblick, bis er wieder klare Gedanken fassen konnte. James hatte geschwiegen und weiter an seinem Tisch gesessen.

Patrick überlegte. Für ihn sah es nicht gut aus. Er hatte die Fesseln getestet. Dieser Typ war ein Profi. Es war ein Hanfseil, mehrfach verknüpft, vermutlich aus Segelzubehör. Und gut verknotet. Kurzfristig hatte er keine Chance, da herauszukommen. Er müsste seinen Bluff weiterspielen.

Er schaute sich weiter um. Da erblickte er auch sein Telefon. Und fluchte innerlich. Obwohl der Akku eh leer war. Nun war es endgültig hin. Es steckte in einem Glas, welches mit Wasser gefüllt war, absolut unbrauchbar. Dass James ein Profi war, wusste er schon. Und das hier war ein schlagender Beweis. Damit war seine schwache Hoffnung, irgendwie geortet werden zu können, gänzlich dahin. Nicht, dass er sich dazu viele Hoffnungen gemacht hatte, wenn man bedachte, welch Chaos nun in „Lower Manhattan“ ausgebrochen sein mochte, mit zwei 400 Metern hohen Wolkenkratzern, die gesprengt worden waren. Es gab bestimmt andere, wichtigere Dinge, als ausgerechnet nach ihm zu suchen, bei Tausenden von Opfern und Vermissten.

Deshalb setzte er alles auf eine Karte.

»Ich bin euch schon vor geraumer Zeit auf die Schliche gekommen.«

James hielt inne, um das einzuordnen. Dabei leckte er mit der Zunge über die Lippen.

»Das hast du ja vorhin schon angedeutet, als ich nach dem Rechten sehen wollte und meinen beiden Amateuren dabei helfen musste, dich auszuschalten. Aber selbst, wenn es stimmt. Das nützt dir jetzt auch nichts mehr.«

»Sind Sie sich da so sicher?«

Patrick musste sich besser in den Griff bekommen. Aus seinem Gesicht sollte James besser nichts ablesen können, wenn er hier jemals rauskommen wollte.

»Ja. Noch ein paar Minuten, dann ist alles vorbei.«

»Mit mir vielleicht. Aber die Infos habe ich schon weitergegeben. An wen, sage ich natürlich nicht.«

James leckte wieder über die Lippen. Sichtbares Zeichen seiner Nervosität?

»Ich glaube dir nicht. Allerdings ist das Risiko bei dieser Operation zu groß, allein darauf zu vertrauen, dass du bluffst. Wir ändern die Planung ein wenig. Haben wir ja eh schon. Und finden erst raus, wie viel von dem, was du sagst, wahr ist.« James lächelte.

Patrick wollte durchatmen, verbot sich aber jede Reaktion, die seinen Bluff verraten hätte.

Jetzt galt es, herauszufinden, wie die Kommandostrukturen von James und seinen Hintermännern aussahen. Denn eines war Patrick klar. Diese Operation war generalstabsmäßig organisiert. Taleb und Denko wollte er nicht erwähnen, vielleicht waren das nur kleine Lichter oder Sündenböcke in dieser Operation, und er wollte etwas in der Hinterhand behalten.

Patrick konnte einen Blick auf James Armbanduhr erhaschen. Sie zeigte 11.45 Uhr an. Es war gerade mal drei Stunden her, seit dieser Wahnsinn angefangen hatte.

James hielt ihm eine Schachtel hin.

»Du weißt, was das ist?«

„Natrium-Thiopental" stand auf der Verpackung. Patrick brauchte nicht wirklich nachzudenken. Er hatte behauptet, er wisse von dem Hintergrund des Plots, was ja zum Teil stimmte, und dass er Daten bei Kontaktleuten hinterlegt hätte, was ein Bluff war, und nun wollte James herausfinden, was davon denn zutraf. Eine Wahrheitsdroge. Patricks Zeit lief ab. Er hätte wissen müssen, dass man so verfahren würde.

Kurze Zeit später war Grosser in den Raum gekommen. Er unterhielt sich mit James sehr leise, sodass Patrick nichts verstehen konnte.

Dann kamen die beiden mit der Droge in der Hand zu ihm und wollten ihm diese einflößen. Er wusste instinktiv, dass das sein Todesurteil sein würde. Denn seine Lebensversicherung war, dass er glaubend machen konnte, er hätte andere eingeweiht. Was ja nur bedingt stimmte. Zwar hatte er ja wirklich vorgehabt, John Patrick, seinen Sohn, heute in die Entdeckungen einzuweihen, andererseits hatte er es noch nicht gemacht und nichts wirklich Konkretes in der Hand, außer seinem Verdacht, dass etwas lief. Würde er nun reden, würde sein Bluff auffliegen. Also wehrte er sich nach Kräften. Aber dann betäubten sie ihn mit etwas Chloroform, um ihm das bereitgelegte „Natrium-Thiopental" im Schlaf einzuflößen.

Er war nur kurze Zeit weg. Dann durchlebte er eine Phase, in der er wieder wacher wurde, wie in Trance. Wirklichkeit und Traumwelt zerflossen. Er bemerkte, wie man ihn ausfragte und seine Zunge, wie sie redete und redete und redete. Er konnte nichts dagegen tun. Wer solche Drogen entwickelt hatte, wusste genau, was er tat. Die Wirkung der Droge war nicht, wie allgemein angenommen, derart, dass man einfach alles erzählen würde, sondern sie setzte dem Urteilsvermögen, der Konzentrationsfähigkeit und dem Willen so zu, dass man bedenkenlos und ohne zu zögern selbst intimste Gedanken ausplauderte, wenn man geschickt ausgefragt wurde. Irgendwann fiel ihm ein, dass es die CIA war, die im Rahmen ihres Programms MK Ultra diese Mittel erfunden und erprobt hatte. CIA-Arzt Frank Olson wurde dafür ermordet, hier in Manhattan, als der aussteigen wollte, damals, 1953. Aus dem Fenster geschmissen. Offiziell natürlich nicht. Da war es Selbstmord.

Und dass er, obwohl es offiziell als Anwendung bei Verhören verboten war, schon einmal erlebt hatte, wie man damit Infos aus jemandem herausholen konnte. Er dachte über die Absurdität nach, dass er damals auf der anderen Seite des Verhörtisches gesessen hatte und nun selbst in dieser Situation war, mit einem Mittel, welches Landsleute von ihm entwickelt hatten. Und fing an zu lachen. Und auch James fing an zu lachen. Und er lachte und lachte. Bis ihm die Tränen in den Augen standen. Am Ende wusste er nicht mehr, warum er lachen musste und schob das auf die Drogen. Er atmete durch.

Sein Kopf pochte. Sein Leben war verwirkt. Das wusste er. Aber was er alles erzählt hatte, nicht mehr. Vor Erschöpfung fiel er in einen leichten, unruhigen Schlaf.

Irgendwann wurde Patrick wieder wacher. Die Wirkung der Droge verflog offensichtlich langsam.

Sein Mund war staubtrocken.

»Wasser«, krächzte er.

Seine Augen waren auch noch nicht klar. Dennoch konnte er ihn sehen.

James war im Raum. Der Andere war weg. *Wie war sein Name noch?*

Er sah James ganz genau an. *Was hatte er ihm alles erzählt?*

»Na, bist du wieder klar im Kopf? War ja bemerkenswert lustig.«

Er antworte nicht.

Aber tatsächlich reichte James ihm ein Glas Wasser. Wo auch immer er es herhatte.

»Junge, Junge, eines muss man dir lassen. Du warst oft echt nah dran an unseren Fußsoldaten. War schon richtig, damals die Entscheidung von mir, eine Agentin auf dich anzusetzen, die dich aus nächster Nähe überwacht.«

Patrick schluckte. Konnte es eigentlich noch schlimmer kommen? In seinem halbwachen Zustand drangen alle

Sätze nur langsam zu ihm durch. Hatte er das richtig verstanden?

Wen meinte er? Mel? Oder Maria? Oder wen sonst?

Sein Kopf zersprang fast vor Schmerz. *Das konnte, das durfte nicht wahr sein! Er, Mr. FBI, all die Jahre ausspioniert von denen, die er aufrichtig liebte?*

»Ja, ja, da staunst du, was? Mit Frauen haben wir sowohl Carlos als auch Vanunu rumbekommen. Auch dich. So haben wir es schließlich doch immer wieder geschafft, dich davon abzuhalten, unseren schönen Plot kaputtzumachen. Und deine Rolle als bin Laden-Warner-Marionette hast du auch hervorragend erfüllt. Vielen Dank nochmals dafür. Auch dein Interview mit den beiden Franzosen. Chapeau. Das waren genau die Infos, die wir draußen haben wollten. Wasser ist nass. Die größten Hindernisse in der Ermittlung gegen Osama bin Laden sind die Interessen Saudi-Arabiens und der US-Ölfirmen. Hahaha.«

Patrick schwieg immer noch. Das war ohnehin zu viel für ihn. Die Situation war total surreal. Und durch das Wahrheitsmittel würde er sowieso noch einige Zeit nicht richtig klar denken können. Reden, auch wenn er vielleicht schon alles erzählt hatte, würde seine Situation nicht unbedingt verbessern. Und solange dieser James ohne Unterlass einfach so weiterredete, so lange kreisten seine Gedanken nicht allzu sehr um die schlimmen Dinge, die ihm offenbart wurden.

»Schade nur, dass du doch nichts Konkretes in der Hand hast. Es hätte mich auch gewundert. Nicht mal ich kenne die wahren Auftraggeber. Hahaha.«

Patrick war damit klar, dass James wirklich alles herausgefunden hatte, was er wissen wollte. Das war kein Bluff. Also vorbei die schöne Geschichte, dass er jemand informiert hatte und damit auch klar, dass er niemand eine Warnung hinterlassen hatte. Wenn James ihn jetzt noch in Details einweihen würde – wäre das sein endgültiges

Todesurteil. Er konnte nicht ernsthaft erwarten, in die Hintergründe dieses Plots eingeweiht zu werden, um dann später auch noch darüber berichten zu können. Selbst wenn James wirklich nicht wusste, wer die Auftraggeber waren. Auch wenn Patrick wegen der Nachwirkung der Drogen teilweise nur wirres Zeug verstand, er hatte schon genug begriffen.

Trotz dieser Erkenntnis blieb er ruhig. Im Moment konnte er nichts ändern, vielleicht würde sich doch noch eine Chance ergeben.

Er hörte James weiter zu. Irgendwie fielen die Worte Taleb und Denko in einem Zusammenhang, dass diese nur Fußsoldaten waren, die nicht wirklich wussten, was genau sie für wen erledigt hatten. Selbst Taleb und Denko waren also nur Handlanger.

Oh, Mann, das waren echte Profis!

Patrick wurde jäh aus seinen Gedanken gerissen. James redete schon wieder weiter, allerdings erschien es Patrick unkoordiniert und wirr, oder es lag daran, dass er nicht alles mitbekam, wegen der Drogen.

»Aber dass du uns heute doch noch fast in die Suppe gespuckt hast, ist schon ein starkes Stück. Wir bekommen es hin, aber wir mussten den Plan etwas ändern. Na ja, wir sind ja flexibel. Hahaha.« Wieder dieses bösartige Lachen.

Patrick überlegte, ob er all seine Wut, seinen Hass, hinausschreien sollte. Würde es ihm etwas bringen? Jedenfalls wäre ihm vielleicht wohler, wenn er es täte. Allein, um diesen Typen zu zeigen, dass sein Wille nach wie vor ungebrochen war. Er versuchte, sich auf einen Gedanken zu konzentrieren, sich daran entlang zu hangeln. Um seinen Verstand wieder zu schärfen – und fand einen Gedanken, an den er sich klammern wollte.

»Was auch immer sie gemacht haben, Sie kommen damit nicht durch!«

Und das versuchte er ihnen mit einem scharfen Unterton zu sagen. Bevor er weitermachen konnte, fragte James: »Was genau meinst du?«

»Na, die ganze Aktion, die Sprengung ...«

»Oh, ach so. Da unterliegst du einem Irrtum. Das World Trade Center wurde nicht gesprengt. Sondern die Türme sind durch die Flugzeugeinschläge und Brände so geschwächt worden, dass sie einstürzen mussten. In Wirklichkeit haben sie sogar verdammt lange durchgehalten!«

Patrick verstand nicht! Er hatte die Sprengladungen im Keller vorhin doch selbst gesehen!

»Aber Sie haben doch gesprengt!«

»Ja, aber das darf natürlich niemand erfahren. Das macht die Sache ja auch so spannend. Meinst du nicht, jemand hätte Fragen gestellt, wie der Sprengstoff da hätte hineinkommen können, bei der verschärften Überwachung nach 1993? Und wozu dann die Flugzeuge? Nein, nein.«

Hatte Grosser ihm deswegen geholfen? Weil er damit ihre eigene Tarngeschichte verbreiten konnte?

Er versuchte es nochmal:

»Ich bleibe dabei, damit kommen Sie nicht durch!«

»Haha, wir haben schon so vieles gemacht und sind damit immer durchgekommen. Sogar Präsidentenmorde, weltweit. Mossadeq, JFK, Sadat. Warum dieses Mal nicht? Das würde mich echt wundern.«

Wie konnte man Hochhäuser wie die World Trade Center vor allen Augen sprengen und ernsthaft erwarten, dass die Welt eine andere Erklärung glauben würde? Patrick erschien das absolut unglaubwürdig.

James leckte sich wiederholt über die Lippen. Trotz seines Zustands dachte Patrick, dass es wohl auch bei James um eine Droge ging, die im Spiel war, vermutlich Koks.

Bevor er sich allerdings allzu lange über die Worte Gedanken machen konnte, fragte er: »Wie zum Teufel haben Sie das angestellt? Mit den Türmen meine ich.

Immerhin hatten wir gerade erst letzte Woche Bombenspürhunde im Haus. Wie konnten diese die Ladungen im Keller nicht bemerken?«

Er war sich sicher, dass diese Sprengladungen nicht innerhalb von wenigen Tagen gelegt worden sein konnten.

»Patrick, du sollst als Christ nicht so oft fluchen, das weißt du doch. Ich werde dir die ganze Geschichte erzählen, allein schon deshalb, weil sie brillant ist und ich denke, diese Brillanz sollte geteilt werden. Was nützt es uns, wenn niemand davon weiß? Und nachdem du zwar oft so nah dran warst, aber trotzdem immer noch im Dunkeln tappst, bin ich es dir auch irgendwie schuldig, hahaha«, prahlte James und lachte wieder sein dreckiges Lachen.

»Wie haben Sie das angestellt?«, wiederholte Patrick.

»Das ist eine lange Geschichte. Die Bombenspürhunde können nicht wirklich explosives Material riechen, das weißt du doch sicher. Sie können nur auf Zusatzstoffe, die herkömmlichen Sprengstoff beigegeben werden, abgerichtet werden. Wir haben etwas anderes verwendet, was kein Hund dieser Welt kennt.«

Patrick war neugierig, was das denn bitte schön sein solle, zumal es ja wohl auch nicht nach Explosionen aussehen sollte.

James redete schon wieder: »Wir haben zum Glück noch viel Zeit. Die Feuer, die wir unten gelegt haben, müssen sich erst noch etwas ausbreiten, bevor wir das Gebäude hier auch noch sprengen. Wir brauchen ein neues Cover. Eigentlich sollte das schon lange erledigt sein, kurz nach dem Sprengen des Nordturms. Vielen Dank dafür, Mister O'Sullivan. Sie erhöhen unser Risiko beträchtlich«, verkündete er, dieses Mal verächtlicher.

Patrick freute sich, wenigstens etwas Unordnung in ihre Pläne gebracht zu haben. Er beschloss, einfach weiter zuzuhören.

»Jetzt müssen wir erst mal der Feuerwehr begreiflich machen, dass dieses Gebäude unrettbar verloren ist und Löschen nicht mehr lohnt. Wenn es dann ein paar Stunden gebrannt hat, insbesondere die Papierberge bei der Börsenaufsicht, dann machen wir auch hier „Bumm“. Und dann ist wieder alles im Lot.«

Eine kurze Pause entstand, in der James Luft holte und diese Zeit genüsslich auskostete.

»Was für einen Sprengstoff haben Sie benutzt? Etwas Neues, Unbekanntes?«

»In der Tat haben wir nur eine alte Idee neu belebt. Hast du schon mal was von Thermit gehört?«

Patrick war nicht sicher. Irgendetwas klingelte in seinem Ohr, aber so richtig konnte er es nicht als Sprengstoff einordnen.

»Ich sehe schon. Im Chemieunterricht warst du nicht der Beste. Thermit ist ein Pulvergemisch aus Eisenoxid und Aluminiumpulver. Du kannst eine Kerze ranhalten und nichts passiert. Aber wenn man einen Schweißbrenner oder Laser darauf richtet, die Temperaturen über 1.000 °Celsius erzeugen, entzündet sich das Zeug und brennt mit bis zu 3.000 °Celsius ab. Das brennt dir alles weg.«

»Aber es ist kein Sprengstoff.«

Jetzt wusste Patrick auch wieder, woher er das kannte. Es gab beim US-Militär Handgranaten mit Thermit. Diese schmolzen sich durch jede Panzerung durch, wenn man zum Beispiel auf einen Panzer warf. Sie wurden nur von Spezialeinheiten verwendet.

»Das stimmt. Thermit allein hätte es nicht gebracht. Es gibt verschiedene Probleme mit Thermit. Es brennt zu langsam, ist ein Pulver, also nicht zielgerichtet, und erzeugt keinen Explosionsdruck. Seit 1998 haben wir eines der Probleme in den Griff bekommen – seitdem gibt es Schneidladungen aus Thermit, die in einem Porzellanbehältnis wie herkömmliche Schneidladungen an Stahlträgern angebracht werden können. Und durch die Zugabe von Schwefelpulver und Bariumnitrat als Brandbeschleuniger schneidet man Stahl zielgerichtet wie Butter. Das nennt man dann Thermat. Größter Vorteil dieser Schneidladungen: Sie erzeugen keine so großen Drücke wie herkömmliche Schneidladungen und sind einstellbar und damit prinzipiell leiser.«

Solche Schneidladungen hatte Patrick also im Keller gesehen.

»Aber selbst das allein hätte nicht gereicht. Die Krönung ist, dass wir eine neue Thermit-Sorte als Farbe auftragen konnten. In den oberen Etagen, wo die Flugzeuge rein rauschten, waren die Träger im Kern mit Thermitfarbe gestrichen. Die Flugzeuge und Feuer haben diese Ladungen gezündet. Und die Träger wurden regelrecht weich gekocht.«

Patrick stöhnte.

»Unser größtes Problem waren die Sprengungen, die zeitgleich mit den Flugzeugeinschlägen und teilweise danach erfolgen mussten. Wir wollten keinen anderen Stoff als Thermit/Thermat verwenden. Du weißt ja auch warum, oder?«

»Alle Bestandteile sind frei erhältlich und nicht durch Spuren nachzuvollziehen?«

Nun schmunzelte James.

»Du bist eben doch ein ganz helles Köpfchen! In der Tat, genauso ist es. Sogar noch besser. Alle Bestandteile sind auch im WTC zu finden, jedenfalls auf elementarer Basis. Selbst, wenn man es finden sollte, werden wir immer noch behaupten können, die Anwesenheit der Elemente hätte eine einfache Begründung. Alu und Eisen aus dem WTC hätten zufällige Thermitreaktionen in den Trümmern verursacht.«

»Also die Explosionen im Keller, in der Lobby, im SCC ...?«

»Alles Beiwerk. Ablenken vom Geschehen unten. Wie ein Zaubertrick. Und Sabotage. Ausschalten der Sprinkleranlage und Handpumpen, Verriegelung des Ausgangs über die Dächer, damit keine Zeugen von den heißen, brennenden Kernträgern berichten konnten, Ausschalten der Fahrstühle. Stell dir mal vor, wir wollen Feuer als Erklärung haben, und dann berichtet irgendein dämlicher Feuerwehrmann von kleinen Feuern und löscht diese womöglich noch. Deswegen haben wir auch das Brandmeldesystem ausschalten müssen.«

Auf einmal machten viele von Patricks Beobachtungen in den Türmen Sinn - vorhin, heute Morgen, als diese noch standen.

»Wie haben Sie das geschafft, ich meine, mit der Sprengwirkung?«

»Hier kommt das Wunder der Nanotechnologie ins Spiel. Fieser, schriller, verrückter, was uns das für Möglichkeiten bietet! High-Tech! Was wir zur Sprengung verwendet haben, ist Nanothermit. Auf der ganzen Welt nur vier oder fünf Dutzend Menschen bekannt, der beste Forscher in diesem Feld im Lawrence Livermore National Laboratory hat leider frühzeitig das Zeitliche gesegnet. Die anderen, die davon wissen, sind unsere Leute. Der Rest wird bei richtiger „Behandlung" einfach schweigen.«

»Das glauben Sie! Irgendwer wird auspacken. Sie werden damit nicht durchkommen«, sagte Patrick, mittlerweile sarkastisch.

Doch James ließ sich nicht aus der Ruhe bringen.

»Für die Sprengwirkung gibt es natürlich auch einen Grund: Diese Nano-Partikel sind sehr speziell. Mit der richtigen Untersuchungsmethode könnte man auf das Labor schließen, welches diese hergestellt hat. Nur sind diese im Zentrum der Explosionen zu suchen. Man hat etwas Ähnliches auch als Zünder konstruiert und wenn man wirklich Reste davon finden sollte, würden diese unter dem Elektronen-Laser einfach wieder explodieren. Den Rest erledigt die Luftfeuchtigkeit«

Er lachte laut auf.

Patrick schüttelte es, ob dieser kalten Schläue, die James und dessen Hintermänner an den Tag legten.

Doch der war noch nicht fertig.

»Weißt du, warum es Nanothermit heißt?«

Eigentlich wollte Patrick es jetzt gar nicht mehr so genau wissen. James plapperte trotzdem weiter.

»Das Aluminiumpulver wird bis in den Nanobereich gemischt. Oder besser: Von atomarer Ebene auf Molekülgröße angereichert. Dadurch ist es noch hundertmal effektiver und kann tatsächlich eine Druckwelle von 2.000m/s entwickeln, nicht so viel wie herkömmlicher Sprengstoff wie TNT und längst nicht so wie Plastiksprengstoff wie C4, aber für unsere Zwecke reicht es völlig.«

»Wie haben Sie das hier in den Gebäuden angebracht?«

»So, wie wir auch die Sprinkler sabotiert haben. Tarnfirmen mit gefälschten Ausweisen und damit falschen Zugangsberechtigungen. Uns hat natürlich die stattfindende Sanierung des Brandschutzmaterials und der Aufzüge dabei ungemein geholfen. Es war kinderleicht, unsere Leute einzuschleusen.«

Also war „Magic Plumbing & Heating“ doch eine heiße Spur gewesen, in der Endphase der Vorbereitung. *Es war so knapp gewesen!* Die Sicherheitsanalysen, die Patrick noch durchführen wollte, kamen zu spät. Und Mike Karloff hatte gegen diese Professionalität keine Chance.

Mike war tot. Patrick schmerzte die plötzliche Erkenntnis, obwohl er ihn noch nicht lange kannte und mit dessen Arbeit haderte, dennoch war er ein feiner Kerl gewesen und hatte dieses Ende nicht verdient. Bis jetzt hatte Patrick sich die Gedanken an die Anderen, die vermutlich tot waren, verdrängt – James schien zu erraten, was er dachte:

»Irgendwann sterben wir doch alle. Du bist wegen der Toten einfach viel zu emotional. Immer noch.«

Patrick stöhnte. »Warum?«

»Da deine Neugier als alte FBI-Fragetante sowieso unersättlich ist, erzähle ich mal die ganze Geschichte. Ich möchte, dass du verstehst, warum wir das machen.«

James holte Luft.

»Im Grunde haben wir die Übergangsphase seit dem Verkauf der Twin Towers gut genutzt.«

»Steckt Ihr etwa auch hinter dem Verkauf der Port Authority?«

James schien es jetzt zu genießen, Antworten geben zu können.

»Nein, nicht direkt. Sagen wir mal, es hat ein gewisses Mitglied der PA seinen Einfluss geltend gemacht, aber natürlich ohne was von unseren wirklichen Plänen zu wissen. Es ist immer möglich, jemanden etwas tun zu lassen, auch wenn er gar nicht weiß, für wen er es tut. Man kann hier ein Wort und da mal eine Idee in eine Konversation einfließen lassen. Die Privatisierung selbst war eine politische Idee, um die Asbest-Ruinen aus den staatlichen Geldtöpfen herauszubekommen. Die Stadt New York hat nicht so viel Geld über, weißt du?«

Patrick überlegte, was das zu bedeuten hatte. *Also doch Asbest?* James dozierte weiter.

»Du musst dazu wissen, dass es nie ein Risiko für uns gab. Du kannst dir ja denken, dass wir hinter den Anschlag von 1993 steckten – aber das Beste war: Securacom übernahm einen Teil der Überwachung, und noch besser, Tri-Data mit besten Verbindungen zu unserem Haus übernahm die Sicherheitsanalyse des Anschlags. Dort haben wir einen Mann sitzen. Wir wussten schon 1993 ganz genau, was schief gelaufen war.«

Also steckten sie damals auch schon dahinter.

»Erzählen Sie mir mehr von 1993.«

»Gerne. Aber die Geschichte fängt nicht erst 1993 an. Sondern schon 1990. In dem Jahr, als endgültig der „Eiserne Vorhang" fiel und Gorbatschows Glasnost und Perestroika unser Feindbild ausradierten. Und wir agieren mussten.«

James redete und redete und Patrick versuchte, sich so gut wie möglich zu konzentrieren.

»Am 5.11.1990, am 55. Tag nach George H.W. Bushs Erwähnung der „New World Order" gab es den ersten der von, ich würde sie mal „El Kaida" nennen, ausgeführten islamistischen Anschläge innerhalb der USA. Das Attentat an Rabbi Meir Kahane hier in New York. Ausgeführt von einem Ägypter namens el Sayyid Nosair. Einer aus der Sadat-Einheit. Nosair hatte schon vorher zusammen mit den anderen späteren Attentätern Training durch unseren Mann Ali Mohammed bekommen und das FBI war auch die ganze Zeit mit an Bord, hat aber dank unserer Bitte, die Undercover-Ermittlungen nicht zu stören, schön stillgehalten.«

»Davon habe ich noch nie gehört.«

»Oh, das solltest du aber. Wärest du da schon beim FBI New York gewesen, bräuchte ich nicht so viel erklären«, maulte James und nippte an seinem Glas Wasser. Dann fuhr er fort:

»Dieser Rabbi Kahane war ein Zionist, doppelte Staatsbürgerschaft, israelische und US-amerikanische. Ein unglaublich ultrakonservativer Islamhasser, ein schönes Feindbild für alle Islamisten. Nosair ging in Anschluss eines Vortrags von Kahane nach vorne und schoss ihm mitten in den Kopf. Er wurde bei der Flucht nach einer Schießerei mit der Polizei verhaftet. Unglückseligerweise. Aber wir haben unsere schützenden Hände über ihn ausgebreitet. In seinem Appartement waren zwar diverse Hinweise vorhanden, die zur Aufdeckung seiner Herkunft und seiner Verwicklung in die spätere, für 1993 aktivierte Terrorzelle hätten führen können, Namenslisten, Sadat-Fotos, Terrorpläne, Waffen, WTC-Pläne, sogar ein Trainingsvideo von Ali Mohammed und so weiter, dazu auch zwei seiner Komplizen waren kurzzeitig in Haft, aber wir haben ihn als verrückten Einzeltäter präsentiert und alle Beweise vernichten lassen. Vor Gericht wurde er tatsächlich von der Jury wegen Mordes für nicht schuldig befunden, trotz diverser Augenzeugen, und ging nur für geringere Vergehen nach Attica, ich glaube wegen illegalen Aufenthaltes in den USA und illegalen Besitzes von Sprengstoffen. Einige Andere nahmen das zum Anlass, ihn als Märtyrer zu feiern, für ihn zu sammeln und regelmäßig zu Nosairs Gefängnis zu pilgern.«

Patrick verstand, trotz des noch wie Blei auf seinem Gehirn liegenden Nebels, wie man so eine Gruppe radikalisieren konnte. Es war das Honigtopf-Syndrom, wie es bei Geheimdiensten öfter verwendet wurde.

»Selbst die Information, dass sich Nosair wenige Tage vorher mit dem blinden Scheich, der übrigens auch für uns arbeitete, getroffen hatte, wurde unterdrückt. Wir hatten wieder alles im Griff. Und konnten trotz der gleichzeitigen Unterwanderung des FBIs mit euren Emad Hussein und Mamdouh Zaki Zakhary mit der Planung für 1993 weitermachen. Nosair hat aus dem Gefängnis heraus die Gruppe geleitet, sie dazu angestiftet, Bomben zu bauen. Salameh hat im Juni 1991 angefangen, in den Irak zu telefonieren, mit seinem Onkel, der dort auch terroristische Erfahrung hatte. Und Schwupps hatten wir die Möglichkeit, ihnen einen neuen Handler nach Ali Mohammed anzudienen, der Ahnung von Sprengstoff hatte und die Fußsoldaten führen konnte. Den Mann, den wir als Ramzi Yousef kennen. Eigentlich jordanischer Agent mit einem auch uns unbekannten Namen, der sich im Golfkrieg eine neue Identität besorgt hatte. Nach Empfehlung seines Onkels fuhr dieser zwei Wochen später unbehelligt in die

USA und hatte direkt bei Salameh geklingelt. Den Rest dürftest du ja wieder kennen.«

Den Rest kannte er tatsächlich. Unter der Führung von Yousef hatte die Gruppe den Anschlag 1993 durchführen können, obwohl sie ständig vom FBI überwacht worden war. Yousef hatte sich aus dem Staub machen können und den Anderen Geld für Flugtickets versprochen, aber nichts geliefert, was sie willfährige Beute werden ließ. Ihm fiel das Gespräch mit Nancy Floyd vor ein paar Tagen ein. Jetzt wusste er auch, warum Emad Hussein so gefährlich war, so schlimm, dass jeder, der mit ihm Kontakt hatte und nicht in den tieferen Plot eingeweiht war, von der Karriereleiter fiel.

Es fiel nun wirklich wie Schuppen von den Augen. Die Mitglieder der Terrorgruppe, unterwandert vom FBI, waren in Wirklichkeit Handpuppen in fremdem Interesse. Und Naik, Khalid Sheik Mohammed, Ramzi Yousef, Ali Mohammed und wie sie alle hießen, waren entweder Agenten, gesteuert, Maulwürfe oder sonst etwas.

»Sie hatten damals schon vor, die Gebäude zu sprengen, nicht wahr?«

»Ja, klar. Die mussten einfach weg. Leider kann ich mehr nicht sagen, weil ich selbst kaum mehr weiß. Aber du erinnerst dich doch noch an euren Sprengungsexperten, der nach 1993 aussagte, die Bombe hätte nur ein wenig größer sein und etwas näher an einem der zentralen Pfeiler explodieren müssen, damit der Plan der Attentäter, den Nordturm in den Südturm zu kippen, Erfolg gehabt hätte?«

Patrick hatte davon gehört und nickte stumm.

»Das stimmt nur halbwegs. In Wirklichkeit braucht es schon mehr Sprengstoff als eine einzige Bombe, um die Twin Towers zu zerstören. Tonnen davon. Hast du hinausgesehen? Eine perfekte Arbeit! Fast nichts mehr da, bis auf einen kleinen Schuttberg aus Trägern und Staub. Unendlich viel Staub. Hahaha.«

Wieder die Lache und dann machte James eine bedeutungsschwangere Pause.

»Das war auch der Grund, warum wir den explosiven Teil 1995 in Oklahoma noch einmal getestet haben. Wie grundsätzlich einige Meilensteine notwendig waren, EA990, TWA800. War doch genial, wie wir Terry Nichols und Timothy McVeigh als Sündenböcke präsentiert haben, als verrückte Einzeltäter. Seit Oswald stehen einige unserer Leute einfach auf diese „Verrückte Einzeltäter-Variante". Ist ja auch klar, der Punkt der Verschwörung fällt dabei hintenüber, und der könnte immer dazu führen, falls untersucht, dass die wirkliche Verschwörung herauskommen würde. Dabei war Terry ein Guter, noch 1993 in Camp Gruber und Fort Bragg, beim Special Military Command, Abteilung geheime Sprengstoffe. Wir haben ihn geopfert, um unsere US-Terrorzelle am Leben zu lassen. Und erst der Tipp mit dem Ryder-Truck. Wie 1993! Leider hat das kaum einer verstanden. Und der Idiot, der im Mai 1995 das Foto vom Ryder-Truck in Camp Gruber gemacht hatte, konnte schon drei Wochen später nichts mehr dazu sagen! Hahaha.«

War das möglich? Auch in Oklahoma? Patrick war in diese Ermittlung nicht involviert. Aber ihm schien es absolut unwahrscheinlich, dass irgendjemand 1993 und 1995 Anschläge in den USA ausüben konnte, ohne dass die Hintermänner entlarvt werden konnten. Sein Gesicht muss verraten haben, dass er es nicht glaubte.

»Dieses Mal haben wir nur tote Sündenböcke. Die Gefahr, dass etwas schief gehen könnte, erschien unseren Auftraggebern zu groß. Aber vielleicht sollte ich viel weiter vorne anfangen. Ich sehe, du glaubst mir nicht. Wir haben jetzt Zeit. Mit der Sprengung der Center ist auch sämtliche Kommunikation, Festnetz und Mobilfunk, Strom usw. ausgefallen. Im Südturm war ein Kommunikationsknotenpunkt. Jetzt ist es 12.25 Uhr. Bis heute Nachmittag haben wir viel, viel Zeit. Ich werde dir wirklich alles erklären, was ich weiß.«

Derweil versuchte Patrick unentwegt, seine auf dem Rücken an den Stuhl gefesselten Hände zu bewegen, um die Fesseln zu lockern. Es gelang ihm ein wenig.

Langsam fing sein Rücken an, wehzutun. Die Strapazen, der Schlag vorhin und nun auch noch das lange Sitzen auf dem unbequemen Stuhl. Das war nichts für einen „pensionierten" FBI-Beamten.

Seine Handfesseln waren zwar mittlerweile etwas gelockert, aber mehr ging dann auch nicht. Da herauszukommen, erschien ihm mehr und mehr unmöglich. Zudem trat er wegen der Nachwirkung des Natrium-Thiopental immer mal wieder geistig ab. James redete und redete. Manchmal drangen nur Wortfetzen zu Patrick durch, dann wieder solche Redeschwälle, dass er gleich alles wieder vergaß, was James so von sich gab. Vor allem das Motiv hatte er immer noch nicht verstanden; warum man US-Bürger sterben ließ und warum man dafür die WTC-Türme ausgewählt hatte. James redete unentwegt weiter.

»Damals, schon 1990, war unseren Auftraggebern klar, dass wir einen neuen Feind brauchten. Hatte ich ja schon gesagt, oder? Mit dem Wegfall der Sowjetunion war unser lang gepflegtes Feindbild praktisch über Nacht weggefallen. Hast du jemals von der Strategie der Spannung gehört? Ist mehr als nur so eine Philosophie. Fußt auf Platons Ideen des Staates, Macchiavelli, Carl Schmitt und Leo Strauß. Um eine innere Einigung herbeizuführen, braucht es einen äußeren, gut wahrnehmbaren Feind. Hast du keinen, musst du einen erfinden.«

Kleine Pause. Auf einmal kam es Patrick so vor, als ob die Tischkante vor ihm auf ihn zukommen und ihn zerquetschen würde. Dann wieder nahm er auf einmal Details seiner Umgebung war, die ihm bis ins Mark gingen. Etwa satte Farben. Auf einmal fiel ihm der Schmutz auf seinem Jackett auf. Er hatte es immer noch an.

Diese Wahrnehmung war wohl immer noch eine Auswirkung der Droge. James redete weiter. »Na jedenfalls, schon mit „Gladio“ hatten wir so etwas erfolgreich in allen Nato-Ländern umgesetzt. Terror ist ein sehr effizientes Mittel, um Angst zu verbreiten, ein Feindbild aufzubauen und unseren vitalen Interessen zu dienen. Außerhalb der Nato gab es auch andere Gruppen, die auf ähnliche Weise in unserem Interesse agierten. Insbesondere in Südamerika, aber auch im Nahen Osten. Natürlich darf das niemals publik gemacht werden. Weder den Gruppen selbst noch unseren Bürgern. Zweimal gab es Reportagen der BBC, die uns einige Kopfschmerzen bereitet hatten. Sie heißen „Power of Nightmares“ und „Gladio“. Beiden Produzenten sind wir genauso wie der BBC selbst arg auf die Füße getreten, die Sendungen wurden einmal und dann nie wieder gesendet.«

»Wie konnten Sie das schaffen?«, fragte Patrick sichtbar ungläubig.

»Hey, wenn wir Präsidenten ungestraft umbringen können, werden wir den Medienfuzzies ja wohl noch glaubhaft machen können, was gut für sie ist! Genau wie bei Politikern. Etwa diesem widerlichen Daniel Ken Inouye damals, der uns fast verraten hätte bei Iran-Contra. Oder Lee Hamilton, den haben wir komplett drehen können damals. Hat gleich begriffen, der gute Bursche, dass zu viele Fragen stellen schlecht für unser Land ist.«

Patrick verstand nichts. Gab es tatsächlich etwas wie eine Wahrheit zum Beispiel, die so schlimm war, dass man damit selbst Politiker und den US-Präsidenten erpressen konnte?

»Wer?«

»Heute ist alles privatisiert. Du hättest es selbst erleben können, wenn du für Kress, IRPM, ENSIC, Blackster oder so gearbeitet hättest und wir dich nicht im WTC gebraucht hätten. Es gibt da ein gutes Dutzend Firmen – wir haben den Krieg sozusagen privatisiert. Was meinst du, was da die nächsten Jahre an Gewinnen herauskommt? Der gute alte Ike. Wenn er das noch miterlebt hätte. Sein „militärisch-industrieller Komplex" ist heutzutage Realität. Nichts passiert ohne uns.«

Patrick konnte das alles kaum glauben.

»Aber wem wollen Sie das anhängen?«

»Da findet sich immer jemand. Dein Osama bin Laden beispielsweise. Haha. Du hast so gut funktioniert in deiner Rolle als Warner. Besser, als wir uns das je vorgestellt hatten. Wusstest du, dass nur fünf Menschen auf dieser Welt jemals Osama live interviewt hatten? Die sind auch nur Marionetten in einem größeren Schauspiel. Osama ist seit 1979 beim CIA, seit er mal hier war auf einer Rundreise. Sofort haben wir ihn angeworben. Deckname: Tim Osman. Er war derjenige, der die Idee mit den Stinger-Raketen gegen die Sowjets in Afghanistan hatte. Brillant. Wir haben als Dank seinen Intimfeind Abdullah Azzam beseitigt, so dass er die weltweite Organisation der islamischen Moscheen, die Spenden für den Dschihad sammeln, allein übernehmen konnte. Wir haben bis zuletzt mit ihm zusammengearbeitet, auch noch in Bosnien. Und selbst dieses Jahr noch haben ISI, CIA und er zusammen Uiguren ausgebildet, die im Grenzgebiet Chinas kämpfen sollen. Er wird sich hübsch umgucken, wenn die Medien ihn als Sündenbock präsentieren. Vielleicht wird er ein Dementi abgeben, aber gegen unsere Medienübermacht kommt er nicht an. Wir werden einfach sagen, man solle keine Botschaft von ihm bringen, er könnte Schläferzellen aktivieren. Und dann schicken wir ein eigenes Team los, wie zuletzt bei Moussud oder Abu Ali Mustafa, die wir schön beseitigt haben, nicht wahr?«

Ohne auf eine Antwort zu warten, machte James mit seinem Vortrag weiter: »Dann filmen wir ihn, wie er über die Anschläge redet, übersetzten das etwas anders und – Bumm - das war es. Unseren Medien wird man schon glauben. Man will doch Sündenböcke präsentiert bekommen, und die armen Trottel, die wir mit Hilfe der Militärübung namens „Able Danger" / „Able Warrior" in die Flugzeuge geschickt haben, diese gleich von mehreren Diensten ausgesuchten und teilweise mit gecoverten Identitäten versehenen Entführer, bestehend aus Drogenkurieren und potentiellen Hijackern, die unseren blinden Scheich freipressen wollten, sind ja leider alle tot.«

Osama bin Laden ein Geheimdienstagent? Sein Wirken in dieser Sache nur ein faules Spiel? Von Anfang an? Er nur eine Marionette? Potentielle Sündenböcke, die nichts mit der Tat zu tun hatten? In Patricks Kopf schwirrten Fragen und riesige Schwarze Löcher taten sich auf. Er dachte schon, die Informationen zu Mel und Maria waren hart. Aber das – das überstieg alles, was er sich überhaupt vorstellen konnte.

Würden Sie damit wirklich durchkommen?

Patrick war fast wieder ganz bei der Sache. Die Droge ließ spürbar nach. Sich zu befreien, hatte er aufgegeben. Eigentlich hatte er sich seinem Schicksal ergeben. Na und? Dann würde er eben sterben. Einige Fragen kamen ihm noch in den Sinn. Gerade eben hatte James das erste Mal, es kam ihm vor wie nach Stunden, geschwiegen. Patrick drehte den Kopf und sah auch warum. James legte sich eine Bahn Koks auf einem Tisch und zog es mit der Nase rein. Patrick war in der Hand eines durchgeknallten CIA-Koksers!

Na toll.

Schlimmer konnte es eh nicht mehr werden. Einige tausend Leute hatten sie schon auf dem Gewissen. Und er, Mr. FBI, hatte sie nicht stoppen können, obwohl er wenigstens Teilen des Plots auf der Spur war. Eine Frage kam ihm wieder verstärkt in den Sinn.

»Was sollten nun die Flugzeuge?«

»Ich hatte es dir doch vorhin schon gesagt. Wir wollen hier einen „Psy-OP“ durchführen, psychologische Kriegsführung, angewandt auf die ganze Welt. Die brennenden Türme, getroffen von Flugzeugen – das sind geweckte Ur-Ängste jedes Menschen. Jederzeit in jeder Stadt angreifbar zu sein, in einem Gebäude eingeschlossen zu werden, welches brennt – oder aber, jederzeit unsicher zu sein, ob das benutzte Flugzeug nun als Waffe eingesetzt wird.«

»Von der Idee, Flugzeuge als Waffen einzusetzen, habe ich noch nie gehört.«

»Das mag sein. Dabei gab es sie schon oft. Sie wurde immer wieder aus dem öffentlichen Bewusstsein entfernt, weil wir den Terroristen keine Ideen liefern wollten. Außerdem hatten wir so den absoluten Premieren-Effekt auf unserer Seite.

Damals schon, anfangs der 70er, hatte Wadi Hadas vom Schwarzen September diese Idee. Seinen Piloten, Abu Harb, haben wir vor dessen Flug in ein Hochhaus unschädlich machen können. Danach kam diese Idee in unzähligen Varianten vor. Unter anderem in Richard Bachmanns „Running Man“. Da fliegt der Hauptdarsteller ein Flugzeug in den Büroturm des Spielsenders – jedenfalls im Buch. Für den Film brauchte es wieder eine gewisse Einflussnahme, um das Drehbuch dergestalt zu verändern, dass diese Idee dort nicht gezeigt wurde. So etwas in einem Buch ist die eine Sache – aber in einem Hollywood-Blockbuster, der auch in der islamischen Welt gesehen wird – nein, das geht gar nicht. Das hätte unseren schönen Plan kaputtgemacht.

»Seit wann – gibt es diesen Plan?«

»Konkret seit 1991, die heiße Phase hat aber erst 1998 angefangen. Als Thermit so weit war, wie wir es uns wünschten.«

Seit drei Jahren schon ...

Ohne eine Reaktion von Patrick abzuwarten, redete James einfach weiter.

»Die Flugzeuge, Mann, das ist doch so logisch. Die Feuer, Patrick, die Feuer. Wir brauchten große Feuer in den Gebäuden. Jedes Kind weiß, dass man Gebäude über den zehnten Stock hinaus nicht richtig löschen kann. Doch die Sprinkler! Man hatte ja Sprinkler installiert. Wir brauchten also Feuer, die gleich so glaubwürdig groß waren, dass sie eine wissenschaftliche Singularität bildeten. Die Feuer, das Kerosin, das klingt nach unglaublich heißem Inferno. Wir brauchen schließlich einen guten Grund, warum die Türme einstürzten und wie sie es taten.«

Endlich holte James mal Luft.

»Und die Flugzeuge ... wir hatten die Security unterwandert. Wir haben die Sprengladungen platzieren können. Aber stell dir mal vor, das wäre rausgekommen! Meinst du nicht, man hätte gefragt, wie das trotz verbesserter Security nach 1993 möglich gewesen sein sollte? Zumal wir nicht nur irgendwo eine Bombe brauchten, sondern die ganzen Türme in Schutt und Asche legen wollten. Auch wegen des Schock- und Terror-Effektes. Flugzeuge waren die Lösung für all unsere Probleme.«

»Waren das entführte Linienmaschinen?«

»Ich kann dir dazu nicht allzu viel sagen. Du weißt ja, wie Geheimnisse in Diensten bewahrt werden, so haben wir auch gearbeitet. Den ganzen Teil der Operation X, der die entführten Flugzeuge betraf, bearbeitete eine andere Gruppe. Ich weiß weder, wer noch, wie genau diese das angestellt hat. Aber funktioniert hat das Spektakel ja.«

James lief nun auf und ab. Wie ein nervöser, hungriger Wolf in einem Käfig, auf Futter wartend. Waren es Nebenwirkungen des Kokses?

Patrick hatte gar nicht die Chance, all diese Infos richtig zu verarbeiten. Er wollte James viel mehr weiter am Reden halten. Dann käme der vielleicht nicht auf dumme Ideen.

»Eines haben Sie noch nicht erklärt. Warum Sie das machen, was Sie machen.«

James lachte schrill und gehetzt auf. Und sagte erstmals seit Stunden nichts.

Hatte Patrick einen Fehler gemacht?

Diese Frage hatte James tatsächlich kurz aus der Bahn geworfen. So sehr, dass er nicht Herr der Lage zu sein schien. Wenn auch nur kurz. Patrick wiederholte seine Frage noch mal.

»Sie müssen mir erzählen, James, warum Sie bei dieser Aktion mitmachen.«

Dieses Mal war James gefasster und antwortete tatsächlich.

»Ich bin Patriot. Das hier ist gut für unser Land. Außerdem ist es eine Auftragsarbeit, eigentlich befolge ich nur Befehle. Und ich habe Bauchspeichelkrebs im Endstadium, vielleicht noch einige Monate. Was meinst du, warum ich mir das Koks reinpfeife? Es ist wegen der Schmerzen. Da opfere ich mich doch lieber für eine noble Sache.«

Als ob es James damit wieder eingefallen war, nahm er seinen Alu-Beutel aus der Tasche, holte sich ein wenig heraus und legte es sich auf den Handrücken, um es wieder mit der Nase zu schnupfen.

»Ahhh. Besser.«

»Eine noble Sache? Das Abschlachten von US-Bürgern nennen Sie eine noble Sache?«

»Siehst du, das ist der Grund, warum du beim FBI nie was geworden bist. Du musst auch mal an das große Ganze denken.«

Patrick war verärgert und rüttelte an seinem Stuhl.

»Du kannst dich ärgern, wie du willst, es ist die Wahrheit. Diese Sache hat höchste Priorität, es gibt bis auf höchste Ebene schon seit dem Ende der Sowjetunion Planspiele, wie man genau das hier umsetzen würde. Natürlich nichts Schriftliches und so, aber dennoch. Du würdest dich wundern, wenn du wüsstest, bis in welche Kreise wir gedeckt werden.«

Patrick begriff langsam. Allein schon die Ausdauer, die man zeigte, um das hier zu Ende zu bringen.

»Aber Sie haben US-Bürger umgebracht.«

James zuckte mit den Schultern.

»Na und? Menschen sterben jeden Tag. Wer kann aber schon behaupten, für einen höheren Zweck gestorben zu sein? Das ist doch toll! Allerdings hatte einer der Auftraggeber Skrupel. Die ganze Zeit soll „Nicht viel mehr, als Pearl Harbor" von ihm gekommen sein. Wir haben die ganze OP tatsächlich so ausgerichtet, dass zwischen 3.000 und 5.000 Leuten umkommen würden. Erst der erste Turm ziemlich weit oben, der zweite später, tiefer, aber teilevakuiert. Die Uhrzeit war generell so gewählt, dass es weltweit die beste Sendezeit, aber noch nicht zu viele Manager und Eliteopfer geben würde, kurz nach Beginn der eigentlichen Bürozeit. Dann haben wir ihnen noch Zeit gelassen, herauszukommen. Dazu gab es an allen Schauplätzen „zufällige" Übungen die ein gewisses „Vorbereitet sein" versprachen. Eigentlich sind wir total human. Hier im WTC 7 wird gar keiner sterben.«

»Damit kommen Sie nicht durch! Jedenfalls nicht für immer.«

»Das mag sein. Vielleicht wird es in 50 oder 60 Jahren aufgeklärt. Bis dahin werden wir die Sache unter Kontrolle halten und dieses Ereignis für Realpolitik in unserem Interesse nutzen. In ferner Zukunft ist längst Gras über die Sache gewachsen und es wird eh keinen mehr interessieren, die wenigsten, die das miterlebt haben, werden dann noch leben. Du und ich eh nicht. Wir werden beide das Ende des Tages nicht mehr erleben.«

»Aber die Medien!«

»Die werden unsere Version der Ereignisse gefüttert bekommen. Nach ein paar Tagen haben wir die normative Version des Faktischen. Dann, mit ein paar Tricks, wird jede Hinterfragung der Ereignisse wie Selbstmord sein, eine schlimme Verirrung.«

»Und wenn die Opferangehörigen oder andere es doch aufklären wollen?«

»Dann setzen wir Weißwasch-Ausschüsse ein. Denkst du, wir haben nicht an alles gedacht? Die Berichte stehen in den Grundzügen mit Überschriften schon heute fest. Selbst, wer es machen soll, inklusive Ersatzpersonen.«

James nickte trotz allem anerkennend.

»Aber deine Skepsis wurde auch von mindestens einem der Auftraggeber geteilt. Deswegen wird es ein „Psy-Op". Hatte ich das nicht schon erwähnt? Wir selbst sorgen für die größten Widersprüche in der Erklärung, schaffen Anti-Erklärungen, die Wahrheiten mit Lügen umgeben, werden keine Beweise für die Version veröffentlichen, die wir den Leuten im Schock eintrichtern. Die Leute werden selbst zwei + zwei = fünf akzeptieren, sie werden die Sprengungen sehen und uns dennoch aus der Hand fressen. Unsere „Psy-Op"-Spezialisten sind jedenfalls voll überzeugt davon und ich bin es auch. Ich habe schon gesehen, wie es funktioniert. Gruppendenken, Schweigekartelle, jeder ist sich selbst der Nächste, Klima der Angst – man wird nicht über etwas nachdenken, wenn die eigene Existenz und persönliche Überzeugungen vom Nichtnachdenken abhängig sind. Wir selbst werden die Widersprüche ansprechen, wir werden Verschwörungstheorien kreieren, mit wahrem Kern, aber lächerlichen Zusammenhängen, wir werden Gruppen, sofern sich welche bilden, so unterwandern und notfalls zerstören, wie damals die Black Panthers oder die Bürgerrechtsbewegung der 60er, diese verdammten Anarchisten!«

Patricks Hoffnungen auf eine Flucht waren dahin. Langsam erlosch auch seine Hoffnung, dass James und seine Leute mit dieser Aktion nicht durchkommen würden. Sie hatten scheinbar an jede Möglichkeit gedacht. Und es klang wirklich so verdammt durchdacht. Patricks Lebenswillen tat dieser Hoffnungsschwund überhaupt nicht gut. Er hatte sich seinem Schicksal vollkommen ergeben, eigentlich war er schon eine Leiche. Er machte die Augen zu und betete.

Der Tag war noch nicht so alt, es war wohl früher Nachmittag, dennoch hatte sich heute einfach alles geändert.

Was für ein Scheißtag. Dachte Patrick noch.

Er hatte schon beschissen angefangen. Und besser würde es den ganzen Tag nicht werden. Wie lächerlich! Ein einziger Tag würde sein Leben entscheiden. Und er würde seine Geheimnisse mit Mel und Maria wohl mit in den Tod nehmen. Er sah plötzlich eine Uhr an der Wand, rechts von seinem Kopf, mit digitalen Zeigern, die er vorher nicht wahrgenommen hatte. Es war jetzt 14:56 Uhr. James schien noch etwas Zeit zu haben, wie lange, wusste nur Gott.

9.4 Die Entlassung

Mittlerweile war es schon wieder September. John wurde mehr und mehr isoliert. Die Universität meldete ihre Bedenken über die angeblich zunehmend spekulative und anklagende Art seiner Arbeit an, was eigentlich völlig lächerlich war, da John mehr und mehr forensische

Beweise untersuchte und diese allesamt die Sprengungshypothese unterstützten.

Die BYU äußerte außerdem Sorgen, dass seine Arbeit möglicherweise nicht in den angemessenen wissenschaftlichen Publikationen erscheinen würde. Diese Sorge teilte er, weswegen er seine Arbeit neben dem eigenen Journal auch bei anderen Wissenschaftsmagazinen einreichte und andere Wissenschaftler, die sich mit dem Thema beschäftigten und den „Scholars“ angeschlossen waren, dazu ermunterte, es ihm gleichzutun.

Auch die BYU hatte vor, seine Arbeit selbst zu begutachten und diese Begutachtung sollte dabei drei Ebenen durchlaufen: die Verwaltung der BYU selbst, die Fakultät für Physik und Mathematischen Wissenschaften und das eigentliche Institut für Physik. John begrüßte diese Begutachtung sehr, denn er erhoffte sich dadurch, dass noch mehr Menschen ermutigt würden, seine Arbeit über die Zerstörung der drei WTC-Gebäude zu lesen. Diese Begutachtung würde dummerweise letztlich seinen Job kosten, und das nicht, weil man ihm eine mangelhafte Arbeit nachweisen konnte.

John nahm die Zeitung in die Hand und las den Artikel nochmals.

BYU hat „9/11 Wahrheit"-Professor von seiner Arbeit freigestellt.
Von Tad Welsch, Deseret News, 8. September 2006

Provo. Die Brigham Young Universität hat den Physik-Professor John Miller am Donnerstag von seiner Arbeit freigestellt, während man seine Verwicklung in die sogenannte 9/11 Wahrheitsbewegung, welche ungenannte Regierungsmitglieder beschuldigt, die Anschläge des 11.9.2001 auf die World Trade Center orchestriert zu haben, untersucht.

„Die BYU wird eine offizielle Begutachtung von Millers Aktionen durchführen, bevor man entscheidet, welche weiteren Schritte ergriffen werden“, sagte die Sprecherin der Uni, Carri Jenkins.

So eine Untersuchung kommt nur selten bei einem Professor vor, dem an der BYU, wo er seit 1985 unterrichtet, ein fortlaufendes Arbeitsverhältnis gewährt wurde.

Miller hatte in diesem Semester, welches am Dienstag begann, zwei Klassen unterrichtet. „Andere Professoren werden diese übernehmen und Miller wird es weiterhin gestattet, seine Recherchen in seinem Fachgebiet durchzuführen“, betonte Jenkins.

Miller wurde zu einer Berühmtheit innerhalb der 9/11-Verschwörungstheoretiker- Gruppen, nachdem er eine Arbeit schrieb mit dem Titel: „Warum stürzten die World Trade Center tatsächlich ein?“ Diese Studie wurde vor zwei Wochen in dem Buch „9/11 und das amerikanische Imperium - Intellektuelle sprechen es aus“ veröffentlicht. Miller erklärt darin seine Hypothese, dass die drei Gebäude fielen, weil es dort vorab gelegte Sprengladungen gab und nicht weil zwei Flugzeuge die Türme trafen.

Als Miller seine Theorie letzten Herbst veröffentlichte, versagte er sich höflich alle Spekulationen darüber, wer diese Ladungen hätte legen können, außer, dass Terroristengruppen wahrscheinlich nicht die Quelle gewesen sein könnten.

Später dann hatte er öffentlich von seinen Proben-Untersuchungen der Materialien, die am Ground Zero gefunden worden waren, gesprochen. Er sagte, er habe in diesem Material Hinweise auf Thermit gefunden. Ein Mittel, welches das Militär bei Sprengungen benutzt.

In den letzten Wochen, nachdem er der zweite Vorsitzende einer Gruppe namens „Wissenschaftler für Wahrheit zum 11.09.2001“ geworden war, schien Miller bereit, weiterzugehen und nicht nur ungenannte Regierungsmitglieder, sondern konkret die Regierung Bush zu beschuldigen.

Die Deseret Morning News hat am Mittwoch Nachmittag für einen Bericht in Sachen Miller und dessen Rolle in der „9/11-Wahrheitsbewegung", an dem wir arbeiten, eine Aussage von der Uni erbeten.

Universitätsoffizielle haben Miller am Donnerstag Nachmittag informiert, dass er von seiner Arbeit freigestellt werden würde und uns nachts eine Stellungnahme der Uni zukommen lassen.

„Die BYU hat wiederholt festgestellt, dass wir keine Behauptungen einzelner Fakultätsmitglieder kommentieren. Wir sind jedoch über die zunehmend spekulative und anklagende Natur dieser Behauptungen seitens Dr. Miller besorgt."

Letzten Herbst hatte die BYU-Fakultät Aussagen auf der Universitätswebseite publiziert, die hinterfragten, ob die Studie von Professor Miller ausreichend begutachtet worden war, bevor sie im Netz erschienen war. Miller hat heute auf Verlangen der Uni die Studie von dieser Webseite entfernt.

Versuche, Dr. Miller vor dem Reaktionsschluss am Donnerstagabend zu erreichen, waren nicht erfolgreich. Miller sagte am Mittwoch, dass seine Studie in eine unübliche dritte Runde des Peer Review gegangen sei, in einem nun offensichtlich gescheiterten Versuch, Sorgen am Campus zu zerstreuen.

„Die BYU bleibt besorgt, dass Dr. Millers Arbeit an diesem Thema nicht in geeigneten wissenschaftlichen Magazinen veröffentlicht wurde", hieß es in der Aussage der Uni.

Jenkins ergänzte, die Reputation sei auch eine Angelegenheit.

„Es sei eine andere Sache, wenn der Namen der Universität für private Zwecke benutzt würde", sagte sie.

Miller, der auch für seine Forschungen zur Kalten Fusion bekannt ist, hat der „9/11-Wahrheitsbewegung" einen wissenschaftlichen Hintergrund gegeben.

C-SPAN hat wiederholt eine Konferenz gesendet, in der auch Miller diesen Sommer auftrat. Kürzlich erschienen Artikel, die zumindest zum Teil mit ihm zu tun hatten, in der New York Times, der Washington Post, dem Guardian und anderen Publikationen.

In den letzten Monaten gab es Widerlegungen der Sprengungstheorie vom State Department genauso wie vom NIST, welches einen 10.000-Seiten-Report zu den Einstürzen veröffentlichte.

Eine geänderte Version von Millers Studie wurde diese Woche in dem Online-Journal der 9/11 Studien veröffentlicht, bei dem Miller Co-Editor ist.

Die BYU gewährt keine Festanstellungen, die man grundsätzlich als permanente Positionen ansieht. Jedoch gibt es einen „Weitermach-Status" für die Professoren, die man nach sechs Dienstjahren am Campus für geeignet hält.

„Der Weitermach-Status", so Jenkins, „gibt die Erwartung wieder, dass Fakultätsmitglieder eine dauerhafte Beschäftigung erwarten können, obwohl es keine Garantie gibt. Sie müssen weiterhin befriedigende Leistungen für alle Belange der Wissenschaftlichkeit, der Bürgerkunde und ihrer Lehrbereiche erbringen."

Die Begutachtung wird auf drei Ebenen vorgenommen: durch die Verwaltung, das College für Physik und Mathematik sowie das Physik-Department selbst.

John legte die Zeitung beiseite. Seit heute Morgen hatte er den Artikel bestimmt schon zwanzigmal gelesen. Er war gestern sofort nach der Benachrichtigung durch die Uni nach Hause gefahren. Melinda war noch wie jeden Donnerstag Nachmittag beim Charity-Treff mit ihrer Freundin Clarissa. Er hatte ihr einen Zettel hingelegt, dass er erst einmal wegmüsse und sie sich keine Sorgen machen sollte. Er hatte sich einfach in sein Auto gesetzt und war losgebraust. Die Nacht hatte er tatsächlich im Auto geschlafen, das erste Mal seit seinen jungen Jahren, damals in den Sechzigern, als er Melinda kennengelernt hatte.

Was man so Schlaf nennen konnte. Er konnte nicht viel schlafen. Melinda würde sich doch Sorgen machen und er traute sich nicht, ihr unter die Augen zu treten und ihr das mit seinem Job zu gestehen.

Heute Morgen an der Tankstelle an der I-15 hatte er etwas Essbares und die Zeitung gekauft.

War die Zeitung schuld? Der zeitliche Zusammenhang war ja eindeutig. Andererseits hatte die „Deseret Morning News“ im Gegensatz zu den meisten anderen Medien wirklich sorgfältig, neutral und distanziert berichtet, statt ihn anzugreifen oder vorzuverurteilen.

Nein, an der Zeitung konnte es nicht liegen. Er verdammte innerlich den einen einzigen blöden Satz, den er auf der „9/11 Convention“ in Chicago gesagt hatte. Von wegen, es wäre eher jemand in der Bush-Regierung. Das hatte er doch gar nicht nötig. Er hatte sich hinreißen lassen. Danach wurde nun seine gesamte Arbeit bewertet.

Also war er selbst es. Natürlich. Ihm war es schon bewusst, seit Dick ihn gewarnt hatte, spätestens aber, als er von Liam Roberts hörte oder Melinda ihm ins Gewissen geredet hatte. Melinda. Der Gedanke an seine Unfähigkeit, ihr das zu sagen, schmerzte ihn.

Nun stand er hier oben auf dem Parkplatz am „Village Inn“. Wo er viel Zeit verbracht hatte, als seine Haare noch schwarz und gestylt waren und nicht so schneeweiß wie jetzt. Hier konnte man einen wundervollen Blick auf Utah genießen.

Auf einmal tauchte im Rückspiegel ein Auto auf. Es war der Chrysler von ihrer Nachbarin, Charlotte Baker.

Die Tür ging auf. Melinda stieg aus, schlug die Tür zu und das Auto der Bakers entfernte sich wieder.

Melinda kam langsam auf ihn zu.

Er blieb sitzen und überlegte, was er sagen könnte.

Sie öffnete die Tür und stieg zu ihm ins Auto. Er sah sie an. Sie sagte nur:

»John.«

»Melinda, ich ...«

Sie unterbrach seine Erklärungsversuche.

»Ich wusste, dass ich dich hier finde. Deshalb hab ich heute Morgen Charlotte gebeten, mich herzufahren.«

»Ich ...«

»Du musst mir nichts sagen. Ich weiß es schon. Die von der Presse haben mehrmals versucht, dich zu erreichen und mir gesagt, um was es geht.«

»Melinda, es tut mir leid. Du ...

...hattest Recht.«

»Schhh, John. Das ist egal.«

John horchte auf. Sie war treuherzig und liebenswert wie immer. Und in diesem Augenblick sah sie aus, wie das Mädchen, welches er einst geheiratet hatte.

»Wirklich. Ich ...«

Sie unterbrach ihn erneut.

»Weißt du, John, ich habe mich vor einer langen Zeit für dich ... für uns entschieden. Zu der Entscheidung stehe ich heute noch genauso wie einst.«

»Oh, Melinda. Es tut so gut, das zu hören.«

»Deine Entscheidung, dich in dieser Sache zu engagieren ...«

Diese Sache hörte sich wie etwas Böses an, so wie sie es betonte.

Sie holte kurz Luft, » ... ist in Ordnung. Mit all ihren Konsequenzen. Deinem Doktortitel und deiner Professur haben wir schließlich auch unseren bescheidenen Wohlstand zu verdanken. Es war ungerecht von mir, mich davor zu verschließen. Wenn es doch dein Naturell ist.«

John war so dankbar. Und erleichtert. Er sah sie an. Ihr Gesicht, das so vertraut war. Auch wenn es älter und faltiger geworden und die Nickelbrille früher nicht gewesen war – sie war immer noch sein Mädchen, welches er in jungen Jahren kennen- und lieben gelernt hatte.

Er nahm sie in den Arm. Sie erwiderte seinen sanften Druck.

»Danke, mein Schatz, ich liebe dich so.«

»Ich liebe dich.«

Sie küssten sich. Was sie schon lange nicht mehr gemacht hatten. In diesem Augenblick war die Welt wieder in Ordnung und alles um sie herum völlig egal. Wenn diese Augenblicke doch nur ewig halten würden. Sie fuhren zusammen nach Hause.

In den Wochen danach wurde hinter verschlossenen Türen über seinen Abgang verhandelt. Dieses Mal hatte John Melinda in alles eingeweiht. Sie hatte es ihm von Anfang an prophezeit, was es ihm nicht leichter machte.

Am 7.September musste er auf Verlangen der Universität seinen Artikel von der Internet-Seite der BYU löschen und er wurde von seiner Lehrtätigkeit freigestellt.

Leider wurde auch die Begutachtung abgebrochen, nachdem er sich entschlossen hatte, zum 1. Januar 2007 zu emeritieren. Das war schade. So würde er nie erfahren, wie das Ergebnis ausgesehen hätte.

Melinda kam mit Tränen in den Augen in sein Büro und legte ihm die „Deseret Morning News“ hin.

»Da ist wieder ein Artikel über dich drin.«

Er ging zu ihr und umarmte sie fest.

»Melinda, es tut mir leid. Aber die Welt geht nicht unter. Wir müssen weiter fest im Glauben sein und einander festhalten. So schlecht ist das Paket, das ich ausgehandelt habe, doch gar nicht! Wir müssen vielleicht unser drittes Haus drüben in der Westfield Road verkaufen. Aber das schaffen wir, nicht wahr?«

John nahm ihren Kopf in die Hände und richtete ihn auf, um ihr in die Augen zu sehen.

»Hörst du?«

Sie nickte, wischte sich eine Träne weg und beruhigte sich wieder.

»Ich habe nur solche Angst.«

»Melinda, ich weiß! Jetzt, wo ich aus der Uni raus bin, wird man uns in Ruhe lassen.«

»Ich hoffe es so und bete dafür.«

Als er wieder alleine war, nahm er sich den Artikel zur Hand.

BYU Professor in Streit über 9/11 wird sich zur Ruhe setzen.
Von Tad Welsch Deseret Morning News, 9.September 2006

Professor John Miller und die Brigham Young Universität haben ein Ruhestandspaket endverhandelt, sechs Wochen, nachdem die Uni den Physiker von seiner Professur freigestellt hatte, um seine Aussagen und Forschungen zu den Attacken des 11. Septembers 2001 auf die World Trade Center zu begutachten.

„Ich habe es mir ausgesucht, mich zur Ruhe zu setzen, sodass ich mehr Zeit für Auftritte und Forschungen zur Verfügung habe", bekannte Miller in einem Kommentar, welcher von der Universität letzten Freitag veröffentlicht wurde.

„Ich bedanke mich für die wunderbare Möglichkeit, mehr als 21 Jahre an der BYU dienen, lehren und forschen gedurft zu haben."

Miller und die BYU hatten mehr als sechs Wochen an diesem Paket gearbeitet, berichtet Miller in einem Interview mit der Deseret Morning News. Die Universität hat ihr Review über seine Arbeit am Freitag mit der jetzt erzielten Vereinbarung abgebrochen, gab die Sprecherin der Uni, Carry Jenkins, bekannt.

Millers Ruhestand wird per 01.01.2007 wirksam. Er hat noch nicht entschieden, was er als Nächstes tun will, obwohl eine andere Uni schon ihre Fühler nach ihm ausgestreckt hat und er versuchen will, weiter über die Terroristen-Angriffe des 11.9.2001 zu forschen und zu lehren.

Beide Seiten wollen über das Ruhestandspaket keine Details kommentieren, aber Miller erklärte, es wäre ein üblicher Standard.

„Die Universität ist toll", sagte er. „Ich fühle mich von Ihnen fair behandelt mit dem Vergleich, welcher mir diese Pensionierung beschert hat. Ich fühle mich putzvergnügt."

John lachte laut los. In Wirklichkeit war es natürlich der reinste Schock, so von der Uni zu fliegen. Sein Angebot, sich vor der Rente zurückzuziehen, war doch nur ein Vorwand, wenigstens nach außen hin für beide Seiten das Gesicht zu wahren. Deswegen gab es auch die Vereinbarung, nach außen neutral zu klingen und nichts Negatives verlauten zu lassen. Ansonsten würde man ihn fallen lassen und gar keine Pension zahlen. Er nahm die Zeitung wieder hoch.

Jenkins erklärte, dass die durch das BYU abgebrochene Begutachtung, die laut Erwartung noch das ganze restliche Semester hätte dauern können, immer noch in einem frühen Stadium war.

„Es war noch auf dem Abteilungslevel und wir waren immer noch in dem Prozess, ein Begutachtungsgremium einzurichten", sagte sie.

Miller hatte vor einer Woche eine E-Mail an den Herausgeber der Deseret Morning News geschrieben. Darin machte er keine Andeutungen, sich zur Ruhe setzen zu wollen und vermied eine Erwähnung der BYU.

In diesem Brief hatte Miller den Irak-Krieg verurteilt, die offiziellen Erklärungen für die Einstürze der World Trade Center in Frage gestellt und brachte seine Sorgen zum Ausdruck, dass ein weiterer Anschlag Syrien oder dem Iran angekreidet werden könnte, um weitere Aggressionen gegen diese Nationen zu rechtfertigen.

„Ich bin gegen den Krieg im Irak und gegen jeden Angriffskrieg!", schrieb Miller. „Ich unterstütze wissenschaftliche Sorgfalt bezüglich

> der Ereignisse des 11.09.2001, des Tages, der als traumatisches Ereignis weiterlebt."
>
> Die BYU hatte Miller vom Unterricht an zwei Klassen entbunden, seit er am 07.09.2006 freigestellt wurde, um eine Studie über die Physik der Einstürze der drei Gebäude am 11.09.2001 zu begutachten. Er veröffentlichte ein Papier, in dem er von Experimenten berichtet, welche er an der BYU mit Material vom Ground Zero vorgenommen hatte und andere Hinweise, welche ihn zu der Schlussfolgerung gebracht hatten, die Türme seien mittels vorab gelegter Sprengladungen, die im Gebäude nach den Einschlägen der gehijackten Flugzeuge zur Explosion gebracht wurden, zerstört worden.
>
> Die BYU plante, die Studie selbst zu begutachten, ob sie den wissenschaftlichen Standards entspräche. Von der Universität wurde auch erwartet, dass Millers Aussagen auf Konferenzen und in den Medien daraufhin untersucht werden würden, ob er sich selbst ausreichend von der BYU distanzierte, wenn er von der Explosionstheorie sprach.

Das war also sein Karriereende. Aber es sollte nicht das Ende seiner Forschungen werden.

John fragte sich, wie vielen es wohl so oder ähnlich wie Liam Roberts und ihm ergangen war oder noch ergehen würde. Er hoffte, dass die Petition der Wissenschaftler, die sich gegen eine Einflussnahme von Politik und Wirtschaft in ihre Forschungen aussprach und die mittlerweile 10.000 Unterschriften hatte, nicht ein Zeichen dafür war, dass es mit der Zeit der unabhängigen Forschungen und glaubwürdigen Wissenschaft langsam aber sicher vorbei war.

9.5 CNN: 11.09.2001 11.07 Uhr

Bilder von Rauchschwaden in New York. „Amerika wird angegriffen"

Alle staatlichen Gebäude in Washington wurden evakuiert.

»Allan Dodd Frank in New York ist jetzt bei uns am Telefon, im südlichen Manhattan.«

Keine Reaktion.

»Allan?«

»Gerade zwei oder drei Minuten ist es her, da gab es einen weiteren Einsturz oder eine Explosion, ich kann es nicht mehr sehen, weil mich ein guter Samariter in die Douane Straße schickte. Aber um Viertel vor elf gab es einen anderen Kollaps oder eine weitere Explosion, welche dem Kollaps des zweiten Gebäudes um 10.30 Uhr folgte. Ein Feuerwehrmann, der an uns vorbeikam, schätzte, es ist ein Gebäude mit 50 Stockwerken heruntergekommen. Die Straßen füllten sich mit Qualm, wie bei einem Feuer. Es war wie ein Waldbrand, der einen Canyon entlang rast! Ganz Manhattan, Downtown-Manhattan, ist mit einer dicken, weißen Staubschicht und Gebäudebestandteilen bedeckt. Die Krankenwagen kommen jetzt sogar den ganzen Weg von Long Island hierher. Die Rettungskräfte haben nun silberne Atemmasken und Sauerstoff dabei. Die Feuerwehrleute kommen jetzt sogar mit Pick Up-Geländewagen.«

»Allan Dodd Frank, live aus Manhattan, vielen Dank!«

9.6 Das Ende

Sie hatten Patrick erneut mit Drogen vollgestopft. Er kam nur noch ganz vereinzelt in die Welt der Wachen zurück und plötzlich tanzten die Gesichter von Maria und Melanie vor seiner Nase. Seine Mel! Welche Sorgen sie sich wohl gerade machte? Er hatte es versaut – und war so dicht dran gewesen! Er war halt doch nicht der Beste. Und man hatte ihn gelinkt. Aus diesen Gedankenfetzen bildete sich ein Alptraum, der schließlich mehr und mehr von ihm Besitz nahm, sodass sein sonst so wacher Geist schwächer und schwächer wurde, bis er ganz davonglitt. Dann war da nichts mehr. Außer einer verheißungsvollen Verlockung von Ruhe und Frieden. Und ein helles Licht.

9.7 CBC, Dan Rather, 11.09.2001 nachmittags

Dan Rather interviewt per Telefon Harald Brunswick:

»Basierend auf dem, was Sie wissen und weil ich sehe, dass wir bisher nur wenig Fakten kennen: Ist es möglich, dass die Flugzeugabstürze die Gebäude haben einstürzen lassen oder wurden vorher platzierte Bomben in den Gebäuden benutzt? Mr. Brunswick, was denken Sie?«

»Nein, mein Gefühl sagt mir, es ist nur die Geschwindigkeit der Flugzeuge und der Fakt, dass wir Flugzeuge gefüllt mit Kerosin hatten, die diese Gebäude trafen. Das Kerosin verbrannte. Das und die Geschwindigkeit der Flugzeuge hatten sicherlich einen Einfluss auf die Stabilität der Gebäude. Und dann der Fakt, dass diese Feuer eine intensiven Hitze ausstrahlten, die möglicherweise die Struktur zusätzlich geschwächt hat, ich denke, es waren einfach die Flugzeuge, die diese Gebäude trafen und dann den Kollaps verursachten.«

»Was können Sie uns sagen? Ich meine, da gab es diese Berichte, oh ja, Osama bin Laden könnte verantwortlich sein, aber einige denken, dass er zu sehr als Verantwortlicher der Anschläge hervorgehoben wurde. Ich kenne eine Menge Geheimdienstler, äh Menschen in hohen Positionen, die sagen: „Hör zu, du kannst solche Angriffe nicht durchführen ohne die Hilfe von Staaten, wie Irak, Iran, Libyen, Syrien, die darin verwickelt sind.“ Können sie dazu etwas sagen?«

»Ja, ich bin nicht sicher, ob ich zustimmen kann, dass dies zwangsläufig staatsunterstützter Terror ist. Wie ich schon vorher bemerkte – das hat sicherlich die Fingerabdrücke von jemandem wie bin Laden.«

9.8 Endlich: ein unzweifelhafter Beweis

Im November gingen die ehemaligen Verbündeten nun zum kompletten Angriff über. Während sie selbst immer bizarrere Theorien wie die Laserwaffen aus dem Weltraum aufbrachten, griffen sie die physischen Beweise, die Dr. Miller schon beprobt hatte, als gefälscht an, als nicht aussagekräftig. Sie bezweifelten, dass Thermit sich überhaupt für einen Abriss eignete, weil es noch nie so eingesetzt wurde. Anstatt den einfachen Fakt zu akzeptieren, dass man die Reststoffe der Reaktion dort gefunden hatte, diese aber nicht hätte finden dürfen, wurden allerlei Umstände kreiert, warum es überhaupt gar nicht sein könnte. Alles falsche Prämissen, um Millers Funde abzuwerten. Sie nutzten dazu auch die Seiten der vermeintlichen „Debunker", die oftmals Fakten in ihrem Sinne uminterpretierten und dabei Scheinargumente benutzten und dazu Miller und anderen Menschen falsche Motivationen und mangelhafte Wissenschaftlichkeit unterstellten. Aber eines wurde nie gemacht: die Ergebnisse wissenschaftlich widerlegt. Nur mit dem Mund waren sie groß. Jederzeit hätte man von ihm Referenzproben haben oder sich selbst welche besorgen können, um nachzuvollziehen, ob es wirklich der forensische Fingerabdruck von Thermit war, den er gefunden hatte.

Und das Beste: Gleichzeitig gab es eine sogenannte »Großes-Zelt-Offensive". Ziel dieser Strategie war, alle Zweifler und alle Zweifel an der offiziellen Version gleichberechtigt zu behandeln, damit die Bewegung weiter wachsen könne. Das alles kritiklos, damit man sich nicht zerstritt. Also auch die absurdesten Theorien und die vielen Geschichten zum Pentagon und zu Shanksville, von denen man keine beweisen konnte, es null Möglichkeiten zur wissenschaftlichen Überprüfung gab und wo vielleicht bewusst beide Seiten der Diskussion von falschen Aussagen durchsetzt waren. Die scheinbare Gleichberechtigung, eine Idee, gegen die kaum einer etwas sagen konnte, war grundfalsch. Nur die besten Argumente, die sich auch wissenschaftlich beweisen lassen konnten und die in einer kritischen Betrachtung Bestand hätten, sollte man vorbringen dürfen. Und nicht jeden Blödsinn. Dass offensichtlich mehr dahinter stecken könnte, war daran zu sehen, dass die Medien, wenn sie denn überhaupt mal berichteten, dieses nicht neutral taten, sondern bewusst die schwachsinnigsten Theorien herauspickten und wie die selbst erklärten Wahrheitsapostel diese entlarvten und damit die ernsten Hypothesen und Beweise gleich mit.

Jeden Tag gingen bei Dr. Miller E-Mails ein, warum er denn diese »Große-Zelt“-Strategie ablehnte und sich von Professor Polter so distanziert hätte.

Daher veröffentlichte er folgendes Statement.

Ich habe sehr viele E-Mails bekommen, in denen ich gefragt wurde, warum ich manche Theorien kritisiere. Ich denke, es ist wichtig, sich mit den Fakten zu beschäftigen, die am offensichtlichsten und einfachsten zu beweisen sind. Deshalb wollte ich meine Diskussion begrenzen, aber ich plane in Zukunft, andere Bereiche zum 11.9.2001 mit wissenschaftlichen Studien zu untermauern. Statt über widersprüchliche Theorien zu streiten, die uns nur ablenken, sollten wir uns auf die konzentrieren, die beweisbar sind!

Genau das wollte John wieder machen. Auf seinen Aufruf, ihm doch Staubproben zuzuschicken, den er vor Kurzem veröffentlicht hatte, bekam er gleich mehrere Proben. Was auch immer am 11.09.2001 in New York passiert war, war höchstwahrscheinlich am Staub zu erkennen. Erstaunlich, wie viele New Yorker sich Staubreste aufbewahrt hatten. Sogar kriminologisch richtig, in verschlossenen Plastiksäcken. Einer dieser Sammler war Jeanette MacLloyd. Sie lebte jetzt in Kalifornien, gar nicht so weit weg von ihm, jedenfalls näher als New York.

Nun lag diese Staubprobe vor ihm – und er hatte leider nicht mehr den direkten Zugang zu einem Labor, seit er von der Uni in den Vorruhestand geschickt wurde. Dennoch ließ er sich nicht entmutigen. Dr. Kruger war schließlich immer noch da und außerdem gab es bei den mittlerweile 150 Wissenschaftlern für Wahrheit und Gerechtigkeit auch Chemiker und Physiker, die den Staub an deren Unis untersuchen konnten. Eine dieser Analysen von Frau MacLloyds WTC-Staub hielt er gerade in der Hand.

Er nahm sich den Brief dieser Jeanette MacLloyd heraus und suchte im Absender nach der Telefonnummer. Da war sie. Er griff zum Telefon und wählte die Nummer. Sie nahm nach ein paar Mal Klingeln ab.

»Hallo, Frau MacLloyd? Hier John Miller.«

»Oho, hallo Herr Miller, haben Sie meine Probe bekommen?«

»Ja, habe ich. Vielen Dank dafür. Das Ergebnis wird sie überraschen!«

»Na, dann bin ich aber gespannt.«

»Moment! Haben Sie noch mehr davon?«

»Ja, einen ganzen Beutel davon. Hatte ich damals gleich gesammelt, als ich wieder in die Wohnung durfte. Er war überall. Und ich wollte alles gleich saubermachen.«

»Dann möchte ich Sie bitten, ob ich mit zwei Zeugen zu Ihnen kommen kann, um noch eine Probe bestätigt zu bekommen. Ich erkläre Ihnen dann, was wir gefunden haben.«

»Gerne, Dr. Miller, jederzeit. Sie sind ein willkommener Gast bei mir.«

Gesagt, getan, John verabredete sich mit Frau MacLloyd und wollte schon nächstes Wochenende den Trip nach Kalifornien machen.

Sie flogen mit einem Interkontinentalflug der „Delta" nach San Diego, wo Jeanette MacLloyd nun wohnte. Er hatte Melinda mitgenommen. Mittlerweile war sie nicht mehr ganz so verstört. Seit er im Ruhestand war, machte es sie sogar froh, dass er Beschäftigung hatte. Und selbst, wenn es seine Theorien waren, die seinen Job gekostet hatten. Mittlerweile, auch weil sie finanziell nicht in Not geraten würden, hatte sie ihren Frieden damit gemacht, dass er sich damit beschäftigte. Mit den Auswirkungen seiner Thesen allerdings immer noch nicht. Sie konnte oder wollte sich nicht vorstellen, was das alles zu bedeuten hätte.

Er hatte sich auch, so weit es ging, mit der Entscheidung der BYU abgefunden und fing langsam an, sich an seinen Ruhestand zu gewöhnen und diesen zu genießen.

Der Flug dauerte von Salt Lake City aus knapp zwei Stunden.

Am Flughafen hatten sie einen Mietwagen genommen.

»Melinda, wie früher, als wir gemeinsam in Urlaub gefahren sind. Weißt du noch?«

Sie nickte. Ihr letzter Urlaub schien eine Ewigkeit her.

»Wird wieder Zeit, dass wir mehr miteinander unternehmen«, bekräftigte er und legte seinen Arm um ihre Hüfte, während sie am Schalter der Mietstation warteten.

Einen kurzen Augenblick dachte er, sie würde sich anspannen, dann lächelte sie ihn aber an.

»Nun haben wir ja genug Zeit!«, strahlte sie.

Sie fuhren zur Adresse. Ein Haus in der Vorstadtgegend von San Diego. Hier war alles schön grün, aber außerhalb der Stadt begann bald die Wüste, fast so wie in Utah in der großen Salzwüste, die Salt Lake City umgab.

Sie parkten vor der Haustür, stiegen aus und klingelten an der viktorianisch aufgemachten Tür.

Diese ging auf. Vor ihnen stand eine Frau in ihrem Alter, also Mitte fünfzig, mit frischer Dauerwelle und einem weißblauen Kleid.

Frau MacLloyd begrüßte sie überschwänglich.

»Hallo, Herr Miller. Und Sie müssen Frau Miller sein. Wunderbar! Kommen Sie rein!«

Sie versprühte einen Charme und eine Herzlichkeit, die John beinahe umwarfen.

Nachdem sie sich begrüßt hatten, sich setzen durften und einen Kaffee angeboten bekamen, den sie dankend annahmen, fragte John ganz unvermittelt:

»Kann ich Ihren restlichen Staub mal sehen?«

Sie sprang sofort auf, holte aus dem Nebenzimmer den Beutel mit dem Staub und gab ihn John. Es waren bestimmt drei Kilo. John begutachtete den Staubbeutel von allen Seiten.

»Wo haben Sie den gesammelt?«

»Also, am 11.09.2001 war ich in meiner Wohnung in 113 Cedar Street Ecke 100 Liberty Street, im vierten Stock. Kennen Sie New York? Das ist – das war genau auf der gegenüberliegenden Straßenseite von der WTC-Plaza.«

»Ja, wir waren schon mal in New York. Als die Türme noch standen. Ist schon ein bisschen her. Weißt du noch, Melinda? Damals, 1988?«

»Ja, klar! Damals waren wir eine Woche zu Besuch bei Bekannten in New York. Mir war es da entschieden zu laut«, erinnerte sie sich und machte eine Grimasse.

Jeanette sprach weiter.

»Na jedenfalls, ich war in meiner Wohnung, als der Südturm einstürzte. Die Trümmer hatten meine Fenster zerbersten lassen, der Staub kam überall rein. Ich habe mir ein feuchtes Handtuch um den Kopf gewickelt und bin raus, geflüchtet, weg von dem Chaos.«

Beim Gedanken an diese Situation und die Flucht röteten sich ihr Augen wieder.

»Stellen Sie sich das vor! Ich durfte eine ganze Woche nicht zurück in meine Wohnung. Als ich wieder hineindurfte, war überall dieser Staub, bestimmt vier oder fünf Zentimeter dick. Ich habe geputzt wie der Teufel. Tja, und ein wenig davon habe ich aufbewahrt. Wissen Sie, ich mache ab und an Kunstwerke aus alternativen Materialien. Ich hatte gedacht, vielleicht könnte man ein Andenken machen.«

»Also, der Staub ist mit dem Südturmeinsturz in ihre Wohnung gekommen?«

»Ja, das meiste wohl. Als die Fenster kaputtgingen.«

»Aber Sie haben den erst eine Woche später geborgen.«

»Ja, genau. Aber da mit dem Einsturz schon Staub reinkam, wird auch welcher vom Südturmeinsturz dabei gewesen sein.«

»Aber es kann auch welcher von den Aufräumarbeiten dabei sein, weil Sie den Staub erst am 18.09.2001 sammelten, richtig?

»Ja. Es war der 18.09.2001. Genau eine Woche später. Übrigens war diese Woche so ziemlich die letzte, in der ich dort war. Ich merkte schnell: Ich wollte nur noch da weg. So hatte ich mich schon Ende September bei einer Freundin in New Jersey einquartiert. Kurz darauf hat mich von dort das Schicksal nach San Diego verschlagen. Hab' hier ein Jobangebot bekommen.«

Sie tranken ihren Kaffee aus, Jeanette bot noch einen an.

»Gerne.«

»Nun, wo ich meine Geschichte erzählt habe, interessiert mich aber, was Sie gefunden haben.«

John grinste.

»Klar doch. In Ihrem Staub sind Sphären. Eisenreiche Sphären.«

»Sphären, was soll das sein?«

Er zeigte die Bilder, auf denen kreisrunde, graue Gebilde zu sehen waren, die aussahen, wie Asteroiden oder Monde.

»So sehen sie aus.«

»Aha. Und was haben die zu bedeuten?«

John versuchte, es so einfach wie möglich zu erklären.

»Haben Sie eine Glasreiniger-Sprühflasche?«

»Klar. Moment mal.«

Sie ging offensichtlich in ihren Hauswirtschaftsraum, kam kurz darauf mit dem Sprüher wieder und gab ihn John.

»Hier.«

»Danke. Ich darf mal, ja? Schauen Sie mal.«

Er ging in die Mitte des Raumes, hielt die Flasche nach oben und drückte auf den Sprühknopf. Ein feiner Nebel des Reinigungsmittels verteilte sich in der Luft, kaum etwas erreichte sichtbar den Boden.

»Wenn ich diesen Knopf drücke, verteilen sich Millionen Tropfen des Reinigungsmittels in der Luft. Sie sehen fast wie ein Nebel aus. Durch die Oberflächenspannung entsteht die typische Tropfenform, sie sind fast rund. Das nennt man Sphären. Was wir gefunden haben, ist im Grunde das Gleiche – aber hauptsächlich aus Eisen. Um aber Eisen in solche Form zu bekommen, muss eine große Menge davon schmelzen, was erst bei Temperaturen über 1.500°C passiert. Und diese Temperaturen kann es nicht gegeben haben, weder in den Feuern noch in den Trümmern. Wenn der Staub also nicht bei Aufräumarbeiten kontaminiert wurde, ist das ein weiterer Beweis für Hochtemperaturattacken auf den WTC-Stahl.

»Dr. Miller, Sie können das wirklich gut erklären.«

»Frau MacLloyd, wollen wir uns nicht duzen? Das wäre doch viel angenehmer.«

Fast hätte John gedacht, sie wäre etwas rot geworden.

»Gerne. Ich bin Jeanette.

»John.«

»Melinda.«

Auch Melinda machte mit, sie gaben sich noch einmal die Hand.

»Es kommt noch besser. Jeanette, deine Sphären im Staub haben exakt die gleiche elementare Zusammensetzung wie die geschmolzenen Eisenreste, die wir schon beprobt haben. Es sieht so aus, als ob das Eisen der Reststoff einer Thermit-Reaktion war, während die Sphären beim Schmelzen selbst entstanden sein könnten. Was sozusagen der Fingerabdruck der Reaktion ist.

»Dr. Miller, Sie, äh, du verstehst sicher, wenn mir das trotzdem zu hoch ist, wenn äh du von Fingerabrücken, Thermitreaktionen und Elementen und so redest. Hauptsache, du kannst etwas damit anfangen. Das reicht mir schon.«

Melinda hatte bis eben auch aufmerksam zugehört, schien aber jetzt abzuschalten.

»Ist nicht so schlimm. Wenn du an eine Pistole denkst, die abgeschossen wurde, wäre es vergleichbar mit den Schmauchspuren, was die Sphären betrifft. Und die geschmolzenen Eisenteile entsprächen der gefundenen leeren Patronenhülse. Toll wäre es natürlich, den rauchenden Colt selbst oder besser noch eine nicht abgeschossene Patrone zu finden. Vielleicht gelingt uns das noch.«

Danach redeten sie über andere Themen, damit auch Melinda sich nicht langweilte.

Zum Abschied, nach über zwei Stunden, bat John Jeanette noch, weitere Referenzproben an andere Wissenschaftler zu schicken, von denen er eine Adressenliste zurückließ. Jeanette versprach, es zu machen. Melinda und er wollten sich noch San Diego ansehen, bevor sie abends in ihr Motel fuhren, in dem sie zwei Übernachtungen gebucht hatten.

Im Sommer 2007 gab es neue interessante Entwicklungen. John las interessiert die neueste Mail von Liam. Dylan Avery und Jason Bermas, die „Loose Change“ abgedreht hatten, einen Film, der die größten Merkwürdigkeiten zusammenfasste, hatten einen Zeugen ausfindig gemacht, der die Explosionen in WTC 7 bestätigen konnte. Seinen Namen wollten sie noch geheim halten. Für Oktober war eine Neufassung ihres Videos geplant, in der der Zeuge auftreten sollte.

Doch dann passierte es. Jason verriet in einer Radioshow den Vornamen des Zeugen, Barry, und nun nahm das Schicksal seinen Lauf. Allein aus diesem Vornamen hatte ein Blogger namens Amy de Bocelli, freier Schriftsteller mit Büros in New York und Miami in seinem Blog, „No one has to die tomorrow“ den vollen Namen herausfinden können, weil es vom 12.09.2001 einen Text in einer Zeitung mit der Aussage von diesem Barry gab und ein Fernsehinterview, wo dieser davon berichtete, wie er zusammen mit Michael Hess, einem städtischen Angestellten, im WTC 7 eingeschlossen war, wie sie Explosionen erlebten und schließlich von der Feuerwehr gerettet wurden. Wobei allerdings nie klar wurde, dass er vom WTC 7 sprach.

Sein voller Name ist Barry Jennings.

Nachdem Jennings Name aufgedeckt war, erhielt dieser persönliche Drohungen. Und dann zog er seine Zusage zur Mitwirkung an der Dokumentation zurück. Avery veröffentlichte nun kein Interview, sondern nur eine kurze Zusammenfassung der Aussagen von Barry Jennings. Das hatte es aber in sich. Es war klar erkennbar, dass es dort Explosionen gab, bevor der Nordturm zusammenbrach. Und das auf Höhe des sechsten Stockwerks, sodass sie im Achten eingeschlossen waren, bevor sie gerettet werden konnten. Wieso?

John las die Mail zu Ende und bedankte sich für die neuen Informationen. Schade, dass dieser Barry Jennings seine Zusage zur Veröffentlichung seiner Aussage widerrufen hatte. Spannend war es auch so schon genug. John widmete sich wieder anderen Dingen. Er grübelte immer noch über den Staubproben. Er saß mit seinem Freund Dr. Jeffrey Kruger in dessen Büro. Mittlerweile lagen sechs Plastikbeutel von verschiedenen Absendern vor ihnen. Dr. Kruger hatte jede Staubprobe untersucht. Auch andere Wissenschaftler hatten Referenzproben von den verschiedenen Findern erhalten und beprobt. Überall fanden sich diese kleinen eisenreichen Sphären mit dem typischen elementaren Fingerabdruck einer Thermitreaktion. Da der Staub auch vorher schon von anderen untersucht worden war, hatte John nach veröffentlichten Studien darüber gesucht. Und tatsächlich: Ähnliche Sphären wurden auch vom USGS, dem US Geological Survey, bestens bekannt für seine Überwachung des „Yellowstone Nationalparks", sowie „RJ Lee", einer privaten Firma, die im Auftrag der Deutschen Bank für ihre Klage wegen der Schäden an ihrem Gebäude Untersuchungen vorgenommen hatte, gefunden. Das USGS beschrieb in seinem Report sogar eine Molybdänsphäre. Molybdän war eines der härtesten Metalle überhaupt und besaß eine Schmelztemperatur von über 2.300°C. Der Fund wurde einfach nicht weiter kommentiert.

John hatte zusammen mit anderen Wissenschaftlern eine Studie eingereicht, die über diese Hitzeanomalien berichtete. Allerdings war diese noch nicht veröffentlicht.

Nun trank er gemeinsam mit Jeffrey einen Kaffee.

»Jeffrey, genial wäre es, wenn wir nicht nur die Reaktionsreste, sondern nicht reagiertes Thermit finden könnten.«

»Falls nicht alles reagiert hat«, fügte er hinzu.

»Tja, wenn man das wüsste!«

John trank einen Schluck und stellte die Tasse klirrend zurück auf die Untertasse.

»Was ist denn das bisherige gemeinsame Erkennungsmerkmal, oder besser, Extrahierungsmerkmal von Eisen-Thermitresten und den eisenreichen Stücken aus dem WTC und den Sphären?«, sinnierte Jeffrey.

John dachte kurz nach.

»Etwas gibt es, was alle gemein haben. Sie sind alle magnetisch.«

»Auch die Sphären?«

»Ja.«

»Wie wäre es, wenn wir mit einem Elektromagneten über den Staub gehen und schauen, was dran hängen bleibt?«

John schüttelte den Kopf.

»Also, der Ferrimagnetismus entsteht erst durch die Thermit-Reaktion. Das in die Reaktion eingebrachte Eisenoxid ist vorher nicht magnetisch. Ich glaube nicht, dass man so etwas finden wird.«

»Was weißt du darüber?«

»Leider wenig. Ferrimagnetismus ist nicht mein Fachbereich. Nur, was ich noch aus meinem Studium weiß.«

»Meinst du, du bekommst das raus?«

»Sicher.«

»Am besten, du gibst mir gleich noch deine Plastikbeutel mit, dann kann ich gleich morgen Früh mit dem Elektromagneten mal schauen.«

»Klar.«

Sie fachsimpelten noch eine Weile, bevor sich Jeffrey in die noch helle Nacht Provos verabschiedete.

In dieser Nacht schlief John unruhig, als ob er Träume hatte. Als er am Morgen aufwachte, rieb er sich die Stirn, konnte sich aber nicht an irgendetwas Konkretes erinnern. Er hatte sich gerade erleichtert und war nun in der Küche am Kühlschrank, als das Telefon klingelte.

Es war Jeffrey.

»Hallo, John. Du glaubst es nicht! Ich war so neugierig, da bin ich gestern Abend noch in die Uni gegangen und habe den Elektromagneten angeworfen.«

»Erzähl, was hast du herausgefunden!«

»Du hast doch die rotgrauen Plättchen schon mal wahrgenommen, die in allen Staubproben sind, teilweise kann man sie mit bloßem Auge erkennen, bis zwei Millimeter sind die meisten groß.«

»Klar. Ich habe es für Farbreste gehalten.«

»Aber sie sind magnetisch. Hältst du es für denkbar, dass es magnetische Farben gibt?«

»Hmm, klingt ungewöhnlich, ist aber vielleicht nicht undenkbar. Wie wäre es, wenn du diese Teilchen auf das SEM packst und eine Oberflächen-Analyse machst?«

»Ha, du glaubst wohl, ich bin von gestern. Ich habe die Probe schon extrahiert und aufbereitet. Einmal die graue Schicht, einmal die rote, einmal eine frische Schnittkante beider Schichten.«

»Und?«

»Komm bitte her und schau es dir selbst an! Ich kann es dir nicht erklären. Nicht am Telefon. Es ist etwas ... Besonderes. Ich habe so etwas noch nicht gesehen.«

So schnell war John die 15 Kilometer bis zu Uni noch nie gefahren, zum Glück gab es keine Verkehrskontrolle. Schon 20 Minuten später war er bei Jeffrey im Labor.

»Wo hast du sie? Die Mikrofotografien!«

»John, nur die Ruhe. Hier sind sie.«

Er legte einen ganzen Stapel der typischen Mikrofotografien vor.

John sah sich diese durch, wobei er jedes Bild ausführlich begutachtete und sich dafür sogar seine Lesebrille aus dem ledernen Etui holte.

»Das hier. Welcher Bereich ist das?«

»Wie du siehst, sind es fast immer zwei Schichten. Eine rote und eine graue, dicht aneinander, wie ein Zweischichten-Lack. Aber so, wie das aussieht, ist es keine normale Farbe, sondern eine mit Nanostruktur. Du schaust dir gerade die rote Schicht an. Mit 50.000-facher Vergrößerung.

John sah sich das Bild an. In der Schicht gab es kleine, helle facettenreiche Partikel mit einer Größe von ca. 100 Nanometern im Durchmesser gemäß angefügter Größenskala und größere Partikel, die ein flaches und oftmals sogar hexagonales Aussehen hatten und 1000 Nanometer im Durchmesser und ca. 40 Nanometer lang waren.

»40 Nanometer? Spinne ich? Ein Nanometer entspricht doch dem millionsten Teil eines Millimeters, oder?«

»Ja.«

»Dann haben wir hier eine perfekte und absolut gleichmäßige Nanostruktur.«

»Ja.«

»Dann sollten wir rausfinden, was genau es ist, aus welchen Elementen es besteht. Glaubst du auch, was ich glaube, dass es ist?«

»Ja. In der Tat.« Jeffrey schmunzelte.

»Es sieht wirklich ganz genau so aus wie dieses explosive Nanothermit, von dem du schon mal berichtet hast. Ich habe schon einschlägige Fachartikel dazu von der Texas Tech, dem Lawrence Livermore Institute und aus Los Alamos angefordert. Ich sollte sie in der nächsten Stunde bekommen.«

»Warum ist es wohl magnetisch?«

»Ich vermute, es liegt am Eisenoxid. Sollte dieses auch in Nanogrößen vorliegen, kann Ferrimagnetismus entstehen.«

»Also letztlich reiner Zufall, dass wir es mit dem Magneten fanden.«

»Ja.«

John verkündete. »Ich möchte sofort XEDS-Analysen dieser Chips. Wegen der chemischen Elemente. Wir müssen auch die anderen Staubproben untersuchen, ob wir diese Chips dort auch finden. Dann sollen andere Labors alles gegenprüfen. Ich will so viel wie möglich unabhängig bestätigt haben!«

Jeffrey runzelte die Stirn.

»Glaubst du wirklich, dieses Mal machen wir andere Erfahrungen als bisher?«

»Ich weiß es nicht. Ich will nur wissen, was das hier ist. Und was bleibt uns anderes übrig, als es zu versuchen?«

Bis zu diesem Zeitpunkt hatten nicht viele Labors ihr Forschungsergebnis bestätigt. Einige hatten anfangs kooperiert und auch teilweise ihre Analysen, etwa bei den Sphären, bestätigt, sich dann aber meist kommentarlos nie wieder gemeldet oder gesagt, sie möchten mit weiterer Forschung darüber nichts zu tun haben.

Es dauerte unendlich lang erscheinende, quälende drei Tage, bis sie ihre eigenen Ergebnisse hatten sowie eine Bestätigung ihrer Analyse aus einem Labor in Frankreich.

John las die Analyse von Henry Francois Descard, die er soeben erhalten hatte:

Diese Chips bestehen aus einer Schicht grauen und einer Schicht roten Materials. Sie bestehen hauptsächlich aus Eisen, Sauerstoff, Aluminium, Silicium und Kohlenstoff. Die gefundenen Chips in den uns vorliegenden vier Proben haben allesamt eine klar erkennbare und ähnliche physikalische Struktur, sie sind zwischen 0,2 bis 3 mm lang und bestehen immer aus zwei Schichten: Einer roten und einer grauen, wobei die graue Schicht zwischen zehn und 100 my dick ist. (Ein my entspricht ein tausendstel Millimeter, zum Vergleich, ein menschliches Haar ist zwischen 60-80 my dick). Auch wenn diese Chips nur sehr klein sind, kann man sie mit bloßem Auge erkennen, aufgrund ihrer flachen Struktur, ihrer erkennbaren Farben und ihres schichtenweisen Aufbaus. Die Chips sind von fester Konsistenz, auch wenn sie dünn wie Eierschalen sind. Sie sind ganz klar ein nanotechnisches Material mit zwei verschiedenen Komponenten extrem kleiner Partikel, jedes sehr konsistent in Form und Größe, festgehalten durch eine stabile Matrix, welche ein hartes, gleichmäßiges Material überdeckt. Wenn man Nanotechnologie studiert, wird man feststellen, dass exakt dies der Beschaffenheit eines Super- oder Nano-Thermits entspricht, in welchem die Reaktionsbestandteile in einer Sol-Gel-Matrix fixiert wurden und diese auf ein Trägermaterial aufgetragen wurden.

Das war so ziemlich genau das, was sie bisher auch herausgefunden hatten.

Mit dieser Bestätigung im Rücken war John nun klar, was er unternehmen musste. Eine weitere wissenschaftliche Studie, von einigen Co-Autoren und doppelt und dreifach wiederholten Tests musste her. Schon war er am Telefon, um sich genug Kompetenzträger der Chemie und Physik zusammenzusuchen.

Kapitel 10 11.09.2001, nachmittags

CNN, 11.09.2001, 16.15 Uhr

CNN, Aaron Brown:

»Wir bekommen Informationen, dass eines der anderen Gebäude, Gebäude Sieben, brennt und eingestürzt ist oder einstürzen wird.

...

Und, um es klarzustellen: Sie können diese Bilder klarer sehen als ich, aber soweit ich mich erinnere, ist Gebäude Nummer Sieben eines der Gebäude in dem sehr großen Komplex, welcher insgesamt World Trade Center genannt wird.

Nun wurde uns gesagt, dass das Gebäude brennt und dass es auch einstürzen könnte.

Bleiben Sie dran.«

BBC, 11.09.2001:16:47 Uhr

»Wir haben gerade die Nachricht bekommen, dass das „Salomon Brothers Building" in New York, im Herzen Manhattans, ebenfalls eingestürzt ist.

Das passt zu einer Warnung vom englischen Auslands-Konsulat, dass es ein echtes Risiko gäbe – lassen Sie mich nach der Originalmeldung schauen – das englische Ausland-Konsulat sagte: ein starkes Risiko von weiteren Verbrechen in den Vereinigten Staaten! Und so, wie es aussieht, ist das nun der Fall mit dem Einsturz des „Salomon Brothers Building." Wir haben noch keine Berichte über Opferzahlen. Man darf hoffen und annehmen, dass es komplett evakuiert war. Ob dieser letzte Einsturz die Pläne des Präsidenten beeinflusst, der, wie wir vor einigen Augenblicken hörten, nun von Nebraska zurück nach Washington fliegen wollte, wissen wir noch nicht.«

BBC, 11.09.2001, 17.00 Uhr:
»Das 47-stöckige Salomon Brothers Gebäude, welches in direkter Umgebung des World Trade Centers stand, ist gerade eingestürzt.«

BBC, 11.09.2001, 17:07 Uhr
»Nun mehr zum letzten Gebäudeeinsturz in New York. Sie haben vielleicht davon gehört. Vor ein paar Augenblicken haben wir davon gesprochen, dass das Salomon Brothers Gebäude einstürzen würde, und in der Tat ist es passiert. Es ist offensichtlich nur wenige hundert Meter von dem Ort entfernt, an dem die World Trade Center-Türme standen. Und es sieht aus, als ob das nicht Ergebnis einer neuen Attacke wäre, sondern weil das Gebäude während der Anschläge heute Morgen beschädigt wurde. Wir werden sicher mehr hören, wenn wir gleich zu unserer Reporterin Jane Standley in New York schalten. Jane, was können Sie uns über das Salomon Brothers Gebäude und seinen Einsturz sagen?«

BBC, 11.09.2001, 17:08 Uhr
Jane Standley steht in New York vor dem klar erkennbaren, noch stehenden Salomon Brothers Gebäude oder WTC 7. Sie kann zu dem Kollaps nichts Konkretes sagen, sie beschreibt die allgemeine Lage und macht einen Kamerarundschwenk, in dem WTC 7 sogar herangezoomt wird.

BBC, 11.09.2001, 17:09 Uhr
Einblendung:

„Das 47-Stockwerke-Hochhaus „Salomon Brothers-Gebäude“ nahe dem World Trade Center ist auch eingestürzt.“

BBC, 11.09.2001, 17.14 Uhr:
Das Bild von Jane Standley verwackelt und die Übertragung bricht schließlich ganz ab.

Der Moderator sagt, man habe die Leitung verloren und macht mit einem anderen Thema weiter.

New York, 11.09.2001, 17:21 Uhr

Um 17.21 Uhr Ortszeit stürzte das WTC 7 dann tatsächlich in sich zusammen.

Danach verschwand das Gebäude spurlos aus unserer Erinnerung. Fast. Bis auf ein paar kleine Spuren – Reste im Bewusstsein Einzelner. Auf ihre Entdeckung wartend.

Kapitel 11 Nachlese: New York, 18.09.2001

»Sie sind Harald Brunswick?«

Harry nickte. Der Commissioner schrieb etwas in sein Buch.

Sie standen inmitten der Trümmerwüste, die noch vor zwei Wochen das heile Finanzzentrum der Welt gewesen war. Dort, wo die stolzen World Trade Center gestanden hatten - einst die höchsten Gebäude der Welt. Und Harry hatte die undankbare Aufgabe übernommen, die Leiche seines Freundes zu identifizieren, die gestern Nacht hier gefunden wurde. Melanie hatte nicht die Kraft gehabt und dessen nächsten Familienangehörigen lebten in Chicago.

»Können Sie diesen Toten einwandfrei als Patrick O'Sullivan identifizieren?«

Der Commissioner schlug ein Leichentuch zurück und entblößte den friedlich dreinblickenden Kopf von Patrick. Sein Körper war nahezu unversehrt. Nur ein paar versengte Stellen an den Beinen. Und das, obwohl er nicht einmal 70 m von dem Haupteingang des Südturms entfernt gefunden wurde, an der Ecke „Liberty Street" / „Greenwich", halb versteckt unter einer zusammengebrochenen Mauer. Diese Mauer hatte anscheinend seinen Körper beschützt. Aber nicht genug, denn irgendetwas hatte ihn so erwischt, dass er umkam. Harry schluchzte und wischte sich eine Träne weg.

»Ja. Es ist Patrick O'Sullivan.«

Der Commissioner nickte zufrieden, machte wieder eine kurze Notiz und fasste ihn an den Oberarm.

»Mein Beileid.«

Harry nickte ihm zu.

»Soll eine Autopsie vorgenommen werden? Hat sich die Familie schon dazu geäußert?«

Harry hörte wohl nicht recht und war plötzlich rasend vor Zorn. Wie unsensibel war dieser Commissioner?

»Wie bitte? Ich glaube ich höre nicht recht! Wir hatten hier den größten Terroranschlag, der jemals auf US-amerikanischem Grund stattgefunden hat und Sie fragen ernsthaft nach einer Autopsie? Wird das etwa bei allen Opfern gemacht?«

Harry war kaum zu beruhigen und schüttelte heftig mit dem Kopf. Sein Zorn wurde durch die Trauer über den Verlust seines guten Freundes noch angestachelt. Commissioner Hilliard versuchte zu beschwichtigen: »Schon gut! Nein, wir machen keine Autopsien, es sei denn, es wird ausdrücklich verlangt. Bisher gab es noch niemanden, der das wollte.«

»Denken Sie mal drüber nach, warum!«, brach es aus Harry heraus.

»Sie unsensibles – Arschloch!«

Der Commissioner zuckte mit den Achseln, nahm es hin und steckte Buch und Stift in seine Jackeninnentasche.

»Lassen Sie mich bitte noch einen Augenblick mit ihm allein.«

»Okay, sagen Sie dann Bescheid.«

»Schon gut!«

Da lag er nun: Mister FBI – korrekt bis zum Schluss. Vor Harrys geistigem Auge flimmerte, ja raste der Film gemeinsamer Erlebnisse, während er geistesabwesend auf seinen toten Freund starrte. Alles hatte der in den Griff gekriegt. Oder es zumindest versucht. Aber dieser Brocken war wohl eine Nummer zu groß gewesen. Armer Patrick! Armes Amerika. Harry versuchte vergebens, den Kloß in seinem Hals wegzuräuspern. Man wartete.

»Machs gut, mein Bester!«, flüsterte er und bückte sich wie ein alter Mann tief zu ihm hinunter. Wollte er seinem Freund tatsächlich die entseelten Augen schließen? Der Kloß ärgerte ihn. Ein Moment noch hielt er inne. Dann nahm er das Leichentuch und wollte es gerade wieder über Patrick ausbreiten, damit der Krankenwagen seinen

Körper aufladen und mitnehmen konnte. Dabei fiel ihm der hochgerutschte Ärmel des Hemdes auf – oder vielmehr rote Striemen am Handgelenk von Patrick, die wie Fesselspuren aussahen.

Er richtete sich auf und schrie laut: »Commissioner Hilliard!«

Dieser hatte sich etwas pietätsvoller hinter dem Krankenwagen aufgehalten und antwortete nun:

»Ja?«

Harry legte das Leichentuch über Patrick zurück.

»Ach, nichts. Ich bin hier fertig. Sie können ihn mitnehmen.«

Hilliard nickte und machte sich an die Arbeit.

Harry blieb noch stehen, selbst, als der tote Körper seines Freundes eingeladen wurde und der Krankenwagen sich langsam entfernte. Er blickte noch lange in die Richtung, in die der Krankenwagen verschwunden war. Sein Blick war leer. Er brauchte jetzt einen Drink. *The Show must go on!*

Kapitel 12 John Miller heute

»Dick, schau mal!«

John konnte es kaum glauben. Endlich war ihre wichtigste Arbeit veröffentlicht. Er hatte den Ausdruck in der Hand und hielt ihn Dick unter die Nase, der mittlerweile wieder an der Uni war und heute bei Millers zu Besuch.

»Großartig. Ich freu mich mit Ihnen.«

»Und hast du es schon gesehen? Auch in der Zeitung steht's. Wenigstens die Lokalpresse berichtet. Wenn die auch technisch nicht auf der Höhe sind. Hehehe.«

John wedelte mit der Tageszeitung.

»War nicht einfach, das mit der Studie, wie?«

»Nein, wahrlich nicht. Die Fragen der Peers waren so aufwendig wie noch nichts zuvor. Und wie du weißt, habe ich schon einige Artikel veröffentlicht, auch im „Science" und „Nature". Wir hatten 30 Seiten Fragen, Anregungen und Kommentare von den Peers.«

»Wahnsinn! War auch Produktives dabei?«

»Ja, klar. Zum Beispiel die Butanon-Tests. Darauf wären wir selbst gar nicht gekommen! Oder der Vergleich mit der DSC-Wärmespektralanalyse. Unter den gleichen Bedingungen wie „Tillotsons Xerogel Fe2O3/Ultra-Fein zerstäubtes Aluminium-Nanothermit". Wurde auch von einem Peer vorgeschlagen. Schau es dir an, Bild 29. Beinahe identische Kurvenverläufe und das heißt, extreme Energieabgabe in kürzester Zeit. Wirklich explosiv.«

»Wie lange hat es denn insgesamt gedauert, bis diese Studie mit all den Nachfragen fertig war und veröffentlicht wurde?«

»Über neun Monate. Wahnsinn, nicht?«

»Schade, dass die von der BBC nichts von den Chips gesendet haben.«

Gerade erst hatte die BBC eine Dokumentation gedreht, in der alle Theorien, auch ihre, widerlegt werden sollten.

Darin hatte Dr. S. Shyam Sunder, der Leiter der NIST World Trade Center-Studie auf die Frage, ob er von den Einwänden gegen seine Studie von „Verschwörungstheoretikern" gehört hätte, geantwortet. Das NIST hatte also erneut auf sie reagiert, aber wiederum nur, um alles geradewegs abzulehnen. John hatte sich das Skript ausgedruckt, weil er es für den Gipfel einer Verweigerungshaltung hielt, was wissenschaftliche und forensische Beweisführung anging.

»Hier, ich habe es extra ausgedruckt.«

Er las vor:

> *Ja, ich habe davon gehört. Ich bin für alles offen. Aber unser Report ... ist sehr ausführlich. Wir haben über 80 Experten aus dem öffentlichen Bereich und 125 Experten aus dem privaten Forschungsbereich konsultiert. Es ist eine Namensliste der führenden Experten auf diesem Gebiet. Menschen suchen oft nach anderen Lösungen. Aber als Wissenschaftler dürfen wir uns darüber keine Sorgen machen. Fakten sind Fakten. Thermit ist ein Pulver. Es muss die ganze Zeit im Kontakt mit dem Stahl sein, damit der schmilzt. Jemand muss es fest dagegendrücken, bis die Säule durch ist. Das heißt natürlich, dass entweder jemand da war, bis das Gebäude über seinem Kopf zusammenstürzte oder er in letzter Minute noch herauskam. Das ist alles sehr unwahrscheinlich. Für uns ist Thermit einfach keine glaubwürdige Methode. Vor allem, wenn man bedenkt, dass es mit einer Explosion sehr viel einfacher wäre, das Gebäude zu zerstören. Selbst wenn es Thermit- oder Thermatspuren in einigen Staubpartikeln gäbe, ist das kein Beweis dafür, dass dies der Grund für die Einstürze der Gebäude war. Es gibt keine Theorie dazu, das sind nur Beobachtungen, isolierte Beobachtungen.*

John schüttelte den Kopf. Der Schlüssel war das Nano-Thermit. Und dieser Shyam Sunder ignorierte es, als ob er es nicht wahrhaben wollte. Aber es existierte wirklich. Es gab Untersuchungen, aus denen hervorging, wie hochexplosiv es war und dass es sich wie ein festes Gel formen lässt. Und genau so etwas hatten sie nun gefunden.

»Nichts mit Pulver. Keine isolierten Beobachtungen. Und wenn es eine bessere Hypothese gäbe, was Thermitspuren erklären könnte, als die Verwendung in einer Sprengung, was wäre das dann?«

»Hmm, Hmm. Dem muss das doch wirklich sehr peinlich sein. Ist dieser Sunder wirklich Doktor?«

»Ja, vom MIT. Aber die sind ja bekannt für regierungstreue Studien.«

John schmunzelte bittersüß.

Dieses Mal hatten sie vorher bei der BYU gefragt, ob Dr. Jeffrey Kruger als Hauptautor genannt werden durfte, und obwohl die BYU aufgrund des Peer Reviews Zustimmung zur Veröffentlichung gab, wurde darum gebeten, Kruger nicht als Hauptautor zu nennen. Da John Miller nicht als Hauptautor auftreten wollte, um die Diskussion um seine Person nicht wieder anzuheizen, wurde die eigentliche Nummer drei die neue Nummer eins: Professor Niels Harrit von der Uni Kopenhagen, Dänemark, Chemiker und Nanotechnologie-Forscher.

Ansonsten hatte sich die Uni-Leitung versöhnlich gezeigt: Die letzten drei Studien, die von Dr. Miller als CoAutor veröffentlicht wurde, waren auch auf seiner Biographie-Webseite der Uni erwähnt und verlinkt. Auch diese Nanothermit-Studie.

»Hier, lies die Zeitung!«, rief John und hielt seinem ehemaligen Studenten die Zeitung vor die Nase.

Spuren von Explosivstoffen im WTC-Staub gefunden, sagen Wissenschaftler

Von Elaine Nordberg, Deseret News, Montag, 6. April 2009

Winzige rotgraue Plättchen, welche im Staub der Ruinen des World Trade Center gefunden worden, enthalten hochexplosive Materialien. Gemäß einem früheren BYU-Professor der Beweis dafür, dass der 11.09.2001 immer noch ein ungelöstes düsteres Mysterium ist.

Der Physiker John W. Miller, der im Jahre 2006 von seinem Professoren-Amt an der Brigham Young Universität zurücktrat, nachdem die Uni über die Kontroversen zu seinen 11.9.-Theorien litt, ist einer von insgesamt neun Wissenschaftlern, die ihre Arbeit letzte Woche in der online bereitgestellten „Peer reviewten" Studie im „Offenen Chemie Physik Journal" veröffentlicht haben. Weiterhin als Autoren werden BYU-Professor Jeffrey Kruger und ein Professor der Nanochemie von der Universität Kopenhagen in Dänemark aufgeführt.

Seit einigen Jahren hat Miller darüber theoretisiert, dass vorab gelegte Sprengladungen und nicht Feuer und Kerosin den schnellen, symmetrischen Kollaps beider Türme sowie den Einsturz eines dritten Gebäudes ausgelöst haben, Gebäude 7.

Die neueste Forschung, so sagen die Autoren der Studie, zeigt, dass der Staub der World Trade Center tatsächlich Nanothermit enthält, ein Material, welches hochenergetisch und -explosiv ist.

Obwohl die Studie keinerlei Schlussfolgerung darüber macht, was die Quelle oder der Zweck dieses Explosivstoffes sei, hat Miller die Theorie unterstützt, dass die Einstürze der Türme Teil eines Regierungskonzeptes waren, um durch die Angriffe vom 11.9. überfallen zu wirken, sodass die USA einen Kriegsgrund gegen Afghanistan und Irak bekamen.

Der nächste Schritt, so sagte Miller am Montag am Telefon, ist, für jemanden zu ermitteln, wer dieses Zeug herstellte und warum es dort war.

Eine Staubschicht hatte unmittelbar nach den Einstürzen große Teile von Manhattan bedeckt und es waren Proben dieses Staubes, welches Miller und andere Forscher in 2006 erbaten, in der Hoffnung, bestimmen zu können, was die ganze Wahrheit der Ereignisse dieses Tages war. Sie haben letztlich vier verschiedene Proben von New Yorker Bürgern bekommen.

Eine Probe kam von einem Mann, der eine Handvoll Staub auf der Brooklyn Bridge aufsammelte, auf der er langging, nachdem der zweite Turm eingestürzt war. Wie die Autoren vermerken, „Konnte es daher nicht mit Stahltrennarbeiten oder Aufräumarbeiten am Ground Zero verunreinigt sein, die ja erst später begannen. Außerdem kann es auch nicht mit dem Staub vom WTC 7 vermischt sein, da dieser erst Stunden später einstürzte."

Ein anderer sammelte den Staub in seiner Wohnung, fünf Blöcke von den WTC entfernt, am Morgen des 12.9.2001. Dort gab es eine Staubschicht, die bald drei Zentimeter dick war, auf seinem Küchenschrank neben einem geöffneten Fenster.

Rotgraue Plättchen, durchschnittlich höchstens zwei bis drei Millimeter groß, wurden in allen vier Staubproben gefunden. Diese Plättchen wurden analysiert, indem man sie unter Tunnel-Elektronen-Mikroskop und anderen hochtechnischen Untersuchungsmethoden beprobte.

Die rote Schicht der Plättchen beinhaltet nach Angaben der Forscher eine hochenergetische Form von Thermit. Während normales Thermit (eine Mischung eines Metalloxids mit Aluminiumstaub) wie ein Brandbeschleuniger wirkt, ist Super- oder Nanothermit hochexplosiv. Er sagt, es gibt keine unverdächtige Erklärung, wie dieses Nanothermit in den WTC-Staub gekommen sein könnte.

Miller machte Schlagzeilen in 2005, als er argumentierte, dass der schnelle und symmetrische Einsturz der World Trade Center genauso aussah, wie der von kontrollierten Sprengungen. Er sagte, dass Feuer allein nicht ausreichend gewesen wären, die Gebäude zum Einsturz zu bringen, und selbst durch die Einschläge der Flugzeuge hätten die Türme stark genug sein müssen, das Gewicht der oberen Sektion zu halten, selbst wenn es teilweise eingestürzt wäre. Es sei denn, sie wären durch Explosivstoffe zusätzlich geschwächt worden.

> Die Staubstudie erhärtet seine früheren Hypothesen, sagt Miller, aber er hat gemischte Gefühle über die Auswirkungen.
>
> „Wie ein junger Student gerade zu mir sagte: Es ist spannend von einem wissenschaftlichen Standpunkt aus, weil die Dinge langsam Sinn machen. Aber ich fühle mich schlecht, wenn ich daran denke, wie es um dieses Land bestellt ist."

Dick legte den Artikel beiseite.

»So, so, Professor, Sie haben mich also zitiert«, sagte Dick unverschämt grinsend.

»Ja. Gute Aussage. So ergeht es wohl vielen.«

»Hm, ja.«

»Dick, noch mal vielen Dank für alles. Ohne deine Hilfe hätte ich vielleicht nicht so rechtzeitig und richtig gehandelt.«

»Keine Ursache, Prof. Habe ich gern gemacht.«

»Nun werden uns die Medien nicht mehr ignorieren können. Sofern andere Wissenschaftler diese Funde bestätigen, wird es ein Lauffeuer geben, welches der Aufklärung dient. Wirst schon sehen.«

»Mit Verlaub, Prof, ich bleibe da skeptisch. Lokalpresse zählt doch nicht wirklich. Erst wenn sie es schaffen, die News über mehrere Tage zu verbreiten, landesweit, haben wir den Durchbruch geschafft. Wer weiß, was denen noch einfällt, um uns mundtot zu machen oder die Beweise sogar ohne Wiederholung der Versuche in Abrede zu stellen. Oder wieder irgendeine Diffamierung zu bringen.«

»Dick, natürlich. Man wird wie immer alles Mögliche machen. Dr. Greening hat sich schon dazu gemeldet, Dr. Polter wird vermutlich bald folgen. Trotzdem: Das ist ein großer Durchbruch. Von Verschwörungstheorien wie „Bigfoot" oder über die Mondverschwörung oder was auch immer gibt es keine in Wissenschaftsmagazinen veröffentlichen Studien.«

»Das stimmt. Dann werden sie halt die Legitimität des Magazins angreifen.«

»Natürlich, aber das ist lächerlich. Bentham ist renommiert, und „Pay for Publish“ wird sich auch immer mehr durchsetzen. Der BYU reicht es auf jeden Fall. Alle drei Studien sind dort verlinkt!«

»Was wohl Dr. Shyam Sunder dazu sagt?«

John vermutete: »Wahrscheinlich gar nichts.«

»Haben Sie eigentlich keine Angst, so zu enden wie Barry Jennings?«

John sinnierte kurz. Er dachte an Barry Jennings. Dieser wurde für eine Sendung letztes Jahr im Juli von der BBC interviewt. Die BBC wollte seine Aussage anscheinend mit der offiziellen Erklärung kompatibel machen. Zwei Tage nach Sendetermin hatte Dylan Avery die Rohfassung seines Interviews mit Barry Jennings veröffentlicht, aus der man deuten konnte, dass die BBC ihr Interview bewusst so geschnitten hatte, dass sie von den Explosionen im WTC 7 berichteten, als ob diese mit dem Einsturz des Nordturms korrelierten – was aber Jennings nie ausgesagt hatte. Im Gegenteil, in der Rohfassung des Avery-Interviews wurde deutlich, dass die Explosionen in WTC 7 vor den Einstürzen der Twin Towers stattgefunden haben mussten.

Zwei Tage, bevor der endgültige NIST-Bericht zum WTC 7 mit der ebenfalls angepassten Zeitachse herausgegeben wurde, starb Barry Jennings nach längerem Krankenhausaufenthalt an einer unbekannten Todesursache – ohne die Chance, noch etwas dazu sagen zu können.

Avery hatte ca. ein halbes Jahr später versucht, mit den Angehörigen Kontakt aufzunehmen, aber niemanden mehr vorgefunden. Das Haus war verlassen, kein Nachbar wusste irgendetwas und eine Detektivin mit dem Auftrag, Näheres über die Todesumstände herauszufinden, gab nach wenigen Stunden ihr Geld zurück, wollte Avery anzeigen und erklärte, man solle sie nie wieder in dieser

Angelegenheit kontaktieren. Mysteriös! Hatte man erst Jennings Aussage entschärft und ihn dann beseitigt? Es sah so aus.

»Dick, ich habe mich schon vor langer Zeit entschieden, keine Angst mehr zu haben. Selbst, wenn Barry Jennings wirklich ermordet worden ist. Das ist doch genau das, was wir denken sollen. Aus Angst schweigen alle. Das kann und werde ich nicht. Und ich habe noch vor, lange zu leben!«

Dick nickte zustimmend.

»Professor, übrigens, was mir gerade einfällt, wo Sie vorhin die BYU erwähnten. Sie und Liam Roberts haben Ihre Jobs verloren. Was ist eigentlich mit Professor David Polter oder Dr. Julia Brown? Haben die ihre Jobs auch verloren?«

John hatte sich dazu noch nie Gedanken gemacht. »Du hast ... Recht. Das ist mir noch gar nicht aufgefallen. Die unterrichten immer noch.«

»Was denken Sie, kann man daraus schlussfolgern?«

»Wir sind auf der richtigen Spur.«

»Auf jeden Fall.« John lächelte.

»Was macht übrigens Liam heute?«

»Er ist gerade umgezogen, hat einem neuen Job in Oregon. Er hat viel Zeit und Energie in die Frage investiert, wie das Nanothermit in die Gebäude kommen konnte. Interessant, es gibt da eine Firma namens ENSIC, die sowohl eine Gefährdungsanalyse für das WTC gemacht als auch nach 1993 die Untersuchung begleitet hatte, die aber auch direkte Verbindungen zur Nanothermit-Forschung hat. Und es kommt noch besser: Diese Firma existiert so gut wie unsichtbar, hat tausende Mitarbeiter – vor allem aus unseren Diensten – rekrutiert und deren Chef war bis 2002 ein sich selbst Mr. B. nennender Selfmade-Millionär, früher Atomforscher in Los Alamos, wo auch an Nanothermit geforscht wurde. Die haben Routinen entwickelt, wie man Millionen Datensätze analysieren kann nach bestimmten Stichwörtern, was sie zu Hauptauftragnehmern der NSA und der CIA machte. Kaum vorstellbar, dass die vor dem 11.09.2001 nichts mitbekommen haben sollen. Deren Daten haben schließlich sogar zur Verhaftung Khalid Sheik Mohammeds 2002 geführt.«

»Da sollten die Medien mal ansetzen. Das hört sich fast an, als ob man schmutzige Arbeit von solchen Firmen erledigen lässt. Haben Sie eigentlich jemals drüber nachgedacht – wenn uns die Medien bisher so sehr im Dunklen gelassen haben – was vielleicht sonst noch alles ganz anders ist, als es uns erzählt wird?«

»Witzig, dass du das erwähnst. Tatsächlich! Genau die Frage habe ich mir auch schon gestellt und über meine Vernetzungen sogar einige Themen gefunden, die ich für plausibel und hinterfragenswert halte, neben den Lügen zu Kriegsgründen. Beispielsweise zum Geldsystem ... es ist wie der erste Schritt auf einer langen Reise.«

Dick nickte andächtig und sein Blick schweifte träumerisch ab.

In diesem Augenblick klingelte es an der Tür!

»Erwarten Sie Besuch?«

»Nein, eigentlich nicht. Melinda ist bis heute Abend bei ihrer Freundin. Ich mache mal auf ...«

Kapitel 13 Ende

Wie viel von dieser Geschichte ist wahr, wie viel Fiktion? Versuchen Sie doch, es herauszufinden! Nur eine kleine Warnung: Falls Sie, liebe(r) LeserIn, irgendwann tatsächlich über sehr kleine Spuren, womöglich feinste Nanospuren, stolpern sollten, bedenken Sie sehr gut, ob Sie sich tatsächlich auf eine weitere Suche einlassen. Es könnte nämlich passieren, dass Sie ebenso schnell am Abgrund stehen wie unsere beiden Hauptdarsteller. Oder plötzlich Besuch bekommen ...

Und an alle, die meinen, es gäbe das perfekte Verbrechen: Manchmal reichen wirklich Nanospuren, um überführt zu werden. Irgendwann!

Über den Autor

Dirk Gerhardt ist 34 Jahre alt und lebt in der Lüneburger Heide.

Am 11.09.2001 flog er nach Kuba. Der Flugkapitän klärte nur vage über die Geschehnisse des Tages auf.

Auch auf Kuba selbst bekam man kaum Informationen.

Anschließend wieder zu Hause machte er sich auf seine eigene Spurensuche.

Danksagung

Ich danke insbesondere den vielen Menschen, die seit Jahren versuchen, die Ereignisse des 11. September 2001 aufzubereiten und zu hinterfragen. Und allen, die bei der Entstehung dieses Buches mitgeholfen haben. Insbesondere sei an dieser Stelle Georg Lehle genannt, der mit vielen Tipps und Ratschlägen dieses Buch erst in dieser Form ermöglicht hat. Sowie Sebastian Range, der einen großen Anteil an den Recherchen hat, was in den Twin Towers am 11.9.2001 passiert ist.

Ein spezieller Dank gilt auch meinem privaten Umfeld, welches dann und wann ähnlich auf mich reagiert wie bei John Miller. Vielen Dank für Euer Verständnis!

Widmung

Dieses Buch ist in erster Linie allen Opfern des 11.09.2001 und deren Hinterbliebenen gewidmet. Ihr Leiden ist nicht vergessen, viele von ihnen sind mit der offiziellen Untersuchung nicht einverstanden, auch wenn die Medien das gerne entstellt darstellen oder ganz verschweigen.

Ebenso widme ich es den vielen Tausenden, die nach 9/11 unter Einsatz ihres Lebens versucht haben zu helfen und von ihrer Regierung über die Umweltgefahren belogen und später an dem gefährlichen WTC-Husten und allerlei Lungenkrankheiten erkrankten und damit ihren Preis für Hilfsbereitschaft zahlen – und das mehr oder weniger unbeachtet von der Öffentlichkeit. Viele sind krank, Dutzende schon gestorben. Aus diesem Grund geht ein Teil der Verkaufserlöse dieses Buches an die „Fealgood-Foundation“, einer vom bei den Aufräumarbeiten verletzten John Feal gegründete Hilfsorganisation für Ersthelfer. Bitte unterstützen auch Sie diese Ersthelfer, wo Sie können.

Es ist auch allen anderen Menschen gewidmet, die unter den Folgen des 11.09.2001 zu leiden haben. Seien es die unzähligen Opfer in den Kriegen in Afghanistan und Irak, als auch diejenigen weltweit, die psychisch Opfer dieses teuflischen Anschlags wurden, Opfer, die leider allzu oft vergessen werden.

Februar 2010

Habiru, Dirk Gerhardt

Die 14-jährige Sarah, die im Hamburg des Jahres 2003 lebt, hat wahrhaft abenteuerliche Träume, die sie in eine längst versunkene und lange vergessene Kultur führen. Genauer gesagt: nach Mesopotamien, viele tausend Jahre vor unserer Zeitrechnung. Dort trifft sie auf die gleichaltrige Schena, mit der sie sich anfreundet und zu ergründen versucht, was mit ihr geschieht.

Norderstedt: Books on Demand GmbH 2005, 258 S.;
Preis: 15,90 Euro (978-3-8334-2859-3)

Neuerscheinungen 2009/10 aus dem Fabuloso Verlag

Eriks Fahrt durch den Tunnel der Zeit, Lesinski, Sarina M.
2009, Hc., 15 Abb.; 116 S.; Kinderbuch
Preis: 12,00 Euro (978-3-935912-38-9)

Tierisch – menschlich, Creativo
2009, 162 S.; Anthologie
Preis: 12,00 Euro (978-3-935912-42-6)

Blaue Jungs! Grüne Jungs? Strüber, Gudrun
2010 3te Auflage, HC., 192 S.; Dokumentation
Preis: 22,80 Euro (978-3-935912-01-3)

Weg der Götter, Ludwig, Gerhard
2009, Pb., ca. 110 S.; Psycho-Thriller
Preis: 12,00 Euro (978-3-935912-40-2)

Die flüsternde Mauer, Tietsch, Manuela O.
2009, Pb., 260 S.; Zeitreise-Roman,
Preis: 15,00 Euro (978-3-935912-43-3)

Die Ballade vom dritten Kind, Elena N. ;
Hrsg. Gudrun Strüber
2009, Pb., 110 S.; Tierliebe
Preis: 10,00 Euro (978-3-935912-44-0)

Märchenhafte Gedanken, Strüber, Gudrun
über die Zeitzeugenberichte in den Märchen
2009, HC., 5 Zeichnungen, 128 S.; Märchenanalyse
Preis: 12,00 Euro (978-3-935912-45-7)

Jungfrauen für die Götter, Strüber, Gudrun
Eine grenzwissenschaftliche Spekulation
2009, Pb., 3 Abbildungen, 40 S.;
Preis: 5,50 Euro (978-3-935912-46-4)

Hotzenplotz und Turbolieschen, Ludwig, Gerhard
2009, Pb., farb. Fotos, 130 S.; Sachbuch mit Erzählungen
Preis: 12,00 Euro (978-3-935912-47-1)

Das Haus im Tümpel, Prüße, Eva
2010, Pb., 140 S.; Roman
Preis: 10,00 Euro (978-3-935912-48-8)

Meeresleuchten, Lenz, Johanna G.
2010, Pb., 91 S.; Roman
Preis: 11,00 Euro (978-3-935912-49-5)

Der Weg nach innen, Bromund, Dagmar
2010, Pb., 198 S.; Fantasie-Roman
Preis: 13,00 Euro (978-3-935912-50-1)

Die letzte Karte von Andreashall, Lesinski, Sarina M.
2010, Pb., 180 S.; Roman
Preis: 12,00 Euro (978-3-935912-51-8)

Trotzdem, Wilfried Milter
2010, Pb., 130 S.; Lyrik
Preis: 9,80 Euro (978-3-935912-52-5

Nur wenn der Wind weht ... , Creativo
2010 Pb., 175 S.; Anthologie
Preis: 10,00 Euro (978-3-935912-53-2)

Melodie der Ewigkeit, Buhl, Melanie
2010, Pb.; ca. 150 S.; Roman
Preis: 10,00 Euro (978-3-935912-54-9)